EXIT-STRATEGIE

EIN WIRTSCHAFTS-THRILLER MIT KATERINA CARTER

COLLEEN CROSS

Deutsche Übersetzung:
KAY-VIKTOR STEGEMANN

SLICE THRILLERS

Exit-Strategie - Ein Wirtschafts-Thriller mit Katerina Carter

ISBN: 978-1-988268-91-9

Herausgegeben durch Slice Publishing Mystery Thriller Books

AUSSERDEM VON COLLEEN CROSS

Verhexte Westwick-Krimis

Verhext und zugebaut
Verhext und ausgespielt
Verhext und abgedreht
Die Weihnachtswunschliste der Hexen
Hexenstunde mit Todesfolge

Wirtschafts-Thriller mit Katerina Carter

Exit Strategie: Ein Wirtschafts-Thriller
Spelltheorie
Der Kult des Todes
Greenwash
Auf frischer Tat
Blaues Wunder

Zu Neuigkeiten über Colleens Bücher, besuchen Sie ihre Website: http://www.colleencross.com

Einfach für den Neuerscheinungen Newsletter anmelden, um immer direkt über die Neuerscheinungen informiert zu werden!

EXIT-STRATEGIE

EIN WIRTSCHAFTS-THRILLER MIT KATERINA CARTER

Diamanten, Mord und verschwundene Milliarden – ein Wirtschafts-Thriller mit Katerina Carter

Wirtschaftsermittlerin Katerina Carter weiß einfach nicht, wann sie besser die Finger von einer Sache lassen sollte. Kein Wunder, dass sie immer wieder in chaotische und gefährliche Situationen gerät. Jetzt ist sie arbeitslos und praktisch pleite, also braucht sie neue Klienten, oder sie muss bei ihrer alten Firma wieder um einen Job betteln. Das ist für Kat schlimmer als der Gedanke an ihre Schulden.

Als die Vorstandsvorsitzende der Liberty-Diamantenminen, Susan Sullivan, Kat beauftragt, den verschwundenen Liberty-Finanzvorstand und eine große Summe unterschlagener Dollars wiederzufinden, ist Kat deshalb fast zu begierig auf den Job. Ein leeres Konto motiviert sehr, auch schwierige Fälle zu übernehmen. Dann aber werden zwei Mitarbeiter der Firma brutal ermordet, und aus Kats Eifer wird bald schon Entsetzen. Ihr wird klar, dass ihre Ermittlungen gefährlicher sind als erwartet.

Und als ob das noch nicht kompliziert genug wäre, deckt sie bei ihrer Arbeit eine Verbindung zwischen Blutdiamanten und dem organisierten Verbrechen auf. Sie muss nur noch die nötigen Beweise beschaffen – und dabei vermeiden, umgebracht zu werden. Ein paar Freunde und ein exzentrischer Onkel sind ihre einzigen Verbündeten, und Kat muss sich vorsehen, dass ihr erster großer Fall nicht auch zu ihrem letzten wird ...

Exit-Strategie ist ein packender Wirtschafts-Thriller in der Tradition von Michael Connelly und John Grisham.

Alle Bücher der Serie sind voneinander unabhängig und können in beliebiger Reihenfolge gelesen werden.

KAPITEL 1

BUENOS AIRES, ARGENTINIEN

Das Schlafzimmerlicht wurde plötzlich eingeschaltet und Claras Welt flog auseinander. Drei Männer in Luchador-Masken stürmten in den Raum und umringten das Bett wie ein Wrestling-Team, das um den Ring herumstand. Sie drehte den Kopf, um nach Vicente zu sehen, aber von ihrem Mann sah sie nur den Rücken.

Unten auf der Straße tanzten Karnevalsgruppen. Buenos Aires nahm keine Notiz von dem Drama, das sich in ihrem Schlafzimmer entspann. Trommelwirbel und Beckenklang drangen zu ihnen herauf. Die Murga-Porteños-Gruppen trommelten die letzten Takte der Despidida, des letzten Lieds.

Der Untersetzte schlug mit einem Baseballschläger auf Vicente ein. Mit einem Krachen kam der Schläger auf den Beinen ihres Mannes auf. Die Matratze wurde unter dem Schlag zusammengedrückt, und Clara schauderte. Vicente grunzte, blieb aber reglos. Millionen von Bildern gingen ihr durch den Kopf – ihre Mutter, die Kumpane ihres Vaters, seine Konkurrenten. Immer, wenn jemand von ihnen verschwunden war, musste es so begonnen haben.

Dreh dich um.

Vicente verkrampfte sich neben ihr. Er ließ seine Hand in ihre gleiten und ergriff sie unter dem Laken, ohne sie anzusehen. Sie drückte zurück und kämpfte darum, ihre gehetzten Gedanken unter Kontrolle zu bringen. Sie hatten alles bis in die Einzelheiten geplant. Nur geschnappt zu werden, das war kein Teil des Plans.

Dann wandte der Mann sich Clara zu. Er trug eine grellgrüne Maske mit dicken roten Rändern um Augen und Mund. Sein Blick bohrte sich in ihren und forderte sie heraus. Sie packte das seidene Bettlaken mit der freien Hand und zog es nach oben. Der Stoff vibrierte bei jedem Schlag ihres rasenden Herzens.

Die Diamanten. Ihr Vater wusste von dem Plan.

„Nennt euren Preis. Ich bezahle euch." Ihre Worte waren nur ein Flüstern.

Sie hatten ihre Flucht um zwei Tage aufgeschoben, um auf die Bezahlung für die letzte Diamantenlieferung zu warten. Vicente war dagegen gewesen und hatte darauf bestanden, dass ein Jahr Vorbereitung nicht an einem Tag zunichte gemacht werden sollte. Aber Clara musste unbedingt auch den letzten Peso aus ihrem Vater herausquetschen, um ihn zu ruinieren, um ihn zu bestrafen. Jetzt stand ihre Flucht auf dem Spiel. Wie hatte er es herausgefunden?

„Du kannst mich nicht kaufen, Clara." Rodriguez gab sich keine Mühe, seine Stimme zu verstellen. Entweder war er zu dumm oder zu unverschämt, um sich darüber Gedanken zu machen.

„Warum nicht? Hat mein Vater doch auch getan. Wieviel willst du?" Sie zwang ihre Stimme, ruhig zu bleiben, auch wenn ihr die Galle hochkam. Ihr Vater hatte absichtlich Rodriguez geschickt, weil er wusste, dass sie ihn verabscheute.

Vicente drückte ihre Hand; sie war jetzt schweißnass. Die beiden anderen Männer blieben am Fuß des Bettes stehen und hielten ihre AK47 auf sie beide gerichtet.

„Es geht mir nicht um Geld." Er zog die Maske herunter und das Licht der Deckenlampe spiegelte sich in seinem Goldzahn. „Du kannst dich immer noch für mich entscheiden. Ich habe wenigstens eine Zukunft."

Der große Schlaksige mit der Wolfsmaske lachte und rückte seine Waffe zurecht.

Bastard. Sie war keine Trophäe, die man verheiraten konnte. Und Rodriguez dachte vielleicht, dass er zum inneren Kreis ihres Vaters gehörte, aber Clara wusste es besser. Es konnte eines Tages genauso Rodriguez sein, der vor den Mündungen der Waffen stand. Es war wie bei einem Aquarium voller Hummer, früher oder später war er an der Reihe.

Vicente richtete sich im Bett auf. „Haltet sie da raus."

Clara zupfte an Vicentes Unterarm. Selbst ihr war klar, dass man Rodriguez nicht verärgern sollte. Er war nicht ohne Grund als der Henker bekannt.

„Schnauze." Rodriguez drückte Vicente mit dem Gewehrkolben zurück aufs Bett.

„Ruft meinen Vater an. Es ist ein Missverständnis." Sie konnte ihm die Sache mit den Diamanten erklären und ihn überzeugen, dass noch größere Profite drin waren. Ihre Idee, Waffen und Munition gegen Blutdiamanten zu handeln, war für die Organisation eine Goldgrube gewesen, aber ihr Vater hatte nicht einmal ein Danke für sie gehabt. Also hatten Clara und Vicente sich ihren Anteil durch Selbstbedienung verschafft. Sie hatten es verdient.

„Zu spät. Er ist nicht mehr im Lande. Nicht erreichbar."

„Lügner. Ruf ihn an, Rodriguez. Ich befehle es dir – sofort!"

Rodriguez war nur wenig mehr als ein hochgelobter Schläger, der nur deshalb in der Organisation ihres Vaters aufgestiegen war, weil er zu allem bereit war, auch zum Töten. Wie konnte er wissen, dass ihr Vater vorhatte, das Tagesgeschäft des Kartells an Vicente zu übertragen. Jedenfalls hatte er das gesagt. Sie hatten mit ihm im Resto gespeist, ihrem Lieblingsrestaurant, und das erst vor wenigen Stunden. Hatte ihr Vater seine Schläger losgeschickt, während sie noch beim Essen saßen? Nein, er hatte wahrscheinlich sowohl das Essen als auf die Bestrafung schon vor Tagen inszeniert, um den besten Moment für seine Rache abzuwarten. Das entsprach seinem Sinn für Ironie.

„Ich nehme keine Befehle von verzogenen Gören an."

„Ruf ihn sofort an!" Clara hätte sich fast aufgesetzt und vergessen, dass sie unter den Laken nackt war.

„Nein. Es wird Zeit, dass ich mal ein bisschen etwas für mich selbst bekomme." Rodriguez drehte sich um und marschierte zu den anderen Männern zurück. Er gab ihnen ein Zeichen mit dem Handgelenk und verschwand im Badezimmer.

Die Männer senkten ihre Waffen etwas, dann musterte erst der eine, dann der andere die Laken, von ihren Füßen bis hoch zu ihrem Gesicht. Sie musste ihre Gesichter nicht sehen, um zu wissen, was in ihren Köpfen vorging. Sie konnte es spüren.

Clara bebte und zupfte an ihrem Laken. Der Wolfsmann lachte und rückte näher. Offensichtlich einer der Gefolgsleute ihres Vaters, aber sie erkannte ihn nicht.

Er schob den Lauf seiner Waffe unter die Überdecke und zog sie damit herunter. Dabei ließ er sie keinen Augenblick aus den Augen. Clara zitterte, wagte aber nicht, sich zu rühren.

Vicente spannte sich neben ihr.

Die leichten Vorhänge flatterten, als ein sanfter Windstoß in das Schlafzimmer fuhr. Die letzten Nachtschwärmer waren verschwunden, und die Dämmerung zog schon fast herauf. Schon konnte sie die ersten schwachen Geräusche des Straßenverkehrs auf der nahen Avenida Libertador vernehmen. Gesetzestreue *Porteños* begannen ihren vorhersehbaren Arbeitstag. Was würde sie jetzt nicht für diese Art der Langeweile geben.

„Achte auf die Tür", sagte Wolfsmann zu El Diablo und deutete mit einem Nicken Richtung Flur, während er sie im Blick behielt.

Dann kam er näher und richtete dabei die Waffe immer noch auf ihren Kopf. Er roch nach abgestandenem Zigarrenrauch. Er setzte sich auf die Bettkante und schnitt ihr den Blick auf das offene Fenster ab. Plötzlich fühlte sich das Zimmer eng und erstickend an.

Rodriguez kam aus dem Badezimmer, und der Mann stand eilig auf.

„Jetzt nicht", sagte Rodriguez und schickte ihn mit einem Wink wieder an die Wand. Er wandte sich Vicente zu. „Hoch mit dir, Arschloch."

Vicente ließ ihre Hand los. Sie spürte, wie sie nach oben zum Kissen glitt, unter dem er seine Waffe aufbewahrte.

„Schluss mit diesen Mätzchen. Dreh dich um. Raus mit den Händen oder ich schneide sie dir ab."

Rodriguez genoss es, Vicente herumzukommandieren.

Vicente tat, was ihm befohlen wurde.

„Hoch jetzt. Langsam."

Er hatte ihr immer noch den Rücken zugewandt – sie konnte seine Augen nicht sehen.

„Gib mir eine Minute."

„Gar nichts gebe ich dir, Schwachkopf. Los jetzt."

Vicente stolperte nackt auf die Füße. Er hielt die Arme ergeben in die Höhe.

„Ins Badezimmer. Los." Rodriguez stieß ihm den Lauf der Waffe heftig in den Rücken und schob ihn vorwärts.

„Nein!" Clara packte ihr Wasserglas vom Nachttisch und schleuderte es auf Rodriguez. Es verfehlte ihn und zersplitterte an der Wand.

Vicente drehte sich um, um einen Blick auf sie zu erhaschen.

"Mi amor, nuestro sueño. Nunca olvides."

Er stolperte, als Rodriguez ihm den Gewehrkolben in den Rücken rammte.

Sein Gesicht war in ihrem Gedächtnis eingebrannt, als das Schießen begann.

Unser Traum. Vergiss ihn nie.

Niemals.

Ihr letzter Gedanke wurde vom Stakkato des Gewehrfeuers übertönt.

Dann wurde alles schwarz.

KAPITEL 2

VANCOUVER, KANADA

Es gibt zwei Arten von Dieben. Die erste Sorte raubt dich mit vorgehaltener Waffe aus, und manchmal tötet sie dich. Wirtschaftsermittlerinnen wie Katerina Carter hatten mit der zweiten Sorte zu tun. Diese Sorte trug keine Waffe, stieß keine Drohungen aus, und verlangte nichts weiter von dir als dein Vertrauen. Und sie waren auch gut darin, es zu erlangen. Chief Financial Officer Paul Bryant gehörte eindeutig zur zweiten Kategorie. Er stahl alles Mögliche am helllichten Tag.

„Verdammt! Ich hatte schon immer ein schlechtes Gefühl bei Bryant. Aber fünf Milliarden Dollar? Unmöglich."

Susan Sullivan, CEO von Liberty Diamond Mines, saß auf Bryants Schreibtischkante und starrte von oben auf Kat herunter. Sie trug Prada in Schokoladenbraun und dazu einen feindseligen Ausdruck im Gesicht.

Kat zupfte an ihrem Rock und versuchte, die zwanzig Zentimeter lange Laufmasche in ihren Nylons zu kaschieren. Unter dem Schreibtisch suchten ihre Zehen nach ihren Jimmy Choos, die eine halbe Größe zu klein waren, und sie wünschte, sie hätte stattdessen ihre flachen Schuhe angezogen.

„Hier ist es." Kat zog die Anleihepapiere aus der Akte. Warum hatte

Susan ein kleines Licht wie sie engagiert und keine größere Firma? Ihr größter Fall bisher, ein Bingo-Betrug um eine halbe Million Dollar, verblasste im Vergleich zu Liberty. Meist schnüffelte sie nur in erbitterten Scheidungsfällen nach verborgenen Vermögenswerten oder half Versicherungsunternehmen, betrügerische Forderungen abzuwehren. Selbst diese Art von Arbeit war mit der Rezession versiegt. Sie war sich nicht einmal sicher, dass ihr Taschenrechner genug Stellen hatte, um das hier nachzurechnen.

Kat lehnte sich in Paul Bryants Stuhl zurück und fuhr mit ihren Fingerspitzen über das weiche Kalbsleder der Armlehne. Sie musste jetzt cool bleiben und brauchte einen Sicherheitsabstand von Susan. Sie war am frühen Morgen bei Liberty eingetroffen, nachdem sie einen panischen Anruf von Susan erhalten hatte. Jetzt war es bereits nach fünf an einem regnerischen Freitagabend. Seit über einer Stunde hatten sie immer wieder das gleiche fünfminütige Gespräch, und Libertys CEO wollte es immer noch nicht wahrhaben.

„So viel Geld hat Liberty gar nicht. Wie hätte er dann überhaupt so viel stehlen können?“ Susan stach mit ihrem Montblanc-Stift in die Schreibunterlage und brach dabei die Feder ab.

Kat zuckte zusammen, als der juwelenbesetzte Stift in den Filz fuhr und Tinte über den Schreibtisch spritzte. Die Spritzer verfehlten die Kontoauszüge und Anleihedokumente nur knapp – die einzigen Beweise für Bryants Betrug. Sie riss sie aus der Gefahrenzone.

„Hiermit.“ Kat hielt die Papiere in die Höhe und blickte gleichzeitig auf ihren PaperMate, dankbar für ihren einfacheren Geschmack. „Geld aus der Anleihe.“

Wie konnte es zwei volle Tage dauern, so eine gewaltige Unterschlagung zu entdecken? Das war, als würde man zur Mittagszeit einen Kunstraub im Louvre übersehen. Von Susan würde sie keine klare Antwort bekommen. Narzisstische CEOs schoben die Schuld immer auf jemand anderen.

Niemand hatte es auch nur einen Moment lang für real gehalten. Schließlich glichen sich Soll und Haben am Ende aus, und Liberty war nicht groß genug, mit einer einzigen Transaktion Milliarden zu bewegen. Der Buchhalter, der die Unterschlagung entdeckte, wartete zunächst darauf, Paul Bryant zu informieren. Dieser war auf Geschäftsreise. Als der CFO nicht zurückkehrte, wurde schmerzhaft offensichtlich, warum.

„Welche Anleihe? Das muss ein Irrtum sein."

Paul Bryant hatte Liberty bis zum Anschlag mit Subprime-Krediten vollgesogen, kurzfristigen Krediten, die mit einer Kontoüberziehung vergleichbar waren. Dann war er verschwunden, und mit ihm das Geld. Kat hatte erst vor weniger als einer Stunde zerknitterte Ausdrucke der drei Banküberweisungen in Bryants Schreibtisch gefunden.

„Hier." Kat deutete unten auf das Schriftstück. „Sie und Bryant haben beide die Anleihepapiere unterschrieben."

„Geben Sie mir das."

Susan riss Kat die Papiere aus der Hand und blendete sie dabei mit einem monströsen Solitär, der in der Halogen-Bürobeleuchtung glitzerte. Er musste mindestens drei Karat haben, wahrscheinlich stammte er aus einer von Libertys Minen.

„Offensichtlich gefälscht. Glauben Sie wirklich, ich würde Sie anrufen, wenn ich etwas damit zu tun hätte?"

„Nein." Kat hielt ihre Stimme unter Kontrolle. „Ich muss nur prüfen, ob Sie …"

„Katerina, jede Sekunde, die wir damit verbringen, Kleinigkeiten zu diskutieren, gibt Paul Bryant noch mehr Zeit davonzukommen."

Susan stand auf und warf ihren Stift in hohem Bogen in Richtung Papierkorb. Er verfehlte ihn, und Kat musste sich dazu zwingen, ihn nicht aufzuheben. Der Zweitausend-Dollar-Stift würde gerade so viel bringen, dass sie ihre nächste Kreditkartenrate bezahlen könnte.

Kat versuchte eine andere Herangehensweise. „Wann haben Sie Bryant zuletzt gesehen?"

Susan trat zum Fenster und wandte Kat dabei den Rücken zu.

„Letzte Woche vielleicht? Ich weiß es nicht mehr." Susan drehte sich zu Kat um und verschränkte die Arme. „Ich weiß nicht, was das mit all dem hier zu tun haben soll."

Kats Blackberry summte. Sie warf einen Blick auf die Anrufanzeige und ließ sie auf die Mailbox laufen. Ihr Vermieter rief wieder einmal wegen der überfälligen Miete an.

„Jede Einzelheit hilft, und Sie haben zwei Jahre lang jeden Tag mit ihm zusammengearbeitet. Ist Ihnen nichts Verdächtiges aufgefallen?"

„Wenn es so wäre, würden wir dann dieses Gespräch führen?" Susan nahm die Arme auseinander und blickte nach unten auf ihre Hände. „Ich hätte mir nie träumen lassen, dass er das Unternehmen so zugrunde richten würde."

„Hat er irgendwelche Suchtprobleme? Glücksspiel, Drogen? Geldprobleme?"

„Woher zum Teufel soll ich das wissen?"

Als Susan sich mehr und mehr aufregte, glaubte Kat einen leichten Akzent zu hören, aber sie konnte ihn nicht unterbringen. „War er wegen irgendetwas verbittert? Wurde er bei einer Beförderung übergangen oder so etwas?"

„Nein. Und seine Psychoanalyse bringt uns das Geld auch nicht zurück."

Die meisten Wirtschaftsverbrecher mussten irgendetwas befriedigen: entweder eine Sucht oder ihr Ego. Aber Susan zufolge hatte Bryant keinerlei Probleme.

„Ich kann das Geld wahrscheinlich in ein paar Tagen aufstöbern." Es tatsächlich zurückzubekommen war ein ganz anderes Problem, aber sie konnte es sich nicht leisten, noch mehr Zeit durch Diskussionen mit Susan zu verschwenden. „Hat die Polizei irgendwelche Anhaltspunkte?"

„Sie hat damit nichts zu tun. Ich habe stattdessen Sie angeheuert."

Kat blieb der Mund offenstehen.

„Sie haben ihn nicht als vermisst gemeldet?"

„Auf keinen Fall. Wenn das herauskommt, rauscht der Aktienkurs in den Keller."

„Aber Liberty ist eine Aktiengesellschaft – Sie müssen zumindest eine Presseerklärung herausgeben, bevor die Märkte am Montag wieder öffnen. Das ist gesetzlich vorgeschrieben. Und ich kann Geld aufstöbern, aber keine Menschen. Selbst wenn die Spur des Geldes zu ihm führt, das ist ein Job für die Polizei. Ich kann nicht …"

Susan wischte einen imaginären Fussel von ihrem Wollrock.

„*Kann nicht* gibt es nicht in meinem Wörterbuch. Ich zahle Ihnen eine Menge Geld. Wollen Sie den Fall oder nicht?“

Susan drehte sich um und marschierte aus dem Büro heraus, ohne Kats Antwort abzuwarten.

KAPITEL 3

Kat klappte energisch ihr Notizbuch zu. Sie war wütend auf Susan, weil diese sie irregeführt hatte und das Verbrechen nicht anzeigen wollte. Kein Wunder, dass Susan sie angeheuert hatte anstelle einer der großen vier Wirtschaftsprüferkanzleien. Die würden ihren Ruf nicht mit jemandem riskieren, der Wertpapiergesetze unverhohlen missachtete. Glaubte Susan wirklich, Kat würde ihren Ruf aufs Spiel setzen?

Sie schob die Papiere in ihre Aktentasche. Diese Hermès-Tasche war ein leichtsinniger Kauf aus der Zeit, bevor sie im letzten Jahr entlassen worden war, ein Erinnerungsstück an bessere Tage vor der Finanzkrise. Sie fragte sich gerade, was sie wohl bei eBay noch dafür bekommen würde, da blieb ihr Fingernagel am Reißverschluss hängen und brach. Als sie auf dem Schreibtisch nach einer Nagelschere Ausschau hielt, um den Schaden etwas zu beheben, sah sie das Foto.

Eine Gruppe von Männern und eine Frau standen vor einer Hütte in Quonset. Auf dem Boden lagen noch einzelne Schneeflecken, und die Landschaft um sie herum wirkte unwirtlich, abgesehen von einigen verkrüppelten Pflanzen. Das verblasste Schild auf dem Gebäude trug die Aufschrift *Liberty-Diamantenmine, Mystic Lake*.

Kat studierte das Bild. Sie erkannte den Vorstandsvorsitzenden

Nick Racine aus dem Jahresbericht der Liberty-Diamantenminen wieder. Er stand in der Mitte des Bilds, grinste und hielt ein blaues Band in der einen und eine Schere in der anderen Hand. Auf dem Band stand in goldenen Buchstaben *Wiedereröffnung von Mystic Lake.*

Susan stand rechts neben ihm, sie wurde von Paul Bryant überragt, der sich so nah an sie drängte, dass sie sich fast berührten. Zwei schwergewichtige Männer rundeten das Bild ab. Alle trugen Jeans und Goretex-Jacken und hatten ein paar Schneeflocken auf den Schultern.

„Was sehen Sie sich da an?"

Kat blickte auf und sah einen übergewichtigen Mann mit fortgeschrittener Glatzenbildung im Türrahmen stehen. Sie blickte auf das Foto zurück und stellte es wieder auf dem Schreibtisch ab. Derselbe Mann.

„Mystic Lake. Sie sind auf dem Bild."

„Alex Braithwaite – ich bin Anteilseigner."

Seine Worte wurden zwischen kurzen, rasselnden Atemzügen hervorgestoßen. Er schlurfte herein und schüttelte Kat die Hand. Dann sackte er in den Stuhl gegenüber. Sein Oberkörper quoll über die Armlehnen.

Den Listen über die Liberty-Anteilseigner zufolge hielt die Braithwaite-Familienstiftung etwa ein Drittel der Liberty-Aktien. Zusammen mit den Anteilen von Nick Racine, dem anderen Mehrheitseigner, besaßen sie genug Aktien, um das Unternehmen zu kontrollieren.

Er nahm das Foto auf. Kat bemerkte, dass er ein Nägelkauer war.

„Ah, ja. Zwei neue Kimberlit-Adern in einer Mine, die wir gerade stilllegen wollten. Seitdem sind wir einfach sagenhaft gewachsen." Er seufzte. „Und jetzt hat Bryant alles zunichte gemacht."

Er stellte den Bilderrahmen wieder auf den Schreibtisch und lehnte sich in den Stuhl zurück.

„Schon irgendwelche Spuren?"

„Nichts Eindeutiges. Bisher habe ich das Geld zu drei Nummernkonten auf Bermuda und den Caymans verfolgt. Aber es ist ziemlich schwierig, die Geheimniskrämerei in solchen Steueroasen zu durchdringen."

Nicht, dass es noch darauf ankam. Sie würde den Fall abgeben. Sie musste es nur noch Susan sagen.

Braithwaite lehnte sich vor und sprach im Flüsterton. „Seien Sie vorsichtig, mit wem Sie hier sprechen. Es gibt Leute, die nicht wollen, dass Sie das Geld finden."

„Wer denn zum Beispiel?"

„Was glauben Sie denn, wer?"

Braithwaite hob die Brauen und musterte sie. Dann knöpfte er sein zerknittertes Jackett zu und stand auf.

„Ich möchte niemanden beschuldigen, ohne dass ich es beweisen kann. Wenn Sie mehr herausgefunden haben, kommen Sie zu mir."

Warum waren alle hier so verdammt geheimnistuerisch? Kat fühlte sich etwas gereizt. Ihr Blackberry vibrierte. Sie ließ es fast fallen, als sie es aus dem Etui nahm, um einen verstohlenen Blick darauf zu werfen. In der E-Mail von Jace standen nur drei Worte:

Wir haben es!

Jace und Kat hatten ein sehr niedriges Gebot auf ein heruntergekommenes viktorianisches Haus von der städtischen Zwangsversteigerungsliste abgegeben, und offenbar hatte es gereicht. Sie hatten aus einer Laune heraus darauf geboten, und sie wussten, dass die Chancen selbst in der Rezession schlecht standen. Irgendwie schafften es die Leute kurz vor zwölf doch noch immer, ihre Grundsteuern zu zahlen, vor allem dann, wenn sie sonst ihr Haus verloren. Mit der Wirtschaft musste es noch schlimmer stehen, als sie gedacht hatte.

Kat fuhr der Schreck in den Magen. Woher sollte sie ihren Anteil des Kaufpreises nehmen? Der Vorschuss von Liberty war schon für ihre überfällige Büromiete vorgemerkt. In ihrem Büro wohnte sie derzeit auch heimlich. Einen Monat zuvor hatte sie ihre Wohnung aufgegeben.

Nun musste sie sogar noch eine andere Möglichkeit finden, die Miete aufzutreiben.

Mit einem Ex-Freund gemeinsam ein Haus zu kaufen war nicht einmal das Seltsamste, was sie bisher im Leben getan hatte. Außerdem waren sie in den letzten beiden Jahren bessere Freunde geworden, als sie es je als Paar gewesen waren. Und das Haus war nur eine Investition, wie sie sich erinnerte. Es würde nur ein paar Monate dauern, es auf Vordermann zu bringen und mit Gewinn zu versilbern. Irgendwie würde sie das Geld auftreiben. Sie tippte eine Antwort.

Wann ist das Geld fällig?

Morgen Nachmittag, zwei Uhr. Ich habe es beisammen.

Unmöglich.

Sie tippte Jace' Nummer ein und hoffte, dass es noch nicht zu spät war. Es gab kein Drumrum – sie musste ihm sagen, dass sie pleite war.

Er hob beim ersten Klingeln ab.

„Wegen des Hauses, ich kriege das …"

„Du lässt mich hängen, oder?"

„Jace, ich will wirklich. Aber ich kriege das Geld nicht zusammen."

„Kat. Tu mir das nicht an. Komm rüber und wir reden darüber."

„Ich kann nicht – ich habe zu tun." Noch eine Stunde, dann würde sie alle Zeit der Welt haben.

„Du hast einen Fall?"

„Irgendwie schon. Aber ich bin gerade dabei, ihn abzugeben." Sie erzählte Jace von Liberty, Susan und Bryant.

„Abgeben? Das ist doch verrückt. Du kannst dich immer noch zurückziehen, wenn es hart auf hart geht."

Das konnte sie nicht abstreiten.

„Das ist etwas anderes. Es ist einfach unethisch."

„Brichst du selbst irgendwelche Gesetze?"

„Nein … aber wenn ich für jemanden arbeite, der es tut, mache ich mich mitschuldig."

„Was ist denn dann mit Rechtsanwälten, die ihre Mandanten verteidigen? Selbst schuldige Menschen haben eine Verteidigung verdient. Susan hat dich angeheuert, um das Geld wiederzubeschaffen, stimmt's? Du hilfst den Anteilseignern. Es ist nicht deine Schuld, dass sie das Verbrechen nicht anzeigen will."

Jace hatte nicht ganz Unrecht. Kat legte auf.

Sie wusste, warum Susan keine Presseerklärung herausgeben wollte, selbst wenn sie nicht damit einverstanden war. Die Aktien würden über Nacht wertlos werden, wodurch die Aktienoptionen, die Susan und die anderen Liberty-Manager besaßen, ebenfalls wertlos würden. Der Aktienkurs war der einzige Maßstab, den Manager auf Vorstandsebene anlegten, einschließlich Susan.

Aber hatte man Kat überhaupt alles erzählt? Ihr Bauchgefühl sagte ihr, dass die offizielle Version ungefähr so wahrscheinlich war wie Schnee im Juni.

KAPITEL 4

Der Klingelton ihres Handys schreckte Kat aus ihrem Tagtraum auf.

„Kat, sie haben mir den Schlüssel gegeben. Ich bin jetzt im Haus. Kommst du rüber?"

Jace fackelte wirklich nicht lange. Wie ein Hund, der eine Fährte aufgenommen hatte, ließ er sich von nichts aufhalten, wenn er ein Ziel vor Augen hatte. Für einen freien Journalisten machte das oft den Unterschied zwischen einem Knüller und gar keiner Geschichte.

Kat atmete tief durch. Sie konnte genauso gut fragen.

„Wie war das Höchstgebot?"

„Achtzigtausend. Mit ein bisschen Muskelschmalz können wir dieses Baby für das Fünffache versilbern."

Kat ließ die Schultern sinken. Es war wirklich ein Schnäppchen, aber wo sollte sie vierzigtausend Dollar hernehmen?

„Jace, ich muss dir etwas sagen." Sie konnte nicht einmal einen Bruchteil davon zusammenkratzen, um die Mindestrate für ihre Kreditkartenschulden zu bezahlen.

„Sag es mir persönlich. Du musst dir das hier ansehen. Erinnerst du dich an das Bed & Breakfast auf Salt Spring Island – das mit den

Fenstern zur Bucht hin? Im großen Schlafzimmer hier hat man den gleichen Blick."

Das erste Wochenende, das sie damals gemeinsam außerhalb verbracht hatten. Sie waren kaum aus ihrem Zimmer herausgekommen, nur manchmal zum Essen. So vieles hatte sich in zwei Jahren verändert. Konnte sie wirklich mit ihrem Ex-Freund gemeinsam ein Haus aufmöbeln und weiterverkaufen?

„Da ist noch etwas. Wir haben nicht nur das Haus bekommen. Auch die ganzen Möbel darin. Anscheinend ist die alte Dame, der es gehört hat, spurlos verschwunden. Niemand hat es ausgeräumt, seit es wegen der Steuerschulden auf die Zwangsversteigerungsliste gesetzt wurde."

„Verschwunden? Hat sie denn keine Familie?"

Keine Antwort.

„Jace? Bist du noch da?"

„Oh!"

„Was ist denn?" Kat hörte ein Krachen, und dann klang es, als ob am anderen Ende das Telefon zu Boden gefallen war.

„Jace? Was ist denn das für ein Krach?"

„Es gibt ein ... Autsch! Die Treppe muss repariert werden. Oder jedenfalls die Stufen, die überhaupt noch da sind."

„Bist du in Ordnung?"

„Klar. Hab mir nur den Knöchel umgeknickt. Ohne Strom sieht man hier kaum etwas. Wann kannst du herkommen?"

Kat blickte auf die Uhr. Nachdem sie Bryants Benutzerzugang und Kennwort gesperrt hatte, hatte sie alle seine Computerdateien und jedes Stück Papier in seinem Büro durchsucht. Nach zehn Stunden hatte sie nichts weiter aufgestöbert außer den Überweisungsbelegen in Bryants Schreibtischschublade. Ein Tapetenwechsel würde sie vielleicht auf neue Gedanken bringen, und sie könnte morgen frisch neu durchstarten.

„Ich muss erst noch ins Büro. In ein paar Stunden?"

Wie sie Jace kannte, hatte er schon eine Aufgabenliste gemacht und jede Aufgabe mit einer Priorität und einer Zeitschätzung versehen, und sie war neugierig darauf, was sie sich da vorgenommen hatten. Vielleicht konnten sie es wirklich hinkriegen. Wenn sie den Fall schnell löste, dann hätte sie wenigstens einen Teil des Geldes, das sie Jace geben musste. Wie schwer konnte es schon sein, diese Überweisungen nachzuverfolgen?

Kat schnappte sich ihre Handtasche und ihre Aktentasche und ging zum Empfang, wo eine riesige Felsplatte mit einer Diamantenader den ganzen Raum beherrschte. Als sie daran vorbeiging, hörte sie, wie die Stimmen im Eckbüro lauter wurden. Wenn Geld verschwand, dann hatte das oft diese Wirkung.

Kat schlich auf Zehenspitzen den Flur herunter in Richtung von Susans Büro. Sie schwankte auf ihren Zehn-Zentimeter-Absätzen und musste sich Mühe geben, nicht zu stolpern und sich zu verraten.

„Ist das dein Ernst?“ sagte Susan. „Die Polizei hat jetzt schon viel zu viele Betrugsfälle zu bearbeiten. Wir brauchen jemanden, der sich ganz auf Liberty konzentriert, um das Geld zurückzubekommen. Glaubst du, die Polizei würde den Liberty-Fall als Priorität Nummer Eins behandeln?“

Aber trotzdem, es einfach gar nicht anzuzeigen?

„Immerhin hat die Polizei mehr Möglichkeiten. Was soll Katerina denn tun, wenn sie das Geld findet? Sie ist doch völlig machtlos, es zurückzuholen.“

Wer war die Männerstimme? Kat erkannte sie nicht, obwohl er sie offenbar kannte.

„Vielleicht. Aber wenn sie die Laufarbeit erst einmal erledigt hat, können wir immer noch die Behörden einschalten. Das beschleunigt das Ganze und erspart uns eine Menge Papierkram. Je mehr Zeit ins Land geht, desto schlechter sind unsere Chancen, das Geld zurückzubekommen.“

„Komm schon, Susan, nun mal im Ernst. Carter & Associates ist nichts weiter als ein kleiner Krauter.“

Wer es auch war, Kat fand ihn jetzt schon widerlich. Und Susans Erwartungen waren vollkommen unrealistisch. Aber wenn sie schon kurz vor dem Rauswurf stand, dann würde sie lieber selbst kündigen.

„Wir verschwenden Zeit. Mit so einer komplexen Sache kann sie überhaupt nicht umgehen. Warum bist du nicht zu einer der großen Firmen gegangen? Die haben viel mehr Leute für so etwas als sie. Das ist eine internationale Sache hier, verdammt. Katerina ist nur lokal vertreten. Die großen Firmen haben Leute in der ganzen Welt, um das Geld weiterzuverfolgen."

Kat schob sich noch näher heran und spitzte die Ohren.

„Sie hat hervorragende Empfehlungen, Nick. Und solange ich hier CEO bin, sitze ich nicht einfach herum und warte darauf, dass irgendwas passiert. Ich sorge dafür, dass sich etwas tut! Als du mich geholt hast, hast du gesagt, ich könnte den Laden hier schmeißen, ohne dass sich der Aufsichtsrat einmischt, und jetzt krittelst du an mir herum. Du musst mir in dieser Sache freie Hand lassen. Ich weiß, was ich tue."

Kat reckte den Hals. Jetzt sah sie auch etwas. Nick Racine, der Aufsichtsratsvorsitzende von Liberty, stand in der Tür, mit dem Rücken zu Kat. Mit beiden Armen drückte er gegen den Türrahmen, wie ein kleines Tier, das größer wirken wollte. Zweifellos hatte Nick einen gewissen Minderwertigkeitskomplex. Ungeachtet der Macht, die er als Aufsichtsratsvorsitzender und als Sohn des legendären Morley Racine besaß, des Mitbegründers von Liberty, er war eben nur einen Meter fünfundsechzig groß, daran kam er nicht vorbei. Seine Anzüge waren wahrscheinlich nicht aus Extravaganz maßgeschneidert, sondern weil es gar nicht anders ging. Sie war jetzt nur noch drei Meter von der Tür entfernt. Wenn sie entdeckt wurde, gab es kein Zurück mehr.

„Das war, bevor sich fünf Milliarden Dollar in Luft aufgelöst haben. Und das ist unter deiner Verantwortung passiert, Susan. Natürlich mache ich mir Sorgen. Du hast das überhaupt erst zugelassen, verdammt!" Nicks Stimme wurde lauter, und er hämmerte mit der Faust gegen die Wand.

Plötzlich hörte sie hinter sich ein Husten. Sie war entdeckt worden! Kat zuckte zusammen und wäre fast über ihre hohen Absätze gefallen.

Auf der anderen Seite des Flurs stand der Hausmeister und beobachtete sie mit einer Mischung aus Neugier und Belustigung, während sie versuchte, sich auf den Beinen zu halten, wodurch eine bizarre Figur entstand, die an den einbeinigen Krieger aus ihrem Yoga-Kurs erinnerte. Kat konzentrierte sich weiterhin auf die Szene vor ihr, ignorierte ihn und betete, dass er nichts sagen würde, was Nicks Aufmerksamkeit erregte. Dieser stand immer noch im Türrahmen. Sie musste nur noch hören, was die anderen über sie sagten. Sie fand ihr Gleichgewicht wieder und blickte sich nach dem Hausmeister um, aber dieser war nicht mehr zu sehen. Eilig fingerte sie nach ihrem Mobiltelefon. Wenn man sie sah, konnte sie so tun, als hätte sie einen Anruf angenommen und wäre deshalb stehengeblieben.

Kat spähte in das Büro und sah Susan am Fenster stehen. Sie hatte Nick den Rücken zugedreht und die Arme vor sich verschränkt. Ihre schlanke Figur hob sich vor der Dunkelheit des Fensters im einundzwanzigsten Stockwerk ab.

Susan drehte sich um und sah Nick ins Gesicht. Ihre Stimme wurde energischer und bekam einen verzweifelten Unterton, den Kat bisher noch nicht gehört hatte.

„Pass auf, Nick, ich verspreche dir, dass wir das Geld zurückbekommen werden. Gib mir nur ein bisschen Ellenbogenfreiheit und etwas ..."

„Schluss mit deinen verdammten Versprechungen, Susan! Nächsten Freitag um diese Zeit will ich Ergebnisse. Wenn das Geld nicht wiedergefunden wird, bist du raus!"

Kat konnte ein Keuchen nicht unterdrücken. Susans Dreißig-Tage-Frist war schon schwer genug einzuhalten. Bryant und das Geld in einer Woche zu finden, ohne dass es bisher Anhaltspunkte gab, war praktisch unmöglich, selbst wenn sie Tag und Nacht arbeitete.

Nick drehte sich unvermittelt um und marschierte mit hochrotem Gesicht aus dem Büro. Kat stürzte über den Flur zum Empfangstresen, öffnete eine Akte und tat so, als würde sie hochkonzentriert darin lesen, während sie auf ihren hohen Absätzen schwankte und sich fast den Knöchel verstauchte.

Sie fing sich und zwang sich, ruhig zu atmen. Verstohlen blickte sie zu Nick herüber. Er starrte mit einem Ausdruck offener Verachtung zurück und stürmte zum Fahrstuhl. Einige Dinge blieben besser unausgesprochen. Kat nahm sich vor, das Geld zu finden, und zwar schnell!

KAPITEL 5

Kat schaffte es schließlich um sechs Uhr ins Büro. Einen Augenblick lang blieben ihre Augen an dem kleinen goldenen Türschild hängen, auf dem in abgewetzten schwarzen Buchstaben der Schriftzug *Carter & Associates* zu lesen war.

Mit den *Associates* war es in Wirklichkeit nicht weit her, denn sie arbeitete allein, wenn man einmal von Harry Denton absah, der freiwillig und unbezahlt ihr Büro besetzte. Onkel Harry hatte immer irgendeinen Grund parat vorbeizuschauen, also hatte Kat beschlossen, dass sie ihn genauso gut offiziell beschäftigen konnte. Nun ja, halboffiziell.

Sie atmete tief durch und öffnete die Tür.

„Kat – wo bist du denn gewesen, Mensch? Hast du verschlafen oder so?"

Harrys heisere Stimme kam von irgendwo unter dem Empfangstresen. Sie spähte darüber hinweg und konnte ein paar kräftige Beine sehen, die unter dem Tresen hervorlugten.

„Ich habe einen neuen Fall. Und was machst du da?"

Harry rollte sich unter dem Tresen hervor. Sein kahler Schädel war von einem Schweißfilm überzogen. Er zog ein Taschentuch aus der Hemdtasche und wischte sich die Stirn ab.

„Ich habe nur nach der Steckdose geschaut. Der Computer geht nicht."

„Soll ich dafür nicht lieber den Hausmeister holen?"

Wenn Onkel Harry freie Zeit hatte, dann stellte er meistens Unsinn an. Er schritt immer gleich zur Tat, ohne vorher nachzudenken. Auch wenn er nicht auf der Gehaltsliste stand, hielt er sich gleichzeitig für den Bürovorsteher, Wartungstechniker und Mädchen für alles. Dabei waren seine Arbeitszeiten flexibel, er kam, wenn er es zwischen Curling, Rasenbowling, Bridgeclub und Gartenarbeiten unterbringen konnte.

„Wäre vielleicht besser", sagte Harry und zog sich hoch. „Wieder ein Scheidungsfall?"

„Nein. Größer." Kat wechselte das Thema. Je weniger Harry wusste, desto besser. „Wie läuft es hier sonst so? Vom Computer mal abgesehen?"

„Ziemlich viel zu tun, Kat. Aber ich habe noch alles im Griff."

„Das Telefon klingelt in einem fort?"

„Naja, das nicht gerade. Aber ich muss deine Akten neu sortieren, Kat. Du hast einfach kein System. Ich finde hier überhaupt nichts wieder." Harry wedelte mit den Armen in Richtung des metallenen Aktenschranks, der noch vom Vormieter stammte, einer Zahnarztpraxis. „Und der Abfluss ist verstopft. Eigentlich ganz gut, dass das Telefon nicht klingelt. Hier ist so schon genug los."

Kat seufzte. Dass Harry jetzt ihre Akten durcheinanderbrachte, war das Letzte, was sie brauchen konnte. Er hatte immer sein ganz eigenes System.

„Oh, und dieser Typ hat wieder angerufen. Er will sich bestimmt mit dir treffen, und er hört sich nett an. Vielleicht solltest du einfach mal mit ihm ausgehen."

Warum waren immer die falschen Männer hinter ihr her? Ihr sogenannter Verehrer war von einem Inkassobüro, das damit drohte, ihr kleines schmutziges Geheimnis aufzudecken, wenn sie nicht zahlte. Wenn man ihr ihre Kreditkarten kündigte, die schon bis zum Anschlag überzogen waren, dann wäre das eine Katastrophe.

„Von mir aus. Ich rufe ihn morgen an." Wenn Onkel Harry nur

wüsste. Eine Wirtschaftsermittlerin, die mit ihrem eigenen Geld nicht umgehen konnte, war für neue Klienten nicht gerade attraktiv. Ihr Bingo-Fall war schon einen Monat her, und Kat war kurz davor gewesen, den Laden dichtzumachen, als Susan Sullivan anrief. Ihr Konto war leer, und ihr Kühlschrank leider auch. Carter & Associates war pleite.

„Mach das besser bald, Kat. Dieser Typ wird nicht ewig hinter dir her sein."

Wenn es nur so wäre.

In einem Punkt hatte Harry recht: Sie sollte sich ihrer Schuldenkrise stellen und es hinter sich bringen. Das war der Rat, den sie stets ihren Klienten gab. Aber damit hätte sie sich eingestanden, versagt zu haben. Und so weit war sie noch nicht ganz.

Wahrscheinlich konnte sie sich die Bluthunde von Geldeintreibern noch eine Woche vom Leib halten. Sie würde schnell den Liberty-Fall lösen, das Honorar einstreichen und wieder im Plus sein.

„Auch du wirst nicht jünger. Da interessiert sich ein Kerl für dich, und du zeigst ihm die kalte Schulter."

„Okay." Da war sie Mitte dreißig, und Onkel Harry behandelte sie immer noch wie ein Kind.

„Kat, warum sind eigentlich Buddy und Tina hier im Büro?"

Für das Sofa und ihre anderen Möbel hätte sie schon eine Erklärung gehabt, aber warum ihre Siamkatze und die Getigerte sich hier aufhielten, war schon schwerer zu begründen.

„Ich bin in letzter Zeit so viel im Büro, und da waren sie zu Hause ein bisschen zu einsam. Für sie ist es wie Urlaub hier."

Das schien Onkel Harry zu genügen.

„Kannst du ihr Futter auffüllen? Es ist in der Küche."

„Na klar. Übrigens, Kat, ich habe den Jahresbericht von Liberty gelesen, den du auf deinem Schreibtisch liegen hast. Ich habe auch Aktien von denen, das wusstest du nicht, wetten?"

Das hatte Kat tatsächlich nicht gewusst. Noch so ein Dilemma. Wenn Susan die Pressemitteilung herausgab, dann würde Harry Bescheid wissen. Oder sie konnte das Mandantengeheimnis brechen und es ihm gleich sagen. Wenn sie es ihm nicht sagte, würde sie ihm schaden. Was sollte sie tun?

„Und, irgendetwas Interessantes gefunden?"

„Nichts, was ich nicht schon gewusst hätte, mal abgesehen von dem irren Wachstum. Aber deswegen habe ich dort ja überhaupt investiert. Dieses Jahr habe ich einen fetten Reibach gemacht. Ist das dein neuer Fall?"

„Allerdings." Sie wappnete sich für das Unvermeidliche. Harrys zufriedenes Grinsen verschwand.

„Worum geht's? Insiderhandel? Bankrott?"

„Du musst bis Montag warten, dann gibt es eine Pressemitteilung." Wenn überhaupt. „Du weißt ja, warum mich solche Firmen anheuern. Es geht um Betrug. Ich kann dir nicht mehr sagen, aber wahrscheinlich gehen die Aktien nach der Pressemitteilung am Montagmorgen erstmal in den Keller. Du wirst zumindest einen Teil deiner Gewinne einbüßen."

Kat ging in die Küche und suchte nach Essbarem. Schließlich entschied sie sich für einen Beutel Mikrowellen-Popcorn und abgestandenen Kaffee.

Dann ließ sie sich in ihrem Büro nieder, leerte ihre Aktentasche aus und sortierte den Inhalt in mehreren Stapeln auf ihrem Schreibtisch, während sie auf dem letzten Popcorn herumkaute. Sie musterte die Papierstapel. Was war ihr entgangen? Als Chief Financial Officer hatte Bryant Zugang zu Informationen jeder Sicherheitsstufe, und keine Bank würde einen Auftrag von ihm in Frage stellen. Trotzdem war sie überrascht über die Dreistigkeit der Tat. Keine verwickelten Transaktionen mit erfundenen Rechnungen, Offshore-Briefkastenfirmen oder Schattenfinanzierungen.

Diese Unterschlagung hatte nur drei einfache Banküberweisungen erfordert, und niemand hatte Alarm geschlagen. Schließlich hatte Bryant sie abgezeichnet. Das Ganze schien irgendwie zu einfach zu sein. Warum hatte Bryant Unterlagen über die Überweisungen in seinem Schreibtisch zurückgelassen, wo man sie ganz leicht finden konnte? Und wie konnte eine so gewaltige Unterschlagung zwei Tage lang unbemerkt bleiben?

Draußen begann es zu dämmern, Regen fiel mit leichtem Prasseln gegen die raumhohen Fenster und ließ die Lichter von Coal Harbor verschwimmen. Sie nippte an ihrem kalten Kaffee und warf die leere Popcorntüte in den Papierkorb. Warum musste immer alles einen Haken haben? Sie hatte sich gerade ihren bisher größten Klienten geangelt, musste aber noch am gleichen Tag feststellen, dass er vor dem Bankrott stand. Sie und Jace bekommen ein Haus zum Schnäppchenpreis, aber sie hat nicht das Geld, es auch zu bezahlen.

Kat ging die letzte, dicke Akte mit Kontoauszügen systematisch durch und suchte nach einem Muster. Betrüger, die eine große Unterschlagung planten, sondierten das Terrain meist vorher mit kleineren Transaktionen. Wenn Bryant das auch versucht hatte und dabei schlampig gewesen war, konnte sie vielleicht etwas finden. Aber nach vier Stunden hatte sie nichts weiter vorzuweisen als brennende Augen und Kopfschmerzen.

Kat sah sich die Liste mit den ausstehenden Aktienoptionen an. Ein Name fiel ihr ins Auge. Bryant war seit zehn Jahren CFO und hatte dadurch eine große Menge Optionen angehäuft, sogar mehr als Susan, die noch nicht so lange CEO war. Interessanterweise hatte er sie nie ausgeübt, obwohl sie ausübungsreif und im Geld waren. Zum heutigen Schlusskurs waren sie das nette Sümmchen von dreihundertzweiundzwanzig Millionen wert. Es ergab keinen Sinn. Wieviel Geld brauchte ein einzelner Mensch? Warum sollte Bryant fünf Milliarden unterschlagen, aber dreihundertzweiundzwanzig Millionen liegen lassen?

KAPITEL 6

Die Stufen des alten viktorianischen Hauses knarzten beim Hinaufgehen unter Kats Füßen. Sie ging auf die bleiverglaste Doppeltür zu. Das Haus hatte auf jeden Fall Reparaturen nötig, aber bei Tageslicht konnte Kat sein Potenzial viel besser erkennen als während ihres Rundgangs mit einer Taschenlampe am Abend zuvor.

Links und rechts der Treppe wuchsen riesige Rhododendronbüsche, kleinere Azaleen und andere Stauden füllten den Vorgarten aus. Wenn man die Pflanzen kräftig beschnitt, würde dies schon bald wieder sehr gut aussehen. Das Haus selbst erinnerte sie an ein etwas heruntergekommenes Pfefferkuchenhaus, hier und da blätterte die Farbe von den Schnörkeln und Verzierungen. Es brauchte eben ein paar Reparaturen. Aber Reparaturen kosteten Geld.

Sie rief sich in Erinnerung, dass das Haus in Wirklichkeit Jace gehörte. Sie würde die vierzigtausend, die sie ihm jetzt schuldete, nie aufbringen können. Selbst wenn sie den Bryant-Betrugsfall schnell aufklärte, es würde noch Monate dauern, bis sie den Scheck mit der Bezahlung dafür in Händen hatte. Sie hätte sich nie auf diese gemeinsame Investition mit Jace einlassen sollen, selbst wenn ihr Gebot nur ein Schuss ins Blaue gewesen war.

Kate drehte den Türknopf. Die Tür war unverschlossen, und sie trat ein. Das Morgenlicht erhellte den Eingangsbereich und fing mit seinen Strahlen tanzende Staubfäden ein. Das Haus sah völlig anders aus als die Vorstellung, die sie gestern Abend davon bekommen hatte. Besonders die Möbel, von denen die meisten so alt wirkten wie das Haus selbst. Gepflegte, antike Möbel, die unerklärlicherweise mit in die Zwangsversteigerung geraten waren, nachdem die Grundsteuern nicht bezahlt worden waren.

„Jace?“ Keine Antwort.

Sie hielt neben dem Tischchen am Eingang inne und hob ein paar Briefe auf, die oben auf einem Haufen Werbezettel und Zeitungen lagen. Eine Telefonrechnung und eine Stromrechnung, jeweils mit der Aufschrift *Letzte Mahnung*, waren an eine Verna Beechy adressiert. Auf einem weiteren Briefumschlag wurden Gutscheine angepriesen, mit denen man Hunderte von Dollar sparen konnte; als Anschrift stand dort nur *An die Bewohner*. Kat konnte nichts Persönliches sehen. Wer war Verna, und was war aus ihr geworden?

Als sie die Briefe wieder auf den Tisch zurücklegte, bemerkte sie einen antiken Ahornschrank gleich neben der Eingangstür. Sie öffnete ihn und spähte hinein. Mehrere Damenmäntel hingen an Bügeln, darunter Schuhe und Stiefel ordentlich aufgereiht. Es war eher praktisches Schuhwerk, Rockports, Flachschuhe von Cole Haan und ein Paar Hush-Puppies-Stiefeletten. Schuhe, um darin zu laufen. Schuhe sagten eine Menge über einen Menschen aus. Verna war eine praktisch denkende Frau und achtete auf Qualität. Vernünftige Frauen wie sie verschwanden nicht einfach, ohne ihre Rechnungen zu bezahlen, und sie ließen ihren Besitz auch nicht einfach der Zwangsversteigerung anheimfallen.

Kat erwartete fast, dass Verna jeden Moment vom Einkaufen zurückkam und sich über die beiden Fremden in ihrem Haus wunderte. Schnell schloss sie die Schranktür wieder. Sie kam sich wie ein Eindringling vor.

„Kat? Hier drin.“

Sie folgte Jaces Stimme ins Esszimmer. Ein schwerer Eichentisch war dort an die Wand geschoben worden, und acht Stühle waren obenauf gestapelt. Die Vorhänge waren zusammengeknotet, um sie vom Holzboden fernzuhalten, der etwas schief war und auf dem ein paar Zentimeter Wasser standen. Eimer waren strategisch über den Raum verteilt, auf dem Boden und auf einem großen, ebenfalls eichenen Sideboard.

Jace stand in Gummistiefeln und mit hochgekrempelten Hosenbeinen über einen Nass-Trockensauger gebeugt. Seine breiten Schultern bildeten ein V, und seine Muskeln zeichneten sich unter dem weißen Baumwoll-T-Shirt ab, als er den Kanister leerte. Ex-Freund hin oder her, er war immer noch der bestaussehende Mann, der ihr je vor die Augen gekommen war.

„Was ist passiert?"

„Das Dach leckt. Erinnerst du dich an den Regen letzte Nacht?" Jace richtete sich auf und stieß prompt mit dem Kopf gegen den Kronleuchter.

Wie konnte er so ein gutes Auge fürs Detail haben, aber gleichzeitig einen Kronleuchter mitten im Raum übersehen?

„Verdammt!" fluchte er, als der Leuchter zurückschwang und ihn erneut traf.

„Autsch! Bist du in Ordnung?" Kat hielt den Leuchter fest, um ihn zu stoppen, und berührte Jace am Kopf. Einen Sekundenbruchteil lang vergaß sie, dass sie kein Paar mehr waren. Sie hatten ihre Beziehung beide hinter sich gelassen, und das hier war nichts weiter als ein gemeinsames Geschäft.

Jace sagte erstmal nichts. Sein Blick folgte ihrer Hand, als sie sie von seinem Gesicht wegnahm.

„Mir geht's gut. Siehst du das da?" Er deutete auf die Zimmerdecke. Ein Riss zog sich durch den Putz, von einer Wand zur anderen.

„Kann man das reparieren?"

„Klar, aber das kostet Zeit und Geld. Ich habe eine Plane auf das Dach gelegt. Wir lassen zuerst das Dach reparieren, dann beauftragen wir jemand, die Decke neu zu verputzen. Wenn wir das Wasser hier schnell aufnehmen, dann können wir vielleicht verhindern, dass die Bodendielen sich verziehen."

Kat blickte nach unten und sah, wie das Wasser durch ihre Wildlederstiefel sickerte. Sie floh in die Küche, legte dort ihren Laptop auf den Tisch und setzte sich, um die Stiefel auszuziehen. Dann sah sie das Papier.

Der Fünf-Milliarden-Dollar-Mann: Eine Lehrstunde in Korruption, von Jace Burton.

„Du schreibst an einer Story über Liberty?“ Kats Puls ging schneller, als sie die ersten Zeilen gelesen hatte. Dort standen Einzelheiten über die Überweisungen. Dinge, die nur sie selbst wusste.

„Ich hab’s versucht, bis das Dach anfing zu lecken.“ Er folgte ihr mit einem vollen Wassereimer in die Küche.

„Wo hast du das her?“ Sie wedelte mit dem Blatt Papier. Es gab nur eine Quelle, aus der er es haben konnte.

Jace antwortete nicht. Er goss das Wasser in den Ausguss und mied ihren Blick.

„Du hast das von meinem Laptop? Wie konntest du, Jace? Du spionierst mich aus?“ Sie zog ihre Stiefel aus und warf sie an die Wand, ohne sich darum zu kümmern, ob sie nass wurden. Was hatte er noch gefunden?

Jace fuhr herum, als die Stiefel gegen die Fußleisten krachten.

„Ich habe nichts angefasst. Du hast deinen Laptop gestern im Büro gelassen, und ich kam eben zufällig vorbei.“

„Zufällig vorbei? An meinem Laptop auf meinem Schreibtisch, ja? Das soll ich glauben?“

Sie sprang auf, ging zurück ins Esszimmer und schnappte sich einen Wischlappen.

„Du solltest dir wirklich mal einen Bildschirmschoner anschaffen. Oder vielleicht auch nicht.“

Er täuschte ein Ausweichen nach rechts an, als sie mit dem Lappen in die Küche zurücklief.

„Das ist nicht lustig, Jace. Das sind vertrauliche Informationen.“

„Aber es ist so eine saftige Story. Der CFO und die bankrotte Diamantenmine.“

„Noch nicht bankrott.“

„Wird sie aber sein.“

„Nicht, wenn ich es verhindern kann.“ Was sagte sie da? Sie wollte den Fall doch gar nicht.

„Ich brauche eine Story, Kat. Dachdecker sind teuer. Und eine neue Bodenversiegelung auch. Wir können einiges davon selbst machen, aber es wird immer noch eine Menge kosten."

Kat rechnete im Kopf die Zahlen zusammen. Ihr Plan, das Haus schnell aufzumöbeln und weiterzuverkaufen, wirkte nicht mehr so vielversprechend. Selbst mit dem Geld von Liberty.

„Können wir hier noch aussteigen? An den nächsthöheren Bieter verkaufen?"

„Und die Chance auf zehnfachen Gewinn sausen lassen? Auf keinen Fall."

„Na, jedenfalls schreibst du diese Story nicht auf meine Kosten."

„Entspann dich, Kat. Es ist nur ein erster Entwurf. Wenn am Montag die Pressemitteilung rauskommt, habe ich die Story schon fertig."

„Susan wird keine Pressemitteilung herausgeben."

„Aber das muss sie doch."

„Jace, wegen des Hauses ... Ich muss dir etwas sagen ..."

„Lenk jetzt nicht ab, Kat. Ich brauche diese Story. Über die Bankenpleiten, die Zwangsvollstreckungen und die Banker mit ihren fetten Bonuszahlungen ist schon rauf und runter geschrieben worden. Liberty ist neu, und es könnte ein dickes Ding werden. Lass das nicht jemand anderen abräumen. Bitte!"

Kat seufzte. Eine Möglichkeit gab es.

„Okay. Unter der Bedingung, dass du nur über Dinge schreibst, die öffentlich bekannt sind."

„Aber wenn es keine Pressemitteilung gibt, welche Informationen sind denn dann überhaupt öffentlich?"

„Im Augenblick gar keine. Aber je schneller ich den Fall löse, desto schneller wird er öffentlich." Jace und seine investigativen Fähigkeiten konnten immer noch nützlich sein, wenn sie sicher war, dass er alles für sich behielt. Und als Direktor von Carter & Associates war er zum Schweigen verpflichtet.

„Erinnerst du dich noch an die Verschwiegenheitserklärung, die du unterschrieben hast? Als Direktor bist du daran gebunden."

„Ich kann nichts schreiben? Das ist ja Folter!"

„Wie oft läuft dir ein Fünf-Milliarden-Dollar-Fall über den Weg?"

„Na schön. Abgemacht. Also, was weißt du bisher?"

„Nicht viel. Es sieht so aus, als ob Bryant das Geld viel herumgeschoben hat. Ich habe es nach Bermuda, Guernsey und auf die Caymans verfolgt, und dann verliert sich die Spur bei einem Nummernkonto im Libanon."

„Libanon? Was will er denn da?"

„Gute Frage. Wahrscheinlich hat er gehofft, dass wir durch das ganze Hin und Her die Spur verlieren. Außerdem ist das gar kein schlechter Ort, um gestohlenes Geld zu verstecken. Das Bankgeheimnis im Libanon ist sehr strikt, und genauso mögen es die Ganoven. Die Bankenaufsicht im Libanon kann auf keine einzelnen Kontodaten oder die Namen von Einlegern zugreifen. Nur der Bankmanager kennt die Einzelheiten, und es ist ihm gesetzlich verboten, Informationen weiterzugeben. Dadurch kann nichts weiterverfolgt werden, denn Banken sind gesetzlich zur Verschwiegenheit verpflichtet, selbst den Strafverfolgungsbehörden gegenüber."

„Hat Bryant denn irgendwelche Verbindungen dorthin? Spricht er überhaupt die Sprache?"

„Das muss er gar nicht. Durch den elektronischen Handel muss man nicht mehr vor Ort sein. Er kann einfach nur ein Konto dort haben und das Geld in die ganze Welt weiterverteilen."

„Und was nun? Wie willst du ihn aufstöbern?"

„Ich werde die Bankaufzeichnungen bei Liberty noch weiter durchsuchen und nach anderen verdächtigen Überweisungen Ausschau halten. Vielleicht hat er irgendeinen Hinweis hinterlassen, zum Beispiel ein paar kleinere Transaktionen, mit denen er das Ganze getestet hat. Die meisten Leute ziehen einen Betrug dieser Größenordnung nicht einfach so durch, ohne es vorher ein paar Nummern kleiner ausprobiert zu haben. Und seltsamerweise sind sie unvorsichtiger, wenn die Summen nicht so groß sind. Es ist, als ob sie immer noch etwas herumspielen und sich noch nicht richtig entschlossen haben, und deshalb haben sie oft auch noch nicht alle Eventualitäten ausgeschlossen. Das Geld landet dann an der gleichen Stelle, aber mit weniger Zwischenstationen." Kat wrang ihren Lappen über einem Eimer aus.

„Also, was weißt du über Bryant, Jace? Du musst doch im Wirtschaftsteil schon über Liberty und ihn berichtet haben. Irgendetwas Auffälliges?"

„Eigentlich nicht. Ich bin ihm tatsächlich schon ein paarmal über den Weg gelaufen. Letztes Mal habe ich ihn über ein Minenprojekt im Norden Kanadas interviewt. Intelligenter Typ. Kennt sich im Geschäft aus. Hat auch einen Abschluss in Geologie. Das war, bevor er in den Finanzbereich gewechselt ist."

Das war Kat allerdings neu. Susan hatte keinen Abschluss in Geologie erwähnt. „Was hast du über ihn herausgefunden?"

„Naja, er meinte, der Norden Kanadas wäre die nächste große Sache. Die Klimaerwärmung wäre für Kanada und besonders für Liberty ein großer Vorteil, hat er gesagt. Er glaubte, dass die Öffnung der Nordwestpassage für den Bergbau hoch im Norden große Einsparungen bei den Transportkosten und besseren Zugang zu den Minen bringen würde. Und er hat gesagt, dass Liberty in den nächsten Jahren größenmäßig an DeBeers vorbeiziehen würde."

„Klingt, als ob er langfristig am Ball bleiben wollte." Warum sollte er also das Geld stehlen? Es ergab wieder keinen Sinn. Bryant hatte mehr zu gewinnen, wenn er einfach dranblieb, statt alles zu riskieren und für den Rest seines Lebens auf der Flucht zu sein.

Kats Handy klingelte. Es war Harry.

„Sieht aus, als ob die Sache mit Liberty gerade viel komplizierter geworden wäre."

„Was meinst du damit?" War es nicht schon kompliziert genug, in nur einer Woche einen verschwundenen CFO und fünf Milliarden Dollar wiederfinden zu müssen?

„Alex Braithwaite ist ermordet worden. Die Cops haben seine Leiche am Ufer des Fraser River gefunden."

KAPITEL 7

„Was kannst du mir über Alex Braithwaite sagen?" Die Angaben in den Morgennachrichten waren nur knapp gewesen. Braithwaite war mit einer einzigen Kugel in den Kopf getötet worden, wie bei einer Hinrichtung. Sein Auto stand in der Nähe des Flusses, wo er gefunden worden war.

„Du meinst den Kerl, der gestern umgebracht wurde?"

Cindy Wong saß Kat gegenüber und strich mit einem manikürten Fingernagel über ihr neuestes modisches Accessoire, ein Tattoo am Handgelenk in Form einer Rose. Kat hoffte, dass es kein permanentes Tattoo war. Sie saßen in Kats Büro und beobachteten durchs Fenster ein Wasserflugzeug, das draußen im Hafen zur Landung ansetzte.

„Genau den. Er hat für meinen Klienten gearbeitet, Liberty Diamond Mines." Nachdem sie es mit Jace durchgesprochen hatte, hatte sie beschlossen, den Fall doch zu übernehmen.

„Für Mord bin ich nicht zuständig, Kat. Ich weiß auch nicht mehr als das, was man aus dem Fernsehen hört. Außerdem kann ich keine Ermittlungsdetails aus laufenden Fällen verraten, genau wie du."

Für eine Undercover-Polizistin war Cindys neueste Verkleidung recht schrill.

„Haar-Extensions?"

„Gefallen sie dir?"

Cindys Haar war nicht nur doppelt so lang wie noch letzte Woche, es war jetzt auch platinblond und zu Zöpfen geflochten.

„Atemberaubend. Hast du einen neuen Auftrag?" Bei Cindys Undercover-Tätigkeit gehörten häufige Veränderungen ihrer Erscheinung einfach dazu, aber dieser Look war bisher der ausgefallenste.

„Nein, immer noch denselben. Ich dachte nur, man könnte die Dinge mal ein wenig aufpeppen. Meinen Unterweltfreunden gefällt's. Sozusagen eine Verkleidung innerhalb der Verkleidung." Cindy lächelte.

„Die Polizei hat wirklich noch keine Verdächtigen im Mordfall Braithwaite?" Kat dachte an Braithwaites Bemerkungen zurück. Kannte er seinen Mörder?

„Nicht, dass ich wüsste." Cindys Handy klingelte. „Muss los."

Harry polterte ins Büro und wäre fast mit Cindy zusammengestoßen, die sich zum Gehen anschickte.

„Kat, die Liberty-Aktien fallen ins Bodenlose! Was soll ich tun?"

Kat tippte das Wertpapiersymbol für Liberty, LDM, in ihren Laptop.

Tatsächlich, der Kurs stürzte ab. In der ersten Handelsstunde hatte Liberty die Hälfte seines Wertes verloren.

„Tut mir leid, Onkel Harry. Ich weiß nicht, was ich sagen soll."

Sie klickte die Nachrichtenmeldungen durch. Der Mord an Braithwaite hatte Susan gezwungen, den Betrug und Bryants Verschwinden öffentlich zu machen.

„Wie schnell kannst du das Geld wiederfinden?" Harry lehnte sich an die Wand und schlug die Hände vors Gesicht.

„Ich arbeite daran."

„Mir wird schlecht", sagte Harry. Sein Gesicht war aschfahl. Er ließ einen Papierausdruck auf Kats Schreibtisch fallen, rutschte die Wand herunter und fiel auf dem Boden zu einem Häufchen Elend zusammen.

„Mein Broker hat gesagt, das wäre eine todsichere Sache."

„Das einzig Sichere ist seine Provision." Kat hob das Blatt auf. Es war eine ausgedruckte Liste von Harrys Kontobewegungen bei Bancroft Richardson.

„Sie haben gerade angerufen. Ich muss Geld nachschießen, haben sie gesagt."

Kat studierte den Ausdruck. „Du hast Liberty-Aktien auf Pump gekauft?" Offenbar hatte Harry „auf Margin" gekauft, also praktisch einen Kredit bei seinem Broker aufgenommen, der durch die Aktien auf dem Konto abgesichert war. Wenn der Aktienkurs fiel, musste man Geld nachschießen.

„O je, da habe ich mir Geldprobleme eingebrockt, Kat. Mächtige Probleme."

„Kann man wohl sagen." Onkel Harry hatte für zweihundertfünfundzwanzigtausend Dollar Liberty-Aktien gekauft. Diese waren jetzt nur noch einen Bruchteil davon wert und heute Abend wahrscheinlich gar nichts mehr. Kat wurde auch übel.

„Hast du schon mal etwas von Diversifizierung gehört?"

„Ich musste doch einsteigen, bevor der Kurs abhebt. Und Bancroft Richardson hat mir sogar Geld geliehen, um noch mehr zu kaufen. Elsie bringt mich um. Wir müssen wohl eine neue Hypothek aufnehmen."

„Lass mal sehen. Du schuldest ihnen hundertfünfzigtausend. Gar nicht gut. Du musst entweder noch mehr Geld einzahlen oder die Aktien verkaufen."

„Aber wenn ich verkaufe, dann realisiere ich meine Verluste. Die Aktien werden doch wieder steigen, oder?"

„Das kann ich dir nicht sagen, Onkel Harry. Das musst du selbst entscheiden."

Kat sah genauer hin. Die letzte Transaktion trug das Datum von gestern.

„Du hast gestern noch mehr davon gekauft? Nachdem du schon wusstest, dass ich an dem Fall dran war?"

„Ich wusste nichts von dem gestohlenen Geld. Aber ich bin sicher, du wirst es finden. In einem Monat wird das wie ein Schnäppchenpreis aussehen."

„Du hast nur deshalb noch mehr investiert, weil sie mich angeheuert haben?“

„Ich habe volles Vertrauen zu dir, Kat.“

Vertrauen. Ein ziemlich belasteter Begriff.

Harry hatte Vertrauen in ihre Fähigkeiten. Liberty-Aktionäre hatten Vertrauen in den Wert ihrer Investition. Was, wenn alles zusammenbrach wie ein Kartenhaus?

KAPITEL 8

„Luis, hol mir Rodriguez her", bellte Ortega in die Sprechanlage.

Der Junge streckte die Hand aus. Seine dunkelbraunen Augen bohrten sich in Ortegas. „Geben Sie mir mein Geld." Er trug ein verschlissenes T-Shirt, Nike-Shorts und schwarze Plastiksandalen, die Uniform der Straßenkinder.

Ortega machte eine abwehrende Geste. Er wollte den dreckigen Bengel aus seinem Büro weghaben.

„Natürlich, Antonio. Señor Rodriguez gibt es dir." Er nickte Rodriguez zu, als sich die fast drei Meter hohen Türen zum Vorzimmer öffneten. Rodriguez stand neben einem der handgeschnitzten Türpaneele.

Der Junge zog eine Grimasse in Richtung Ortega und drehte sich dann mit ausgestreckter Hand zu Rodriguez um.

„Wo ist mein Geld?"

„Komm mit."

Ortega tätschelte seine goldenen, diamantenbesetzten Manschettenknöpfe, während Rodriguez den Jungen mitnahm. Zweihundert Pesos war mehr, als der Junge in einem Monat durch Stehlen und Betteln zusammenkratzen würde. Mehr, als er wert war. Nur schade, dass er es nie würde ausgeben können. In ein paar Stunden würde Antonio sich zu den anderen gesellen, die irgendwo in Betonfundamenten oder unter einer Fahrbahn verscharrt waren. In Buenos Aires gab es viele Denkmäler, und nicht alle waren öffentlich.

Niemand würde ihn vermissen, außer vielleicht ein paar Straßenkinder am Bahnhof Retiro, wo Ortega die meisten seiner Eroberungen aufgabelte. In ein paar Tagen, wenn sie damit beschäftigt waren, *Paco* zu rauchen oder sich etwas zu essen zu besorgen, würden sie sich nicht einmal mehr an Antonios Gesicht erinnern.

Ortega kam zu spät zu seinem Meeting.

„Luis!" bellte er, als er an diesem vorbeiging. „Besprechungsraum!"

„Ja, Boss."

„Und bring die Karte mit."

In einem besseren, aber unauffälligen Büroturm im Bezirk Recoleta saß die Zentrale von Ortegas Organisation, die größer war als Microsoft oder andere multinationale Konzerne, aber in keiner Fortune-500-Liste auftauchte. Die Firma war in Privatbesitz, nur wenige kannten sie, und nur sehr wenigen gegenüber war sie rechenschaftspflichtig. Ortega kontrollierte Regierungen, hatte Einfluss auf einige Sektoren des Welthandels und sogar auf Krieg und Frieden.

Ortega krempelte die Hemdsärmel auf, als er den Sitzungsraum betrat. Es war schon jetzt ziemlich drückend, die Klimaanlage kam gegen die Hitzewelle nicht mehr an, die Buenos Aires in den letzten zehn Tagen im Griff hatte.

Ortegas Männer nahmen zehn der zwölf Sitzplätze am Besprechungstisch ein. Nur Ortegas Platz und ein weiterer waren leer. Der Platz von Vicente Sastre war leer geblieben, seit er vor zwei Jahren spurlos verschwunden war. Ortega ließ den Platz absichtlich leer, als Mahnung für die anderen Männer. Diese taten so, als ob sie von Sastres Abwesenheit keine Notiz nahmen. Niemand wagte, nach ihm zu fragen.

Ortega setzte sich und wartete, bis Luis die Karte befestigt hatte.

Dann wandte er sich an den ganzen Raum.

„Das Geschäft lahmt und unsere Umsätze sinken. Wir müssen etwas unternehmen, um weiter Gewinne zu machen. Besonders in

Afrika", sagte er und zeigte auf die Karte. „Früher haben wir allein dort die Hälfte unserer Gewinne gemacht. Wir müssen das wieder aufbauen."

Schweigen.

Selbst bei Jahresumsätzen, die höher waren als die Wirtschaftsleistung ganzer Länder, machte Ortega sich Gedanken.

„Wir brauchen Wachstum. Nicht nur bei Panzern und Ausrüstung, auch bei Kleinwaffen wie Sprengstoff und Kalaschnikows."

Kalaschnikows waren Brot und Butter des Waffenhandels – hoher Umsatz, niedrige Gewinnspannen. Für Ortega waren sie wie ein Einstiegsangebot. Neue Geschäftsfelder zu erschließen, darauf kam es an. Jeder Warlord, der auf sich hielt, besaß Dutzende von Kalaschnikows. In guten Zeiten brachten sie sechshundert Dollar, oder sechs Kühe, je nach Land. Oder, in manchen Ländern, Diamanten.

Ortega beherrschte den Markt für Blutdiamanten in Zentralafrika. Das System der Kimberly-Zertifikate verhinderte, dass Rebellen ihre Minenproduktion auf dem offenen Markt verkauften, besonders in den großen Mengen, die sie zur Finanzierung ihrer Kriege brauchten. Er kaufte all ihre Diamanten auf, gegen Waffen oder Bargeld, aber zu einem Bruchteil des Wertes. Er konnte die Kontrollen umgehen, die den Diamantenschmuggel unterbinden sollten, aber damit es funktionierte, brauchte er laufend Nachschub an Diamanten.

„Aber es kämpft niemand mehr", sagte Luis. „Es gibt keine Nachfrage."

Die übrigen Männer nickten einmütig, sagten aber nichts. Luis war der einzige, der je eine Bemerkung wagte.

Ortega erhob sich und ging zum Fenster, das die ganze Wand einnahm und den Blick auf das Wasser freigab. Draußen spiegelte sich die Nachmittagssonne im Rio de la Plata. Eine leichte Brise wehte über das Wasser. Gewöhnliche, gesetzestreue *Porteños* gingen unten auf den Straßen ihrem Tagwerk nach.

„Dann sorgen wir eben für Nachfrage." Seine scharfen braunen Augen suchten den Raum nach irgendeinem Zeichen des Zögerns ab.

„Und wie?" fragte Luis. „Sollen wir einen Krieg anfangen?"

„Genau das", sagte Ortega.

KAPITEL 9

„Man hat Leute schon für weniger aus einem Hubschrauber geworfen." Ken Takahashi trat aus einer Seitentür des Hauses. Er trug einen Armvoll Feuerholz und ließ diesen vor der Garage fallen. Unrasiert und mit Jeans und einer Fleecejacke bekleidet, wirkte er nicht gerade wie das, was Kat sich unter dem früheren Chefgeologen bei Liberty vorgestellt hatte.

Takahashi hatte Liberty vor zwei Jahren verlassen, kurz nach den neuen Diamantenfunden bei Mystic Lake. Den wenigen Auskünften, die sie von Susan und anderen erhalten hatte, hatte sie entnommen, dass Takahashi und Bryant befreundet waren. Sie hatte beschlossen, Takahashi einen Besuch abzustatten, um mehr Hintergrundwissen über den CFO zu sammeln.

„Weniger als was?" Wollte Takahashi andeuten, dass er durch irgendeinen Skandal gezwungen gewesen war, bei Liberty zu gehen?

Takahashi antwortete nicht, sondern bedeutete Kat, ihm zu folgen.

„Kommen Sie, ich erkläre es Ihnen drinnen. Holen wir uns einen Kaffee."

Kat ging Takahashi nach, während ein struppiger alter Labrador sich an ihr Bein drückte. Der arthritische Gang des Hundes auf den Stufen verriet sein Alter. Es war nicht schwer gewesen, das Haus zu finden, ein unauffälliges zweistöckiges Gebäude, dessen gelbe Farbe langsam verblasste. Es musste schon einige Zeit zurückliegen, dass sich jemand wirklich um dieses Haus und den kleinen Garten am Fluss gekümmert hatte. Der Garten musste einst gepflegt gewesen sein, war nun aber überwuchert. Clematis und Prunkwinde wetteiferten darum, wer zuerst den Dachfirst erreichen würde. Überreste von Hochbeeten, die nach der Sonne ausgerichtet waren, waren mit Gras und Löwenzahn bewachsen. Die Wildnis kehrte langsam zurück.

Wie bei vielen Häusern entlang der River Road waren ausrangierte Gegenstände über den Hof verstreut. Vor Ken Takahashis Haus standen zwar keine verrosteten Autos ohne Kennzeichen, aber dafür gab es ein Wirrwarr aus Krebsreusen, Fischernetzen und einem heruntergekommenen alten Boot neben der Einfahrt. Das Boot wirkte alles andere als seetüchtig, und die abblätternde Farbe ließ ahnen, dass es wohl schon seit Jahrzehnten nicht mehr benutzt worden war. Der einzige Faktor, der für die Immobilie sprach, war der unverbaute Blick über die Straße auf den Fraser River.

Takahashi hatte darauf bestanden, sich hier mit Kat zu treffen. Als früherer Chefgeologe widerstrebte es ihm, Kat in der Nähe seines früheren Büros im Stadtzentrum aufzusuchen, oder überhaupt irgendwo in der Öffentlichkeit. Er musste sich keine Sorgen machen. Heute Nachmittag trieben sich keine Geschäftsleute in der Nähe der River Road herum, nur ein paar Radfahrer beim Training und ein Kipplaster mit Schüttgut waren zu sehen.

Das Wenige, was sie über Takahashi wusste, stammte von Jace. Takahashi hatte Liberty im Streit verlassen, nachdem er die Chancen auf neue Kimberlit-Adern bei Mystic Lake in Zweifel gezogen hatte. Als er durch die Funde eines Besseren belehrt wurde, zwang man ihn zu gehen.

Sie setzten sich an einen runden Eichentisch in der Küche. Eine nackte Glühbirne hing von der Decke. Die Küche war sauber und praktisch eingerichtet. Das altmodische Muster aus den Siebzigern wirkte wie das *Vorher*-Bild in einer Fernsehshow für Renovierungen. Takahashi goss Kaffee in zwei Becher, die nicht zusammenpassten, und deutete auf eine Schüssel voller Kaffeeweißer- und Zuckerpäckchen. Kat wählte den Becher mit einem Hubschraubermotiv und dem Schriftzug *Hover Lover* darauf. Auf dem anderen stand *Die Erderwärmung ist für die Katz*. Der alte Labrador ließ sich zu Füßen Takahashis nieder und blickte Kat mit einer Mischung aus Neugier und Schläfrigkeit an.

„Und, schon mal aus einem Hubschrauber geworfen worden?"

„Bisher nicht. Ich sollte mich wohl glücklich schätzen, dass das noch nicht passiert ist."

„Wollen Sie damit sagen, Liberty ist ein zweites Bre-X?" Kat war nicht sicher, ob der indonesische Minenschwindel aus den 1990ern mit Bryants Verschwinden vergleichbar war, aber sie hatte keine anderen Anhaltspunkte.

„Mehr sage ich nicht. Ich würde lieber gar nicht mit Ihnen reden. Nichts für ungut, das ist nichts Persönliches. Als ich das letzte Mal den Mund aufgemacht habe, habe ich alles verloren – meinen Job, meinen Ruf und die meisten meiner Freunde. Der einzige, der nichts mit dem Komplott zu tun hatte, ist weg, und ich habe alles getan ..."

„Sprechen Sie von Bryant?" fragte Kat ungläubig. Nicht nur, dass das Geld schwer zu verfolgen war, wenn das hier stimmte, dann stand sie wieder ganz am Anfang. „Sie glauben nicht, dass Bryant korrupt war?"

Takahashi ließ ein Zuckerpäckchen in seinen Kaffee rieseln und rührte ihn mit einem schmuddeligen Löffel um. Kat beschloss, ihren schwarz zu trinken.

„Ganz recht, das glaube ich nicht. Er wurde reingelegt. Racine und der Rest des Vorstands interessieren sich nur für sich selbst. Wenn schlechte Nachrichten kommen, vertuschen sie sie. Wenn eine Zeitlang keine guten Nachrichten kommen, denken sie sich welche aus. Ich schätze, wenn ich gewusst hätte, was gut für mich ist, hätte ich mitgemacht. Aber es ist nun mal falsch, und es ist nur eine Frage der Zeit, bis die Leute ihnen draufkommen."

„Aber Sie waren der Chefgeologe. Warum haben Sie nicht gesagt, dass sie sich geirrt haben? Das können Sie immer noch tun, wissen Sie? Wenn Sie wirklich glauben, dass Bryant unschuldig ist, könnte ihm das sogar helfen."

Kat wertete Takahashis Schweigen als Zustimmung. Wenn er den Schlüssel zu Bryants Schicksal in der Hand hielt, und vielleicht auch zu dem fehlenden Geld, warum sagte er das nicht einfach?

„Meinen Job habe ich schon verloren, und dort hatte ich 20 Jahre gearbeitet. Racine und die anderen können mit Leichtigkeit dafür sorgen, dass ich überhaupt nie wieder eine Arbeit finde. Habe ich bis jetzt auch nicht. Diamantenförderung ist eine kleine Branche. Jeder kennt jeden, und von irgendetwas muss ich leben. Im Augenblick habe ich nicht gerade einen guten Ruf. Ich habe den größten Fund in Nordkanada verschlafen, den es seit 10 Jahren gab. Niemand will es mehr mit mir versuchen.

Die meisten Bergbauunternehmen haben ohnehin ein Verfallsdatum. Am Anfang pumpen Investoren massenhaft Geld hinein, wenn die Zukunft noch rosig aussieht und alles möglich scheint. Aber nach ein paar Jahren und nach ein paar Kapitalerhöhungen stumpfen die Investoren ein bisschen ab. Sie möchten erstmal Ergebnisse sehen, bevor sie noch mehr Geld in das Millionengrab stecken. Man braucht einen Geologen, der Resultate bringt, und der war ich nicht mehr."

„Aber es gab doch neue Diamantenfunde bei Mystic Lake. Wie erklären Sie sich das denn?"

„Ich weiß nicht, wie sie das gemacht haben, aber es ist nicht echt."

Kat war nicht sicher, wie sie das zu verstehen hatte.

„Wollen Sie damit sagen, dass sie die Ergebnisse gefälscht haben? Um den Vorstand und die Investoren zu beglücken?"

„Das müssen Sie selber ausknobeln. Ich werde meine Chancen, irgendwann wieder einen Job zu finden, nicht aufs Spiel setzen. Aber wenn ich Sie wäre, dann würde ich mich vorsehen. Hier steht eine Menge auf dem Spiel."

„Sie meinen, so etwas wie ein ungeplanter Hubschrauberabsprung?" Hatte der Mord an Braithwaite irgendetwas damit zu tun? Das Timing war jedenfalls auffällig.

Takahashi überging Kats Bemerkung diesmal und schnitt ein neues Thema an.

„Was wissen Sie überhaupt über Diamantenförderung?"

„Ganz ehrlich? Nicht viel. Ich weiß, dass ein Diamant irgendwie aus der Erde kommt, und am Ende in Gold gefasst in einer Schachtel bei Tiffany's landet. Wie er da hinkommt, keine Ahnung." Kat konnte nicht anders, sie wurde ein bisschen albern. Sie war frustriert, weil ihr Job allmählich immer mehr zu einer Schnitzeljagd wurde. Außerdem half es manchmal, Leute zum Reden zu bringen, wenn man sich dumm stellte – und wenn sie an Informationen herankommen wollte, musste sie die Leute irgendwie zum Reden bringen.

„Ich sehe schon, ich muss Ihnen noch viel beibringen. Diamanten sind im Grunde nur kristallisierter Kohlenstoff. Sie entstehen tief unter der Erde und werden durch starke vulkanische Aktivitäten an die Oberfläche befördert. Das Magma, das Muttergestein und die Diamanten bilden Adern, sogenannte Kimberliten, wenn sie die Oberfläche erreichen. Ein Kimberlit hat drei Bestandteile: die Wurzeln, den Schlot und den Krater. Er hat die Form einer Karotte, der Krater ist sozusagen das obere Ende der Karotte.

Der Schlot ist das Mittelstück des Kimberlits, und hier findet man die meisten Diamanten. Dieser Teil ist normalerweise ein bis zwei Kilometer tief. Darunter sind die Wurzeln, die ungefähr einen halben Kilometer tief reichen. Der Krater bildet schließlich oben den Abschluss der Ader. Es gibt bestimmte geologische Charakteristika, an denen man einen Ort mit hoher Wahrscheinlichkeit von Kimberlitvorkommen erkennt."

Ken war offensichtlich in seinem Element. Kat konnte sich gut vorstellen, wie er diesen Vortrag an einer Universität oder draußen vor Ort hielt.

„Und einer dieser Orte ist auch Mystic Lake, nehme ich an?"

„Stimmt. Kimberliten findet man in den Kerngebieten eines Kontinents. Diese Kerngebiete, die auch archaische Kratone genannt werden, bestehen aus zweieinhalb Milliarden Jahre altem Fels. Hier konzentrieren sich die Adern. Mystic Lake befindet sich in einem dieser Gebiete." Ken nahm einen Schluck aus seinem rissigen Becher. „Tatsächlich liegt ganz Kontinentalkanada auf einem der größten archaischen Kratone dieser Erde."

„Kanada ist also das nächste große Ding in Sachen Diamantenförderung?"

„Einerseits ja, andererseits nein. Auch wenn Kanada großes Potenzial hat, hoch im Norden ist der Zugang dazu schwierig, wegen der unwirtlichen Landschaft, der extremen Wetterbedingungen, fehlender Straßen und Infrastruktur. Nach neuen Adern zu suchen, ist extrem teuer, von der eigentlichen Diamantengewinnung ganz zu schweigen."

„Das erklärt wahrscheinlich, warum Liberty die Erkundung auf diese Gegend konzentriert und dort eine neue Ader gefunden hat?" Langsam wird es interessant, dachte Kat und nahm ebenfalls einen Schluck Kaffee.

„Sehr unwahrscheinlich. Das finde ich ja so überraschend. Wir haben diese Gegend in den letzten zehn Jahren quasi mit der Zahnbürste abgesucht. Glauben Sie mir, wenn noch etwas da gewesen wäre, hätten wir es gefunden. Ich glaube nicht, dass etwas Wesentliches übersehen wurde. Mystic Lake ist ziemlich am Ende seines Lebenszyklus angekommen." Ken hielt inne, um die Kaffeekanne vom Tresen zu nehmen.

„Man findet Adern normalerweise gehäuft an, höchstens zehn oder zwanzig Kilometer voneinander entfernt. Die ganze Gegend wurde flächendeckend und ausgiebig abgesucht, aus der Luft kartiert, es wurden Bohrkerne untersucht, und was derlei Methoden mehr sind – wir haben alles unternommen."

„Woher können die Diamanten denn sonst gekommen sein?"

Ken Takahashi schenkte ihnen beiden Kaffee nach und wog seine nächsten Worte sorgfältig ab. „Dieses Gestein stammt nicht aus Mystic Lake. Ich habe persönlich fünf Jahre lang in dieser Gegend gearbeitet. Es war eine gute Mine, aber so produktiv, wie Liberty es jetzt behauptet, ist sie nicht. Nie im Leben."

Kats Gedanken rasten. Sie ging die Möglichkeiten durch. „Wollen Sie damit sagen, dass sie die Ergebnisse gefälscht haben könnten?"

„Ich will gar nichts sagen. Ziehen Sie Ihre eigenen Schlüsse. Ich weiß nur eins, in den letzten fünf Jahren hat die Mine gerade so ihre eigenen Kosten erwirtschaftet."

Takahashi musterte Kat intensiv mit seinen braunen Augen. „Sehen Sie, Kat, der einzige Grund, warum ich mich überhaupt mit

Ihnen unterhalte, ist Paul. Ein guter Kerl. Er würde die Firma niemals bestehlen." Takahashi wandte seinen Blick nicht von Kat ab. „Ich glaube, er muss den Sündenbock für jemand anderen abgeben. Es gab viele Leute, die ihn aus dem Weg haben wollten."

„Wer zum Beispiel?"

„Kann ich Ihnen nicht sagen."

„Können Sie nicht oder wollen Sie nicht?" So leicht ließ Kat ihn nicht davonkommen.

„Das geht mich nichts an. Ich kann nichts mehr für Sie tun."

„Aber Bryant ist doch Ihr Freund. Er braucht Ihre Hilfe." Kat war sich nicht sicher, wie sie dazu kam, den Mann in Schutz zu nehmen, gegen den sie doch eigentlich ermitteln sollte.

„Tut mir leid. Geht nicht. Aber wenn ich Sie wäre, würde ich ein paar Proben in einem Labor untersuchen lassen. Ich gebe Ihnen Brief und Siegel darauf, dass die nicht aus Mystic Lake stammen."

KAPITEL 10

Kat saß im Café Marseilles und gönnte sich einen Kaffee und einen großen Keks mit doppelt Schokolade. Sie hatte ihrem Armutsgelübde eine kurze Pause verordnet, denn sie brauchte Koffein und Kohlenhydrate, um in Gang zu kommen und der Datenspur weiter folgen zu können. Während sie über das Pflaster zu ihrem Büro ging, kaute sie auf dem Keks herum.

Die Water Street am Ende des Coal Harbor lag im ältesten Teil von Vancouver. Der sommerliche Charme von Gastown hatte sich gelegt, seit der Winter gekommen und die Kreuzfahrtschiffe und Touristen verschwunden waren. Nur die ganzjährigen Einwohner waren noch da. Manche von ihnen wohnten in billigen Häusern und Künstlerwohnungen ohne Fahrstuhl, die weniger Glücklichen lebten auf der Straße. Kat wich einem Obdachlosen aus, der aus seinem selbstgebauten Unterstand aus Pappe und Decken herauskam. Es war nicht gerade die beste Gegend, aber der Blick aus ihrem Büro auf das Wasser und die Berge war unschlagbar, und die Miete war spottbillig.

1862 war hier Kohle gefunden worden, und damit war auch die ursprüngliche Siedlung Vancouver entstanden. Einige der ganz alten Häuser gab es noch, auch das Hudson House – die Original-Handelsstation von damals, ein Ziegelgebäude an der Water Street, in dem jetzt auch Carter & Associates ansässig war.

Kat schloss die Haustür auf und ging nach oben. Als sie die Bürotür öffnete und den leeren Empfangsbereich betrat, schlug ihr der Geruch angebrannten Kaffees entgegen.

Sie schaltete die Kaffeemaschine in der kleinen Küche ab und folgte den Tippgeräuschen in den zweiten Büroraum. Was Onkel Harry hier zu tippen hatte, war Kat ein Rätsel, denn eigentlich hatte er gar keine Aufgaben, keine Stellenbeschreibung und auch keinen richtigen Grund, überhaupt hier zu sein. Und richtig tippen konnte er auch nicht.

„Onkel Harry? Spielst du heute gar nicht Bridge?“ Kat hoffte, dass er nicht über ihren Schlafsack und ihre Matratze im Lagerraum neben der Küche gestolpert war. Es wurde immer schwieriger geheim zu halten, dass sie jetzt im Büro wohnte, seit sie in der Woche zuvor ihre Wohnung aufgegeben hatte.

„Abgesagt. Hast du unser Geld schon gefunden?“

„Unser Geld?“

„Du weißt schon – Liberty und dieser Bryant.“

„Noch nicht. Ich arbeite daran. Und was machst du?“

Sie warf einen Blick auf den leergeräumten Schreibtisch und bereute sofort, dass sie zum Haus gefahren war, um den Handwerker hereinzulassen. Schon gestern hatte sie den größten Teil des Tages damit verbracht, die Akten wieder herauszusuchen, die Harry eingeräumt hatte, und jetzt waren sie wieder verschwunden. Harry musste sie erneut abgelegt haben, und das nicht alphabetisch, sondern nach irgendeinem geheimnisvollen Schema, aus dem Kat nicht schlau wurde.

„Ich organisiere deine Akten. Schon wieder!“ Harry deutete auf die Aktenschränke hinter ihm. „Wie viele Akten brauchst du denn gleichzeitig? Ich habe schon wieder drei Stunden gebraucht, um alles einzusortieren!“

Kat legte sich die Hand auf die Stirn und ächzte. „Warum kannst du mir nicht einfach sagen, wie dein System funktioniert? Mit

Zahlen? Nach Datum? Nach Sternzeichen? Ich brauche immer ewig, um etwas wiederzufinden!“

„Kümmere dich nicht um die Einzelheiten, Kat. Sag mir einfach, welche Akte du brauchst, wenn du sie brauchst, dann suche ich sie dir heraus.“

„Onkel Harry, das haben wir doch schon mal besprochen. Ich habe schon ein Ablagesystem.“ Allmählich wurde er zu einem echten Problemfall.

„Kat, dein System ist riskant. Überall hast du Akten. Wenn die jemals Feuer fangen, verlierst du alles, was du hast.“

Harrys Kopf verschwand wieder hinter dem Bildschirm, und er mied ihren Blick. Es hatte keinen Zweck, mit ihm zu diskutieren, ändern würde sich nichts.

„Seit wann wird Bridge denn abgesagt?“ Seit zehn Jahren hatte Harry keine Partie versäumt. „Du bist hier, um mehr über Liberty herauszufinden, stimmt’s?“

„Kann sein.“ Harry hörte auf zu tippen und blickte hoffnungsfroh zu Kat hoch, wie ein Hund, der auf einen Knochen hoffte.

„Ich muss es wissen, Kat. Ich kann nichts mehr essen, nicht mehr schlafen. Ich mache mir nur noch Sorgen.“

„Hast du es Elsie erzählt?“

„Ihr was erzählt?“

„Du weißt genau, wovon ich rede. Deine Verluste mit den Liberty-Aktien.“

„Die steigen wieder, Kat. Sobald du das Geld gefunden hast, gehen die Aktien ab wie eine Rakete. Wie lange brauchst du noch? Eine Woche? Zwei?“

Kat hielt inne. Plötzlich wurde ihr schlecht.

„Sag bloß nicht, du hast noch mehr von den Aktien gekauft.“

Lange Pause.

„Nur ein paar.“

„Bist du übergeschnappt? Die Firma ist fast pleite. Das ist wie Glücksspiel.“

„Immer noch besser als die Lotterie“, sagte Harry. „Außerdem senke ich dadurch meinen Einstandspreis. Man nennt es verbilligen.“

Kat schlug die Hände über dem Kopf zusammen.

„Du hattest es vorher schon mit einer Katastrophe zu tun. Und jetzt machst du es nur noch schlimmer!"

„Es ist ein kalkuliertes Risiko, Kat."

„Wie viele hast du gekauft?"

„Sag ich nicht."

„Na schön. Aber schieb mich nicht vor, wenn Tante Elsie fragt."

„Ich sage es ihr, wenn ich so weit bin. Gib mir nur ein paar Tage."

„Das ist deine Entscheidung." Tatsächlich konnte sie ihm kaum einen Vorwurf machen. Schließlich hielt sie ihre eigene finanzielle Situation auch geheim.

„Außerdem macht mich das zu einem viel schlagkräftigeren Ermittler. Schließlich habe ich hier jetzt richtig was zu verlieren."

„Ermittler? Wohl kaum."

„Warum denn nicht, Kat? Ich kann dir helfen. Du hast nicht viel Geld, und ich arbeite umsonst." Harry lächelte Kat hoffnungsvoll an. „Ich bin ziemlich gut mit Internetrecherchen, und ich kann auch ein bisschen mit der Dateneingabe helfen."

„Ich weiß nicht." Kat bezweifelte, dass Harry sich jetzt auf irgendetwas konzentrieren konnte, außer auf seine ständig zunehmenden Aktienverluste.

„Komm schon. Das wird gut. Du hast einen engen Zeitplan, und wenn ich mir diese Unordnung hier so ansehe, kommst du mit der Ablage nicht nach."

„Na schön, wir können es probieren. Aber nur auf Probe, ich verspreche dir gar nichts." Der Papierkram wuchs ihr wirklich über den Kopf, und solange sie Harry gut im Auge behielt, konnte er helfen. Wenn seine Liberty-Aktien nicht dazwischenkamen. Sie konnte es gebrauchen, dass jemand umsonst für sie arbeitete.

Die Tür zum Büro krachte zu, und Gummisohlen quietschten über das Linoleum. Sie erwartete niemanden, und Wirtschaftsermittler in schlechter Wohngegend hatten auch keine Laufkundschaft. Wahrscheinlich der komische Innenarchitekt von gegenüber, der ihr einen Umbau verkaufen wollte. Die verglasten Wände zum Flur hin wirkten wie Schaufenster, und er fand ihre Dekoration schrecklich, die aussah wie von einem Second-Hand-Laden aus den Siebzigern.

Aber er war es nicht. Stattdessen steckte Jace seinen Kopf zur Tür herein und grinste sie erwartungsvoll an. Sie brauchte gar nicht zu fragen, aber sie tat es trotzdem.

„Bist du hier, um noch mehr für deine Story herauszuholen? Du hast schon alles, was ich weiß."

„Das war gestern. Du musst Bryant doch inzwischen aufgespürt haben. Lass mich nicht hängen, Kat. Ich bin wirklich verzweifelt."

Dachten diese Kerle, es wäre so einfach, die Spur eines Milliardärs auf der Flucht aufzunehmen?

Tina schlidderte den Flur entlang und verfehlte Jace und die Tür nur knapp. Buddy folgte ihr auf den Pfoten.

„Jace, ich habe noch nichts Neues. Wenn doch, bist du einer der ersten, die es erfahren."

Jace starrte Buddy und Tina nach, die um die Ecke Richtung Küche verschwanden.

„Nicht der erste?"

„Ich habe auch noch einen Klienten. Danach kommst du."

„Warum sind deine Katzen denn hier?"

„Nur ein Katzenausflug." Sie würde Jace nicht verraten, dass sie jetzt im Büro wohnte.

„Im Ernst?" Jace zwinkerte amüsiert. „Ich dachte, Katzen hassen es zu verreisen."

„Sie haben hier einen Auftrag. Mäuse im Haus." Das war eine ziemlich lahme Ausrede, aber etwas Anderes fiel ihr nicht ein. Sie konnte nicht zulassen, dass Jace die Wahrheit erfuhr.

„Mäuse? Da kann ich auch helfen." Jace drehte sich um und folgte den Katzen den Flur herunter.

Kat sprang aus ihrem Stuhl und rannte hinterher, aber es war zu spät. Jace öffnete die Tür zum Lagerraum, wo ihre Bettstatt auf dem Boden lag. Warum hatte sie nicht wenigstens ihr Bett aufgeräumt?

„Was ist das denn? Schläft hier jemand in der Abseite?"

Sie eilte zur Tür und riss sie zu, damit Harry nichts mitbekam.

„Du? Du schläfst hier?"

Kat spürte, wie ihr die Schamesröte ins Gesicht stieg. Was würde Jace denken, wenn ihm klar wurde, dass sein Partner bei einem Immobiliengeschäft selbst praktisch obdachlos war?

„Schhhh. Ja, ich schlafe hier. Lange Geschichte."

„Mit Mäusen? Ich fasse es nicht. Versuchst du, deine Phobien zu überwinden?"

„Es gibt keine Mäuse", flüsterte Kat. „Das habe ich mir nur ausgedacht. Bitte lass Onkel Harry nichts hören."

„Warum die Geheimnistuerei? Warum kannst du nicht zu Hause schlafen?"

„Ich bin ausgezogen. Können wir später darüber reden?"

Jace ließ sie nicht vom Haken.

„Du bist ausgezogen? Aus deiner Wohnung? Irgendetwas verschweigst du mir doch."

„Kürzerer Arbeitsweg."

„Kat, was ist wirklich los?"

Kat antwortete nicht. Stattdessen marschierte sie zurück zum zweiten Büro, um Harry abzufangen, der gerade mit einer Akte in der Hand herauskam.

JACE FOLGTE IHR.

„Warum kannst du es mir nicht einfach sagen?"

Kat ignorierte ihn.

„Jace, komm mal her", sagte Harry. „Übrigens, Kat, ich habe Jace als meinen Assistenten eingestellt. Er arbeitet auch umsonst."

„Leute, ich weiß ja nicht, was ihr vorhabt, aber ich muss allmählich etwas Arbeit schaffen."

Harry und Jace folgten ihr in ihr Büro. Harry öffnete die Akte und wies auf eine Tabelle darin.

„Was haben diese Zahlen zu sagen, Kat? Was hat denn die Minenproduktion mit dem fehlenden Geld zu tun?" Kat konnte sich vorstellen, wie Harry stundenlang versucht hatte, es selbst herauszufinden. Es konnte nicht schaden, ihnen ein paar weitere Hintergrundinformationen zu geben. Wenn sie es jetzt mit ihnen noch einmal durchging, bestand zumindest die Möglichkeit, dass ihr selbst noch etwas auffiel, was sie zuvor übersehen hatte. Und es würde Jace von ihren Übernachtungsgewohnheiten ablenken.

„Ich weiß noch nicht genau, worin die Verbindung besteht, aber ich bin ziemlich sicher, dass die Zahlen manipuliert sind. Um mir einen Überblick von Liberty zu verschaffen, habe ich alle Zahlen aus dem Hauptbuch in Snoopy importiert. Alle Finanzdaten von Liberty sehen plausibel aus, nur die Minenproduktion nicht.“ *Snoopy* war Kats Spitzname für ihre spezielle Wirtschaftsprüfer-Software, die mit Hilfe statistischer Modelle große Datenmengen nach Ungereimtheiten und Unregelmäßigkeiten durchsuchen konnte.

„Ich suche nach auffälligen Mustern in den Zahlen. Das gehört zu meinem kriminalistischen Vorgehen bei Wirtschaftsverbrechen. Ihr wärt überrascht, wie oft Betrügereien auf diese Weise ans Tageslicht kommen. Und mit den Zahlen stimmt eben etwas nicht. Das hat irgendwie auch mit dem fehlenden Geld zu tun.“

„Die Produktion ist also niedrig? Ist das das Problem?“

„Nein, das ist ja gerade so seltsam, Onkel Harry. Die Produktion ist zu hoch, verglichen mit Minen ähnlicher Größe und Bandbreite. Ich habe zuerst die Produktionsergebnisse ähnlicher Minen, die ähnlich stark ausgebeutet sind, studiert. Das war nicht allzu schwer, denn so ziemlich alle Diamantenminen dieser Größenordnung sind im Besitz von börsengehandelten Aktiengesellschaften, man kann die Zahlen also in deren Jahresberichten im Internet finden. Wie es scheint, produziert Liberty durchgehend dreißig bis fünfunddreißig Prozent mehr.“

„Vielleicht führt Liberty seine Minen einfach besser als die Konkurrenz. Außerdem, warum sollte man seine Produktionszahlen überhöht darstellen, wenn man vorhat, die Firma zu bestehlen?“

„Es muss einen Grund geben“, fuhr Kat fort. „Ich weiß nur noch nicht, welchen. Warum unterscheiden sich Libertys Daten so sehr von anderen, ähnlichen Diamantenminen? Normalerweise würde ich Abweichungen von sechs bis acht Prozent erwarten, dies ist also auffällig.

Warum diese Zahlen so nach oben ausreißen, weiß ich auch nicht.

Bis vor ein paar Jahren waren die Produktionszahlen ganz ähnlich wie bei anderen Bergbauunternehmen. Dann gingen sie plötzlich nach oben. Merkwürdig. Und nicht nur dass, die Datenverteilung widerspricht auch Benfords Gesetz."

„Moment mal. Benfords Gesetz? Was ist das denn?" Plötzlich war Jaces Interesse geweckt.

„Das ist ein mathematisches Gesetz, das besagt, dass in Datenbeständen, die aus Zahlen bestehen, die ersten Ziffern jeder Zahl sich in vorhersehbarer Weise verteilen." Kat atmete einmal durch und fuhr fort.

„Zum Beispiel wird die Ziffer 1 in ungefähr einunddreißig Prozent aller Fälle an erster Stelle stehen, die Ziffer 9 aber nur in fünf Prozent aller Fälle. Ich habe also, um Libertys Daten zu testen, die Finanzdaten aus den letzten zehn Jahren für verschiedene Kenngrößen hergenommen und mit denen anderer Firmen verglichen. Benfords Gesetz zufolge wäre zu erwarten, dass die führende Ziffer 1 in ungefähr dreißig Prozent der Fälle auftaucht, aber bei Liberty tritt die 1 überhaupt nie an erster Stelle auf. Dafür erscheint die 5 in einundsechzig Prozent der Fälle an erster Stelle, während sie laut der Regel nur in 7,9 Prozent der Fälle dort stehen sollte."

„Wie kann das sein? Sind Zahlen denn nicht zufällig, wie bei einem Münzwurf?"

„Nicht direkt." Kat begann mit einer Skizze auf dem Whiteboard. „Um es einfach zu erklären, nehmen wir an, dass Libertys Produktion jedes Jahr um zehn Prozent steigt. Im ersten Jahr produzieren sie 1.000 Tonnen, im zweiten Jahr 1.100 Tonnen und so weiter. Die erste Ziffer bleibt die 1, bis der Gesamtwert 2.000 Tonnen überschreitet und die erste Ziffer auf 2 wechselt. Um von 2.000 Tonnen auf 3.000 Tonnen zu kommen, dauert es nur etwas mehr als vier Jahre, denn die Zahlen sind jetzt viel größer. Zehn Prozent eines größeren Ausgangswerts ergeben einen größeren Anteil der 1.000 Tonnen, die man braucht, um auf die nächste Ziffer zu kommen. Wenn man von einer Wachstumsrate von zehn Prozent ausgeht, dann taucht die 1 mindestens sieben Mal an erster Stelle auf, die 2 mindestens viermal."

Kat öffnete die Akte und gab Jace den Ausdruck. „Wenn man alle

Möglichkeiten mit den Ziffern 1 bis 9 durchgeht und Benfords Gesetz auf einen Auszug von Libertys Daten anwendet, bekommt man das hier."

PROZENTUALE HÄUFIGKEIT als erste Ziffer

123456789

Nach Benfords Gesetz

30,117,612,59,77,96,75,85,14,6

Vergleichbare Produktionsdaten

30,517,812,69,67,86,65,65,04,5

Liberty-Produktionsdaten

02,909,761,223,31,01,90

„WAS BEWEIST DAS SCHON?" Harry war nicht von der Aussagekraft dieser Zahlen überzeugt. „Vielleicht ist es bei Liberty etwas rauf- und runtergegangen. Im Minengeschäft heißt es nun mal Sekt oder Selters, stimmt's?"

„Das gilt vielleicht für die Gewinne, aber der Produktionsausstoß einer einzelnen Mine sollte einigermaßen vorhersehbar sein. Du siehst ja, dass die Produktionszahlen der Diamantenbranche ziemlich gut zum Modell passen, aber Libertys Zahlen eben nicht. Zahlen, die mit 1 beginnen, gibt es bei Liberty überhaupt nicht, und die Startziffern 5 und 6 sind völlig unverhältnismäßig vertreten. Deshalb habe ich den Verdacht, dass diese Zahlen irgendwie verändert wurden. Die Frage ist nur, warum sollte man sie aufblähen?"

„Das hört sich ja faszinierend an, aber was hat es nun mit Bryants Verschwinden zu tun?" fragte Jace. „Solltest du dich nicht auf das fehlende Geld konzentrieren, und auf den CFO, der auch weg ist? Wie bekommst du das unter einen Hut?"

„Das habe ich noch nicht ganz ausgeknobelt, aber ich bin sicher, beides hat miteinander zu tun." Kat hielt inne, um ein bisschen an ihrem Schokoladenkeks zu knabbern und über Jaces Frage nachzudenken. „Wenn an den Zahlen herumgefingert wird, dann versucht irgendjemand, etwas zu verbergen."

Ken Takahashi hatte recht. Die Zahlen wurden auf jeden Fall manipuliert.

Harry und Jace kehrten an ihre jeweilige Arbeit zurück, was immer das auch war. Kat grübelte weiter über den Zahlen. Es war rätselhaft, und sie hatte keine Antwort.

Die Spur des Geldes war kalt, und hier war ein Ansatz, der verdächtig aussah. Aber warum sollte eine Firma die Zahlen fälschen und Produktion vortäuschen, die sie gar nicht hatte? Es gab einfachere Möglichkeiten, die Gewinne aufzublähen. In einer Hochsicherheitsmine die Produktion zu fälschen war schwierig, vielleicht sogar unmöglich, und man musste die Erzeugnisse schließlich auch irgendwann physisch vorweisen. Wenn die Diamanten in Wirklichkeit gar nicht existierten, mussten eine Menge Leute an der Vertuschung beteiligt sein, von den Minenarbeitern bis hoch zu den Vorstandsmitgliedern.

Kat notierte sich eine Reihe von Fragen. Zunächst einmal brauchte sie eine Liste derjenigen, die von höheren Produktionszahlen besonders profitieren würden. Höherer Ausstoß bedeutete auch höhere Gewinne. Zu den möglichen Nutznießern zählten Aktionäre, Management und Mitarbeiter, aber sie bräuchten auch Zugang zu den Daten. Für wen von ihnen stand so viel auf dem Spiel, dass sie bereit wären, ein Verbrechen zu begehen?

Und schließlich, wie hoch wären die Produktionszahlen gewesen, wenn sie mit ähnlichen Minen im gleichen Zeitraum vergleichbar wären? Durch Herunterrechnen der Produktionszahlen des letzten Jahres auf den Wert, der der wahrscheinlichste war, konnte sie die ungefähre Größenordnung des Schwindels bestimmen. Und was er mit den fehlenden Milliarden zu tun hatte.

Tatsächlich würde jeder Mitarbeiter der Firma, der auch Aktionär war, profitieren, denn mit mehr Diamantenproduktion würde auch der Aktienkurs steigen. Liberty hatte einen Mitarbeiterbeteiligungsplan, es fielen also viele Mitarbeiter in diese Kategorie. Kat schloss die meisten Mitarbeiter einfach nur deshalb aus, weil der Gewinn ihrer vergleichbar kleinen Aktienpakete nicht Anreiz genug dafür wäre, ihren Job zu riskieren. Großaktionäre von außerhalb profitierten ebenfalls, aber diese hatte keinen Zugang zu den Daten, um sie zu fälschen.

Paul Bryant hatte ganz offensichtlich die Möglichkeit gehabt, die Zahlen zu manipulieren, das galt aber auch für den Rest der leitenden Angestellten und des Vorstands, einschließlich Susan. Jemand anderes bei Liberty führte etwas im Schilde. Die Indizien deuteten allmählich weg von Bryant. Aber wenn es nicht Bryant war, wer dann? Wer hatte die Möglichkeit und das Motiv, an den Zahlen herumzuschrauben? Kat hinterließ Ken Takahashi eine Nachricht. Er würde sich wahrscheinlich zieren, ihr weiterzuhelfen, aber ihre Ressourcen waren begrenzt, und es war einen Versuch wert. Ohne greifbare Beweise konnte sie nicht gerade Susan nach den gefälschten Produktionszahlen fragen.

Kat hatte gar nicht gemerkt, wie hungrig sie war. Sie durchstöberte den Kühlschrank, stellte eine Schüssel mit Makkaroni- und Käseresten in die Mikrowelle, und kehrte in ihr Büro zurück. Verschwommen erinnerte sie sich daran, dass Harry und Jace vor etwa einer Stunde gegangen waren, aber sie war zu vertieft, um sich um die Uhrzeit zu kümmern.

In einem Punkt war Kat ganz sicher. Paul Bryant hatte es nicht nötig, diese Produktionszahlen künstlich aufzublähen, um einen Betrug zu begehen. Wenn sie diese gefälschten Zahlen mit der ganz offensichtlichen Spur von Dokumenten verglich, die Bryant hinterlassen hatte, dann musste Kat sich fragen, ob Bryant überhaupt freiwillig verschwunden war. War Bryant ein Verbrecher oder ein Opfer? Wenn Bryant unschuldig war, wer war dann der Dieb? Und was hatte derjenige mit Bryant gemacht?

KAPITEL 11

„Ich kapier's nicht. Warum in einer Abstellkammer schlafen, wenn du genauso gut hier wohnen kannst?“ Jace blickte von der Trittleiter zu Kat herunter, während er seinen Pinsel eintauchte.

Sie waren in Vernas Küche, und Jace trug den ersten Anstrich auf. Er tauchte den Pinsel in einer schnellen, präzisen Bewegung ein, so dass die zitronengelbe Farbe kaum die Borsten berührte. Jace war sehr pingelig beim Malen. Kat zog es vor, den Pinsel kräftig einzutauchen. Sie liebte es, darin zu schwelgen, wie die Borsten mit der cremigen Farbe immer dicker wurden, aber Jace meckerte nur, dass dadurch Farbnasen entstanden und die Pinsel schneller unbrauchbar wurden.

„Können wir bitte über etwas Anderes reden?“ Ihr schmerzender Rücken war schon Erinnerung genug daran. Sie war pleite, obdachlos und bei der Suche nach Bryant und dem Geld kein Stück weitergekommen.

„Du erzählst mir nicht alles, Kat. Irgendetwas stimmt doch nicht.“

„Nein, es ist alles in Ordnung. Warum kümmert es dich so sehr, wie ich übernachte?“ Lag es an den Farbausdünstungen oder spielten sie dieses Frage-Antwort-Spiel jetzt schon eine Stunde?

„Weil du dich komisch benimmst. Ich verstehe nicht, warum du es mir nicht sagst – warum bist du aus deiner Wohnung ausgezogen?“

Ein stechender Schmerz schoss ihr durch den Rücken, als sie gerade einen Stapel Teller aus dem Geschirrschrank nahm. Die Teller rutschten ihr aus den Händen und zersprangen auf dem Küchenboden.

„Mist!“ Jetzt stand sie hier, räumte Geschirrschränke aus und putzte sie, während Bryant gerade irgendwo in Brasilien oder einem anderen Land ohne Auslieferungsabkommen eine neue Identität annahm und ein Leben in Luxus begann.

„Was glaubst du denn, warum, Jace? Ich bin pleite! Ich konnte diesen Monat nicht einmal meine Miete bezahlen. Das Geld für dich habe ich auch nicht.“ Kat spürte, wie ihr vor Zorn die Röte ins Gesicht stieg, und sie wandte sich von ihm ab. Jace würde das nicht verstehen. Für ihn funktionierte alles immer irgendwie, mal gewann er etwas im Lotto, mal fand er einen Parkplatz in der ersten Reihe.

„Wie kannst du denn pleite sein? Liberty ist doch ein dicker Fall, oder?“

Jace stieg von der Leiter und folgte ihr in die Speisekammer, in der sie nach einem Besen suchte. Sie versuchte, ihre Frustration in den Griff zu bekommen.

„Ist es auch, aber meinen Vorschuss habe ich schon aufgebraucht, und es wird eine Weile dauern, bis ich wieder bezahlt werde. Ich war mit den Rechnungen etwas im Rückstand.“ Eine dicke Untertreibung, dachte Kat, und fühlte erneut die Schamesröte im Gesicht.

„Warum hast du mir denn nichts gesagt, Kat? Unter Freunden hilft man sich doch. Oder bin ich nicht einmal mehr das für dich?“ Jace stand mit verschränkten Armen in der Tür. Im matten Licht der Speisekammer konnte sie sehen, dass sein Mund zu einer dünnen Linie zusammengepresst war. Sie hatte seine Gefühle verletzt.

„Natürlich bist du das. Es ist nur … ich habe doch jetzt schon Schulden bei dir, wegen des Hauses.“ Kat ließ Handfeger und Schaufel fallen und ging auf die Tür zu. Es war wieder wie damals in der siebten Klasse, kurz nachdem sie bei Onkel Harry und Tante Elsie eingezogen war. Kurz nachdem ihr Vater sie verlassen hatte. Auch damals war Jace ihr Freund gewesen, lange bevor sie ein Paar geworden waren. Instinktiv gingen ihre Arme nach oben, um ihn zu umarmen, aber sie bremste sich. Es gab kein Zurück. Sie konnte sich doch nicht immer von Jace retten lassen.

Sie nahm Handfeger und Schaufel wieder auf und schob sich an ihm vorbei, ohne ihn anzusehen. Er folgte ihr in die Küche, und Kat beschäftigte sich damit, die Porzellanscherben zusammenzukehren. Jace warf die größeren Stücke in den Mülleimer.

„Ist doch nicht schlimm, Kat", sagte Jace und berührte sie an der Schulter. „Das wird schon wieder. Du löst den Liberty-Fall, und das bringt jede Menge neue Aufträge. Die Firmen werden nur so hinter dir her sein, du wirst sehen."

Aber konnte sie das in vier Tagen schaffen? Sie musste – ihr Ruf hing davon ab. Wenn sie es nicht schaffte, würden Nick und Susan dafür sorgen, dass sie nie mehr irgendwo Arbeit bekam, da war sie sich sicher. Kat blinzelte zu Jace herüber und wandte dann ihren Blick wieder ab. Sie wollte ihn umarmen, aber sie unterdrückte den Impuls. Sie wollte ihm keine falschen Signale senden.

„Ich wünschte, es wäre so einfach", sagte sie. „Ich komme bei Liberty einfach nicht vom Fleck. Susan erwartet bis Freitag Ergebnisse, und ich habe nichts vorzuweisen."

„Irgendetwas muss es geben. Was ist mit den gefälschten Minenproduktionsdaten?" Jace nahm ein paar Essensbehälter aus dem Kühlschrank und leerte sie auf Tellern aus. „Ein paar Reste Thailändisch?"

„Klar." Sie war erleichtert, vor Jace keine Geheimnisse mehr zu haben. Sie setzte den Wasserkessel auf und suchte in der Teedose auf dem Tresen nach irgendetwas, was man zu dem thailändischen Essen machen konnte. Schließlich zog sie ein Paket losen Tee hervor, mit der Aufschrift *Gunpowder aus China* in einer kleinen, sauberen Handschrift. „Ich kann Susan noch nichts von den manipulierten Zahlen sagen. Was, wenn sie selbst darin verwickelt ist?"

„Sie hat dich doch angeheuert, oder?"

„Und wenn schon! Irgendjemanden muss sie ja anheuern, wenn plötzlich fünf Milliarden Dollar fehlen. Allein schon wegen der Optik, den Investoren, du weißt schon. Jeder wäre ihr recht."

Jace drückte ein paar Knöpfe an der Mikrowelle, und sie begann zu brummen. Der Duft von Jasminreis wehte durch die Küche. Kat bekam Hunger.

„Du machst dich kleiner, als du bist. Susan hat dich geholt, weil sie wusste, dass du Bryant und das Geld finden wirst."

„Wie denn? Ich bekomme ja nicht einmal meine eigenen Finanzen in den Griff. Ich bin eine obdachlose Wirtschaftsermittlerin", sagte Kat. Sie goss kochendes Wasser in eine blassgrüne Kanne aus Limoges-Porzellan, die sie hinten in einem Küchenschrank gefunden hatte. Sie ließ eine Prise Tee in das Teesieb aus Porzellan fallen, und senkte es in die Kanne. Dann stellte sie sie auf den Tisch.

„Du bist nicht obdachlos. Du hast doch dieses Haus."

Dein Haus, dachte Kat.

„Außerdem weiß Susan ja nichts von deiner Finanzlage. Sei nicht so streng mit dir. Wenn du erstmal das Geld zurückgeholt hast, sind alle Probleme gelöst."

Kat nickte, aber das war nicht so einfach, wie es sich bei Jace anhörte. Sie zog zwei Teetassen hervor, brachte sie zum Tisch mit und setzte sich. Sie passten mit ihrem Muster zu der Limoges-Teekanne: handgemalte Rosen mit einem erhabenen Goldfiligranmotiv. Während der Tee zog, folgte sie dem Muster mit ihrem Zeigefinger und nahm die Wärme der Kanne in sich auf. Dabei stellte sie sich vor, wie Verna Beechy hier saß und nach der morgendlichen Gartenarbeit eine Tasse Tee trank.

„Ich habe Bryants Spur verloren, und das Geld ist jetzt schon seit drei Tagen verschwunden. Ich weiß nicht mal, ob es noch im Libanon ist. Die Bank redet nicht mit mir. Jeden Tag, der vergeht, wird es unwahrscheinlicher, dass ich ihn oder das Geld noch finde."

Wenn Bryant wirklich der Dieb war. Was, wenn es jemand anders war? Dann war sie noch weiter davon entfernt, irgendetwas zu finden.

„Was machen wir als nächstes?"

„Wir?"

„Lass mich mehr tun, Kat. Das spart dir Zeit."

„Nein – ich muss das hier selbst schaffen. Du kannst mich nicht jedes Mal retten, wenn ich abstürze. Wenn ich das selbst nicht schaffe, dann sollte ich es vielleicht einfach aufgeben. Und mir ein paar Peinlichkeiten ersparen."

„Kat, ich weiß, dass du den Fall ohne mich lösen kannst. Aber weniger als eine Woche, das ist eine ziemlich kurze Frist. Zwei schaffen mehr als einer. Gib mir die Routinearbeiten, die Faktenrecherchen. Ich möchte es dir nur ein bisschen leichter machen, weiter nichts."

„Na schön. Vielleicht kannst du mir helfen herauszufinden, wer noch darin verwickelt ist. Ich weiß, dass Bryant es nicht allein getan hat."

„Gut, also abgemacht", sagte Jace, stellte die Teller ab und setzte sich an den Tisch. Kat spielte mir ihrer Gabel herum und zog damit einen Graben zwischen dem Cashew-Hühnchen und der Crying-Tiger-Soße. Dabei blickte sie aus dem Fenster. Vielleicht hatte sie sich einfach den falschen Beruf ausgesucht.

Draußen braute sich ein Sturm zusammen. Die beiden Eichen im Hof schwankten von einer Seite zur anderen, und im dunkler werdenden Licht des Nachmittagshimmels sah sie Blätter umeinander wirbeln.

Oben in der Ecke des Fensters konnte sie einen kleinen Ausschnitt des Fraser River sehen. Immobilienmakler nannten so etwas „seitlichen Seeblick". Plötzlich sah sie aus den Augenwinkeln etwas Rotes aufblitzen. Dann war es fort.

„Hast du das gesehen?" fragte sie Jace.

„Was gesehen?" fragte Jace mit dem Mund voller Pad Thai.

„Jemand ist hinten im Hof. Gleich da drüben", sagte Kat und zeigte auf den Gemüsegarten.

„Ich sehe niemanden. Das ist nur der Wind, der Sachen durchschüttelt."

„Nein, ich habe auf jeden Fall jemanden gesehen." Aber warum sollte irgendjemand hinten im Garten sein?

„Du bist nur müde. Deine Augen spielen dir einen Streich. Also, zurück zu Liberty – warum glaubst du, dass noch jemand anders beteiligt ist?"

Jace wollte immer noch seine Story. Und wahrscheinlich hatte er recht damit, dass sie schon Dinge sah, die gar nicht da waren. Sie war erschöpft, und draußen wurde es dunkel.

„Erinnerst du dich an die gefälschten Produktionszahlen heute Morgen? Bryant hatte das gar nicht nötig, um das Geld zu stehlen."

„Und wir wissen nicht, warum das überhaupt gemacht wurde."

„Noch nicht. Aber wenn wir herauskriegen, wer davon profitieren würde, können wir diese Frage auf andere Weise beantworten. An dieser Stelle kommt die GGGG-Theorie ins Spiel."

„GGGG? Steht das irgendwie für grabschen und gehen, wie bei Bryant?"

„So ziemlich. Mit diesem Kürzel beschreiben Wirtschaftsermittler die vier Hauptfaktoren bei Betrug und Unterschlagung", sagte Kat. „Es steht für Gier, Gelegenheit, Geldnot und den Glauben, nicht erwischt zu werden. Wir verwenden dies als Ausgangspunkt, um Verdächtige zu finden. Jace, du hast doch früher schon über Liberty geschrieben. Was hältst du von ihrem Management?"

„Tja, der Teil mit der Gier passt auf so ziemlich alle von ihnen. Sie verbringen mehr Zeit damit, ihre Boni und ihre Gewinne durch Aktienoptionen auszurechnen, als mit ihrer eigentlichen Arbeit. Weißt du noch, als sie vor ein paar Jahren versucht haben, Liberty zu verkaufen?" Jace wartete Kats Antwort nicht ab. „Das war eine Farce. Nick Racine hat versucht, seine eigenen Aktionäre reinzulegen, indem er sich mit einem großen Hedgefonds zusammengetan hat. Er hat versucht, die Firma zum Spottpreis dort abzuladen, und dafür einen fetten Bonus für das Management auszuhandeln. Die Braithwaite-Familienstiftung hat ihn überstimmt. Seitdem waren sie verfeindet."

„Das erklärt, warum das Verhältnis zwischen Alex Braithwaite und Nick Racine so angespannt war. Susan sagte, sie würde praktisch nicht mehr miteinander reden. Natürlich mochte Susan ihn auch nicht." Kat erinnerte sich an das Gespräch und an Susans Angst, Nick würde ihr die Schuld für das fehlende Geld geben. Was Susan gesagt hatte, stand in scharfem Gegensatz zu dem Mann, mit dem sie in Paul Bryants Büro gesprochen hatte.

„Tja, jetzt müssen sie sich keine Sorgen mehr über ihn machen. Da Alex ermordet wurde, ist er aus dem Weg."

„Aber die Stiftung gibt es immer noch. Die Eigentümerstruktur hat sich nicht geändert."

„Stimmt, aber Alex' Schwester, die andere Begünstigte der Stiftung, hat sich nie in das Geschäft eingemischt. Audrey hat sich immer nach Alex gerichtet. Nick wird kriegen, was er will, ohne dass er allzu sehr dabei gestört wird", sagte Jace und füllte ihre Teetassen auf.

„Du glaubst, er wird wieder so etwas versuchen?"

„Mit Sicherheit. Nick wird alles tun, um sich zu bereichern. Er führt diese Firma wie sein eigenes privates Fürstentum und geht mit Firmeneigentum um, als gehörte es ihm persönlich."

„Ist mir auch aufgefallen." Kat hatte zahlreiche Beispiele dafür gesehen, während sie Libertys Ausgaben des letzten Jahres unter die Lupe genommen hatte. „Wusstest du, dass die Firma Wohnungen in London und Paris besitzt? Liberty macht dort überhaupt keine Geschäfte. Es geht nur um Nicks Lebensstil, den er auf Kosten der anderen Aktionäre finanziert."

„Das ist auch eine Art Diebstahl, oder? Wie kommen diese Vorstandsleute damit durch? Vielleicht ist das nicht so offensichtlich wie ein Bankraub, aber sie bestehlen immer noch ihre Aktionäre. Das zweite G war für Gelegenheit, richtig?"

„Ja, und das wäre wahrscheinlich der Punkt, an dem man das Ganze am einfachsten unterbinden könnte", sagte Kat. „Es ist eigentlich am leichtesten auszuschließen, und doch sehe ich es immer wieder. Unternehmen vernachlässigen interne Kontrollen, um Geld zu sparen, aber auf lange Sicht zahlen sie dabei drauf. Die beste Vorbeugung ist es, bestimmte Aufgaben auf mehrere Leute zu verteilen, vor allem wenn es um Geld und andere Werte geht. Dann gibt es weniger Gelegenheit für Unterschlagung."

„Und", fragte Jace, „wer hat deiner Ansicht nach die Gelegenheit?"

„Das beschränkt sich wahrscheinlich auf das leitende Management. Keiner aus dem Aufsichtsrat hat Zugang zu den Systemen und Daten aus dem Alltagsgeschäft. Allerdings scheint der Aufsichtsrat ihnen durchaus auf die Finger zu sehen, deshalb bezweifle ich, dass einer der Manager und Mitarbeiter aus der ersten Reihe unbemerkt einen Betrug begehen könnte. Soweit ich es sehen kann, läuft alles über Susan, und manchmal auch über Nick, wenn eine zweite Unterschrift erforderlich ist. Liberty hat eigentlich ganz gute interne Kontrollen. Die Leute aus dem führenden Management sind wirklich die einzigen, die Zugang haben."

„Wie ist es dann zu erklären, dass Bryant mit Milliarden abhauen konnte?"

„Fälschung, schlicht und einfach", sagte Kat. „Er hat Nicks und Susans Unterschriften gefälscht."

„Und die Bank hat sie nicht überprüft?"

„Sieht nicht so aus. Außerdem war das auf einem Fax. Bryant hat die Unterschriften wahrscheinlich aus einem anderen Dokument ausgeschnitten und eingefügt. Wenn die Bank dich erstmal gut kennt, dann stellt sie nicht mehr so viele Fragen. Du glaubst, sie prüfen alles, das tun sie aber nicht. Sie werden nachlässig."

„Er hatte also auf jeden Fall die Gelegenheit. Wofür stand das dritte G noch?"

„Geldnot. Und an der Stelle könntest du mir mit etwas Hintergrundinformationen weiterhelfen. So etwas wie Spielschulden, Drogenmissbrauch, alles, wofür man viel Geld braucht. Vielleicht Dinge, die du inoffiziell gehört hast, aber nicht für eine Story verwenden konntest, weil du nicht genug Beweise hattest. Und wenn irgendjemand über seine Verhältnisse lebt, wäre das auch ein Alarmsignal."

„Oh, du meinst wie bei Nick? Ich weiß, dass die Racines eine reiche Familie sind, aber wenn er nicht gerade von Mom und Dad finanziert wird, dann muss sein Jetset-Lebensstil rund um den Globus weit über die Möglichkeiten seines Liberty-Gehalts hinausgehen."

„Hmmm. Das ist interessant." Kat hatte schon davon gehört, dass Nick sich mit dem europäischen Jetset die Klinke in die Hand gab. Sein Büro war voller Fotos von ihm selbst bei Galaveranstaltungen mit Stars, Wohltätigkeits-Events und Golfturnieren. Es gab sogar eines mit einem bekannten Playboy-Prinzen. Kat fragte sich, wieviel Geld man wohl brauchte, um sich in diese feine Welt einzukaufen.

„Noch jemand?“ fragte sie. „Was ist mit Susan Sullivan? Oder der kürzlich von uns gegangene Alex Braithwaite?“

„Tja, Alex war der Meinung, dass ihm immer zuerst ein Anteil zusteht, bevor irgendjemand anders drankommt. Hast du von der Feier zum fünfzigsten Geburtstag seiner Frau im letzten Jahr gehört? Sie sind mit dem Firmenjet nach Cancún geflogen, und Liberty hat die Hotelrechnung für ein Dutzend Gäste übernommen. Anscheinend wurde das als Geschäftsreise ausgewiesen, weil ein paar Geschäftspartner auf der Gästeliste standen. Ich würde also sagen, mit Skrupeln hatte er bisher nicht zu kämpfen.“

„Irgendetwas Neues über den Mord an Alex?“ Kat hatte Cindy noch nicht wieder erreichen können. Sie war wieder in einer ihrer Undercover-Missionen unterwegs.

„Bisher keine Verdächtigen. Oder vielleicht sollte ich besser sagen, sie konnten die lange Liste noch nicht näher eingrenzen. Braithwaite hatte eine Menge Feinde. Leute, die er bei Geschäften übers Ohr gehauen hat, noch mehr Leute, denen er Geld schuldete, und schließlich noch ein Nachbar, mit dem er in einen Grundstücksstreit verwickelt ist.“

„Geld wäre ein starkes Motiv. Wie viele Schulden hat er, was glaubst du?“

„Millionen. Letztes Jahr ist ihm ein großes Immobiliengeschäft den Bach heruntergegangen. Seine private Investmentfirma hat eine Entwicklung vorfinanziert, die nie zu Ende gebracht wurde. Er hing mit zwanzig Millionen drin und hatte Schwierigkeiten, das Geld aufzutreiben.“

Genau wie ich, dachte Kat.

„Ich setze Braithwaite mit auf meine Liste, aber da er nun mal tot ist, läuft er uns nicht weg. Nick Racine und Alex Braithwaite sind also verdächtig. Zusammen mit Bryant macht das drei potenzielle Verdächtige.“

„Ich würde noch jemanden dazuzählen“, sagte Jace. „Susan Sullivan. Das Interessante an Susan ist, dass niemand irgendetwas über sie weiß. Es ist fast, als ob sie sich selbst erfunden hätte. Ich kann überhaupt nichts über sie von früher ausgraben, außer dass die anscheinend Chief Financial Officer bei einer Investmentfirma war, von der noch nie jemand etwas gehört hat. Wie sie ohne vorherige Bergbauerfahrung den CEO-Job bei Liberty ergattert hat, ist ein kleines Rätsel."

Kat schluckte den letzten Bissen „Crying Tiger" herunter. Das scharfe Fleisch trieb ihr die Tränen in die Augen. „Mir hat sie erzählt, dass sie an Libertys letztem Aktiendeal mitgearbeitet hatte."

„Wirklich?" fragte Jace und stellte ihre Teller in die Spüle.

Kat starrte aus dem Fenster. Die ersten Regentropfen prasselten gegen das Glas. Jace hatte recht mit Susans ungewöhnlich schnellem Aufstieg zum CEO, dachte sie, während sie zusah, wie Wasser an der Scheibe herunterrann. Dann sah sie es wieder – ein kurzes rotes Aufblitzen am hinteren Gartenzaun.

„Jace, sieh mal! Am Tor – da draußen ist jemand."

Jace drehte den Wasserhahn zu und kam zurück zum Tisch.

„Ich sehe immer noch niemanden. Wie hat er denn ausgesehen?" Er stellte sich hinter Kat und beugte sich vor, um in die Richtung zu sehen, in die sie zeigte.

In den kurzen Sekunden, in denen sie sich zu Jace umgedreht hatte, war die Person verschwunden. Jetzt war dort niemand mehr, nur das halboffene Gartentor, das im Wind hin- und herschwang.

Kate drehte sich wieder zu ihm um.

„Tja, ich konnte ihn auch nicht gut sehen, aber er hatte rote Sachen an."

„Bist du sicher? Warum sollte sich jemand bei uns hinter dem Haus herumtreiben?"

„Weiß ich auch nicht, aber er hat das Gartentor offengelassen."

„Das wird der Wind gewesen sein. Du bist nur müde", sagte Jace und ging zur Spüle zurück. „Wofür stand noch das letzte G?"

„Für den Glauben, nicht erwischt zu werden."

„Nur, dass du ihn erwischen wirst. Oder sie alle."

Kat warf noch einen Blick aus dem Fenster. Jetzt war es draußen dunkel, zu dunkel, um noch etwas Anderes zu sehen als ein paar Lichter, die über dem Fluss funkelten. Takahashi hatte hartnäckig darauf bestanden, dass man Bryant hereingelegt hatte. Nick hatte Takahashi gefeuert und war dagegen, dass sie an dem Fall arbeitete. Alex

Braithwaite war passenderweise aus dem Verkehr gezogen worden. War das der Grund dafür gewesen, dass er ermordet worden war? Hatte er von den manipulierten Produktionszahlen gewusst?

„Jace, ich habe meinen Laptop im Büro gelassen. Ich muss los."

„Ich fahre dich. Wir packen deine Sachen in den Truck und bringen sie heute Abend hierher mit."

„Können wir das morgen machen?" Sie konnte sich gar nicht erinnern, dass sie zugestimmt hatte, in das Haus einzuziehen, aber darum würde sie sich später kümmern. Sie musste noch einmal mit Takahashi reden. Warum hatte sie ihn nicht nach Alex Braithwaite gefragt? Wenn sie ihn überzeugen konnte, dass er Bryant damit half, brachte sie ihn vielleicht zum Reden.

Sie zog ihr Mobiltelefon hervor und sah in ihrer Mailbox nach. Takahashi hatte ihre Nachricht von heute immer noch nicht beantwortet. Sie wählte seine Nummer, aber wieder nahm niemand ab, und noch eine Nachricht zu hinterlassen grenzte schon an Belästigung.

Sie nahm eine Serviette und skizzierte mit einem Stift eine zeitliche Abfolge darauf. Vor zwei Jahren hatte die Fälschung der Produktionszahlen begonnen, ungefähr zum gleichen Zeitpunkt, als der frühere CEO gefeuert worden war und Susan den Posten übernommen hatte. War das nach Nicks gescheitertem Versuch gewesen, Liberty zu verkaufen? Hatte Alex den vorherigen CEO hinausgeworfen, wie Susan es gesagt hatte? Oder war es Nick gewesen? Immerhin war er der Aufsichtsratsvorsitzende.

Die neuen Adern bei Mystic Lake waren ungefähr zum gleichen Zeitpunkt entdeckt worden, als die Produktionszahlen hochgingen. Würde eine neue Ader wirklich so schnell so viel abwerfen? Takahashi schien das nicht zu glauben, und er war kurz nach dem Fund entlassen worden. Wenn Bryant ebenfalls ausgebildeter Geologe war, warum hatte er dann keine Bedenken angemeldet? Wenn Takahashi sich Sorgen machte, warum hatte er dann keine Gespräche mit Bryant erwähnt? Er hätte seine Einwände damals ja vorbringen können. Oder aber er hatte genau das getan und war genau deshalb gefeuert worden.

Wenn Braithwaite den Schwindel entdeckt hätte, hätte er möglichweise den Verantwortlichen zur Rede gestellt. Alle schien jetzt auf Nick hinzudeuten – keine Skrupel, ein verschwenderischer Lebensstil und dazu eine selbstgerechte, anmaßende Art. War das der Grund, warum er ihr diese unmögliche Frist gesetzt hatte, das Geld zu finden? War er es gewesen, der Bryant hereingelegt hatte? Wenn ja, dann war nicht vorherzusehen, was er als nächstes tun würde.

Sie schnappte sich ihre Tasche und ihre Schlüssel vom Tresen.

„Kommst du heute Abend wieder?"

„Nein, es ist schon spät. Ich bleibe einfach im Büro."

„Etwas, das ich gesagt habe?"

„Nein, Jace. Ich brauche einfach nur etwas Zeit für mich, zum Nachdenken, okay? Nichts Persönliches."

„Ist es, weil ich schnarche?" Jace wedelte mit einem Handtuch nach ihr, wie in einem gespielten Stierkampf.

Aber Kat war nicht in der Stimmung für Albernheiten.

„Ich kann nachts einfach besser nachdenken. Und alles, was ich brauche, ist im Büro."

„Okay, wie du meinst. Dann holen wir deine Sachen eben morgen."

KAPITEL 12

Kat schreckte aus dem Schlaf hoch. Irgendjemand auf dem Flur hämmerte gegen die raumhohe, gläserne Eingangstür des Büros gegenüber dem Fahrstuhl. „Ich krieg dich, Miststück!"

Sie setzte sich auf dem Sofa im Empfangsbereich ruckartig auf und spürte noch Buddys Krallen, der alarmiert davonsprang.

„Mach die Scheiß-Tür auf! Lass mich rein – SOFORT!" schrie der Mann. „Verdammte Schlampe!" Die Glaswand vibrierte, als der bärtige Mann mit hysterischem, drogengetrübtem Blick wieder gegen das Glas schlug. Irgendetwas würde nachgeben, und der Typ auf der anderen Seite war es vermutlich nicht. Das helle Licht in Kats Büro kontrastierte mit der Dunkelheit des Flurs draußen, und das machte die Gestalt nur noch bedrohlicher. Er kreischte weiter und warf sich nun mit seinem ganzen Gewicht gegen die Glaswand. Das Glas würde nicht mehr lange halten. Kats Herz schlug schneller, als sie ein Messer in der anderen Hand des Mannes aufblinken sah.

Das Gebäude, in dem Kats Büro sich befand, war zu klein und die Miete zu niedrig, um Wachpersonal im Haus zu haben. Ihre Gedanken rasten, und sie ging ihre Möglichkeiten durch. Ihre Tasche mit ihrem Mobiltelefon war in ihrem Büro am anderen Ende des

Innenflurs. Die Telefonnummern der Sicherheitsfirma standen irgendwo im Empfangsbereich gleich neben der Glaswand, gefährlich nahe an dem Wahnsinnigen. Zu nahe. Aber sie musste jemanden anrufen. Wenn er durchbrach, hatte sie keine Zeit zu fliehen. Warum hatte sie sich nicht die Mühe gemacht, sich die Nummer zu merken, oder sie wenigstens in ihr Büro- und Mobiltelefon einzuprogrammieren? Kat verfluchte sich für ihre Dummheit.

Die Glaswand quietschte wie Finger auf einer Kreidetafel, als der Mann mit seinem Messer kreuz und quer darüberfuhr, wie ein durchgeknallter Künstler, der ein abstraktes Werk schaffen wollte. Dann knackte das Glas, als der Mann wieder sein ganzes Gewicht dagegen warf. Kat hatte vorgehabt, das Glas durch eine richtige Wand zu ersetzen, aber aus Mangel an Bargeld war das bisher nicht passiert. Das Gebäude hatte einen ausreichend sicheren Eindruck gemacht, jedenfalls bis jetzt, da ein Irrer versuchte, in ihr Büro einzubrechen. Falsch gedacht.

Jetzt zog sich ein Riss diagonal von der Mitte der Glaswand bis zum Boden. Lange würde sie nicht mehr halten. Wie war er überhaupt hereingekommen? Das Gebäude hatte eine Alarmanlage, die nach den normalen Arbeitszeiten eingeschaltet wurde, und ohne Zugangskarte kam man weder auf die Treppe noch in den Fahrstuhl. Auf der Etage kannte sie jeden, und dieser Verrückte war keiner der Mieter. Kat rannte in ihr Büro und griff nach dem Hörer, um die Polizei zu rufen, aber es gab kein Freizeichen.

„Mist!" Sie packte ihre Tasche vom Schreibtisch und wühlte nach ihrem Mobiltelefon. Der Bildschirm war tot. Warum hatte sie den Akku nicht aufgeladen? Jetzt saß sie da. Unten auf der Straße würde niemand hören, was oben im dritten Stock vorging.

Voller Panik rannte sie in das andere Büro, das einzige, dessen Tür sich abschließen ließ, und verbarrikadierte sich darin. Die hohle Holztür würde auch niemanden lange aufhalten. Aber vielleicht verschaffte sie ihr etwas Zeit.

Sie versuchte es mit dem Telefon auf diesem Schreibtisch. Auch hier kein Wählton. Sie saß in der Falle. Sie blickte sich in dem kleinen Büro um und überlegte, ob sie den schweren Eichenschreibtisch vor die Tür schieben konnte. Plötzlich fiel ihr ein kleines schwarzes Etui ins Auge – Harrys Handy! Er musste es hier liegengelassen haben. Ihre Hände zitterten, als sie versuchte, den Notruf zu wählen. Nichts. Sie zwang sich zur Ruhe und versuchte es noch einmal. Von draußen hörte sie ein markerschütterndes Krachen und Splittern. Die Glaswand war geborsten.

Nach einer Ewigkeit antwortete der Notruf. Kat hörte, wie der durchgedrehte Mann jetzt im Büro herumtobte und in der Küche Geschirr und Gläser zerschlug. Er würde sie kriegen. Es war nur eine Frage der Zeit. Kat drückte sich gegen den alten Schreibtisch und schob, so stark sie konnte, aber auf dem dicken, langflorigen Teppich aus den Siebzigern bewegte sich der schwere Schreibtisch kein bisschen. Es gab ein lautes Krachen, und die Tür erzitterte. Er war draußen auf der anderen Seite. Noch ein Tritt, und die Tür flog in Stücke.

Plötzlich stand Kat Auge in Auge einem wutentbrannten Meth-Süchtigen gegenüber, der mindestens einen Meter achtzig groß war, das Gesicht unrasiert und voller typischer Geschwüre. Zu spät für die Polizei, dachte Kat. Der Junkie schlug mit dem Messer nach ihr. Sie hob die Arme, um ihr Gesicht zu schützen. Diesmal würde keiner sie retten.

KAPITEL 13

„Kat? Wach auf!“ Harry rüttelte Kat an der Schulter, und sie fuhr erschrocken hoch. „Bist du in Ordnung? Was ist denn mit dem Glas passiert?“

„Ach das.“ Kat hielt kurz inne, setzte sich auf und besah sich den Schaden von letzter Nacht. Es war also kein böser Traum gewesen. „Ich hatte Ärger mit einem wildgewordenen Junkie, der einen Platz zum Pennen gesucht hat.“

„Ach du liebe Güte – dein Arm ist ja ganz zerschnitten! Du musst zum Arzt. Ich bringe dich gleich in die Notaufnahme!“ Auf Kats Unterarm waren drei große Schnitte. Sie waren nur oberflächlich, aber sie musste zugeben, dass sie viel schlimmer aussahen, als sie sich anfühlten.

Harry betrachtete Kat mit einer Mischung aus Sorge und Panik, während sie erzählte, was letzte Nacht passiert war. Der durchgeknallte Junkie hatte es ins Haus geschafft, nachdem die Hausmeister Feierabend gemacht hatten. Die Polizei hatte festgestellt, dass jemand vergessen hatte, die Eingangstür abzuschließen.

„Schon gut, Onkel Harry. Die Polizei war noch rechtzeitig da, wenn auch nur knapp. Und mein Arm ist in Ordnung. Er blutet nicht mehr und ich glaube, mir geht's gut. Aber ich mache mir Gedanken über diese Gegend."

Kat hatte nicht viel geschlafen. Die Cops waren um drei Uhr morgens wieder gegangen, aber die Wachfirma war bis sieben Uhr noch nicht dagewesen. Die Glasfirma war noch gar nicht aufgetaucht. Sie hatte unruhig auf dem Empfangssofa geschlafen und war immer wieder aufgewacht, denn sie wusste, dass jederzeit jemand einfach so hereinmarschieren konnte. Obwohl das Gebäude sicher sein sollte (genauso sicher, wie es war, als der gewalttätige Junkie hereinkam), stand ihr Büro immer noch sperrangelweit offen, bis die Glaswand repariert war.

Die Water Street war im Winter voller Obdachloser, vor allem nach Einbruch der Dunkelheit. Sie drangen in die alten Gebäude ein, um den kalten und feuchten Nächten von Vancouver zu entgehen. Die meisten waren harmlos, einige aber waren gewalttätig, wie der Verrückte letzte Nacht. Crystal Meth und Heroin breiteten sich aus wie eine Seuche und verwandelten die Water Street nachts in eine regelrechte Schießbude. Die billigen Mieten hatten auch ihre Nachteile.

„Hast du Hunger? Hier, nimm dir eins von meinen Croissants."

Kat warf einen Blick in die Tüte und suchte sich eins aus, das dick mit Schokolade überzogen war.

„Ist das dein Frühstück? Wolltest du die alle essen?" Kein Wunder, dass Harry hyperaktiv war. „Weiß Tante Elsie, was du so isst?"

„Na klar. Ich bringe ihr die übrigen mit."

Kat hatte ihre Zweifel daran, sagte aber nichts.

Stattdessen nahm sie einen Bissen. Schokolade half ihr immer dabei, richtig nachzudenken.

„Hast du das Liberty-Geld schon gefunden?"

Das hatte ja nicht lange gedauert. Onkel Harry war nicht ohne Grund schon um sieben Uhr morgens im Büro.

„Nein. Wieviel, sagtest du, hast du investiert?" Kat musterte ihn genau, und er wandte das Gesicht ab, um ihrem prüfenden Blick zu entgehen.

„Genug."

Kat machte sich Sorgen. Hatte Harry wirklich sein ganzes Erspartes in Liberty gesteckt? Hatte er sich sogar noch etwas geliehen, um es zu investieren?

„Naja, der einzige Anhaltspunkt, den ich bisher habe, sind die gefälschten Produktionsergebnisse. Die Spur des Geldes verliert sich im Libanon. Da ich nichts Anderes habe, konzentriere ich mich darauf, wer die Möglichkeit und das Motiv hat, die Produktion bei Mystic Lake zu verfälschen. Das Motiv ist einfach. Aufgeblähte Produktionszahlen steigern Libertys Aktienkurs. Bessere Minen machen Liberty wertvoller. So hat Bryant die Banken erst überzeugen können, ihm überhaupt einen Kredit über fünf Milliarden Dollar zu geben. Die einzigen, die materiell profitieren, sind die Aktionäre und der Vorstand der Firma."

„Verstehe." Harry setzte sich neben sie auf die Couch. „Die Aktionäre, weil der Kurs zusammen mit dem Wert von Liberty steigt. Libertys Firmenwert steigt, weil die Firma durch den Diamantenfund mehr wert ist. Die Vorstandsmitglieder bekommen fettere Bonuszahlungen, wenn die Gewinne steigen, und sie haben ja alle auch ansehnliche Pakete von Aktien und Aktienoptionen. Ich habe auch ein bisschen nachgegraben, Kat. Es gibt einige Leute, die wirklich ins Auge fallen. Vergiss nicht, ich bin auch Aktionär. Und auch ein ziemlich guter Ermittler, darf ich hinzufügen."

„Stimmt das? Du meinst wahrscheinlich die Insider-Aktionäre, richtig? Normale Aktionäre haben keine Möglichkeit, so etwas zu machen. Sie können keine Gewinne manipulieren, Finanzberichte fälschen oder irgendetwas anderes tun, was Insider tun können, um den Aktienkurs zu beeinflussen."

Zwei Männer in Overalls klopften an den beschädigten Türrahmen.

„Ist das die Wand?" fragte der Kleinere.

Kat nickte, und sie ließen ihre Werkzeugkästen fallen und machten sich an die Arbeit.

Kat und Harry zogen sich in ihr Büro zurück, um dem Lärm zu entgehen, den die Männer machten. Diese begannen, die restlichen Glasscherben aus der Wand zu hämmern.

„Was ist mit den Aktienoptionen?" fragte Onkel Harry. „Wie funktionieren die?"

„Sie geben dem Besitzer das Recht, Aktien zu einem bestimmten Preis zu kaufen. Normalerweise ist das der Aktienkurs zu dem Zeitpunkt, wenn die Optionen ausgegeben werden. Viele Unternehmens-Insider behalten diese Optionen jahrelang. Je nachdem, wie lange die Ausgabe her ist, könnten sie ein Vermögen wert sein.

Wenn du sie ausübst, dann heißt das, du hast das Recht, Aktien zum Optionspreis zu kaufen. Wenn der unter dem aktuellen Kurs liegt, machst du Gewinn, wenn du die Aktien sofort weiterverkaufst. Der Gewinn ist die Differenz zwischen den Kosten der Ausübung und dem Verkaufswert der Aktien."

Onkel Harry blieb einen Moment still sitzen und verzehrte sein zweites Croissant mit Genuss.

„Gibt es dafür nicht eine bestimmte Bezeichnung? Wenn deine Optionen etwas wert sind?"

„Man nennt es *im Geld*. Wenn der Aktienkurs über dem Basispreis liegt, der in der Option festgelegt ist, dann heißt es, die Option ist im Geld. Sie ist etwas wert. Wenn es andersherum ist, ist sie *aus dem Geld*. In diesem Fall würde man die Option weiter halten und abwarten, bis der Aktienkurs aufholt."

„Hatte Bryant nicht eine Menge von diesen Optionen, die im Geld waren?"

Onkel Harry hatte seine Hausaufgaben wirklich gemacht. Er musste stundenlang über dem Jahresbericht gebrütet haben, war für ihn höchst untypisch war. Für ihn stand viel auf dem Spiel. Hatte Tante Elsie überhaupt eine Ahnung von seinen Liberty-Aktienkäufen?

„Ja, hatte er. Bryant hatte mehr Optionen im Geld als jeder andere."

„Warum hat er die nicht einfach ausgeübt, wenn er Geld brauchte?"

„Gute Frage, Onkel Harry. Das ergibt nicht sehr viel Sinn, oder?" Kat wartete die Antwort nicht ab. „Die Tatsache, dass er das nicht getan hat, ist auffällig. Vielleicht ist er nicht unser Mann."

„Wer dann?"

„Alex Braithwaite hatte auch viele Optionen im Geld. Sieben Millionen Stück, um genau zu sein. Susan ist bei zwei Millionen, die kann sie aber noch nicht ausüben. Dadurch hat sie weniger Anreiz, die Minenproduktion zu fälschen. Sie kann ihre Optionen frühestens in zwei Jahren einlösen."

„Und Braithwaite wurde umgebracht." Harry kratzte sich am Kopf.

„Genau. Er hatte ein Motiv, den Liberty-Aktienkurs nach oben zu drücken, aber er hat seine Aktienoptionen nicht ausgeübt. Er ist auch Begünstigter der Braithwaite-Familienstiftung, die zu den Hauptaktionären gehört. Seine Schwester Audrey ebenfalls. Aber Alex hat ihr in seinem Testament alles vererbt."

„Audrey hat also nichts davon, wenn Alex stirbt. Und Optionen hatte sie überhaupt keine. Glaubst du, Alex wusste irgendetwas?"

„Möglich." Kat erinnerte sich an ihr Gespräch mit Alex. „Wenn man den Begünstigten einer Stiftung umbringt, ändert das nichts an den Besitzverhältnissen bei den Aktien. Die Stiftung kontrolliert immer noch die gleiche Anzahl Liberty-Aktien. Vielleicht ging es also eher darum, ihn zum Schweigen zu bringen."

„Was ist mit den anderen Aktionären?" fragte Harry und griff nach dem dritten Croissant. Für Elsie würde nichts mehr übrigbleiben.

„Die Klasse-B-Aktien sind sehr weit gestreut. Niemand hat mehr als fünf Prozent dieser Aktien, es konnte also niemand Liberty dadurch kontrollieren oder nennenswert beeinflussen.

Mit den A-Aktien sieht es anders aus. Da sie zehnmal so viel Stimmrechte haben wie die B-Aktien, kontrolliert Nick im Endeffekt vierzig Prozent der Firma, auch wenn er nur vier Prozent der Aktien hält, A- und B-Aktien zusammengerechnet. Die Braithwaite-Familienstiftung hat auch ein ziemlich großes Paket Klasse-A-Aktien. Sie hat 3,5 Prozent aller Aktien, dadurch kontrolliert die Stiftung aber fünfunddreißig Prozent der Stimmrechte."

„Zusammen haben sie also genug Aktien, um alle anderen Aktionäre zu überstimmen?"

„Stimmt. Um wichtige Unternehmensentscheidungen zu treffen, ist nach der Liberty-Firmensatzung eine Zwei-Drittel-Mehrheit erforderlich. Solange Nick und die Braithwaite-Familienstiftung gemeinsam stimmen, haben sie fünfundsiebzig Prozent der Stimmen, dagegen sind alle anderen Aktionäre machtlos. Die Minderheitsaktionäre haben keinen Einfluss auf die Zusammensetzung des Aufsichtsrats, sie können einer Fusion weder zustimmen noch sie verhindern oder Einfluss auf irgendeine andere wichtige Entscheidung nehmen, wie Aktionäre es normalerweise können."

„Das heißt also, ich und die übrigen Aktionäre haben in Wirklichkeit gar keine Rechte als Eigentümer, oder? Wir werden immer überstimmt. Warum sollte irgendjemand Aktien von einer Firma kaufen, bei der andere Aktien Mehrfachstimmrechte haben? Warum zum Kuckuck habe ich sie überhaupt gekauft?"

„Gute Frage. Solange alles gut läuft, denkt man über die Konsequenzen wohl nicht nach. Die meisten Leute jedenfalls nicht." Kat hatte noch nie verstanden, warum irgendjemand in ein Unternehmen investieren sollte, das einigen Aktionären überproportional mehr Stimmen gab als anderen. Investoren kümmerten sich nicht um ihre Stimmrechte, bis es mit der Firma abwärtsging. Erst dann wurde ihnen klar, wie wenig Macht sie als Aktionäre tatsächlich hatten.

„Für mich ist es auf jeden Fall überraschend. Ich dachte, meine Aktien hätten die gleichen Stimmrechte wie alle anderen. Eine Stimme pro Aktie, und nicht zehnmal so viele Stimmen pro A-Aktie wie für eine B-Aktie. Das ist unfair. Wir B-Aktionäre können uns gar nicht richtig einmischen."

„Es kann immer noch zu deinen Gunsten ausgehen, Onkel Harry. Wenn die Stiftung und Nick sich nicht einig sind, spielen die übrigen Aktionäre wieder eine Rolle. Die Stiftung und Nick neutralisieren sich dann in etwa. Wenn sie gemeinsam abstimmen, haben sie eine Mehrheit von fünfundsiebzig Prozent, aber wenn sie sich uneinig sind, dann hat Nick mit seinen vierzig Prozent gegenüber den fünfunddreißig Prozent der Stiftung nur einen Vorsprung von fünf Prozentpunkten. In so einem Fall kommen die Stimmen der anderen Aktionäre zur Geltung."

„So habe ich es noch gar nicht betrachtet. Auch wenn weder die Stiftung noch Nick direkte Kontrolle über Liberty haben, können sie die Vorschläge des anderen jeweils im Aufsichtsrat blockieren."

„Genau." Kat war wieder einmal erstaunt über Harrys Kenntnisse. „Wenn sie sich nicht einig sind, haben sie ein ernstes Problem. Sie müssten dann schon die Unterstützung vieler B-Aktionäre einholen, um ein Patt zu verhindern."

„Es sieht so aus, als wollte jemand Alex Braithwaite aus dem Weg haben. Selbst wenn er die Stiftung nicht kontrolliert hat, hatte er doch wahrscheinlich großen Einfluss auf ihre Entscheidungen."

„Das ist auf jeden Fall möglich", sagte sie. „Aber vergiss nicht, dass die Braithwaite-Familienstiftung der eigentliche Aktionär ist, nicht Alex Braithwaite. Selbst, wenn jemand ihn wirklich loswerden wollte, derjenige, der ihn ersetzt, wird wahrscheinlich ähnlich abstimmen wie er. Die Stiftung wird immer für das stimmen, was ihr am meisten Geld bringt."

„Also ist er wahrscheinlich nicht unser Mann, wenn man mal von den sieben Millionen in Aktienoptionen absieht?"

„Wahrscheinlich nicht. Durch das Zwei-Klassen-Stimmrecht profitiert Nick von einem höheren Aktienkurs am meisten, auch wenn er Aktien verkaufen müsste, um den Gewinn einzustreichen." Kat zweifelte daran, dass Nick dies tun würde. Er identifizierte sich so sehr mit seinem Vater, der die Firma mitgegründet und sein ganzes Berufsleben mit ihr verbracht hatte. Und er war ein sehr zupackender Manager. Seine Liberty-Anteile abzustoßen, schien unwahrscheinlich. Außer, er war dazu gezwungen.

Doch selbst wenn er sie nicht verkaufte, ein höherer Aktienkurs würde auf dem Papier sein Vermögen mehren und vermutlich zumindest seinem Ego schmeicheln. Das könnte für einen machthungrigen Wirtschaftsboss wie Nick schon Anreiz genug sein.

„Dann würde ich sagen, Kat, dass die Manipulationen des Aktienkurses und der Produktionszahlen auf Nick und Alex hindeuten. Auch wenn Alex nicht direkt abstimmen konnte, hatte er doch durch die Familienstiftung indirekten Einfluss."

„So ist es. Für beide haben wir hier ein starkes Motiv. In letzter Zeit hat es Meinungsverschiedenheiten zwischen beiden gegeben. Alex war anscheinend nicht besonders glücklich mit einigen von Nicks Entscheidungen, zum Beispiel mit der Einstellung von Susan und mit der Erweiterung der Mystic-Lake-Mine. Er hatte zwar nicht genug Stimmen, um diese Entscheidungen zu ändern, aber mit fünfunddreißig Prozent kann er doch alle wichtigen Unternehmensentscheidungen blockieren, die er ablehnt. Und genau das hat die Braithwaite-Familienstiftung allmählich auch getan."

Insgeheim amüsierte sich Kat darüber, dass Nick und Alex aneinandergeraten waren. Die Zwei-Klassen-Aktienstruktur war für die beiden größten A-Aktionäre nach hinten losgegangen, weil sie sich nicht über die Unternehmensausrichtung hatten einigen können. Das war Demokratie pur mit einem Schuss Ironie.

Kat und Harry teilten sich die Arbeit hinsichtlich der Aktienfrage auf. Harry war kein Wirtschaftsermittler, aber doch eine große Hilfe. Er arbeitete umsonst, und solange sie ihn im Auge behielt, konnte seine Begeisterung und seine Neugier von Nutzen sein. Unbeaufsichtigt konnte er aber auch mächtig in Schwierigkeiten kommen.

Harry sah die Protokolle der Aufsichtsratssitzungen durch und machte eine Liste aller Entscheidungen, die vorgeschlagen wurden, wer dafür und wer dagegen gestimmt hatte und welche noch ausstanden. Kat sah sich die Insider-Käufe und -Verkäufe an, um nach auffälligen Aktivitäten Ausschau zu halten.

Es wurde wirklich Zeit, dass Kat noch einmal mit Takahashi sprach. Er hatte ihre Nachrichten noch immer nicht beantwortet. Die Aufsichtsratssitzung am Freitag rückte beängstigend schnell näher, und sie brauchte Material, um ihren Verdacht hinsichtlich der gefälschten Produktionszahlen bei Mystic Lake zu untermauern. Sie musste wieder persönlich zu ihm fahren.

Kat überprüfte das Handelsvolumen bei Liberty. Dies tat sie jeden Tag, seit sie den Fall übernommen hatte. Der Aktienkurs fuhr Achterbahn, meistens abwärts, aber es gab auch ein paar Ausreißer nach oben, wenn irgendwelche Optimisten der Ansicht waren, dass die neuen Tiefstkurse einen Einstieg lohnten.

Die Leerverkäufe hatten schon in der letzten Woche zugenommen, aber was sie jetzt sah, ließ sie stutzen. Inzwischen waren die Leerverkäufe oder „Shorts" bei mehr als sechzig Prozent des gesamten ausstehenden Aktienbestandes angekommen. Wenn man leer verkaufte, dann verkaufte man Aktien, die man nicht hatte. Lag man richtig und der Aktienkurs fiel, dann konnte man damit viel Geld verdienen. Auf der anderen Seite musste man, wenn der Aktienkurs stieg, die Aktien teurer zurückkaufen. Theoretisch konnte man dabei unbegrenzt viel Geld verlieren.

Wer wagte einen so gewaltigen Leerverkauf von Liberty-Aktien? Und was wusste derjenige, was sie nicht wusste?

KAPITEL 14

Ortega starrte aus dem Fenster der sechssitzigen Cessna, während der Pilot die Landebahn entlangfuhr. Die kleine private Rollbahn war aus dem Dschungel geschlagen worden. Sie befand sich ein paar Meilen außerhalb von Ciudad del Este, einem gesetzlosen Städtchen in Paraguay an der Triple Frontera, dem Dreiländereck. Ein Wagen würde ihn in diese Hauptstadt der Schwarzmärkte bringen, die ihre Fühler nach Paraguay, Brasilien und Argentinien ausstreckte. In Ciudad del Este gab es so gut wie niemanden, der legale Geschäfte machte.

Ortega unternahm diese Reise zweimal im Monat, aber inzwischen wurde das immer riskanter, denn sein Gesicht und auch seine Bewegungen waren bekannt geworden. Er versuchte, seine Reiseroute und seinen Zeitplan zu variieren, um keine Aufmerksamkeit zu erregen, aber die Schwierigkeiten nahmen zu. Und er vertraute niemandem sonst in seiner Organisation genug, um ihm die Prüfung der Diamanten und die Preisverhandlungen zu überlassen. Vertrauen war stets käuflich, diese Lektion hatte er mit Vicente lernen müssen.

Ciudad del Este war nicht nur der Umschlagplatz für Schmuggelware nach Brasilien und Argentinien, sondern auch ein globaler Brennpunkt des Waffenhandels und des Schmuggels von Rohdiamanten, mit denen ganze Kriege finanziert wurden. Es war ein Mikrokosmos aus internationalen Terroristen, Spionen und organisiertem Verbrechen, ein Schmelztiegel der Kriminalität, in dem es alles zu kaufen gab, von gefälschten Markenartikeln aus China über Kokain bis zur Kalaschnikow. Hier waren alle vertreten: Hisbollah, Al-Qaida, die Triaden aus Hongkong und neuerdings auch die russische Mafia. Selbst die CIA und der Mossad fanden es nützlich, hier eine ständige Vertretung zu unterhalten. Und hier verdiente Ortega sein Geld.

Die Stadt stand unter genauer Beobachtung der CIA, und sowohl Argentinien als auch Brasilien und Paraguay führten hier polizeiliche Überwachungsmaßnahmen durch. Die Stadtpolizei selbst war korrupt und gekauft, und über die CIA machte sich Ortega in nächster Zeit keine Sorgen. Sie hatte zwar die Fähigkeit und den Einfluss, seine Geschäfte zu unterbinden, aber es war unwahrscheinlich, dass sie das tatsächlich tat. Das Netz aus internationalem Terrorismus und Geldwäsche war kompliziert, und Ortega war nur ein Mittelsmann, soweit die CIA wusste.

Die CIA hatte genug andere Dinge zu tun, und in Paraguay ohnehin keine Zuständigkeit. Aber wenn die Polizeipräsenz zunahm, musste Ortega sich irgendwann neue Quellen suchen. Der Tag würde kommen, da die Grenzstadt keine Anlaufstelle für Schmuggler aller Art mehr war, und lange würde es nicht mehr dauern. Im Augenblick aber konzentrierten sich die Gesetzeshüter noch auf die Terroristen, und Ortega hatte freie Hand.

Ciudad del Este war nicht gerade prädestiniert als der Ort, an dem sich die Geschichte des Nahen Ostens entschied, aber seit dem 11. September war sie ein Zufluchtsort für Terroristen geworden. Wenn sie in Europa oder Nordamerika gesucht wurden, konnten sie hier untertauchen. Hier lebten sie in bewachten Wohnanlagen, gesuchte Terroristen verbargen sich in sicheren Häusern oder nutzten die Unantastbarkeit der Moschee. Sie nutzten die Zeit des Versteckspiels dafür, Englisch zu lernen und falsche Identitäten, Handelsbeziehungen und Finanzierungsnetzwerke aufzubauen. Es gab sogar das Gerücht, dass weiter oben am Paraná ein Ausbildungslager existierte.

Am meisten Sorgen machte Ortega sich über die Konkurrenz.

Größere Lieferungen warfen für ihn viel mehr Gewinn ab, aber sie erregten allmählich die Aufmerksamkeit anderer Größen in der Stadt. Alle zwei Wochen, wenn die Diamanten ankamen, atmete er erleichtert auf. Er versuchte, die Zeiten zu wechseln, aber bei großen Mengen erwies sich das als schwierig. Und er brauchte große Mengen, damit sein Plan funktionierte und die Gewinne sprudelten. Also wurden die Lieferungen immer größer, und dadurch auch die Verluste, wenn sie beschlagnahmt oder gestohlen wurden. Das Letzte, was er gebrauchen konnte, war es, dass die Konkurrenz die Lieferung abfing oder dass die Polizei mehr Geld forderte. Er musste eine andere Möglichkeit finden, die Diamanten zu verschieben. Sein wichtigster Kontaktmann war Abdullah Mohammed, ein kleiner, rundlicher Mann, der aussah wie Ende Vierzig, aber sein ergrauter Vollbart ließ ihn wahrscheinlich älter wirken als er war.

Ortegas Wagen hielt vor Mohammeds libanesischem Lebensmittelgeschäft. Über dem Laden hing ein kleines, verwittertes Schild, das ihn als Importeur arabischer Waren auswies. Aus Leinensäcken vor der Tür drang der Duft von Kardamom und Gewürznelken durch das offene Autofenster und tarnte die profitablen Geschäfte, die in Wirklichkeit hinter der Fassade stattfanden.

Ortega stieg aus und ignorierte den Pulk arabisch aussehender Männer, die ihn vom türkischen Café nebenan aus neugierig musterten. Diese Männer hatten zu viel Zeit, sie trieben sich Tag und Nacht nur herum, was Ortegas Ansicht nach zu einem weiteren Problem werden konnte. Der Libanese schien für alle eine Anlaufstelle zu sein, von der Hisbollah bis zur nigerianischen Mafia.

Ein streunender Hund vor dem Laden sah ihn hoffnungsvoll und hungrig an. Ortega verzog das Gesicht und versetzte dem Hund einen schnellen Tritt in die Seite. Das Tier wimmerte und schlich ängstlich davon. Jeder wollte etwas von ihm, dachte er angewidert. Mohammed war genauso.

„Guten Tag, Señor Ortega. Möge der Segen Allahs auf Ihnen sein. Ich habe heute etwas sehr Interessantes für Sie“, sagte Mohammed und bugsierte Ortega in den hinteren Teil des Ladens. Sie waren allein, aber Ortega wusste, dass jede seiner Bewegungen genau verfolgt worden war, seit er die Cessna verlassen hatte. Für beide Seiten ging es um sehr viel.

Mohammed deutete auf einen Platz an einem kleinen Tisch hinten im Laden.

„Omar, bring uns etwas Tee", bellte er in Richtung eines etwa zehnjährigen, schmächtigen Jungen.

Ortegas Blick folgte dem Jungen, der durch die Eingangstür des Ladens nach draußen verschwand.

Als der Junge weg war, klappte Mohammed einen Aktenkoffer auf und zeigte Ortega eine Auswahl von Rohdiamanten verschiedener Größe.

Der Junge kehrte mit dem Tee zurück und achtete dabei sorgfältig darauf, Augenkontakt oder einen Blick in den Aktenkoffer zu vermeiden. Ortega fragte sich, ob seine Vertrauenswürdigkeit auf Furcht oder auf dem Glauben an die Sache beruhte.

Obwohl er wusste, dass es unter Arabern als unhöflich galt, beschloss er, gleich zur Sache zu kommen.

„Haben Sie Probleme mit Ihrer Lieferkette, Señor Mohammed?"

Ortega machte keinen Hehl aus seiner Unzufriedenheit mit der Ware. In den zwei Jahren, in denen Ortega mit Mohammed Geschäfte gemacht hatte, hatte die Qualität der Steine merklich abgenommen. Die Menge stimmte zwar, aber es wurde schwierig, für mittelmäßige Steine noch ausreichende Preise zu erzielen. Mohammed hielt ihn hin. Und er wusste zu viel.

„Mein lieber Señor Ortega, diese Diamanten sind erstklassig. Meine Quellen versichern mir, dass diese Steine sehr begehrt sind."

„Señor Mohammed, im letzten Jahr ist die Qualität immer schlechter geworden. Ich möchte nur wissen, ob bei Ihnen alles in Ordnung ist. Falls Sie Probleme mit Ihrem Lieferanten haben sollten, kann ich vielleicht helfen."

Mohammeds Steine waren bis vor zwei Monaten hochklassig gewesen. Dann hatte die Qualität fast über Nacht nachgelassen. Offensichtlich ging die bessere Qualität jetzt an die Konkurrenz. Was das Mohammed selbst, oder war ein neuer Spieler im Rennen? Ortega wusste es nicht, aber er war entschlossen, es herauszufinden.

Der Libanese konnte anscheinend unbegrenzt viele Rohdiamanten beschaffen, und Ortega lieferte dafür Waffen, Handgranaten, Raketenwerfer, selbst gebrauchte Hubschrauber, die im Nahen Osten immer knapp zu sein schienen. Dabei hantierte er nie selbst mit den Waffen, sondern vermittelte Geschäfte zwischen den Arabern und einigen korrupten Funktionsträgern aus westlichen Regierungen. Die richtigen Verbindungen musste man haben. Beziehungen waren alles, vor allem bei den Arabern. Einige gelungene Geschäfte, und man hatte ihr Vertrauen für immer gewonnen.

Nach dem 11. September hatte er Diamanten in sein Programm aufgenommen, als Gesetze gegen Geldwäsche eingeführt wurden. Westliche Regierungen konnten Milliarden von Dollar auf Bankkonten von Terroristen und ihren wohltätigen Tarnorganisationen einfrieren. Diamanten aber waren leicht zu transportieren und zu schmuggeln, nicht zurückzuverfolgen und leicht in Bargeld umzutauschen.

Ortega fragte nicht danach, woher sie kamen, aber er wusste, dass es Konfliktdiamanten aus Ländern wie Sierra Leone waren, wo Libanesen sich als Käufer von Rohdiamanten niedergelassen hatten. Dieses Arrangement schuf einen Schwarzmarkt, der die fehlenden offiziellen Handelsmöglichkeiten für Sierra Leone ersetzte. Und es schuf einen Markt für Ortegas Waffen, solange die Konflikte andauerten.

Bisher war diese Konstellation für alle Beteiligten gewinnbringend gewesen. Die Libanesen fanden dadurch willige Abnehmer für Steine, die sie nur schwer anderweitig loswerden konnten, vor allem nicht in den großen Mengen, mit denen sie arbeiteten. Ortega kaufte sie zu ungefähr zwanzig Prozent des Preises, den rechtmäßige Diamanten wert waren. Nur die Diamanten wurden tatsächlich über das Meer nach Südamerika befördert. Die dafür gelieferten Waffen wurden an den Ort geliefert, den der Käufer vorgegeben hatte. Keine Seite wusste, mit wem sie gerade tatsächlich Geschäfte machte, was die Möglichkeiten erfreulich steigerte und die Preise niedrig hielt. Mit Ortega als Mittelsmann konnten beide Parteien außerdem verdeckt mit Leuten Geschäfte machen, mit denen sie sich nach außen hin nicht einlassen konnten.

Ortega wusste, dass die Libanesen mit den meisten nahöstlichen Terrororganisationen Geschäfte machten, darunter auch vielen, die sich gegenseitig bekriegten. Und diese Kämpfe untereinander brachten Ortega großen Gewinn. Auch wenn alle ihren Hass auf den Westen hinausschrien, Ortega wusste, dass die meisten dieser Waffen für Gewalttaten innerhalb der verschiedenen religiösen Sekten verwendet wurden. In vielen Fällen hatte er beide Seiten ausgerüstet. Solange sie sich weiter untereinander bekämpften, konnte Ortega sich weiter bereichern.

Besonders profitabel war der derzeitige Kampf um die Kontrolle Palästinas zwischen der Hisbollah und der Fatah. Der Diamantenpreis hing direkt davon ab, wie sehr sie sich in diesem Konflikt gegenseitig abnutzten. Solange sie in etwa gleich stark waren und keine Seite die Oberhand gewann, lief es für Ortega gut. Es erforderte viel Fingerspitzengefühl, beide Seiten gleichmäßig aufzurüsten und ihnen dabei die Überzeugung zu vermitteln, dass man mit ihrer spirituellen Sache sympathisierte und Verständnis für ihre Doktrin mitbrachte.

Alles war in Ordnung, bis Mohammed es durch seine Gier verderben musste. Dies würde die letzte Lieferung durch die Triple Frontera sein, beschloss Ortega. Es wurde Zeit, die Exit-Strategie umzusetzen.

KAPITEL 15

Kat atmete die kühle Luft ein, während sie den Uferdamm der English Bay entlanglief und versuchte, mit Cindy Schritt zu halten. Der Himmel klarte auf, und sie hatten leichten Rückenwind. Sie wichen einigen Pfützen aus, die der Regen am Morgen hinterlassen hatte. Sie fühlte sich schon gelassener und bereit dazu, sich später am Haus mit Jace auseinanderzusetzen. Sie würde es ihm einfach sagen. Sie konnte nicht einziehen. Und auch ihren Teil des Kaufpreises nicht aufbringen. Sie musste aussteigen.

„Wird Zeit, dass du wieder in Form kommst. Du wirst es schwer haben, den Marathon zu laufen, wenn man sich ansieht, wie wenig Strecke du machst." Cindy lief hinter Kat her und ließ einen entgegenkommenden Mann mit Hund vorbei.

Kat und Cindy hatten sich vor vier Monaten für ihren ersten Marathon angemeldet. Bis dahin waren es jetzt nur noch drei Wochen, ein bisschen spät, ihr verpasstes Training noch nachzuholen.

„Ich weiß. Ich hatte einfach immer so viel zu tun." Kat hatte beschlossen, von dem gestrigen Einbruch nichts zu sagen. Cindy hielt Gastown jetzt schon für eine heruntergekommene, zwielichtige Gegend, und der Einbruch würde sie nur bestätigen.

„Du hältst einfach nicht durch, Süße. Warum fällt dir das so schwer? Du musst nichts weiter tun als mit mir mitlaufen."

„Du hast leicht reden. Für dich sind deine Trainingseinheiten ja kein Problem. Für mich ist das schon schwerer." Mit Cindy zu laufen, war jedes Mal Schwerstarbeit. Mit ihren ein Meter sechzig und ihrer untergewichtigen Figur schwebte sie nur so neben Kats schweren, dumpfen Schritten einher. Cindys zierliche Gestalt täuschte darüber hinweg, dass sie körperlich ebenso zäh war wie jeder ihrer männlichen Kollegen in der Royal Canadian Mounted Police. Und geistig steckte sie jeden von ihnen in die Tasche.

„Das ist nur deshalb so, weil du drei Viertel aller Trainingseinheiten ausgelassen hast. Das ist typisch für dich, Kat. Man kann dich einfach nicht festnageln."

„Vielleicht halte ich mir einfach lieber alle Möglichkeiten offen."

„So wie bei Jace?"

„Was hat Jace denn damit zu tun?" Warum musste Cindy ihn jetzt erwähnen? Das Laufen sollte sie eigentlich von Jace ablenken und nicht an ihn erinnern.

„Erst trennst du dich von ihm und dann hältst du ihn doch wieder hin."

„Das war vor über zwei Jahren. Jetzt sind wir nur noch Freunde. Weiter nichts."

„Aber ihr habt euch zusammen ein Haus gekauft."

„Wir sind kein Paar!" protestierte Kat. „Wir haben zusammen investiert. Das hätten du und ich genauso zusammen machen können. Da gibt es gar keinen Unterschied."

„Komm schon, Kat. Du hast Angst, dich festzulegen. Gib's zu. Ihr beiden passt doch gut zusammen. Jace ist immer noch verrückt nach dir, aber ewig wird er auch nicht an dir kleben bleiben. Eines Tages ..."

Kat ließ Cindy nicht zu Ende sprechen.

„Ich bin jetzt nicht in der Stimmung für Psychoanalyse."

„Na schön. Ich wollte es ja nicht erwähnen, aber dein Marathon wird nichts weiter werden als sechsundzwanzig Meilen pure *Pein*. Und ich spreche nicht von französischem Brot."

„Sehr witzig. Ich sehe schon, du tauchst so richtig in die Sprache ein." Ihr Marathon fand in Paris statt. Noch ein teurer Grund, den Fall zu lösen.

„*Oui*. Und du solltest dir meinen Rat zu Herzen nehmen."

„Ich überleg's mir." Nur endlich das Thema wechseln.

Sie liefen die nächsten Minuten schweigend nebeneinander her. Gleichmäßigen Schrittes verließen sie den geteerten Uferweg und steuerten den Wanderweg um die Lost Lagoon an.

Cindy sprach nie über ihre Undercover-Arbeit bei den Mounties. Kat wusste nur wenig darüber, nur, dass es mit organisierter Kriminalität zu tun hatte, mit Motorradgangs aus der Umgebung, asiatischen Triaden und gelegentlich auch internationalen Verbrecherringen. Kat hoffte, Cindy könnte etwas Licht in Fragen des Diamantenschmuggels bringen, aber sie musste ihre Fragen vorsichtig formulieren. Sie wollte sich nicht noch eine Predigt von Cindy anhören.

Sie bogen in den Bridle-Path-Wanderweg ein und liefen auf den Prospect Point zu. Ihr Atem kam in kurzen, dampfenden Stößen und verflog dann in der Luft. Der langsame, aber andauernde Anstieg forderte Kat ihre ganze Energie ab. Cindy dagegen sprang leichtfüßig den Hügel hinauf. Kat beschloss, Cindy das Reden zu überlassen. Das war nicht schwer, denn Cindy liebte es, über das Verbrechen im Allgemeinen zu schwadronieren.

„Cindy, ist Diamantenschmuggel eigentlich eine große Sache?"

„Ziemlich, und es nimmt immer mehr zu. Diamanten sind leicht zu verstecken und leicht zu Geld zu machen. Es wird immer beliebter, seit immer mehr Geldwäschegesetze in Kraft treten. Die sollen eigentlich die Drogenkartelle daran hindern, ihre ungesetzlich erworbenen Gelder in legale Bankguthaben umzuwandeln. Dazu wurden diese Gesetze eingeführt.

Nach dem 11. September wurden diese Regeln weiter verschärft. Die US-Regierung hat die Berichtspflichten ausgeweitet, um Terrornetzwerken den Geldhahn zuzudrehen. Der Rest der Welt musste es genauso machen, sonst hätten die USA Handelssanktionen verhängt."

„Dadurch sind jetzt also alle Finanztransaktionen nachverfolgbar – weil Banken verpflichtet sind, sie zu melden?"

„Stimmt. Die Banken müssen alles jetzt viel stärker überprüfen und dürfen kein Geld aus Ländern mehr annehmen, die keine ähnlichen Geldwäschegesetze haben."

Cindy warf Kat einen Seitenblick zu. „Hui, Kat, steht es so schlimm um deine Finanzen? Bei dir läuft es doch noch gut genug. Du musst nicht gleich eine Verbrecherkarriere einschlagen."

„Sehr witzig. Ich hätte nicht mal genug, um eine Anzahlung für so eine Lieferung zu machen. Nehmen die auch Visa? Ich habe gerade meine Kreditlinie erhöhen lassen."

„Da habe ich so meine Zweifel. Na, jedenfalls haben die Geldwäschegesetze dazu geführt, dass Diamanten zu einem bevorzugten Zahlungsmittel geworden sind. Terroristen und das organisierte Verbrechen sind dazu übergegangen, weil man sie so leicht verstecken und transportieren kann und sie gleichzeitig so viel wert sind. Und bis jetzt sind sie nicht zurückzuverfolgen. Du hast schon von Konfliktdiamanten gehört?"

„Ein bisschen." Kat blieb stehen, um Luft zu holen. Atmen und einen Hügel hinauflaufen schlossen sich nicht gegenseitig aus, aber es fühlte sich so an. Warum musste Cindy bergauf immer besonders viel Tempo machen? „Ist das dasselbe wie Blutdiamanten? Aus armen afrikanischen Ländern herausgeschmuggelt, wo es immer noch Sklavenarbeit gibt?"

„So ziemlich. Die Rohdiamanten werden von Ländern produziert, die die Anforderungen des Kimberly-Zertifizierungsverfahrens nicht erfüllen. Das ist eingeführt worden, um die Verbindungen von Diamanten und Gewalt aufzubrechen, und es wird von den Vereinten Nationen unterstützt. Durch diese Regeln sollten Verbrecher und Terroristen aufgehalten werden."

„Aber wie kann man Diamanten denn nun zurückverfolgen?"

„Innerhalb des Kimberly-Verfahrens muss die Herkunft eines Diamanten dokumentiert werden. Der Gedanke dabei ist, den Verkauf von Blut- oder Konfliktdiamanten aus Kriegsländern wie Sierra Leone und Angola zu unterbinden. Rebellen übernehmen dort vorhandene Minen und terrorisieren die örtliche Bevölkerung gewaltsam, auch mit Mord, Vergewaltigung und Abtrennen von

Gliedmaßen. Wenn die Leute dann fliehen, haben die Terroristen freie Bahn, die Diamantenminen weiterzuführen und daran zu verdienen. Durch das Kimberly-Verfahren wird es für Verbrecher aber sehr schwierig, Konfliktdiamanten zu verkaufen." Cindy bog auf dem Wanderweg links ab, und Kat lief ihr nach.

„Aber wie schaffen sie das? Du hast doch selbst gesagt, dass man Diamanten nicht zurückverfolgen kann."

„Die Länder, die am Kimberly-Verfahren teilnehmen, müssen ein Herkunftszertifikat ausgeben, das bestätigt, dass es sich nicht um Konfliktdiamanten handelt. Wenn sie dieses Zertifikat nicht vorlegen können, können sie die Diamanten auf dem offenen Markt nicht verkaufen."

Kat warf Cindy einen Seitenblick zu. Cindy atmete nicht einmal schwer. Kat dagegen hyperventilierte schon fast.

„Aber manche schaffen es doch, oder? Manche umgehen die Kontrollen und verkaufen die Diamanten illegal?"

Als sie die Hügelkuppe überwunden hatten, konnte Kat endlich wieder in einen gleichmäßigen Schritt fallen.

„Na klar, auf jeden Fall", sagte Cindy. „Bis vor kurzem war es leicht, Diamanten von überall zu verkaufen. Dazu musste man nur eine falsche Herkunftsangabe machen. Den Käufern war das egal. Aber jetzt steht mehr auf dem Spiel. Ein Land kann seinen Status verlieren, wenn festgestellt wird, dass es Konfliktdiamanten verschiebt, und dann kann es seine eigene Produktion auch nicht mehr verkaufen. Es riskiert sein wirtschaftliches Wohlergehen, wenn es das zulässt.

Aber es passiert schon. Man weiß, dass fast fünfzig Prozent der Weltproduktion illegal aus Ländern kommt, die sich nicht an das Verfahren halten. Es sind so viele Diamanten auf dem Markt, dass sie nicht alle aus legaler Produktion stammen können. Aber das Ganze bewirkt tatsächlich, dass der Schmuggel weniger profitabel ist. Wir können ihn nicht ganz unterbinden, solange es bereitwillige Käufer gibt. Aber was hat das alles mit Liberty zu tun?"

„Naja, du erinnerst dich doch an die verdächtigen Produktionszahlen, von denen ich dir erzählt habe? Ich frage mich allmählich, ob

Konfliktdiamanten durch die Mine geschmuggelt werden. Aber was ich immer noch nicht verstehe, wie kann man mit einem Stück Papier beweisen, dass ein Diamant ein Konfliktdiamant ist oder nicht?"

„Dazu gehört natürlich noch ein bisschen mehr. Tatsächlich gibt es inzwischen wissenschaftliche Methoden, um die Herkunft eines Diamanten zu bestimmen. Chemisch betrachtet sind alle Diamanten reiner Kohlenstoff. Für das nackte Auge sind die identisch, nur ein Kohlenstoffkristall eben. Deshalb ist die Herkunft schwer zu erkennen. Aber es gibt Möglichkeiten, die Quelle zu überprüfen."

„Wirklich? Man kann bestimmen, wo ein Diamant herkommt?"

„Theoretisch jedenfalls. Die Mounties haben eine Methode, sozusagen den Fingerabdruck eines Diamanten zu nehmen. Auch wenn alle Diamanten aus Kohlenstoff sind, gibt es in jedem Stein Spuren von Verunreinigungen, die zum Muttergestein in der Mine oder Grube zurückverfolgt werden können. Jedes andere Stück Gestein aus der gleichen Mine hat die gleichen chemischen Erkennungsmerkmale. Man findet also die chemische Zusammensetzung eines Stücks Gestein aus Kanada nicht in gleicher Form in einem aus Sierra Leone, beispielsweise."

Plötzlich fühlten Kats Beine sich besser an. Sie fühlte sich von neuer Energie belebt, als sie die Möglichkeiten durchdachte. Sie wollte gleich durchs Unterholz stürmen und ins Büro rennen.

Cindy schien Kats plötzlichen Stimmungsumschwung nicht zu bemerken.

„Damit das funktioniert, müssen die Mounties und internationale Polizeidienste aus jeder einzelnen Mine der ganzen Welt einen Diamanten dokumentieren und verwahren. Sobald das geschafft ist, müsste man den illegalen Handel unterbinden können. Das kostet sehr viel Zeit und ist sehr teuer, aber sobald wir diese Datenbank haben, wird es fast unmöglich sein, illegale Diamanten als legale auszugeben."

Cindy blickte misstrauisch zu Kat herüber. „Sag bloß nicht, du bist hinter Terroristen her!"

„Nein, natürlich nicht." Kat suchte nach einer Erklärung. „Aber ich habe ein paar verdächtige Vorgänge bei Liberty ausgegraben. Es sieht aus, als ob sie absichtlich überhöhte Produktionszahlen angegeben haben. Kannst du mir helfen, ein paar Diamanten untersuchen zu lassen?"

„Hey, Kat, ich habe von diesen Testverfahren bisher auch nur gehört, ich habe selbst nichts damit zu tun."

„Aber du hast doch Verbindungen. Könnte ich dir ein paar Diamanten zum Testen mitgeben?"

„Warum glaubst du, dass sie etwas mit Diamantenschmuggel zu tun haben könnten? Sie haben ihre Minen doch ganz oben im Norden. Es hört sich ziemlich extrem an, Diamanten in die abgelegensten Eiswüsten von Kanada zu schmuggeln. Sind da oben nicht sogar die Straßen aus Eis?"

„Das stimmt, aber … ich glaube, dass sie die Steine gar nicht durch die Mine selbst schmuggeln. Sie müssen sie doch nur bis in den Schleifbetrieb schmuggeln, wo sie dann weiterverarbeitet werden. Es muss nur so aussehen, als ob sie aus der Mine kommen. Solange es so aussieht, als ob sie von Liberty stammen, wenn sie im Schleifbetrieb ankommen, ist alles unverdächtig. Überleg mal. Beim Verlassen der Mine werden die Sicherheitsvorkehrungen natürlich hoch sein, aber es rechnet doch niemand damit, dass irgendetwas in den Schleifbetrieb geschmuggelt wird."

„Klingt ziemlich unwahrscheinlich, Kat."

„Aber wenn sie die Diamanten anschließend als Liberty-Diamanten ausgeben und durch legale Kanäle weiterverkaufen können, erzielen sie Marktpreise und nicht nur den Schwarzmarktpreis. Das würde Libertys Gewinne in die Höhe schrauben. Vielleicht ist es sogar billiger, Diamanten vom Schwarzmarkt zu kaufen, als sie legal abzubauen. Kannst du dir das nicht vorstellen?"

Cindy warf Kat einen skeptischen Blick zu und antwortete nicht.

„Man könnte es doch so aussehen lassen, als kämen sie aus einer Mine in den Northwest Territories. Wäre das nicht ein Ding, wenn man in Kanada dann auch eine Gesteinsprobe anbringen könnte, die zu den Diamanten passt? Man könnte dieses ganze Kimberly-Verfahren dadurch aushebeln."

„Du meinst, wie in einer neuen Mine? Das Gestein hineinschmuggeln und es dann als Muttergestein von dort ausgeben?"

„Genau. Du könntest damit nicht nur deine dreckigen Diamanten legalisieren, sondern würdest auch überhaupt keinen Verdacht erregen, wenn du das mit einer neuen Ader machst, für die es noch keine Produktionshistorie gibt, und in einem Land, in dem gerade erst große Reserven entdeckt werden. Es gibt keine Vergleichsdaten. Es erregt keine Aufmerksamkeit, weil die Produktion sowieso gerade hochgeht. Kanadas Diamantenschürfindustrie steckt noch in den Kinderschuhen, es gibt also keine Langzeitdaten für das ganze Land."

„Ich weiß nicht, Kat, das klingt ziemlich weit hergeholt. Möglich, aber es scheint nicht wirklich das Risiko wert zu sein."

„Also muss ich dir als nächstes ein paar Proben von Liberty besorgen, ja?"

„Immer langsam, ich habe noch nicht ja gesagt. Außerdem ist unsere Datenbank noch gar nicht vollständig. Es gibt keine Garantie dafür, dass wir irgendeinen Beweis finden."

„Ich weiß, dass das nicht garantiert ist. Aber wenn es einen Treffer gibt, ist das wenigstens eine Spur. Im Augenblick habe ich einen CFO, der spurlos verschwunden ist, fünf Milliarden Dollar, bei denen sich alle darauf verlassen, dass ich sie wiederfinde, und etwas, das wie gefälschte Produktionszahlen aussieht. In diesem Stadium glaubt mir niemand, wenn ich keine Beweise vorlegen kann, und da Liberty mein Klient ist, möchte ich wissen, womit ich es zu tun habe, bevor ich irgendwelche Anschuldigungen erhebe."

„Okay, Kat. Ich sehe mal, was ich machen kann. Aber du musst mir versprechen, dass du mich anrufst, bevor du versuchst, es mit irgendwelchen internationalen Terroristennetzwerken aufzunehmen."

„Aber ich würde doch nie …"

„Ich meine es ernst, Kat. Leg dich nicht mit diesen Leuten an. Du weißt nicht, in was du da hineingerätst. Bitte sag mir, dass du nichts Illegales oder Gefährliches unternehmen wirst."

Kat fühlte sich beschwingt. Endlich war sie wieder zurück in der Spur.

KAPITEL 16

Kats Fingerknöchel schmerzten vor Kälte, als sie wieder bei Takahashi an die Tür klopfte. Sie hatte schon fünf Minuten auf der Veranda gestanden, aber immer noch reagierte niemand. Sie würde ihm noch eine Minute lassen. Sein verbeulter Ford F150 stand in der Einfahrt, und von der Veranda aus konnte sie deutlich schmutzige Fußabdrücke in dieser Einfahrt sehen. Diese Fußabdrücke waren ihre eigenen, und die Abwesenheit von Reifenspuren und anderen Anzeichen ließen klar erkennen, dass in letzter Zeit niemand gekommen oder gegangen war. Es war seltsam still. Der Regen hatte zwar aufgehört, aber durch die niedrige Wolkendecke wirkte es mehr wie früher Abend als wie später Nachmittag.

Feuchte Kälte hing in der Luft, und Kats Laune war düster. Sie hatte gestern den ganzen Tag Liberty-Akten durchstöbert und nichts weiter entdeckt. Morgen fand die Aufsichtsratssitzung statt, und sie hatte nichts mehr vorzuweisen. Sie musste dringend Fortschritte präsentieren, sonst würde Nick wahrscheinlich Susan überstimmen und sie wäre den Fall sogar noch vor ihrer eigentlichen Frist am Freitag los. Die Indizien schienen darauf hinzudeuten, dass jemand anders als Bryant beteiligt war, aber dafür hatte sie bisher keinen Beweis. Ken Takahashi war ihre letzte Hoffnung, und sie würde ihn jetzt nicht mehr damit davonkommen lassen, ihre Anrufe einfach nicht zu beantworten. Die Zeit lief ihr davon. Sie musste heute mit ihm reden.

Der Einbruch in ihr Büro hatte das Gefühl der Dringlichkeit in ihr nur noch verstärkt. Nach dem Angriff des Meth-Süchtigen hatten Jace und Onkel Harry alle ihre Sachen und ihre Katzen in das Haus gebracht, und dort hatte sie letzte Nacht auch geschlafen. Vernas Haus. So nannte sie es jetzt in Gedanken. In diesem Punkt würde sie sich nie gegen Jace durchsetzen können, aber sie musste zugeben, dass sie sich letzte Nacht sicherer gefühlt hatte, als sie bei Jace geblieben war, anstatt allein in ihrem Büro in Gastown.

Kat hatte nicht vorgehabt, zu Takahashis Haus zu gehen. Aber als sie auf ihrem Morgenlauf von Vernas Haus aus in die Nähe seines Hauses gekommen war, hatte sie gedacht, sie könnte genauso gut bei ihm vorbeischauen. Vielleicht war sein Telefon kaputt. Oder vielleicht wollte er einfach nicht mehr mit ihr reden. Wenn er ihr aus dem Weg ging, dann ging er vielleicht auch nicht an die Tür, wenn er ihren Wagen in seiner Einfahrt sah.

In solchen Situationen war sie daran gewöhnt, dass ihre Anrufe nicht beantwortet wurden, aber irgendetwas stimmte hier nicht. Also wartete sie. Sie bekam eine Gänsehaut von den feuchten Sachen, die an ihrer Haut klebten.

Dann drückte sie ihr Ohr an die Tür. Es war nur schwach, aber sie glaubte, ein Geräusch zu hören. Sie unterdrückte ihr Zähneklappern und hörte genauer hin. Diesmal war es näher an der Tür. Es war der Hund. Er winselte. Jetzt kam er noch näher an die Tür und jaulte immer mehr.

„Hey, guter Hund. Ist schon gut. Ist jemand zuhause?“ Noch ein Wimmern. Diesmal wirkte das Jaulen noch trostloser. Der Hund begann, von innen an der Tür zu kratzen, und heulte noch lauter.

„Ken? Sind Sie da?“ Keine Antwort. Kat suchte den Raum ab. Die Jalousien waren geschlossen, was merkwürdig war, denn es war Nachmittag. Merkwürdig, aber für sich genommen musste es noch nichts bedeuten. Trotzdem hatte Kat ein schlechtes Gefühl. Irgendetwas stimmte nicht. Warum jaulte der Hund sie an, wenn Takahashi zu Hause war? Kat griff nach der Türklinke zum Windfang. Die Tür war unverschlossen.

Sie betrat den Windfang und klopfte an die Innentür. An einer Wand hingen mehrere Jacken, darunter lag ein Haufen Stiefel und Schuhe. Eine Holzkiste auf einem kleinen Tisch fiel Kat ins Auge. Es war die gleiche Kiste mit Gestein, die Ken ihr bei ihrem letzten Besuch gezeigt hatte. Sie hob sie auf, dann zögerte sie kurz, bevor sie sie öffnete. Takahashi hätte sicher nichts dagegen, dachte sie.

Die Kiste enthielt Gesteinsproben aus verschiedenen Minen, alle sorgfältig beschriftet und in einzelnen Fächern. Sie ging den Inhalt durch und fand eine Probe aus Mystic Lake. Es war dieselbe, die Ken ihr bei ihrem früheren Besuch gezeigt hatte. Sie studierte sie genau und versuchte sich zu erinnern, was Ken über die Probe gesagt hatte.

Der Labrador kratzte nun wild an der Tür und kläffte ängstlich. In der Küche brannte Licht, und durch die Vorhänge konnte Kat sehen, wie der Schatten des Hundes auf- und absprang.

Sie griff nach der Klinke der Innentür. Auch die Innentür war nicht verschlossen.

Sollte sie hineingehen? Sie fühlte sich komisch dabei, einfach hineinzugehen, ohne aufgefordert worden zu sein. Aber das Verhalten des Labradors war auffällig. Vielleicht hatte Ken irgendein gesundheitliches Problem und brauchte Hilfe.

Kat drückte die Klinke und öffnete die Tür. Was sie dann sah, ließ sie vor Entsetzen erstarren.

KAPITEL 17

Kat folgte mit ihrem Blick der Blutspur, die durch die Küche in den Flur führte. Mit einem zunehmenden Gefühl des Grauens blickte sie auf ihre Füße herunter. Sie stand mittendrin! Sie sprang zur Seite, rutschte weg und wäre fast in das geronnene Blut gefallen, wenn sie sich nicht im letzten Moment mit der Handfläche an der Wand abgefangen hätte. Die Galle stieg ihr in der Kehle hoch. Sie erlangte ihr Gleichgewicht zurück und starrte auf ihre verschmierten Schuhabdrücke auf dem Linoleum.

Zerbrochene Gläser und Teller waren auf dem Boden verstreut. Der Küchentresen war voller Gegenstände, nur rechts neben der Spüle war ein Halbkreis frei, als ob jemand mit dem Arm darübergewischt hätte. Der Labrador stand neben ihr, wimmerte und blickte mit flehenden Augen zu Kat hoch. Dann bellte er, sprang auf den Flur zu und blickte Kat auffordernd an, ihm zu folgen.

Kat ging auf ihn zu, hielt aber wieder inne. Alles war still, nur das Kratzen der Hundekrallen auf dem Boden war zu hören. Er humpelte, blieb neben dem Durchgang zum Flur stehen und bevorzugte offensichtlich seine linke Seite. Sie konnte sich nicht erinnern, dass er bei ihrem letzten Besuch bei Takahashi gehinkt hatte, deshalb ging sie zu ihm, sorgfältig der Blutspur ausweichend, und kniete sich hin, um sein rechtes Hinterbein zu untersuchen.

„Lass mal sehen", sagte sie und strich vorsichtig über seine Hüfte bis hinunter zur Pfote. Der Labrador protestierte erst, als sie seine Klauen berührte; er jaulte auf und zog die Pfote weg. Alle vier Pfoten waren blutig, aber nur diese schien zu schmerzen.

„Guter Hund." Eine Glasscherbe steckte zwischen zwei Klauen. „Tut mir leid, Junge, aber das Ding muss raus."

Sie klemmte ihren kleinen Finger zwischen seine Klauen und zog das Glasstück schnell und kräftig heraus. Die Scherbe fiel zu Boden, und der Hund zog die Pfote weg und floh nach hinten in die Küche.

Ein lautes Krachen durchbrach die Stille. Kat zuckte zusammen. Jemand war hier. Warum hatte sie sich von dem Hund ablenken lassen? In Panik malte sie sich verschiedene Szenarien aus, die alle ein böses Ende nahmen. Sie war allein hergekommen. Niemand wusste, dass sie hier war. Selbst, dass sie laufen gegangen war, wusste niemand. Sie erstarrte, als links von ihr Glas zerbrach. Wer auch immer gerade diesen Lärm machte, er kam sie holen.

Es war der Labrador. Er hinkte nicht mehr. Ein Glas lag halb zerbrochen auf dem Boden. Er musste es mit dem Schwanz vom Tresen heruntergefegt haben, wahrscheinlich nachdem er gegen die halboffene Tür des Küchenschranks gelaufen war und sie zugeschlagen hatte. Sie seufzte erleichtert auf. Wenn sie hier heil herauskam, würde sie nie wieder etwas so Dämliches tun. Sie drehte sich um, um nach draußen zu gehen, aber der Labrador versperrte ihr den Weg zur Tür und versuchte, sie wieder zum Flur hin zu drängen.

Hunde wittern Gefahr, oder? Wenn jemand hier war, würde der Hund knurren. Sie würde nur kurz nachsehen und dann gehen. Kat drückte sich an dem klebrigen Blut vorbei in den Flur.

Lange Blutspritzer verunstalteten die hellen Wände. Ihr Blick folgte blutigen Handabdrücken die Wand entlang. Sie verwischten irgendwann zu undefinierbaren Flecken. Sie folgte einer blutigen Fingerspur, die nach unten zum Boden führte. Dann sah sie ihn.

Ken Takahashi befand sich halb liegend, halb an der Badezimmertür lehnend am Ende des Flurs. Sein rechter Arm war über seine

Brust gelegt, als ob er das Blut stoppen wollte, das durch sein blaues Flanellhemd gesickert war. Er starrte Kat direkt an, seine Augen waren weit geöffnet, aber sie sahen nichts mehr.

Kat geriet in Panik, als sie die Szene ganz in sich aufnahm. War der Mörder noch da? Hatte der Mord an Takahashi mit Liberty zu tun? Natürlich hatte er das. Und das bedeutete, dass der Mörder auch hinter ihr her sein musste. Wusste er, wo sie gerade war?

Sie beachtete den Hund nicht, der ängstlich zwischen Takahashis Leiche und Kat herumlief und dessen braune Augen sie anflehten, etwas zu unternehmen. Kat war einen Moment lang wie erstarrt. Sie konnte nicht atmen und die rasenden Gedanken in ihrem Kopf nicht ordnen. Der Mörder konnte immer noch irgendwo im Haus sein, aber sie hatte nicht den Mut nachzusehen. Sie brauchte Hilfe. Sofort.

Verzweifelt suchte sie nach einem Telefon und entdeckte schließlich einen drahtlosen Apparat in der Küche. Ihre Hände zitterten, als sie Cindy anrief. Nach mehreren Versuchen gelang es ihr schließlich, sich so weit in den Griff zu bekommen, dass sie die Nummern auf der Tastatur eintippen konnte.

„Cindy?“ Kats Stimme schwankte, während sie versuchte, sich zu beruhigen und ihre Hände davon abzuhalten, mit dem Apparat in der Hand unkontrolliert zu beben. „Hilf mir.“

„Kat? Was ist los? Du hörst dich irgendwie aufgeregt an.“

„O mein Gott. O mein Gott, Cindy. Du musst mir helfen. Takahashi ist tot! Jemand hat ihn umgebracht! Ich habe ihn gefunden. Ich glaube, er ist schon länger tot.“ Kat kehrte in den Flur zurück. Es war wirklich real. Sie musste würgen, also sie auf die Leiche und den blutverschmierten Boden sah. Takahashis Haut verfärbte sich bereits, und der Geruch war schwer zu ertragen.

„Kat, wer ist Takahashi? Wo bist du? Ist jemand bei dir?“

„Ich bin im Haus von Ken Takahashi. Er war früher Chefgeologe bei Liberty. Er hat mich nicht zurückgerufen, also dachte ich mir, ich schaue mal bei ihm vorbei, und dann hörte ich den Hund jaulen und dachte, er hätte vielleicht Probleme. Also habe ich die Tür aufgemacht und bin hineingegangen, und dann habe ich das ganze Blut gesehen und bin irgendwie durchgedreht, und …“

„Kat! Ganz ruhig. Hör mir zu. Hast du die Polizei angerufen?"

„Ich habe dich doch angerufen. Du bist die Polizei."

„Kat! Du musst 911 anrufen. Jetzt gleich. Moment mal – rufst du aus seinem Haus an? Benutzt du sein Telefon?"

„Ja. Ich habe mein Handy vergessen, und als ich ihn gesehen habe, dachte ich, ich rufe lieber gleich jemanden an."

„Heilige Scheiße. Kat, hör zu. Du bist an einem Tatort. Ist dir klar, was du getan hast? Du hast deine Fingerabdrücke und deine DNA-Spuren am Tatort eines Mordes hinterlassen." Cindy sprach weiter. „Bleib, wo du bist. Ruf niemanden mehr an und fass nichts an. Ich rufe die Mordkommission und komme dann zu dir."

Die Ermittler der Mordkommission hatten sie stundenlang befragt. Sie musste die Ereignisse, die zur Entdeckung von Takahashis Leiche führten, mehrmals wiederholen. Dann musste sie Fingerabdrücke, eine DNA-Probe und Schnipsel der Kleidung abgeben, die sie getragen hatte, um diese als Beweisstücke vom Tatort auszuschließen.

Cindy brachte sie schließlich um zehn Uhr abends nach Hause. Sie konnte sich kaum noch daran erinnern, am Nachmittag losgelaufen zu sein. Hier war sie nun wieder an Vernas Haus, einem Haus, das ihr nicht gehörte. Es schien, als ob sie immer wieder hier landete.

Sie trottete erschöpft durch das Gartentor und die Stufen hinauf. Während sie nach ihren Schlüsseln fischte und dabei etwas chinesisches Essen vom Imbiss herumbalancierte, stieß sie mit dem Fuß gegen irgendetwas auf der Veranda. Sie beachtete es nicht, drehte den Schlüssel und zog im Windfang ihre Schuhe aus. Als sie die Eingangstür schließen wollte, sah sie ihn auf der Veranda liegen. Sein Fell war blutig, und ein Schnitt ging durch seinen Hals. Kat erstarrte beim Anblick von Buddys leblosem Körper.

KAPITEL 18

Kat zuckte zusammen, als die innere Haustür sich öffnete. Jace stand im Eingang.

„Kat? Wo warst du denn? Der Handwerker hat eine Stunde gewartet, dann konnte ich ihn nicht mehr hinhalten. Er fängt erst an, wenn wir beide den Vertrag unterschrieben haben. Du weißt doch auch, dass wir ohne Strom nicht weiterkommen. Es wird Wochen dauern, ihn wieder hierherzubekommen."

Jace hatte die Arme vor der Brust verschränkt und eine Taschenlampe in der rechten Hand. Sie brauchte sein Gesicht nicht zu sehen, um zu wissen, dass er wütend war.

Den Termin mit dem Elektriker hatte sie ganz vergessen. Ihr gemeinsames Projekt war durch einen neuen Rückschlag gefährdet, nämlich unsichere Elektroinstallationen. Dem Kontrolleur von der Stadt, der am Morgen in einer anderen Angelegenheit vorbeigeschaut hatte, waren die uralten Schalter und Stromkabel aufgefallen, und er hatte verlangt, dass diese erneuert werden müssten. Handwerker, die sich an ältere Gebäude herantrauten, waren schwer zu finden, und der Mann war der einzige gewesen, den Jace hatte überreden können, sich das Haus anzusehen und einen Kostenvoranschlag zu machen. Nun mussten sie weitere zehntausend Dollar einkalkulieren. Sie würden von Glück sagen können, wenn sie am Ende beim Verkauf des Hauses ihren Einsatz herausbekamen. Falls es jemals so weit war.

Kat antwortete nicht. Stattdessen wies sie durch die offene Tür auf Buddys leblosen Körper auf der Veranda.

„Was zum Teufel?" Jace schob sich an ihr vorbei nach draußen und leuchtete mit der Taschenlampe nach Buddy. Er kniete sich hin, um die Katze zu untersuchen. „Wer …"

„Hast du denn nichts gehört?" fragte sie schwach, als sie zu ihm nach draußen kam „Wie ist Buddy überhaupt rausgekommen?"

Buddy ging nie nach draußen. Er begnügte sich damit, Kat nachzulaufen. Wenn sie ein Zimmer verließ, tat er es auch. Bei Jace machte er es genauso. Er hatte im Schlaf immer ein Auge offen und behielt jemanden im Blick. Diese Unsicherheit hatte er wahrscheinlich, weil er einst am Tierheim ausgesetzt worden war. Warum hatte Jace nicht bemerkt, dass er weg war?

„Ich weiß nicht. Er hat auf der Couch geschlafen, während ich am Esszimmerboden gearbeitet habe. Dann ist der Handwerker gekommen." Jace hob eine Hand vor den Mund. „Wir hatten die Tür ein paar Minuten lang offen, um Werkzeug hereinzuholen. Buddy ist uns zwischen die Füße gelaufen und war im Weg. Vielleicht ist er auf die Veranda gegangen, damit wir nicht über ihn stolpern."

„Kannst du denn nicht auf mehrere Dinge gleichzeitig achten?" versetzte Kat. Sie wünschte, sie könnte die Uhr zurückdrehen und alles anders machen. Noch vor Liberty, vor dem Kauf dieses blöden Hauses, und bevor mit Jace wieder alles so kompliziert wurde.

„Komm schon, Kat, das ist unfair. Tut mir leid, dass ich Buddy nicht bemerkt habe, aber ich habe versucht, von den Holzdielen zu retten, was nach der Überschwemmung zu retten war. Ich muss morgen früh um acht bei der Arbeit sein und habe mit meiner Story noch nicht einmal angefangen. Ich kann endlich einen Elektriker dazu bringen herzukommen, und du bist nirgendwo zu finden. Warum hast du nicht wenigstens angerufen?"

Kat fing an, alles zu erklären – Takahashi, die Polizei, der Hund. Aber als ihr klar wurde, wie gewaltig das alles war, bekam sie einen Kloß im Hals. Sie setzte sich auf den Verandaboden und fing an zu weinen. Alles wurde immer schlimmer. Sie war aus ihrer Wohnung geflogen, sie stritt mit Jace wegen des Hauses, dass sie niemals hätten kaufen sollen. Und der arme Buddy. Sie hatte ihn im Stich gelassen.

„Hey. Tut mir leid wegen Buddy." Jace setzte sich neben sie und schlang den Arm um sie. Er zog sie an sich. „Ich bin praktisch den ganzen Tag über ihn gestolpert, da hätte ich merken müssen, dass etwas nicht stimmt."

„Warum sollte ihm irgendjemand die Kehle durchschneiden?"

„Ich weiß auch nicht." Jace stand auf und ging zu Buddy herüber. Dabei leuchtete er die Veranda mit der Taschenlampe ab. Dann bückte er sich nach einem handtellergroßen Stein.

„Sieh dir das an", sagte er und hob ein Stück Papier auf, das direkt unter dem Stein gelegen hatte. Er hielt es vor sie und leuchtete es mit der Taschenlampe an. „Wer macht so etwas, Kat?"

Die maschinengeschriebene Warnung bestand nur aus zwei Worten.

TOTE KAT

„Ich – ich weiß nicht." Kat bebte. Plötzlich spürte sie die Kälte. Sie stand auf. „Das einzige, was mir dazu einfällt, ist Liberty. Aber das ist albern. Ich bin erst eine knappe Woche an dem Fall dran, und bisher habe ich nichts gefunden. Jedenfalls nichts, was eine Morddrohung rechtfertigen würde, falls das eine sein soll."

Jace nahm sie in die Arme und hüllte sie mit seiner Körperwärme ein. Sie vergrub ihr tränenüberströmtes Gesicht in seinem dicken Baumwollhemd und drückte ihn. Dieses eine Mal dachte sie nicht daran, ob das angemessen war oder nicht.

„Meinst du wirklich? Wenn du glaubst, dass der Mord an Takahashi mit Liberty zu tun hat, warum nicht Buddy?"

„Mit Takahashi ist es etwas Anderes. Er ist früherer Mitarbeiter von Liberty und ein Whistleblower noch dazu. Ich bin nur eine Hilfskraft, die man angeheuert hat, um das gestohlene Geld aufzuspüren.

Wenn sie nicht wollen, dass ich ermittle, warum hätten sie mich dann überhaupt erst beauftragen sollen?"

„Vielleicht, weil du zu viele Fragen stellst, und weil du in Richtungen ermittelst, die ihnen nicht passen."

„Tja, die gefälschten Produktionszahlen gegen schon deutlich über das hinaus, wofür sie mich geholt haben. Es scheint sich um einen weiteren Betrug zu handeln, und es spricht einiges dafür, dass die beiden Verbrechen miteinander zu tun haben. Aber noch weiß keiner, dass ich das entdeckt habe. Außer dir und Harry. Und Cindy weiß ein bisschen etwas."

„Takahashi nicht?"

Kat versuchte, sich das Gespräch in Erinnerung zu rufen.

„Nein. Aber Takahashi war der Meinung, dass diese Gesteinsproben nicht aus Mystic Lake kamen." Sie fasste das Gespräch für Jace zusammen, auch den Überblick, den Ken Takahashi ihr über den Minenbetrieb bei Mystic Lake gegeben hatte. Die manipulierten Daten raubten ihr schon den Schlaf. Sie hatte ihre Entdeckung weder mit Susan noch mit sonst jemandem bei Liberty besprochen, aber Takahashi könnte das getan haben, auch wenn er es abgestritten hatte. Das würde sie nicht mehr feststellen können.

„Gehen wir rein."

Kat folgte Jace und dem Strahl der Taschenlampe. Er nahm das chinesische Essen, das immer noch auf dem Tischchen im Eingang stand, ging ins Wohnzimmer und stellte es auf dem Kaffeetisch ab. Dort und auf dem Kaminsims brannte ein Dutzend Kerzen und gaben dem Zimmer einen weichen Glanz. Unter anderen Umständen hätte Kat diese Atmosphäre gefallen.

Sie setzte sich auf die Couch. Jace ging im Wohnzimmer herum und prüfte Fenster und Türen. Alle waren verschlossen, nur ein kleines Fenster im Wohnzimmer nicht, das für einen Menschen zwar zu klein war, nicht aber für eine Katze. War es schon offen gewesen, als sie heute Morgen losgelaufen war? Kat zitterte, während sie versuchte, sich zu erinnern.

„Wir sollten die Polizei rufen, Kat", sagte Jace und sah bei den Esszimmerfenstern nach.

„Warum? Sie werden wegen Buddy nichts unternehmen."

„Vielleicht nicht, aber sie müssen über die Drohung Bescheid wissen, vor allem über den Zettel. Das ist doch kein Zufall. Jemand droht damit, dich zu töten." Jace verschwand in der Küche.

„Ich habe für heute genug von der Polizei. Ich rufe sie morgen früh an." Kat spähte auf das chinesische Imbissessen, und ihr wurde bewusst, dass sie seit dem Frühstück nichts gegessen hatte. Sie öffnete den Beutel. Der Duft von Zitronenhühnchen strömte heraus. Sie griff nach den Behältern und stellte fest, dass sie noch warm genug waren.

Jace kehrte mit zwei Tellern und zwei kalten Flaschen Tsingtao aus der Küche zurück.

„Die Sache ist zu ernst, um sie auf sich beruhen zu lassen", sagte Jace. „Was, wenn es auch mit dem Einbruch in deinem Büro zu tun hat? Vielleicht war das gar nicht nur irgendein Obdachloser."

„Du siehst Gespenster. Ich glaube nicht, dass das alles irgendwie miteinander zu tun hat."

„Kat, lass uns anrufen. Heute Abend noch. Mehr als abwimmeln können sie dich nicht. Lass die Polizei entscheiden, ob das wichtig ist oder nicht. Wenn es sich doch als etwas Größeres herausstellt, dann wissen sie wenigstens Bescheid, bevor es zu spät ist."

„Na schön."

Sie waren gerade mit dem Essen fertig, als die Polizei kam, zwei Uniformierte und ein Detective. Jace gab dem Detective den Zettel, und dieser bugsierte ihn mit einer Pinzette in einen Plastikbeutel. Sie standen auf der Veranda. Buddy lag immer noch leblos da.

„Warum die Taschenlampe?" fragte der Detective, während er den Plastikbeutel in seine Jackentasche steckte.

Jace erklärte es ihm. Selbst bei dem schlechten Licht konnte Kat sehen, dass die drei Cops sich wissende Blicke zuwarfen. Wahrscheinlich dachten sie, sie hätten ihre Stromrechnung nicht bezahlt, nahm Kat an.

Der Detective ging zum Wagen, die beiden Uniformierten gingen um die Sträucher im Vorgarten herum. Wonach sie suchten, war Kat unklar.

Kat sah zu, wie Jace zusammen mit den Cops im Vorgarten

herumlief. Sie ging wieder ins Haus, an Buddy vorbei, und zitterte. Sie setzte sich auf den Futon und schloss die Augen. So viel Gewalt an einem einzigen Tag. Sie fühlte sich nicht mehr sicher.

„Katerina." Es war mehr eine Feststellung als eine Begrüßung.

Sie zuckte bei der unvertrauten Stimme erschrocken zusammen. Sie hatte niemanden hereinkommen gehört. Es war der Detective, der sie schon in Takahashis Haus befragt hatte. Wie unwahrscheinlich war das?

Platt. Der andere Detective musste ihm den Zettel gegeben haben. Dieser baumelte jetzt zwischen seinen Fingerspitzen, nicht mehr in seiner Schutzhülle. Platt konnte nicht älter sein als dreißig, ziemlich jung für einen Detective. Sie fragte sich, womit er seine Vorgesetzten so beeindruckt hatte, dass sie ihn so früh beförderten.

„Katerina?" wiederholte er. „Erinnern Sie sich an mich?"

Die stählernen Augen von Detective John Platt suchten den Raum zügig ab und erfassten alles außer Kats wütendem Blick.

Er zerknüllte den Zettel in der Hand und ließ Kat das deutlich sehen. Dann steckte er die Papierkugel in die Hosentaschen. Selbst im Halbdunkel war Kat die Botschaft klar.

Jace kam von draußen zurück und hielt mitten im Schritt inne. Er war überrascht, Platt zu sehen. Die beiden Männer starrten sich wortlos an. Platt musste mindestens einen Meter neunzig groß sein, er überragte Jace deutlich.

Dann brach Jace das Schweigen.

„Ihr beide kennt euch?"

„Detective Platt ermittelt im Mordfall Takahashi." Kat hatte Jace nicht alles über den Schauplatz des Mordes erzählt. Wie sie durch das Haus marschiert war, das Telefon benutzt hatte, die Spuren kontaminiert hatte. Und sie hatte es auch nicht vor. Das sollte sie vielleicht tun, aber sie brauchte nicht noch einen Menschen, der ihr sagte, wieviel Mist sie gebaut hatte. Cindy hatte ihr schon genug Vorhaltungen gemacht.

Wahrscheinlich war das auch der Grund, warum Platt hier war. Er war wohl benachrichtigt worden, als der andere Detective ihren Namen durch den Computer laufen ließ. War sie verdächtig? Die

Polizei war zwar höflich, aber nicht gerade freundlich zu ihr gewesen. Sie hatte das Grundstück zumindest unbefugt betreten. Im schlimmsten Fall, nun, darüber wollte sie gar nicht nachdenken.

„Darf ich mich ein bisschen umsehen?“ Ohne eine Antwort abzuwarten, ging Platt in den Flur zurück und lief im Erdgeschoss herum. Jace und Kat sahen sich an und folgten ihm in die Küche.

Platt leuchtete den Tisch ab, der momentan gleichzeitig als Esstisch und als Schreibtisch diente. Im Augenblick war er voller Unordnung, überall lagen Papiere, dazwischen ihr Laptop und eine halbvolle Schale Popcorn.

„Ähm, Detective, es ist vorn am Eingang passiert. Wollen Sie nicht dort nachsehen?“

„Hab ich schon. Die Jungs sehen sich das gerade an. Ich dachte mir, ich schaue mich mal im weiteren Umkreis um und sehe nach, ob alles gesichert ist.“ Sein Blick drang durch Kat hindurch. „Man kann nie vorsichtig genug sein.“

Kat hatte ein ungutes Gefühl. Warum gleich vier Cops losschicken? War das ein Vorwand, um ohne Beschluss eine Durchsuchung vorzunehmen? Irgendwie passte das nicht zusammen.

Platt und seine Leute gingen schließlich um Mitternacht wieder. Kat hatte in dieser Woche mehr mit der Polizei zu tun gehabt, als sie sich für das ganze Leben gewünscht hätte. Sie fühlte sich wie eine Terrorverdächtige auf einer Flugverbotsliste.

„Warum interessiert Platt sich so für dich? Hat er nicht schon in Takahashis Haus mit dir gesprochen?“ Jace stand am Schlafzimmerfenster und zog die Vorhänge zu.

„Ich weiß nicht. Ich dachte, ich hätte ihm schon alle Fragen beantwortet.“ Kat schnappte sich ein T-Shirt von Jace und ging zum Umziehen ins Badezimmer.

„Da muss noch etwas Anderes dahinterstecken. Er hat sich gar nicht so sehr dafür interessiert, wer dir etwas antun will. Er interessiert sich mehr dafür, sich im Haus umzusehen, als der Drohung nachzugehen.“

Kat kehrte aus dem Bad zurück und setzte sich auf die Bettkante. Sie war erschöpft.

„Jace, kannst du nicht mal irgendwas einfach so hinnehmen? Warum muss immer etwas dahinterstecken?“ Er musste nicht erfahren, dass ihre Fingerabdrücke am ganzen Tatort verteilt waren.

„Das ist vielleicht der Journalist in mir. Ich habe gelernt, dass die Dinge nur selten so sind, wie sie oberflächlich betrachtet erscheinen. Auch wenn Buddy dir persönlich sehr wichtig war, dieser Kerl ist ein bisschen zu weit oben in der Hierarchie, um sich noch mit Todesfällen von Haustieren zu befassen.“

„Ich weiß. Und mir hat auch nicht gefallen, wie er hier durch unser Haus getrampelt ist, als ob es ihm gehört.“ Kaum hatte sie es ausgesprochen, bereute Kat es auch schon. *Unser Haus.*

„Ich habe bei ihm ein ungutes Gefühl, Kat. Pass auf dich auf, wenn er in deiner Nähe ist.“

Jace zog die Decke zurück und kletterte ins Bett.

„Willst du nicht unter die Decke kommen?“

„Gibt es hier keinen anderen Platz zum Schlafen?“

„Erst, wenn wir für dich ein zweites Bett besorgen. Morgen.“

Kat hatte ihres in ihrer Wohnung gelassen. Irgendwie hatte sie gedacht, dass alles wieder normal werden würde, wenn sie es nicht mitnahm. Ihr Vermieter würde ihren Rauswurf rückgängig machen, und die Nullen auf ihrer Visa-Rechnung würden auf ihr Bankkonto wandern. Aber das war nicht passiert.

Jace klopfte neben sich auf das Bett.

„Komm schon, du bist doch müde. Ich verspreche, dass ich mich benehme, wenn du es auch tust.“

„Ich versuch's.“ Sie war zu müde, um zu widersprechen, also blies sie die Kerzen aus und schlüpfte auf der anderen Seite hinein. Tina rollte sich zu ihren Füßen zusammen. Sie schien sich an Buddys Abwesenheit nicht zu stören. Schon nach fünf Minuten konnte sie an Jaces gleichmäßigem Atmen erkennen, dass er schlief.

Kat lag im Dunkeln wach und dachte an die Liberty-Aufsichtsratssitzung morgen. Der Aufsichtsrat wurde von Nick Racine dominiert, der Kat eindeutig feuern wollte. Und bis vor kurzem auch von Alex Braithwaite. Der Rest des Aufsichtsrats folgte normalerweise ihrem Beispiel.

Der Aufsichtsrat hatte von ihr schon in den letzten Tagen einen Zwischenbericht über ihre ersten Erkenntnisse erwartet, aber sie hatte bisher nur sehr wenig vorzuweisen. Ihre Ermittlungen warfen mehr Fragen auf, als sie Antworten lieferten. Das würde der Aufsichtsrat nicht hören wollen. Und Nicks Frist lief am Freitag ab. Er hatte genug Gründe, sie zu feuern.

Sie musste bis morgen irgendetwas Vorzeigbares auftreiben, aber was?

Das Geld in den Libanon verfolgt zu haben, reichte nicht. Sie hatte keine Fortschritte dabei gemacht, es zurückzuholen, und weitere Anhaltspunkte hatte sie nicht. Die Produktionsdaten waren eine ganz andere Geschichte. Es ging hier definitiv etwas vor, aber das ohne Beweise und ohne Lösungsvorschläge an den Aufsichtsrat weiterzugeben war unklug. Vielleicht würde am Ende sogar eines der Aufsichtsratsmitglieder unter Verdacht stehen. Und was, wenn Jace recht hatte und die Drohung auch mit Liberty in Verbindung stand?

Von Bryant gab es immer noch keine Spur, aber darüber machte Kat sich weniger Sorgen. Ihn würde man über kurz oder lang finden. Wenn sie der Spur des Geldes weiter nachging, dann würde er am anderen Ende zu finden sein.

Aber Kat war weiter von Zweifeln geplagt. Wer hatte Alex Braithwaite umgebracht, und warum? Hatte es mit dem Mord an Takahashi zu tun? Und wer hatte Takahashi umgebracht? Die gefälschte Minenproduktion zu vertuschen, war ein starkes Motiv dafür, den früheren Chefgeologen zu töten, bevor dieser redete. Wer immer ihn getötet oder das veranlasst hatte, konnte in der Chefetage sitzen.

KAPITEL 19

An diesem Morgen ging es bei Carter & Associates zu wie in einem Bienenstock. Bis zur Liberty-Aufsichtsratssitzung waren es nur noch knapp zwei Stunden, und Kat war damit beschäftigt, ihren Zwischenbericht für den Aufsichtsrat noch etwas zu überarbeiten. Harry half ihr dabei, den zeitlichen Ablauf der manipulierten Produktion in einer Übersicht darzustellen.

Sie plante, den Zusammenhang zwischen der gestiegenen Produktion und dem Aktienkurs darzustellen. Gestiegene Diamantenpreise im letzten Jahr hatten die Aktienkurse auch beeinflusst, also bereinigte sie ihre Analyse diesbezüglich. Wenn sie vom Diamantenpreis des Vorjahres ausging und den Aktienkurs entsprechend geringer ansetzte, war der Kurs immer noch um achtzig Prozent gestiegen. Das konnte nur an der neuen Mine bei Mystic Lake liegen. Wenn diese Mine also ein Schwindel war, würden die Investoren aller Wahrscheinlichkeit nach entsprechend reagieren und die Aktien wieder abstoßen.

Wie würde der Aufsichtsrat reagieren? Sie mussten von jeder betrügerischen Aktivität, die unter ihrer Aufsicht stattfand, erfahren und dementsprechend handeln. Auf der anderen Seite hing ihre Vergütung vom Aktienkurs ab. Und sie wusste bisher nicht, wer hinter dem Schwindel steckte. Es musste aber mit dem Diebstahl durch Bryant in Verbindung stehen, und vielleicht sogar mit den Morden an Braithwaite und Takahashi. Zufall konnte das nicht mehr sein.

Bis sie beweisen konnte, wer der Täter war, wäre es vielleicht das Beste abzuwarten. Aber Nicks Freitagstermin rückte näher, und sie hatte sonst nichts, an das sie sich halten konnte. Die Aufsichtsratsmitglieder hatten ein natürliches Interesse an allem, das den Aktienkurs nach oben trieb. Und manche, wie Nick Racine, hatten auch genug Zugangsmöglichkeiten, um die Produktionszahlen zu manipulieren.

Sie grübelte darüber weiter nach, da platzte Jace herein. Er war vom Regen draußen durchnässt.

„Es gibt was Neues!“ Er hinterließ eine nasse Spur auf dem Boden und warf seine Aktentasche auf Kats Bürostuhl.

„Kat, ich glaube, wir haben die Verbindung zum Libanon! Das hier ist gerade über Reuters reingekommen.“ Jace ließ eine Zeitung auf ihren Schreibtisch fallen.

Die Schrift war vom Regen verschmiert, aber der Name Bancroft Richardson in der Überschrift sprang ihr entgegen.

Bancroft Richardson in Terror-Geldwäscheermittlung verwickelt

„Fünf Milliarden, oder? Das passt zu deinen Banküberweisungen. Das muss doch mit Liberty zu tun haben.“

„Kann schon sein. Aber wie können wir sicher sein, dass es dasselbe Geld ist? Nur weil es nicht viele so große Transfers von kanadischen Dollar nach Libanon gibt, heißt das noch nicht, das beides zusammenhängt. Wir können es nicht beweisen.“

„Ich glaube, das können wir doch. Die libanesische Bankenaufsicht hat ein paar Einzelheiten mitgeteilt. Das libanesische Bankkonto wurde mit Geldern eröffnet, die von den Cayman-Inseln überwiesen wurden. Alle Details passen, auch die Summe – fünf Milliarden, plus minus ein paar tausend Dollar. Lies dir den Rest der Geschichte durch, Kat."

Kat nahm die Zeitung und überflog die Story.

Gegen einen hiesigen Broker wurden Ermittlungen aufgenommen, nachdem dieser zahlreiche Überweisungen im Gesamtwert von etwa fünf Milliarden Dollar nicht an die Behörden gemeldet hatte. Die Gelder wurden von einer libanesischen Bank überwiesen und auf das Konto von Opal Holdings eingezahlt, einem Kundenkonto bei Bancroft Richardson. Die geltenden Gesetze zur Geldwäschebekämpfung verpflichten alle Finanzinstitute, größere oder verdächtige Transaktionen zu melden. Aus vertraulichen Quellen verlautet, dass die Meldegrenzen der Geldwäschebestimmungen durch zahlreiche kleinere Einzahlungen umgangen werden sollten.

Die Einzahlungen wurden erst entdeckt, nachdem libanesische Behörden die kanadische Wertpapieraufsicht verständigten. Der große Umfang der Transaktionen hatte eine Ermittlung zu einem erst kürzlich eröffneten Konto bei der Credit Libanais ausgelöst. Von diesem Konto im Libanon waren die Überweisungen ausgegangen. Das Kundenkonto bei Bancroft Richardson wurde vorläufig eingefroren, bis die gemeinsamen Ermittlungen der kanadischen und libanesischen Behörden beendet sind.

Es dauerte nicht lange, bis ihr klar wurde, worauf Jace hinauswollte.

„Das klingt wirklich vielversprechend. Wenn wir die Kontonummern vergleichen können, kommen wir vielleicht wirklich voran." Kat fühlte sich durch die Entdeckung beschwingt, aber sie war auch ernüchtert. Wenn Jace nicht gewesen wäre, hätte sie die Verbindung vielleicht nie hergestellt. Trotz der guten Neuigkeiten fühlte sie sich etwas als Versagerin. Warum hatte sie das nicht selbst herausfinden können?

Harry erschien in der Tür zu Kats Büro. Die Aufregung hatte ihn angelockt.

„Eine Sache verstehe ich nicht", sagte sie. „Das libanesische Bankgeheimnis. Warum haben sie das überhaupt offengelegt …"

„Nach Angaben der Credit Libanais, der libanesischen Bank, und der libanesischen Polizei kamen ihnen die Transaktionen wegen ihres Umfangs verdächtig vor, und sie haben eine Ermittlung eingeleitet. Die hat eine Verbindung zum Terrorismus zutage gebracht, und das wiederum hat es ermöglicht, das libanesische Bankgeheimnis zu umgehen. So konnten sie die Informationen an die Behörden dort weitergeben. Solange sie beweisen können, dass das Geld mit Terrorismus in Verbindung steht, gilt das libanesische Bankgeheimnis nicht.

Als das Geld dann in einem Handelskonto bei Bancroft Richardson aufgetaucht ist, kamen die kanadischen Behörden ins Spiel. Und das ist jetzt der Stand der Dinge. Sie befragen den Broker und wollen von ihm wissen, warum er die verdächtigen Transaktionen nicht gemeldet hat."

„Hast du Bancroft Richardson gesagt? Da habe ich auch mein Konto." Harry blickte ungläubig. „Ich frage mich, ob es auch mein Broker ist. Wahrscheinlich nicht. Meiner ist eine Pfeife. Geht nie ans Telefon und hat nie Zeit für mich. Wie heißt er?"

„Frank Moretti. Es heißt, das wäre ihr bester Broker."

„Das ist er! Das ist auch meiner." Harry ging schnurstracks an Kats Computer und loggte sich bei seinem Konto bei Bancroft Richardson ein. „Wahrscheinlich ist er zu beschäftigt mit diesen dicken Fischen, um mich armen Alten überhaupt noch zu beachten."

Er atmete durch und starrte auf den Bildschirm. „Moment mal. Der Kontoauszug sieht anders aus als der, den ich dir vor ein paar Tagen gezeigt habe. Da steht, ich hätte vierhunderttausend Aktien von Liberty. Vierhunderttausend!"

Harry deutete auf den Bildschirm.

„Das kann unmöglich stimmen. Und etwas Anderes stimmt auch nicht. Hier steht, ich hätte weitere hunderttausend Aktien leerverkauft. Das muss ein Irrtum sein. Ich mache keine Leerverkäufe, Kat. Ich verstehe nicht einmal richtig, wie das überhaupt geht."

Die drei standen um den Computer herum und starrten auf den

Bildschirm. Es sah vollkommen anders aus als der Kontoauszug, den er Kat früher in der Woche gezeigt hatte.

Kat grübelte kurz, dann sagte sie etwas.

„Ich wette, es gibt alle möglichen Kontodiskrepanzen bei den Konten von Morettis Kunden. Und ich glaube, ich weiß auch, warum."

„Weil er schlecht in Buchführung ist?" Harry konnte ihr noch nicht folgen.

„Nein. Er versucht, den Aktienkurs hochzujubeln. Wahrscheinlich hat er zuerst Aktien auf eigene Rechnung gekauft, bevor er für dich und andere Kunden Aktien gekauft hat. Das nennt man Frontrunning. Dann verkauft er als Erster, macht einen netten Gewinn, und als letztes verkauft er deine und die der anderen Kunden wieder. Zu diesem Zeitpunkt sind die Aktien viel weniger wert, denn dann wird schon viel mehr verkauft als gekauft."

„Ich habe ihm nie eine Vollmacht erteilt, in meinem Namen zu investieren, ohne mir etwas davon zu sagen. Kann er das wirklich machen?"

Kat antwortete nicht.

„Für meine Story ist das toll", sagte Jace. „Nicht nur, dass Liberty seine Produktionszahlen fälscht, hier haben sie auch noch mit Aktienmanipulationen zu tun."

„Für deine Story mag das ja toll sein, Jace, aber für mich ist das eine Katastrophe. Jetzt kriege ich erst recht Ärger mit Elsie. Sie bringt mich um. So viel Geld habe ich einfach nicht. Was mache ich bloß?" Harry wirkte krank vor Panik.

„Üble Pleite, Harry. Vielleicht berappelt sich der Aktienkurs ja wieder. Es kann immer noch gut ausgehen. Ich muss los. Ich habe eine Story zu schreiben." Jace schnappte sich seine Jacke und war schon halb den Flur hinunter.

Kat ließ ihre Papiere fallen und lief ihm nach.

„Jace, warte! Du kannst das nicht schreiben! Auf keinen Fall das mit den manipulierten Produktionszahlen. Noch nicht. Das würde denjenigen, der dahintersteckt, nur vorwarnen. Ich muss erst herausfinden, was es zu bedeuten hat. Ich brauche mehr Zeit, bevor du eine Story darüber machst."

„Sorry, Kat. Ich kann nicht mehr warten. Das hier ist ein großes Ding. Die Manipulation des Aktienkurses durch Moretti muss mit der gefälschten Produktion zu tun haben. Wenn ich das nicht rausbringe, dann wird es jemand anders tun."

„Aber ich muss vorher den Insider bei Liberty erwischen, der die Produktion manipuliert. Wie soll ich das machen, wenn du Liberty so ins Scheinwerferlicht stellst? Bitte, Jace. Der Produktionsbetrug bleibt außen vor, bis ich mehr Einzelheiten habe. Wir sind bisher die einzigen, die davon wissen." Damit war die Sache klar. Sie würde auch mit dem Aufsichtsrat nicht über Mystic Lake sprechen. Sie musste sich etwas Anderes für die Präsentation ausdenken.

„Okay, Kat. Aber ich warte nur noch bis morgen. Mein Chefredakteur ist an meinem Fall dran. Es ist schon eine Weile her, dass ich eine gute Story hatte, und es ist nur eine Frage der Zeit, bis jeder andere Reporter in der Stadt hierüber Bescheid weiß."

Jace rannte aus dem Büro und stieß dabei fast mit Detective Platt zusammen. Er warf Platt einen widerwilligen Blick zu, ging aber weiter zur Tür hinaus.

Kat stöhnte innerlich. Dieser unerwartete Besuch war das Letzte, was sie gebrauchen konnte. Sie wollte den gestrigen Tag am liebsten vergessen, jedenfalls bis nach der Liberty-Aufsichtsratssitzung. Jace hatte recht. Noch ein Besuch des Detectives war eindeutig übertrieben, wenn es nur um Buddy ging.

Platt kam gleich zur Sache.

„Katerina, wir müssen uns unterhalten. Sie haben mir immer noch nicht gesagt, warum Sie neulich abends an Ken Takahashis Haus gewesen sind. Was haben Sie da gemacht?"

„Detective Platt. Ich würde gern länger mit Ihnen reden, aber ich habe in einer halben Stunde eine Sitzung. Kann ich Sie heute Nachmittag anrufen?"

Platt setzte sich in einen der Stühle am Empfang und nahm eines der Magazine vom Tisch. Kat kochte innerlich, während er darin blätterte.

„Es ist nur in Ihrem Interesse, mit mir zu reden. Je früher, desto besser." Platt kniff seine dünnen Lippen zu einem strengen Ausdruck zusammen.

„Warum? Bin ich verdächtig?"

„Sagen wir einfach, Sie sind eine Person, die für uns von Interesse ist. Sie sind in Bezug auf dic Gründe Ihrer Anwesenheit bei Ken Takahashi nicht ehrlich zu mir, und ich möchte wissen, warum. Was haben Sie zu verbergen?"

„Ich verberge gar nichts. Glauben Sie, ich hatte etwas mit dem Mord an ihm zu tun?"

Platt sagte nichts. Stattdessen legte er seine Füße auf den Tisch. Offensichtlich wollte er sie reizen. Und das funktionierte.

„Das kann nicht Ihr Ernst sein!" Kat war vom Donner gerührt. „Ich bin auf Besuch hingegangen, und als er nicht geantwortet hat, bin ich hineingegangen, um nachzusehen. Ist es ein Verbrechen, wenn man sich um jemanden Sorgen macht?"

„Tja, ich kann Sie jedenfalls nicht ausschließen. Ihre Fingerabdrücke und Schuhabdrücke sind überall am Tatort. Und keine Spur von DNA von irgendjemand anderem. Damit sind Sie die Nummer eins auf der Liste der Verdächtigen. Es sei denn, Sie beweisen mir das Gegenteil."

Kat hatte eine düstere Vorahnung. Er meinte es ernst. Anscheinend hatte sie wirklich mächtigen Ärger.

„Detective, was sollte denn mein Motiv sein? Was hätte ich davon, Takahashi zu töten? Er war zufällig meine einzige verlässliche Informationsquelle über den verschwundenen CFO und das fehlende Geld. Jetzt habe ich gar nichts mehr."

Platt erhob sich.

„Na schön. Wir können uns auch später unterhalten. Aber verlassen Sie die Stadt nicht. Gehen Sie nirgendwohin, ohne es mir vorher zu sagen."

„Das ist doch verrückt. Da haben Sie zwei ermordete Leute, die mit der gleichen Firma zu tun haben, und dann sagen Sie mir, Sie hätten sonst keine Verdächtigen? Es gibt jede Menge Leute, die von diesen Morden profitieren würden. Und ich gehöre nicht dazu!"

„Das bleibt noch festzustellen."

„Wirklich, Detective? Zunächst mal habe ich all diese Leute vor einer Woche noch gar nicht gekannt. Ich wurde von Liberty beauftragt, gestohlenes Geld wiederzufinden. Und genau da liegt wahrscheinlich auch das Motiv. Jemand wollte Ken zum Schweigen bringen."

„Wie ich schon sagte, gehen Sie nicht weg. Ich behalte Sie im Auge." Platt drehte sich um und verließ das Büro ohne einen weiteren Blick. Harry linste vorsichtig um die Ecke aus Kats Büro heraus, als die Tür zuschlug.

„Kat, was in aller Welt ist hier los? Warum ist die Polizei hinter dir her? Hast du Ärger?"

Kat berichtete Harry von ihrer Entdeckung in Takahashis Haus.

„Und du glaubst, das hat mit Liberty zu tun? Ich weiß nicht, Kat. Vielleicht ist dieser Liberty-Fall das Geld nicht wert. Es hört sich so an, als hättest du dich mit ein paar üblen Leuten angelegt."

Kat sah auf die Uhr. Noch zwanzig Minuten bis zur Aufsichtsratssitzung.

KAPITEL 20

Kat spürte die Spannung sofort, als sie Susans Büro betrat. Susan und Nick saßen sich am Konferenztisch gegenüber, wie zwei Gegner in einem wichtigen Hockey-Spiel, die sich mit Blicken niederzuringen versuchten.

„Morgen, Kat. Kleine Planänderung. Sie nehmen jetzt doch nicht an der Aufsichtsratssitzung teil. Die haben jetzt wichtigere Dinge zu besprechen."

Susan schob Kat die Pressemitteilung hin und bedeutete ihr, sich an den Tisch zu setzen.

Eine Übernahme. Was für Überraschungen hatte Liberty noch zu bieten? Porter Holdings, eine Firma, von der Kat noch nie gehört hatte, bot an, alle ausgegebenen Aktien zu kaufen. Kat überflog das Papier und starrte Nick und Susan verblüfft an.

„Wie ist das überhaupt möglich? Ich meine, wie kann jemand eine Übernahme in Gang bringen, ohne die Mehrheit der Aktien zu besitzen? Nick und die Stiftung kontrollieren doch die Firma, wie kann Porter sie da übernehmen?"

Kats Frage war an Susan gerichtet, aber Nick mischte sich ein.

„Das wird nicht passieren. Ich werde die Firma, die mein Vater aufgebaut hat, auf keinen Fall verlieren, verdammt. Porter wird mit diesem Mist nicht weit kommen. Ich werde Liberty nicht verlieren!“ Nick schlug mit der Faust auf den Tisch.

Nick ließ Henry Braithwaite, den anderen Mitgründer, geflissentlich außer Acht, dachte Kat. Morley Racine, Nicks Vater, hatte das Unternehmen nicht allein aufgebaut. Und Liberty gehörte Nick nicht allein. Es gehörte allen Aktionären. Er hatte nur zufällig einen größeren Anteil als der Rest.

Nick hatte ihre Frage nicht wirklich beantwortet.

„Aber wie …“

Susan unterbrach Kat. Sie erklärte es ihr wie einem Grundschüler.

„Weil die Stiftung ihr eigenes Süppchen kocht. Jedenfalls glauben wir das. Die Stiftung besorgt einen Käufer, der großzügig genug ist, genug Klasse-B-Aktionäre zu bestechen, so dass zusammen mit der Stiftung eine Mehrheit entsteht.“

„Aber selbst zusammen haben sie doch nicht genug Aktien“, stellte Kat fest. Niemand hörte ihr zu. Susan und Nick ignorierten Kat, während Nick seine Litanei fortsetzte.

„Ich habe viel zu viel Schweiß in diese Firma gesteckt, um sie mir jetzt kampflos wegnehmen zu lassen“, sagte Nick.

Kat konnte sich nicht zurückhalten. „Nick, vielleicht ist das nur eine Finte, um den Aktienkurs hochzutreiben. Einige dieser Heuschrecken sind bekannt dafür, sich auf eine Firma einzuschießen, nur um im Trüben zu fischen. Sobald der Aktienkurs durch die Ankündigung steigt, verkaufen sie ihre Aktien und verdrücken sich mit einem fetten Gewinn. Da Sie oder die Stiftung diesen Verkauf blockieren können, haben sie nur geringe Aussichten auf Erfolg, aber eine gute Chance auf einen schnellen Dollar, und das ohne Risiko. Es sei denn, natürlich, Sie oder die Stiftung wollen Liberty loswerden. Wollen Sie das?“

„Natürlich nicht. Warum zum Teufel sollte ich das wollen?“

„Ich sage ja nicht, dass Sie das wollen. Es ist nur merkwürdig, dass sie sich Liberty als Ziel ausgesucht haben, und nicht eine Firma, die in Streubesitz ist. Da könnten sie die Aktionäre an Bord holen.“

Nick warf Kat einen verächtlichen Blick zu, als wäre sie die Kugel eines Mistkäfers. Er machte eine abschätzige Geste mit dem Finger.

„Sie sollten bei Ihren Zahlen bleiben. Sie haben keine Ahnung, wie es in der Geschäftswelt läuft."

Autsch. Sie war nicht diejenige, die mit einem goldenen Löffel im Mund auf die Welt gekommen war. Sie wusste deutlich mehr als Nick. Er hatte nie irgendwo anders gearbeitet als bei Liberty. Die Wut, die in ihrem Bauch brodelte, drohte überzukochen. Aber sie hielt den Mund. Sie war auf ihr Honorar angewiesen.

Susan ging dazwischen.

„Sie hat nicht ganz unrecht, Nick. Alles schon dagewesen. Und warum sollte Porter überhaupt so eine Nummer abziehen, wenn es einen Block von Aktionären gibt, die das Angebot nicht annehmen werden? Du wirst deine Aktien nicht verkaufen, und nach allem, was du mir über Audrey Braithwaite erzählt hast, wird die Stiftung das auch nicht tun. Du weißt, dass die Übernahme scheitern wird. Ich weiß es auch, aber die Öffentlichkeit weiß es nicht. Die Aktien sind schon um zwanzig Prozent gestiegen, seit die Börse aufgemacht hat. Ganz egal, was passiert oder nicht passiert, Porter hat schon einen netten Zugewinn bei seinen Liberty-Aktien gemacht. Und wir auch."

Nick starrte Susan an, während er antwortete.

„Du hast deine Theorien und ich habe meine. Im Gegensatz zu dir habe ich nicht den ganzen Tag Zeit, mir darüber Gedanken zu machen. Ich muss zurück in die Aufsichtsratssitzung", entgegnete Nick schroff, winkte mit der Hand ab, erhob sich und verließ Susans Büro.

Kat wartete ab, bis er gegangen war, dann lehnte sie sich über den Tisch zu Susan.

„Susan, sind Sie wirklich sicher, dass Nick mit Nein stimmen wird?"

„Sie haben ihn ja gehört, Kat. Er hörte sich ziemlich überzeugend an."

Der Faustschlag auf den Tisch wirkte auch ziemlich überzeugend, dachte Kat zynisch. Und melodramatisch.

„Und was ist mit der Stiftung?"

„Die Begünstigten der Stiftung sind Alex Braithwaite, beziehungsweise sein Nachlass, und seine Schwester Audrey. Da Alex nicht mehr da ist, wird Audrey wahrscheinlich das tun, was Nick und der Aufsichtsrat empfehlen."

„Sie sagen also, der Aufsichtsrat ist sich einig und ist gegen die Übernahme."

„Tja, nach dem, was Nick sagt, klingt es so. Sie werden empfehlen, das Angebot abzulehnen. Nick war in dieser Sache unnachgiebig."

„Aber Susan, nehmen wir einmal an, Porter halst sich diesen ganzen Ärger nicht nur deshalb auf, um den Aktienkurs hochzutreiben, und gleichzeitig wissen sie, dass es unwahrscheinlich ist, dass die Übernahme gelingt. Warum sollten sie sonst einen Angriff auf Liberty versuchen?"

Susan machte eine etwas zu lange Pause, bevor sie Kats Frage beantwortete. Sie beugte sich zu Kat herüber und antwortete fast im Flüsterton.

„Das macht mir ja gerade Sorgen, Kat. Übernahmen sind zu teuer und zu zeitaufwendig, um sie zu starten, ohne dass man es ernst meint. Ich glaube, Porter meint es ernst. Porter würde das nicht versuchen, ohne dass sie erwarten zu gewinnen. Nick macht sich etwas vor", sagte Susan. „Der Aufsichtsrat arbeitet an einer Strategie zur Abwehr der Übernahme, aber das wird nicht leicht. Jetzt, da dieses Angebot auf dem Tisch liegt, wird es eine Menge Druck von den anderen Aktionären geben, es anzunehmen. Oder zumindest ein besseres Angebot von jemand anderem zu organisieren."

Susan reichte Kat eine Kopie des Offenlegungsformulars 13D von Porter, das am Vortag bei der Wertpapier- und Börsenkommission eingereicht worden war. Nach den Wertpapiergesetzen war es vorgeschrieben, dass der Käufer seine Absichten offenlegen musste, sobald er fünf Prozent oder mehr von den gesamten ausgegebenen Aktien besaß. In dem 13D-Formular stand, dass Porter entweder Liberty komplett kaufen oder aber eine Kontrollmehrheit an der Firma übernehmen wollte.

„Ich verstehe das nicht. Warum sollte Porter in dem 13D lügen? Das kann sie rechtlich teuer zu stehen kommen."

„Das würden sie nicht machen, Kat. Irgendwas geht da vor."

„Also, während Nick und der Aufsichtsrat empfehlen, das Angebot abzulehnen, glauben Sie, dass im Hinterzimmer irgendein Deal ausgehandelt wird?"

Vielleicht war sich der Aufsichtsrat doch nicht so einig.

„Eine Übernahme müsste eigentlich ausgeschlossen sein." Susan holte tief Luft und fuhr fort. „Das heißt, wenn Nick oder die Braithwaite-Familienstiftung nicht wollen, dass etwas geschieht. Sie kontrollieren die Firma mit ihren Aktien und können den Ausgang der Abstimmung bestimmen. Jeder, der Liberty übernehmen wollte, musste eine Mehrheit der A-Aktien unter Kontrolle bringen. Und niemand weiß, wie Nick oder die Stiftung mit ihren Aktien tatsächlich abstimmen werden."

„Wäre das nicht an der Anzahl der Aktien zu erkennen, die dafür stimmen?"

„Wenn fünfundsiebzig Prozent dem Angebot zustimmen, dann würde das bedeuten, dass beide mit Ja gestimmt haben. Aber das weiß man dann erst hinterher. Wenn der Prozentsatz darunterliegt, dann würde das bedeuten, dass nur einer von beiden für Porters Angebot gestimmt hat. Aber welcher, das könnte ein Rätsel bleiben."

Nick könnte also den Guten spielen und trotzdem für das Angebot stimmen, ohne dass es jemand erfuhr. Kat würde darauf wetten, dass Nick immer das bekam, was er wollte.

KAPITEL 21

Ortega erhob sich aus seinem Ledersessel und marschierte in seinem geräumigen Büro auf und ab. Es war Mittag, und durch seine raumhohen Fenster konnte er sehen, wie die Menschen unten auf der Straße in ihrer Mittagspause herumliefen. Mohammeds weinerliche Stimme kam aus dem Lautsprecher. Er erging sich in einer Litanei von Ausflüchten. Ortega hatte sie alle schon viel zu oft gehört.

„Mohammed, ersparen Sie mir Ihre Lügen. Ich habe die Nase voll von Ihren faulen Ausreden, warum Sie nicht liefern können. Diese Diamanten sind Schrott – Sie wissen das, und ich weiß es. Warum geben Sie es nicht einfach zu und lassen mich mit dieser Scheiße in Ruhe?"

Ortega kochte vor Wut. Er hatte genug von Mohammeds endlosen Entschuldigungen. Er setzte sich wieder.

„Aber Señor Ortega, ich verspreche Ihnen, dass …"

„Es reicht!" Ortega schlug mit der Faust auf den mit Schnitzereien verzierten Mahagonischreibtisch. Mohammed und seine libanesischen Helfer hatten ihn abgezockt, so einfach war das.

„Meine Diamanten sind von höchster Qualität. Bitte, ich verstehe wirklich nicht, wovon Sie sprechen."

„Ich glaube, das verstehen Sie ganz genau. Ich habe die Diamanten prüfen lassen. Sie bescheißen mich, Mohammed. Solchen Schrott werde ich niemals los." Ortega tippte mit seinem Stift auf den Schreibtisch. „Ich habe sie prüfen lassen, also lügen Sie mich nicht an."

Die Analyse hatte ergeben, dass die Diamanten sogar von noch geringerer Qualität waren, als er ursprünglich geargwöhnt hatte. Nicht nur die Menge hatte abgenommen, auch die Qualität.

Ortega ging zu der Ledercouch, die vor einem an der Wand angebrachten Flachbildschirm stand. Er goss sich heiße Milch in seinen Kaffee. Luis hatte sie vor wenigen Augenblicken lautlos auf einem Tablett hereingebracht.

Auf dem Bildschirm war Mohammeds Ladenfront zu sehen. Im Café nebenan waren immer noch die gleichen Müßiggänger zu sehen. Ortega hatte schon zu Beginn ihrer Vereinbarung Kameras anbringen lassen, um die Aktivitäten in Mohammeds Laden im Auge zu behalten. In Zeiten wie diesen waren solche zusätzlichen Vorsichtsmaßnahmen unbezahlbar. Gleich würde er dafür sorgen, dass Mohammed ihn nie wieder übers Ohr hauen konnte.

„Señor Ortega, ich werde es wiedergutmachen. Ich werde sofort mit meinen Lieferanten sprechen."

Mohammeds Jammern setzte sich fort, er redete sich weiter heraus, aber Ortega hatte keinerlei Verständnis für ihn. Mohammed hatte ihn betrogen, und jetzt hatte Ortega einen Engpass in seiner Lieferkette. Er hatte unbegrenzten Bedarf an Diamanten, aber gerade jetzt, da es besonders kritisch war, hatte Mohammed nicht geliefert. In diesem späten Stadium konnte er seine Pläne nicht mehr zurückschrauben. Mohammed würde teuer dafür bezahlen, ihn so im Stich gelassen zu haben.

Ortega runzelte die Stirn und blickte weiter auf den Monitor. Er war des Wartens müde. Zeit, es hinter sich zu bringen. Er zählte bis fünf und drückte dann den Auslöser. Regungslos sah er zu, wie die Explosion die Ladenfront zertrümmerte, Fenster- und Mauerteile nach außen flogen. Die Telefonleitung war tot. Männer rannten schreiend aus dem Café und flüchteten die Straße herunter vor der Explosion.

Ortega hatte es stets vorgezogen, Verträge wie diesen persönlich zu kündigen. Wenn man es nicht selbst erledigte, konnte man nie wissen, wie es ausging.

Er nippte an seinem Kaffee und staunte innerlich darüber, was die Technik heute konnte. Diese Machtdemonstration wäre vor ein paar Jahren noch nicht unentdeckt möglich gewesen. Jetzt konnte er seine Feinde mit einem Knopfdruck ausschalten, bequem vom Büro aus. Es war nicht zurückzuverfolgen. Sauber und simpel. Ortega schätzte Effizienz sehr.

Der wichtigste Grund dafür, Mohammed zu eliminieren, war Vergeltung. Ortega war der Ansicht, dass offene Rechnungen beglichen werden mussten, auch wenn dies seine gewaltigen finanziellen Verluste nicht wettmachen würde, jedenfalls dann nicht, wenn er seinen Ausweichplan nicht schnell in die Tat umsetzen konnte. Ein zweiter Grund war Einschüchterung. Mohammed war leicht zu ersetzen, aber Ortega wollte, dass die Botschaft auch beim nächsten Lieferanten ankam. Er würde sich nicht wegdrängen lassen oder zulassen, dass andere in sein Geschäftsfeld vordrangen. Es gab einfach nicht genug Platz für jemand anderen, und es stand zu viel auf dem Spiel. Entweder machten die Libanesen ihre Geschäfte mit ihm oder mit niemandem. Ortega konnte sich keine Kompromisse leisten. Das nächste, was auf seiner Liste stand, war die Eliminierung des Käufers, der die Diamanten gekauft hatte, die für ihn bestimmt gewesen sein sollten. Er würde sie bekommen, so oder so, aber die Zeit wurde knapp.

Sein Mobiltelefon klingelte und unterbrach seine Grübeleien. Es war Nick Racine, noch jemand, der eine Lektion verdient hatte. Ortega spielte die Ereignisse bei Liberty in Gedanken durch, goss sich noch eine Tasse Kaffee ein und hörte Nick nur mit halbem Ohr zu.

Die Investition in Liberty kurz vor der Entdeckung bei Mystic Lake hatte guten Gewinn abgeworfen, den zehnfachen Einsatz, als er beim Höchststand der Kurse verkauft hatte. Die Leerverkäufe kurz vor dem Diebstahl durch Bryant hatten sein Geld noch einmal mühelos verdoppelt. Durch die gewaltigen Leerverkäufe war der Liberty-Aktienkurs so im Keller, dass die Papiere praktisch wertlos waren. Jetzt fehlte nur noch der Gnadenstoß, die Übernahme von Liberty zum Schleuderpreis.

Nun war dies aber alles in Gefahr, denn sein kanadisches Wertpapierkonto unter dem Namen einer Investmentfirma, Opal Holdings, war von den kanadischen Behörden eingefroren worden. Er hatte eigentlich geplant, das Konto aufzulösen und den Erlös zu verwenden, um das Porter-Angebot zu finanzieren. Und als ob das nicht schon genug wäre, jetzt kam Nick Racine ihm auch noch in die Quere, indem er versuchte, einen weiteren Bieter anzulocken, der Porter überbieten sollte.

„Hören Sie, Nick. Wir hatten eine Abmachung. Ich habe Ihnen aus der Patsche geholfen. Im Gegenzug erwarte ich von Ihnen, dass Sie Ihren Teil der Abmachung einhalten. In dieser Abmachung ist ein weiterer Bieter für Liberty nicht vorgesehen. Sie haben Ihr Geld bekommen. Jetzt will ich das, was mir zusteht."

Ortega zündete sich eine Cohiba an und nahm einen langen Zug. Er kostete die würzigen Aromen und den Hauch von Schokolade aus. Es würde ein langer Tag werden.

„Emilio, bitte", sagte Nick. „Ich weiß, was ich tue. Sie wollen doch, dass das Ganze seriös aussieht, oder? Wenn es keinen zweiten Bieter gibt, dann wird es so aussehen, als hätte der Aufsichtsrat seine Sorgfaltspflichten verletzt. Die Aktionäre könnten das Angebot ablehnen."

Möglicherweise musste Nick ein bisschen früher eliminiert werden als geplant.

„Ein weiterer Bieter treibt nur den Preis für mich hoch, sonst nichts. Und was die Aktionäre angeht: das sind größtenteils Sie. Sie müssen nichts weiter tun, als auch die Braithwaite-Aktien ins Boot zu holen. Mit denen und Ihren zusammen ist es eine todsichere Sache. Wir haben eine Abmachung. Ich bin gut zu Ihnen gewesen, Nick. Spielen Sie kein falsches Spiel mit mir, nur um noch ein paar Kröten extra rauszuholen."

„Emilio, einen zweiten Bieter zu finden, wird jedes Misstrauen ausräumen. Ich kann ein ungebetenes Angebot nicht einfach öffentlich unterstützen. Als Vorstandsmitglied muss ich zeigen, dass ich andere Alternativen bewertet habe und die beste empfehlen kann.

Wenn ein anderes Gebot auftaucht, sieht es wenigstens nach Wettbewerb aus. Potter kann sein Gebot ein bisschen erhöhen, und dann bekommen Sie Liberty."

„Nick, ich warne Sie. Ich werde das Gebot nicht erhöhen. Und werden Sie diese Wirtschaftsermittlerin los. Sie stellt zu viele Fragen."

„Ich arbeite daran. Wir werden sie feuern. Aber wir brauchen zuerst ihren Bericht, der Bryant alles in die Schuhe schiebt."

„Sie haben gesagt, sie würde sonst nichts finden."

„Ich dachte auch nicht, dass sie das würde. Sie ist besser als gedacht."

„Tja, feuern reicht nicht. Sie müssen sie loswerden."

„Wie meinen Sie das?" Am anderen Ende der Leitung gab es eine lange Pause. „Sie umbringen, meinen Sie? Ist das nicht ein bisschen extrem? Für so etwas bin ich nicht bei Ihnen eingestiegen."

„Als Bryant verschwand, haben Sie nichts gesagt. Sie waren froh, solange nur Ihre Spielschulden bezahlt wurden."

„Das war etwas Anderes. Außerdem haben Sie gesagt, Sie würden ihn verschwinden lassen. Ich dachte nicht, dass Sie ihn umbringen würden."

„Nick, was glauben Sie denn, was passiert, wenn man Leute verschwinden lässt? Nur weil Sie nicht selbst abgedrückt haben, heißt das nicht, dass Sie kein Komplize sind. Bryant alles in die Schuhe zu schieben, war Ihre Idee, wissen Sie noch? Sie sind genauso schuldig."

Ortega hatte dafür gesorgt, dass es daran keinen Zweifel geben würde. Wenn man Bryant fand, würde man auch Nicks DNA am Tatort finden. Ortega musste sich nur gedulden, bis die Liberty-Übernahme unter Dach und Fach war. Sobald er Liberty hatte, würde Nick keine Rolle mehr spielen. Ortega beendete das Gespräch. Für heute hatte er genug von Nick.

Er drückte seine Zigarre im Marmoraschenbecher aus und wandte seine Gedanken Clara zu.

Immer noch keine Nachricht. Soweit er wusste, entwickelten sich ihre Aktionen planmäßig. Aber das Schweigen machte ihn nervös. Vielleicht geriet sie in Versuchung, Risiken einzugehen. Unnötige Risiken. Er konnte nur auf ihren Anruf warten.

Er hatte sie nur widerwillig in sein Geschäft einbezogen. Sie hatte darauf bestanden. Er bereute es inzwischen. Er kannte sie, und doch überraschte sie ihn manchmal. Sie war zäh, schlau und unbesiegbar, aber sie war auch seine Tochter. Er machte sich Sorgen um sie. Seine Welt war viel zu gefährlich für eine Frau.

KAPITEL 22

Es war jetzt fast zehn Uhr abends. Während sie fuhr, grübelte Kat weiter über den Grund für die feindliche Übernahme. Libertys Aktienkurs war auf einem Rekordtief, aber das Unternehmen war auch in ernsten Schwierigkeiten und deshalb ein wenig attraktives Ziel. Der CFO hatte genug Geld unterschlagen, um Liberty an den Rand der Pleite zu bringen, und zwei Menschen, die mit der Firma in Verbindung standen, waren tot. Porter hatte wirklich einen Sinn für Timing. Kat glaubte nicht eine Sekunde lang daran, dass das Zufall war.

Kat ging die Möglichkeiten durch. Regen klatschte auf ihre Windschutzscheibe. Wenn Nick und die Stiftung beide für das Angebot stimmten, würde Porter Liberty bekommen. Weder Nicks 40-Prozent-Aktienpaket noch das 35-Prozent-Paket der Braithwaite-Familienstiftung konnten den Verkauf von Liberty allein durchsetzen, jeder war auf den anderen angewiesen, damit der Verkauf durchkam. Beide konnten die notwendige Zweidrittelmehrheit nicht allein erreichen, selbst wenn alle anderen Aktionäre zustimmten. Was war ihr entgangen?

Sie fuhr langsamer, als sie die asphaltierte, beleuchtete Hauptstraße verließ. Ihre Augen gewöhnten sich nur allmählich an die unbeleuchtete Straße. Sie musste sich auf den einzigen funktionierenden Scheinwerfer ihres Toyota Celica verlassen. Es erforderte ihre gesamte Konzentration, den Schlaglöchern und Wurzeln auszuweichen und dabei nicht zu nahe an den Straßenrand zu geraten, hinter dem gleich der Fluss begann. Der Regen peitschte nun in Schwaden auf die Windschutzscheibe, und sie hatte kaum ein paar Meter Sicht nach vorn. Warum hatte sie die Holzkiste nicht schon bei ihrem letzten Besuch bei Takahashi mitgenommen? Kens Leiche vorzufinden, war ein Schock gewesen, aber ihr war zu diesem Zeitpunkt ohnehin noch nicht der Gedanke gekommen, die Kiste einfach an sich zu nehmen.

Jetzt war ihr klargeworden, dass sie wahrscheinlich das einzige Beweisstück war, was ihr je in die Hände geraten würde, um die Herkunft der Diamanten zu beweisen. Wer auch immer diese Diamanten bei Mystic Lake untergeschoben hatte, hatte auch etwas mit dem gestohlenen Geld zu tun – und, darauf würde sie wetten, auch mit den Morden an Takahashi und Braithwaite. Die Polizei hatte die Kiste inzwischen wahrscheinlich beschlagnahmt, aber es bestand immerhin die Möglichkeit, dass sie sie übersehen hatte. Sie betete darum, dass sie noch da war.

Kat lehnte sich nach vorn und presste die Augen zusammen, um Takahashis Einfahrt in dem strömenden Regen zu erkennen. Die Scheibenwischer sorgten nur für einen Sekundenbruchteil für gute Sicht, und plötzlich sah sie direkt vor sich den Straßengraben. Sie schlug das Lenkrad scharf links ein und entging nur knapp einem Schlammbad. Dann bog sie in die Einfahrt und parkte neben dem Haus. Sie stellte den Motor ab und blieb sitzen, bis ihr Herzschlag sich wieder beruhigt hatte.

Sie griff nach ihrer Taschenlampe und kämpfte sich durch die schlammige Einfahrt zur Hintertür. Nur das ständige Trommeln von Wassertropfen aus den leckenden Regenrinnen des Hauses war zu hören. Die Einfahrt war von Pfützen durchsetzt. Kein Hund bellte, keine Polizeiermittler waren zu sehen, und es sah auch nicht nach dem Tatort eines Mordes aus, ganz im Gegenteil zu ihrem letzten Besuch. Kat fragte sich kurz, was aus Takahashis Labrador geworden war. Bisher hatte sie nicht wirklich darüber nachgedacht. Noch ein Opfer, dachte sie betrübt, während sie hinten um das Haus zur Treppe ging.

Das Absperrband der Polizei war entfernt worden, und alles, was auf einen Tatort hindeutete, war verschwunden. Die Jalousien an den Fenstern waren heruntergelassen. Wer es nicht besser wusste, konnte annehmen, dass die Bewohner in Urlaub gegangen waren.

Kat ging die Stufen zur rückseitigen Veranda hinauf und versuchte es an der Tür. Sie war unverschlossen, und der Knopf ließ sich mühelos drehen. Sie betrat den Windfang und leuchtete mit der Taschenlampe das Holzregal über den Garderobenhaken an der Wand ab. Dabei hielt sie den Atem an. Sie hatte fast Angst hinzusehen. Die Kiste war noch da, anscheinend unberührt. Ihre Hände zitterten, als sie die Kiste herunternahm und den Deckel anhob. Die drei Diamanten aus Mystic Lake, die Takahashi ihr bei ihrem ersten Besuch gezeigt hatte, waren immer noch da. Einer aus der ursprünglichen Ader, und zwei aus der neuen.

Diese Gesteinsproben waren der Schlüssel zum Rätsel der manipulierten Produktion, die einzige Möglichkeit für sie, ohne Erklärungen an solche Rohdiamanten heranzukommen. Sie würden die Fälschungen bei der Produktion beweisen oder widerlegen, und ohne Beweise war sie unglaubwürdig. Kat ließ die Steine in ihrer Hand herumrollen, von ihrem eigenen Glück überrascht.

Sie musste sie an sich nehmen. Es war die einzige Möglichkeit, Diamanten für Analysen zu beschaffen. Es war kein richtiger Diebstahl, sagte sie sich. Takahashi hatte selbst gesagt, dass irgendetwas Merkwürdiges vorging, und jetzt, da er tot war, lag es bei ihr, das zu beweisen.

Zurück im Auto drehte Kat die Heizung auf und deponierte die Steine aus Takahashis Haus auf dem Beifahrersitz. Sie setzte rückwärts aus der Einfahrt und achtete darauf, nicht in einen der Straßengräben zu geraten.

Immer dem Strahl ihres einzigen funktionierenden Scheinwerfers nach konzentrierte sie sich darauf, die Mittelmarkierung der Straße anzupeilen. Ihre Scheibenwischer schmierten über die Windschutzscheibe und hinterließen verschwommene Stellen auf dem Glas, wo sie abgenutzt waren. Hätte sie ihre Wischerblätter nicht wenigstens früher erneuern können? Zum Glück gab es sonst keinen Verkehr.

Zehn Minuten später hatte sie die Hauptstraße schon fast wieder erreicht. Ein Fahrzeug tauchte hinter ihr auf. Es fuhr schnell, nach den Scheinwerfern zu urteilen, die in ihrem Rückspiegel flackerten. Kat bremste, kurzzeitig geblendet, und kippte den Rückspiegel weg.

Zu schnell für dieses Wetter.

Aber sie konnte nicht an die Seite fahren.

Die Lichter tauchten wieder auf, als das Fahrzeug noch näherkam. Es musste ein Truck sein, so hoch, wie die Scheinwerfer standen. Und er fuhr sehr dicht auf.

Sie beschleunigte, um wenigstens etwas Abstand zwischen den Celica und den Truck zu bringen. Ein Blick auf den Tacho zeigte ihr, dass sie schon zehn Meilen über der Geschwindigkeitsbegrenzung war, und das bei so schlechtem Wetter. Nicht gerade ideal, aber die beleuchtete Hauptstraße konnte nur noch ein oder zwei Minuten entfernt sein. Dann würde sie zur Seite fahren, damit der Idiot überholen konnte.

Sie wandte ihre Gedanken wieder den Diamanten zu. Warum hatte Takahashi die Diamanten nicht analysiert, nachdem er ja Proben hatte? Vielleicht hatte er es ja getan? Sie nahm sie vom Beifahrersitz und schob sie sich in die Tasche.

Plötzlich war der Innenraum des Celica taghell erleuchtet. Der Idiot würde sie gleich auf die Hörner nehmen. Sie beschleunigte erneut, aber sie konnte den Wagen kaum in der Kurve halten. Jetzt war sie zwanzig Meilen über dem Tempolimit und konnte gerade drei Meter weit sehen.

Sie packte das Lenkrad fester und spürte, wie ihre Finger sich verkrampften, während sie sich auf die Straße konzentrierte und versuchte, die Kurven einer unvertrauten Strecke vorauszuahnen.

Der Innenraum des Wagens wurde wieder dunkel.

Dann wurde sie von dem Truck gerammt.

Sie trat mit dem Fuß auf die Bremse, aber alle vier Räder blockierten nur, während der Truck sie mit voller Wucht weiterschob. Ihr Wagen rutschte über die Mittellinie und begann, sich zu drehen. Sie versuchte gegenzulenken, aber es war zu spät. Während der Celica von der Straße abkam, konnte sie noch die roten Rücklichter eines dunklen Dreitonners davonrasen sehen.

KAPITEL 23

Der Aufprall war wie eine Explosion. Kat versuchte zu begreifen, was gerade passierte. Der Wagen hing gefährlich über dem Straßenrand und kippte in Richtung Fluss. Die Fahrerseite wackelte bedenklich. Sie hechtete auf die Beifahrerseite. Dabei hielt sie das Lenkrad immer noch fest. Panisch versuchte sie in Richtung Straße zu lenken, in er Hoffnung, etwas Raum zu gewinnen und den Wagen zum Stehen zu bringen, bevor er auf das Wasser schlug. Es hatte keinen Sinn.

Ihr Magen sackte weg, als der Celica über einen glitschigen Fußweg aus Holzbohlen schlidderte, zur Seite kippte und über die Kante fiel. Dann war nur noch Dunkelheit. Nichts als Schwärze, während das Auto in das eisige Wasser des Flusses klatschte. Geräusche von Wasser überall um sie herum. Der Wagen trieb einen Moment lang an der Oberfläche, dann begann er zu sinken. Das Gewicht des Motors zog ihn mit der Vorderseite voran in das stille, trübe Flusswasser.

Kat stemmte sich gegen den Sicherheitsgurt, aber die Schnalle klemmte. Wasser sickerte in ihren linken Schuh, während sie weiter vergeblich an der Schnalle zerrte. Ihr wurde schlecht.

Niemand wusste, dass sie hier war. Würde jemand sie rechtzeitig finden? Sie versuchte, ihre rasenden Gedanken zur Ruhe zu bringen, um überlegen zu können, was nun zu tun war. Das kalte Wasser tat bereits seine Wirkung, sie verlor das Gefühl in ihren Händen und hatte noch größere Schwierigkeiten, die Schnalle zu öffnen. Das Herz pochte ihr in der Brust, als ihr klar wurde, was ihr bevorstand. Das kalte Wasser würde sie überwältigen, wenn sie sich nicht darauf konzentrieren konnte, nur an die Schnalle zu denken. Sie zwang sich zur Ruhe und versuchte es noch einmal mit der Schnalle. Endlich öffnete sie sich.

Das Wasser stand ihr nun fast bis zu den Knien. Kat versuchte angestrengt, die Tür zu öffnen, aber diese ließ sich nicht bewegen. Sie kämpfte gegen die Panik an. Wenn sie nicht klar nachdenken konnte, würde sie nie hier herauskommen. Das eisige Wasser hatte eine lähmende Wirkung und machte es schwerer, die Arme oder Beine zu bewegen. Ihre Hose war nass, und es konnte nur noch eine Sache von Minuten sein, bis das Wageninnere ganz voll Wasser war.

Es war immer noch Luft im Wagen, aber das Wasser stieg langsam weiter. Jetzt reichte es ihr bis zur Hüfte. Langsam wurde sie vom kalten Wasser verschlungen. Sie trat wild gegen das Seitenfenster, aber durch das Wasser, das sie umgab, bekam sie keinen Druck hinter die Tritte.

Plötzlich verstand sie. Draußen war mehr Wasser als drinnen. Es erzeugte so viel Druck nach innen, dass sie keine Chance hatte, die Tür aufzutreten. Das würde erst dann funktionieren, wenn der Druck außen und innen gleich war. Das war jedoch nicht der Fall, denn das Innere war immer noch nur teilweise voll Wasser. Sie würde die Tür erst dann öffnen können, wenn sie abwartete. Sie musste abwarten, bis noch mehr Wasser im Wagen war, und es dann noch einmal versuchen.

Kat schob sich auf den Rücksitz, der nun in einem Fünfundvierzig-Grad-Winkel zum Wasser stand. Die Luftblase im rückwärtigen Teil des Wagens würde ihr etwas Zeit verschaffen, wenn auch nur wenige Minuten. Sie war unsicher. Sie konnte schließlich im hinteren Teil des Wagens auch in der Falle sitzen. Aber es war ihre einzige Hoffnung, irgendwann herauszukommen.

Das Wasser war über die oberen Kanten der Sitze gelangt, und sie musste ihren Hals recken, um über der Wasserlinie zu bleiben. Das kalte Wasser hüllte sie ein und machte es ihr fast unmöglich, ihren Brustkorb noch genug auszudehnen, um Luft zu holen.

In weniger als einer Minute würde das ganze Auto unter Wasser sein. Sie tastete nach den Fensterhebern, aber dann fluchte sie innerlich, als ihr klar wurde, dass elektrische Fensterheber nicht im Wasser funktionieren konnten. Sie schob ihren Körper seitwärts und versuchte, mit ihrem Bein für einen weiteren Tritt auszuholen, aber statt Kraft empfand sie nur eine kalte Taubheit in ihren Beinen. Sie war zu schwach. Als sie ihre Kräfte noch einmal für einen weiteren Versuch sammeln wollte, spürte sie, wie die Dunkelheit sie endgültig umfing. Der letzte Rest der Luftblase verschwand in den eisigen Wassern.

KAPITEL 24

Jemand rief nach ihr. Eine Stimme, undeutlich noch, aber lauter werdend und näherkommend. Sie konzentrierte sich auf das Licht in der Ferne. Es leuchtete auf und verblasste wieder. Schmerz schoss durch ihren ganzen Körper, als sie versuchte, sich danach auszustrecken. Er begann in ihrem Kopf, lief ihren Rücken entlang und dann ihr rechtes Bein bis zu den Zehen. Es war wie ein Stromschlag. Schmerz pochte in jedem Zentimeter ihres Körpers. Schmerz? Dann war sie doch nicht tot. Und wenn sie nicht tot war, wo war sie dann?

„Kat? Kannst du mich hören?“ Die Stimme war jetzt näher, und Kat öffnete langsam die Augen. Harry und Jace standen über sie gebeugt. Ihre Gesichter wurden abwechselnd scharf und unscharf. Sie lag auf einem Bett mit einem Gitter an der Seite, in einem grauen Zimmer. Das einzige, was sie an weiteren Einrichtungsgegenständen sehen konnte, waren ein Stuhl und ein Rollwagen mit Plastikgeschirr darauf.

„Wo bin ich? Wie spät ist es?“ Als sie versuchte, sich aufzusetzen, wurde sie von Übelkeit überwältigt. Alles im Zimmer drehte sich plötzlich und verschwamm. Ihr Kopf pochte. Sie versuchte, sich wieder auf Harry und Jace zu konzentrieren. Sie krümmte sich und ihr Kopf fiel wieder auf das Kissen zurück. Jetzt fiel es ihr wieder ein: der Autounfall und der Sturz in das eisige Wasser des Fraser River.

„Du bist im Krankenhaus, Kat. Es ist halb elf, und der Arzt hat gesagt, du sollst dich noch nicht bewegen." Harry tätschelte Kat sanft am Arm. „Ruh dich aus und schlaf weiter. Dann wird es dir bessergehen."

Halb elf? Vormittags? Panik ergriff sie. Sie musste die Gesteinsproben für die Analyse zu Cindy schaffen, und sie hatte noch jede Menge weitere Arbeit vor sich. Zum Beispiel, die Verbindung von Bancroft Richardson in den Libanon zu überprüfen. Der feindliche Übernahmeversuch durch Porter fügte den ganzen seltsamen Vorkommnissen um Liberty auch noch eine weitere Dimension hinzu, und Nicks Frist für die Wiederbeschaffung des Geldes rückte näher.

Keine Zeit zu verlieren. Sie musste schnellstens aus diesem Krankenhaus heraus.

„Ich muss wirklich los. Ich habe Arbeit zu erledigen und ich …"

„Du gehst nirgendwo hin, junge Dame." Harrys Stimme nahm einen mahnenden Tonfall an. „Der Arzt hat gesagt, es sind noch mindestens vierundzwanzig Stunden nötig, bevor sie überhaupt in Erwägung ziehen würden, dich zu entlassen. Du hast eine Gehirnerschütterung, gequetschte Rippen und eine Menge Schnitte und Schürfwunden. Was ist überhaupt passiert? Die Polizei hat gesagt, du wärst am Steuer eingeschlafen. Weißt du noch irgendetwas von gestern Nacht?"

„Was? Ich bin nicht eingeschlafen. Jemand hat mich von der Straße geschoben!" Kat war empört. „Ich fuhr die River Road entlang, da kam ein großer Truck von hinten, rammte mich und dann …"

„Ein Truck hat dich gerammt?" fragte Harry.

„Habe ich doch gesagt. Ein Truck."

„Wie konntest du denn erkennen, dass es ein Truck war? Es war doch dunkel!"

„Ich habe es aber gesehen. Lässt du mich bitte einfach zu Ende erzählen?" Kat tastete mit ihrer rechten Hand nach dem Kontrollknopf des Krankenhausbetts. Schließlich fand sie ihn und drückte darauf, damit sie ihren Kopf hochbekam.

„Schon gut, schon gut. Erzähl weiter."

„Als mein Wagen ausgebrochen ist, habe ich die Kontrolle verloren und bin in den Fluss geraten. Das letzte, was ich weiß, ist, wie ich im Wagen eingeschlossen war und er versunken ist."

„Konntest du den Fahrer sehen?" fragte Harry.

„Nein. Ich habe nur die Scheinwerfer im Rückspiegel gesehen." Sie versetzte sich in den Augenblick vor dem Aufprall zurück: wie das Innere des Celica plötzlich von den Scheinwerfern des Trucks erhellt wurde, und wie sie dann vom Sicherheitsgurt eingeklemmt war, während der Wagen über die Kante stürzte. Sie schauderte.

„Bist du sicher, Kat? Der Zeuge hat gesagt, es wäre sonst niemand da gewesen. Der Aufprall muss vom Kai stammen, bevor du ins Wasser geraten bist."

„Welcher Zeuge? Der Fahrer des Trucks?"

„Taxifahrer" sagte Jace.

„Da gab es keinen Truckfahrer", sagte Harry.

„Glaubt ihr mir nicht? Ich sage dir, Onkel Harry, jemand hat mich von der Straße gedrängt." Kats Stimme wurde vor Frustration schriller. „Du warst nicht dabei. Ich schon."

„Ich zweifle nicht daran, dass du glaubst, dass es so war, Kat. Man macht leicht Fehler, wenn man müde ist."

„Ich weiß, was passiert ist. Und du wirst den Beweis schon an meinem Auto sehen."

„Tja, dein Auto ist noch im Fluss. Die Polizei ist sich nicht einmal sicher, dass sie es herausziehen kann."

„Du hast großes Glück gehabt, Kat", mischte Jace sich ein. „Der Taxifahrer war in die andere Richtung unterwegs, als er sah, wie du von der Straße abgekommen bist."

„Aber da war sonst niemand. Niemand."

„Er war auch derjenige, der die Polizei gerufen hat. Er meinte, du wärst in Schlangenlinien gefahren, als ob du betrunken warst. Das wird auch von Schlafmangel berichtet. Es ist genauso wie betrunken Auto fah-..."

„Ich sage euch, Jungs, man hat mich von der Straße gedrängt! Es war ein großer Truck, ich weiß nicht, wie irgendjemand den übersehen konnte. Jemand versucht mich umzubringen!“ Kat setzte sich auf und sackte sofort wieder zusammen, als ein weiterer stechender Schmerz ihren Körper durchfuhr.

„Schon klar, Kat“, sagte Jace. „Jetzt leg dich wieder hin.“

Sie spürte, wie ihr Gesicht vor Zorn aufglühte. Sie wandte sich Jace zu.

„Du hattest recht mit Buddy. Jemand versucht, mich davon abzubringen, tiefer in die Vorgänge bei Liberty vorzudringen.“

„Vielleicht wird es Zeit aufzugeben, Kat. Wenn wirklich jemand hinter dir her ist, dann ist es die Sache nicht wert, dich selbst in Gefahr zu bringen.“

„Das kann ich nicht. Nicht jetzt, wo ich so nah dran bin, Bryant und das Geld aufzustöbern und den Betrug mit Mystic Lake aufzudecken. Ich muss zurück ins Büro!“ Kat erschrak, als ihr einiges klar wurde. Wer sich die Mühe machte, sie von der Straße zu drängen, der musste wissen, was sie entdeckt hatte. Dass sie die gefälschten Produktionsdaten entdeckt hatte. Diese Leute würden nichts unversucht lassen, um Kat und die Beweise, die sie gegen sie besaß, zu vernichten.

„Lass mich hingehen, Kat. Ich kümmere mich darum.“ Harry bestand darauf.

„Nein, du verstehst nicht. Ich muss sie aufhalten, bevor sie alle belastenden Unterlagen verschwinden lassen.“

„Kat, du kannst das Krankenhaus nicht verlassen. Die Schwester und der Doktor waren sich darin einig. Lass Harry hingehen.“ Jace schob den Servierwagen über das Bett. „Iss wenigstens ein bisschen etwas zum Frühstück.“

„Okay“, sagte Kat. Sie nannte Harry eine Liste von Akten, die er holen sollte, zusammen mit ihrem Laptop. Wenn man Harry irgendetwas auftrug, was über Telefondienst und Aktenablage hinausging, war normalerweise eine Katastrophe vorprogrammiert. Auf der anderen Seite war außer Harry ohnehin niemand in der Lage, diese Akten in seinem verdrehten Ablagesystem zu finden. Kat biss in ihren

Toast. Er war durchweicht und kalt.

Das Geld heute noch zu beschaffen, war unmöglich, solange sie im Krankenhaus festsaß. Selbst wenn sie der Libanon-Spur weiter folgen konnte, waren die Banken dort vermutlich bereits geschlossen.

„Das ist einfach nicht zu glauben. Da lande ich endlich mal einen dicken Auftrag. Und kaum mache ich ein paar Fortschritte bei der Lösung des Falls, versucht jemand mich umzubringen! Mein Auto kann ich auch abschreiben. Ich habe kein Geld, um mir ein neues zu besorgen, ich brauche aber unbedingt eins. Und jetzt hält man mich im Krankenhaus fest. Der Dieb, hinter dem ich her bin, vernichtet wahrscheinlich gerade alle Beweise, und außerdem glaubt mir keiner. Und meinetwegen ist der arme Buddy tot. Das ist der schlimmste Tag meines Lebens!"

„Das ist nicht der schlimmste Tag deines Lebens, Kat", sagte Jace sanft.

„Nicht?" Kat spürte einen matten Hoffnungsschimmer.

„Nein, es ist nur der schlimmste Tag deines *bisherigen* Lebens."

„Jace, du machst es mir nicht gerade leicht, dich zu mögen. Das war jetzt nicht sehr ermutigend."

„Kat, ich wollte nur sagen, dass man nie wissen kann, was die Zukunft noch bringt. Dabei fällt mir ein – es gibt noch einen Zettel."

„Wie?"

Jace gab ihr ein zusammengefaltetes Stück Papier.

„Das lag vorn auf der Veranda."

„Ich will es gar nicht sehen." Kat schob seine Hand weg. Bilder von Buddy gingen ihr durch den Kopf. Vielleicht hatte Jace ja recht. Liberty war das alles nicht wert.

„Tut mir leid. Das hier ist etwas anderes als der Zettel bei Buddy. Handgeschrieben. Sieht nach einer Frauenhandschrift aus."

Kat faltete das Papier vorsichtig auf. Sie wagte kaum hinzusehen. Die Handschrift war klein und akkurat, aber die Hand musste beim Schreiben gezittert haben.

. . .

Mulchen Sie die Rosen. Decken Sie sie unten gut ab. Die Minze überwuchert alles. Ich habe gesehen, wie er es getan hat.

„Wen gesehen?“ fragte Kat. Sie hatte gar keine Minze im Garten bemerkt. Minze breitete sich schnell aus, ging aber normalerweise beim ersten Frost wieder ein. Auf jeden Fall nichts, was sofortiges Handeln erforderte.

„Ich weiß nicht, Kat. Ich hatte gehofft, du wüsstest es vielleicht.“

Das tat sie nicht, und sie hatte Kopfschmerzen. Sie spürte, wie der Schlaf sie allmählich wieder übermannte. Sie bemerkte noch, wie Jace sich über sie beugte und ihr einen Kuss auf die Stirn gab. Es war das letzte, was sie spürte, dann glitt sie wieder in Bewusstlosigkeit zurück.

KAPITEL 25

Kat wachte erschrocken auf. Ein bekanntes Gefühl von Panik durchfuhr sie. Sie versuchte, ihre Beine zu befreien, schaffte es aber nicht. Innerhalb von Sekunden kam alles wieder zu ihr zurück.

Es war schrecklich: Der Unfall mit dem Wagen, das Krankenhaus, dann das Bett, in dem sie immer noch lag. Sie seufzte erleichtert auf, als sie die Augen öffnete. Ihre Beine waren nur unter der Bettdecke gefangen, sie traten nicht verzweifelt gegen das Seitenfenster ihres Celica. Davon abgesehen waren die letzten vierundzwanzig Stunden nur eine verschwommene Erinnerung.

Sonnenlicht kam durchs Fenster herein, erhellte den Boden und fing Staubkörner in der Luft ein. Es heiterte die stumpfen, beigen Wände des Krankenzimmers etwas auf. Vom Korridor her hörte sie Stimmen und schnelle Schritte. Krankenschwestern plauderten über ihr Wochenende. Kat überschlug in Gedanken den Ablauf. Am Montagabend war sie bei Takahashi gewesen. Jetzt war es wieder Morgen. Damit musste heute Dienstag sein. Die Zeit verrann, und je schneller sie hier wegkam, desto besser. Sie warf einen Blick auf ihren Nachttisch. Ihr Laptop lag darauf. Harry hatte ihn hergebracht, wie versprochen.

Sie drehte sich zur Seite und unterdrückte ein Ächzen, als ihre Rippen sich verkrampften. Sie zog die Schublade auf und tastete nach ihrem Mobiltelefon. Es war da, zusammen mit ein paar Belegen, die noch feucht waren, ihrer Uhr und etwas Kleingeld. All das musste in ihren Taschen gewesen sein, als man sie aus dem Wagen gezogen hatte.

Plötzlich erinnerte sie sich. Die Diamanten! Wo waren sie? Waren sie beim Crash verlorengegangen? Wenn ja, waren Takahashis Steine für immer fort. Kat sank der Mut. Die Diamanten waren ihre letzte Chance. Sie mussten im Fluss sein, zusammen mit ihrem Wagen und allem, was darin war. Unwiederbringlich fort. Wie sonst sollte sie an Liberty-Diamanten herankommen, um ihre Herkunft testen zu lassen? Nur so konnte sie je ihre Theorie von der manipulierten Produktion beweisen.

Sie versuchte, ihr Telefon in Gang zu bringen. Es war tot. Das Wasser hatte es zu sehr beschädigt. Das Telefon war ersetzbar, die Diamanten aber nicht.

Kat schob die Beine über die Bettkante und setzte sich mühsam auf. Sie krümmte sich, als Schmerz durch ihren ganzen Körper fuhr. Ihr Kopf pochte. Sie stellte sich aufrecht hin. Beim Tasten an ihrer Stirn spürte sie eine dicke Beule. Sie versuchte, sich gerade zu halten, aber ein weiterer Schmerzanfall ließ sie fast wieder zusammenklappen. Sie fühlte sich wie gerädert und hätte sich am liebsten wieder hingelegt, bis der Schmerz nachließ. Aber das war ausgeschlossen. Die Zeit lief ihr davon und sie musste ein paar Liberty-Diamanten auftreiben.

Sie schlurfte in Krankenhauspantoffeln und Nachthemd im Zimmer herum und suchte nach ihrer restlichen Habe. Wo waren ihre Kleider? Sie mussten irgendwo im Zimmer sein. Ein stechender Schmerz ließ sie innehalten. Dann suchte sie das Zimmer weiter langsam nach ihren Sachen ab. Hinter ihrem Bett war ein kleines Schränkchen, das sie zuvor nicht bemerkt hatte. Darin lagen ihre Jeans und die Bluse, die sie während des Unfalls getragen hatte. Sie stöberte in den Taschen und hoffte, entgegen aller Wahrscheinlichkeit die Diamanten darin zu finden. Nichts.

Auch keine Schuhe. Sie saß also weiter im Krankenhaus fest, jedenfalls bis sie etwas Schuhwerk bekam und wieder etwas beweglicher wurde. Noch einmal durchzuckten Schmerzen sie, dann war sie zurück im Bett. Sie war völlig erschöpft.

Sie schaltete den Laptop ein und öffnete ihr E-Mail-Programm. Sie ging ihren Posteingang durch und löschte Angebote für Gratisurlaub, billige Medikamente und Geld von nigerianischen Banken. Die einzige ernsthafte E-Mail war von Susan Sullivan bei Liberty. Sie war von gestern. Als sie sie öffnete und die Mitteilung auf dem Bildschirm las, erstarrte sie.

Drei Sätze, schwarz auf weiß, mehr nicht. Kats Dienste würden nicht länger benötigt, hieß es darin.

Was zum Teufel ging hier vor? Susan hatte bei ihrem letzten Treffen nichts davon gesagt, sie feuern zu wollen. Tatsächlich hatte sie mit Kat sogar noch vertraulich über Nick gesprochen. Das musste doch ein Irrtum sein. Sie würde Susan anrufen und das klären.

Sie richtete sich erneut auf und stieg aus dem Bett. Als sie schließlich aufrecht stand, ging sie ihre Körperfunktionen im Geiste durch. Solange sie sich langsam bewegte, waren die Schmerzen erträglich. Sie schlüpfte wieder in die Krankenhauspantoffeln und schlurfte den Flur entlang. Dabei kam sie sich vor wie ein Insasse auf der Flucht. Mit jedem, der richtige Schuhe trug, vermied sie Augenkontakt. In ihrem wenig kleidsamen Krankenhausnachthemd schob sie sich am Schwesternzimmer vorbei. Zum Glück waren die Schwestern immer noch ins Gespräch vertieft und nahmen keine Notiz von ihr. Sie musste ein Münztelefon finden.

Draußen neben dem Eingang zur Notaufnahme, an den Parkplätzen, fand sie schließlich eines. Eine Gruppe von Rauchern, die teilweise an einem fahrbaren Tropf und anderen Geräten hingen, warf ihr neugierige Blicke zu. Offenbar war sie für das Wetter nicht richtig gekleidet. Sie ignorierte ihre Bewunderer und wählte Susans Nummer. Sie hatte noch ein paar Vierteldollarmünzen in ihren Taschen gefunden. Sicherheitshalber beschloss sie, Susan nicht zu sagen, woher sie anrief.

„Susan Sullivan."

„Susan, hier ist Kat. Ich weiß, dass Sie mich von dem Fall abgezogen haben, aber es gibt noch etwas, über das wir reden müssen. Es ist wichtig."

Am anderen Ende der Leitung gab es eine lange Pause.

„Kat, es tut mir leid, dass es mit uns nicht funktioniert hat. Wirklich. Ich muss jetzt los. Ich habe wegen dieser Übernahme gerade eine Menge zu tun."

„Aber Susan, das Geld ist nur ein Teil der Geschichte. Es gibt etwas, das Sie über Mystic Lake wissen müssen."

„Ganz ehrlich, Kat, ich habe jetzt nicht die Zeit, mir eine haltlose Theorie anzuhören, die etwas mit dem verschwundenen Geld zu tun haben könnte oder auch nicht. Da wir das Geld jetzt in den Libanon zurückverfolgt haben, sollten wir auch in der Lage sein, es zurückzubekommen. Ich muss jetzt wirklich weg. Bye."

Wir? Kat hatte es in den Libanon verfolgt, nicht Susan und auch sonst niemand bei Liberty. Mit Jaces Hilfe natürlich, aber das wusste Susan nicht. Wie praktisch für Susan, die Lorbeeren für etwas zu ernten, das sie nicht getan hatte.

„Susan, bitte. Legen Sie nicht auf!" Kat kreischte es fast ins Telefon. Eine übergewichtige Frau in der Rauchergruppe hielt mitten im Satz inne und starrte Kat an, als wäre sie verrückt geworden.

„Sie müssen Ihren Ring testen lassen, Susan. Der Diamant darin stammt nicht aus Mystic Lake. Ich kann es beweisen. Jemand mischt illegale Diamanten unter die Produktion dieser Mine."

„Kat, das ist doch verrückt. Natürlich stammt er aus Mystic Lake. Es war einer der ersten Steine aus der Ader. Ich weiß ehrlich nicht, wovon Sie sprechen. Ich muss jetzt wirklich aufhören."

Kat musste etwas riskieren. Sie hatte keine Möglichkeit, etwas zu beweisen, ohne Susans Ring zu analysieren. Sie hatte keine Wahl.

„Susan, der Diamant in Ihrem Ring stammt aus einer Mine in Afrika. Ich habe Tests, die das beweisen."

Schweigen am anderen Ende der Leitung. Dann ein Klicken. Susan hatte aufgelegt.

Kat schleppte sich durch den Korridor zurück. Ihre gequetschten Rippen taten bei jedem Schritt weh. Das Gefühl der Dringlichkeit war

Mutlosigkeit gewichen. Genaugenommen hatte sie nur das getan, wofür sie angeheuert worden war, auch wenn das Geld noch nicht zu Liberty zurückgelangt war. Susan und Liberty zu vergessen, müsste eigentlich eine Erleichterung sein. Sie würde einen Klienten finden, der weniger Ärger machte, und für den sie nicht ihr Leben riskieren musste. Und sie hätte endlich Zeit, mit Jace gemeinsam das Haus verkaufsfertig zu machen.

Aber es war reines Glück, dass sie bei der Sache bisher mit dem Leben davongekommen war. Derjenige, der hinter ihrem Unfall steckte, war auch für die Morde an Takahashi, Braithwaite und wahrscheinlich auch an Buddy verantwortlich. Und diesen war sie es schuldig herauszufinden, wer sie umgebracht hatte. Es ging um Milliarden, und das bedeutete, dass sie vor nichts zurückschrecken würden. Gefeuert oder nicht, man würde sie vielleicht trotzdem zum Schweigen bringen wollen. Jemand musste sie schnappen und für Gerechtigkeit sorgen. War Susan so kurzsichtig, dass sie das nicht sehen konnte? Oder war sie selbst in die Machenschaften verwickelt?

Die Krankenschwestern waren nirgendwo zu sehen, als sie zurückkam. Sie schlurfte in ihr Zimmer und wurde von Tante Elsie empfangen, und von einem merkwürdigen Geruch, den sie zuerst nicht unterbringen konnte. Sandelholz.

„Tante Elsie! Du kannst hier drin doch keine Räucherstäbchen anzünden. Mach sie aus."

„Das geht nicht, Liebes. Wenn man sie angezündet hat, muss man sie auch abbrennen lassen." Tante Elsie stand von ihrem Stuhl neben dem Bett auf und kam auf sie zu, wobei sie mit dem Räucherstäbchen in der Luft herumfuchtelte. Sie trug eine türkisfarbene Brokatjacke mit einem eingestickten Chrysanthemenmuster. Alles Orientalische war gerade ihr modisches Motto. Ein schlichtes schwarzes Kleid und fünf Zentimeter hohe Pumps rundeten das Ensemble ab. Dieser Bereich ihres Lebens war der einzige, in dem sie Sinn fürs Praktische zeigte. Sie kombinierte Fundstücke aus dem Second-Hand-Laden mit Freizeitkleidung. Sie war der Ansicht, dass man anziehen konnte, was man wollte, wenn man im Ruhestand war.

„Aber das ist ein Krankenhaus hier! Du kannst nicht einfach so

Sachen anzünden! Wirf es ins Waschbecken im Badezimmer. Halt es unter den Wasserhahn." Kat hatte schon genug Ärger, sie musste sich nicht auch noch mit dem Krankenhauspersonal anlegen. Wenigstens im Krankenhaus wollte man sie nicht loswerden.

Elsie war Kat einen verletzten Blick zu. „Tut mir leid, Kat. Ich wollte nur etwas für das Ambiente tun. Dieser Ort fühlt sich so kalt und anstaltsmäßig an. Ich bin kein Meister im Feng-Shui, aber in diesem Zimmer fehlt irgendetwas. Das Räucherwerk nimmt etwas von dieser Schärfe. Hier, trink einen Tee mit mir."

Zwei Porzellantassen mit frisch aufgebrühtem Earl Grey standen auf dem Nachttisch, und Kat beschloss, nicht weiter nachzufragen, wo diese herkamen.

„Liebes, ich hatte ja keine Ahnung, dass Buchhaltung so gefährlich sein kann. Du hättest in die Krankenpflege gehen sollen, so wie ich."

„Moment mal, Tante Elsie. Ist dein Konvoi nicht damals in Afrika überfallen worden?" Elsie hatte für die UNESCO Krankenschwestern ausgebildet, bevor sie Harry geheiratet hatte.

„Ja, stimmt schon, aber da weiß man wenigstens, womit man es zu tun hat."

Kat konnte nicht erkennen, was es für einen Unterschied machen sollte, ob man von jemandem beschossen wurde, den man kannte, oder von einem Fremden. Sie verzichtete aber darauf nachzuhaken.

„Tante Elsie, du warst doch in den Fünfzigern in Sierra Leone. Haben sie damals schon nach Diamanten geschürft?" Dort hatte Elsie gearbeitet, bevor sie Harry kennengelernt und geheiratet hatte.

„Ja, Liebes. Habe ich dir erzählt, dass Claude Diamantenhändler war?"

„Wirklich?"

Vor Harry war Claude Elsies Verehrer gewesen. Kat hatte von ihm gehört, aber immer angenommen, er habe auch für die UNESCO gearbeitet.

„Er hat Rohdiamanten eingekauft und an die Schleifereien in Antwerpen weiterverkauft. Er hat als Zwischenhändler sein Geld verdient."

„Woher hat er sie bekommen?" Kat musste schlucken. Der kochend heiße Tee verbrannte ihr den Gaumen. Diese bisher unbekannte Information hatte sie überrascht.

„Manchmal von den Minen, aber meistens von einzelnen Schürfern. In Sierra Leone gibt es viele Ein-Mann-Betriebe, zumindest war es damals so. Die meisten Diamanten wurden aus den Flussbetten gefördert. Wie beim Goldwaschen. Jedenfalls hat Claude gut verdient. Er hat den Schürfern einen Markt verschafft, und sie ihm die Ware. Habe ich dir schon mal den Diamantring gezeigt, den ich von ihm bekommen habe?"

„Nein. Ich bin sicher, der ist hübsch, aber ich muss unbedingt wissen, ob …"

„Oh, Kat, der ist wirklich hübsch. Eines Tages wird er dir gehören. Es ist ein Einkaräter, ein gelber Diamant im Brillantschliff aus dem Kono-Bezirk in Sierra Leone. Claude hat ihn mir geschenkt, kurz bevor er erschossen wurde."

„Erschossen? Von wem?"

„Von einem Hauptmann der Armee. Er wollte einen Anteil, so wie alle anderen auch. Claude hat sich geweigert. Da hat er ihn umgebracht."

„Umgebracht? Was hast du da gemacht?"

Elsie wischte sich eine Träne aus dem Auge.

„Ich konnte gar nichts machen. Ich bin wieder nach Hause zurückgegangen."

„War Claude seriös? Gehörte er zu den legalen Händlern oder zum Schwarzmarkt?"

„Damals war jeder ein bisschen von beidem. Es gab noch nicht so viele Vorschriften wie heute. Und einen richtigen Schwarzmarkt gab es gar nicht. Alles lief durch die gleichen Kanäle. Tagsüber wurde von der Firma geschürft, nachts von einzelnen Leuten, die die Wachen bestachen, sich einschlichen und nachts schürften. Damals hat sich niemand etwas dabei gedacht. Ich habe auch noch ein paar Rohdiamanten. Sie sehen übrigens genauso aus wie deine Steine."

„Meine Steine?"

„Du weißt schon, die, die du gestern bei dir hattest. Genauso sehen sie aus."

„Du weißt davon?“ Kats Herz setzte einen Schlag aus. Vielleicht gab es doch noch Hoffnung. „Weißt du, wo die sind?“

„Natürlich, Liebes. Ich habe sie. Du weißt doch, wie es in Krankenhäusern zugeht. Du lässt etwas irgendwo liegen und bevor du dich versichst, ist es weg. Ich habe sie sicherheitshalber an mich genommen.“

„Oh, Tante Elsie, du hast ja keine Ahnung, wie wichtig das ist. Kann ich sie jetzt wiederhaben?“

„Ja, Liebes. Sobald du aus dem Krankenhaus heraus und sicher wieder zu Hause bist, gebe ich sie dir zurück. Wo habe ich sie gleich deponiert? Hmmm. Im Schließfach oder in meiner Schmuckschachtel? Ich weiß es gerade nicht mehr genau.“

„Denk nach, Tante Elsie. Bitte. Es ist wirklich wichtig.“

„Mach ich, Liebes, mach ich. Es wird mir schon wieder einfallen. Vielleicht dauert es ein paar Tage, aber ich werde mich erinnern. In meinem Alter geht das alles nicht mehr so schnell. Aber es wird mir wieder einfallen. Du wirst sehen.“

Wider besseren Wissens beschloss Kat, Jace und Onkel Harry noch mehr einzubeziehen. Sie musste die Diamanten so schnell wie möglich zu Cindy schaffen. Ihre Zukunft hing davon ab.

KAPITEL 26

Kat hatte das Gefühl, es wäre schon ewig her, dass sie aus dem Krankenhaus entlassen worden war, dabei war es erst gestern gewesen. Jedenfalls war sie froh, draußen zu sein. Allmählich begann sie, in Vernas Haus Wurzeln zu schlagen. Neben ihr schnurrte Tina, und eine frisch geputzte und gestrichene Küche war dank Jace auch mit einem gut gefüllten Kühlschrank ausgestattet.

Auf dem Küchentresen standen lauter Schüsseln voller Mehl, Zucker und anderer Zutaten, darunter auch Butter, dem Eckpfeiler der französischen Küche. Jedes Stück Geschirr, jedes Küchenutensil und jeder Quadratzentimeter Arbeitsfläche war in Gebrauch, aber durch den Zuschnitt der Küche wirkte sie nicht unordentlich.

Beim Aufräumen der Küchenschränke am Montag hatte sie Vernas Rezepte entdeckt und einige davon für ihr französisches Essen ausgesucht. Kat und Cindy hatten schon vor Wochen geplant, sich zum Essen zu treffen, vor Liberty Diamond Mines und bevor sie ihre Wohnung verloren und dafür Vernas Haus bekommen hatte. Es gehörte zu ihrem vielseitigen Vorbereitungsprogramm auf den Paris-Marathon: in den Wochen vor dem Rennen wollte sie alles so machen wie die Franzosen. Oder fast alles, außer Gitanes zu rauchen und Schnecken zu essen.

Sie hatte nach Verna gegoogelt, aber nichts gefunden. Dabei konnte es diese Dame, nach ihrem Haus zu urteilen, gut und gern mit der Fernsehköchin Martha Stewart aufnehmen. Jace hatte auch nicht viel von den Nachbarn erfahren. Das Haus hatte schon vor zwei Jahren leer gestanden, als diese eingezogen waren.

Wer Limoges-Porzellan und Julia-Child-Kochbücher sammelte, der verschwand nicht einfach so spurlos oder verlor sein Haus durch eine Zwangsversteigerung wegen nicht gezahlter Steuern. Sammler hatten zu viel Ballast. Das Haus in der Zwangsversteigerung zu verkaufen war vielleicht vollkommen legal, aber es fühlte sich an, als hätte sie jemand anderem die Existenz gestohlen. Da sie nicht wusste, warum Verna verschwunden war, konnte Kat das Porzellan, das Baccarat-Kristall und die jahrhundertealten Möbel nur hüten wie eine vorübergehende Verwalterin. Mit diesen ganzen Kostbarkeiten darin konnten sie das Haus nicht einfach so verkaufen, aber was sollten sie tun? Sie beschloss, für alle Dinge ein gutes neues Zuhause zu suchen, ähnlich wie bei einem Wurf Kätzchen.

Die Eieruhr summte (die Backofenuhr funktionierte nicht mehr). Kat zog Backofenhandschuhe an. Sie tat gerade mehrere Dinge gleichzeitig: sobald die französische Zwiebelsuppe fertig war, musste das Soufflé in den Ofen. Frisch geschleuderter Mesclun-Salat wartete geduldig auf seine Vinaigrette. Sie prüfte die Suppe und stellte die Eieruhr noch einmal auf zehn Minuten.

Cindy musste jeden Augenblick kommen. Das Marathon-Training führte dazu, dass Kat jede wache Sekunde damit verbrachte, ans Essen zu denken, fürs Essen einzukaufen oder zu kochen. Da Liberty sie gefeuert hatte, hatte sie jetzt natürlich Zeit, und heute war ein Tag, an dem ihr die vielen Vorbereitungen kein bisschen etwas ausmachten. Kein püriertes Krankenhausessen mehr, keinen undefinierbaren Brei. Lieber verhungern als diese geschmacksfreie Paste zu essen.

Sie wartete immer noch darauf, dass die französische Zwiebelsuppe im Ofen fertig wurde, als Cindy durch die Hintertür hereinmarschierte. Kat blickte kurz auf und sah nur noch, wie Tina durch die Tür schlüpfte, bevor sie sich wieder schloss. Dann zogen Cindys Arme ihre Aufmerksamkeit auf sich. Sie hatte einiges mitgebracht: ein

Baguette, eine Flasche Pinot gris und eine Bäckerschachtel, die so aussah, als könnte ein leckerer Nachtisch darin sein.

„Mmmmm. Riecht gut, Kat!" sagte Cindy und drückte Kat an sich. „Du siehst gar nicht so schlecht aus. Hast du dein Auto schon zurück?"

„Nein. Die Versicherung hat gesagt, es kann noch Wochen oder Monate dauern, bevor man es aus dem Fluss ziehen kann. Ich bin jetzt also nicht nur ohne Job, sondern auch ohne Auto."

Cindy stellte ihre Mitbringsel auf den Küchentresen und schnappte sich einen gefüllten Pilzkopf.

„Die sind ja köstlich." Sie schob sich gleich noch einen in den Mund. „Nicht zu fahren ist sowieso billiger. Kein Sprit, keine Werkstattkosten, keine Autowäsche. Lauf einfach überall hin."

„Das ist ein bisschen unpraktisch, Cindy. Ich kann nicht einfach völlig verschwitzt überall auftauchen. Außerdem esse ich noch mehr, wenn ich noch mehr laufe. Ich gebe mindestens so viel für Essen aus, wie ich vorher für Benzin ausgegeben habe."

„Warum musst du für alles immer eine Kosten-Nutzen-Rechnung aufmachen? Du würdest zumindest etwas für die Umwelt tun. Wo ist Jace?"

„Wieder auf einer Suche. Ein Querfeldein-Skiläufer auf dem Mount Seymour wird seit gestern Abend vermisst. Um vier Uhr morgens hat eine Streife das Auto des Skiläufers gefunden. Es stand immer noch auf dem Parkplatz. Da haben sie Jace angerufen." Jace gehörte dem Such- und Rettungsteam der North Shore an. Einsätze wurden entweder spätnachts ausgelöst, wenn Angehörige und Freunde jemanden als vermisst meldeten, oder ganz früh am Morgen, wenn die Ski-Streife ein Fahrzeug auf dem Parkplatz bemerkte.

„Wann wird er zurück sein?"

„Ich weiß nicht. Er hat nicht angerufen, also bezweifle ich, dass er rechtzeitig zum Essen kommt." Eine Suche konnte ein paar Stunden oder ein paar Tage dauern. Selbst erfahrene Skiläufer und Wanderer unterschätzten das Hinterland der North Shore. Weil es so nah an der Stadt lag, wirkte es harmlos.

„Ich hoffe, er ist bald wieder da", sagte Cindy. „Ich habe gehört, dass die Lawinengefahr gerade besonders groß ist."

Darüber wollte Kat gar nicht nachdenken. Such- und Rettungsmissionen gingen oft Risiken ein, um Skiläufer zu retten, die bewusst von den eingefahrenen Wegen abwichen, um sich frischen Schnee zu suchen. Sie wechselte das Thema.

„Hast du die Diamanten bekommen?" Harry hatte den Auftrag gehabt, sie Cindy zu bringen, nachdem Elsie sich schließlich an ihr spezielles Versteck erinnert hatte.

„Ja, ich habe sie." Cindy zog einen kleinen, durchsichtigen Umschlag aus ihrer Tasche und reichte ihn Kat. „Hier, ich möchte, dass du sie zurücknimmst."

„Nein! Du musst sie testen lassen. Ich muss beweisen, dass es schmutzige Diamanten sind, Cindy. Du bist die einzige, die mir dabei helfen kann."

„Nur, wenn ich weiß, wo sie herkommen. Wer hat sie dir gegeben?"

„Ach, naja, das kann ich dir später genauer erklären. Worauf es ankommt, ist doch, dass sie illegal sind. Du willst doch Verbrecher fangen, oder? Ich verspreche dir, das hier führt uns genau zu den Verbrechern."

Kat nahm die Schalen mit der französischen Zwiebelsuppe aus dem Ofen und setzte sie zum Abkühlen auf eine Platte. Der Käse war geschmolzen und schön gebräunt, genau wie auf der Abbildung in dem Betty-Crocker-Kochbuch. Sie nahm das Käsesoufflé und schob es in den Ofen.

„Und wer sind die?"

„Also, ich habe es jetzt auf einige wenige Leute bei Liberty eingegrenzt, aber ganz sicher kann ich noch nicht sagen, wer es ist. Aber ich weiß, dass die Diamanten nicht aus seriösen Quellen stammen. Ich weiß schon mal, wo sie nicht herkommen. Du sagst mir dann, wo sie in Wirklichkeit herkommen, wenn du die Laboranalysen hast. Ich bin sicher, sie sind nicht aus Mystic Lake."

„Aber Kat, ich kann nicht einfach eine Handvoll Diamanten mitbringen und sie um diese Tests bitten, ohne einen Grund zu nennen."

„Es gibt einen Grund. Ich habe Beweise dafür, dass die Zahlen manipuliert sind, zwei Leute sind schon umgebracht worden, und ich sollte die nächste sein. Reicht das nicht?"

„Der Unfall? Harry meinte, du wärst auf der Heimfahrt eingeschlafen."

„Nicht ganz. Ein Truck hat mich gerammt, und wenn sie nur endlich mein verdammtes Auto aus dem Fluss ziehen würden, dann könnte man es am Schaden genau erkennen. Und davor wurde schon der arme Buddy umgebracht. Das war, als ich diesen Drohbrief erhalten habe. Du musst mir helfen, Cindy. Bei Liberty geht noch viel mehr vor, aber ohne die Analyse der Diamanten kann ich es nicht beweisen."

Cindy seufzte.

„Bis du dir da sicher? Denn wenn wir nichts finden, bekomme ich eine Menge Stress, weil ich wertvolle Arbeitszeit und Ressourcen vergeudet habe. Haushaltskürzungen und das alles, du weißt ja, was los ist."

„Ich weiß, dass diese Diamanten nicht von Liberty gekommen sind. Also sind sie von woanders gekommen. Du hast mir doch von dem Kimberly-Verfahren und dem Zertifizierungssystem erzählt. Jeder Diamant braucht eine Herkunftsbescheinigung. Und deshalb müssen das hier illegale Diamanten sein."

Cindy stöhnte und sah Kat resigniert an. Sie entkorkte die Flasche. „Okay. Ich lasse sie überprüfen. Du schuldest mir was."

„Ich weiß. Aber du wirst schon sehen. Und du wirst auch etwas davon haben, wenn wir die schnappen, die hinter diesem Schwindel stehen."

Tina miaute zu Kats Füßen. Merkwürdig. Tina war nach draußen gelaufen, als Cindy gekommen war. Vielleicht hatte sie ein Fenster offengelassen. Tina mochte kein Katzenfutter, sie zog Menschenfutter vor. Kat hatte es mit jeder Katzenfuttermarke probiert, aber Tina ging einfach in den Hungerstreik, bis Kat sich schließlich erweichen ließ und das herausrückte, was sie selbst aß. Besonders Käse.

Kat beschäftigte sich damit, etwas Gruyère für Tina zu reiben, da klingelte Cindys Handy. Cindy legte die Diamanten auf die Arbeitsplatte und ging auf die Veranda, um den Anruf anzunehmen. Kat kannte das; Cindys Undercover-Arbeit bedeutete, dass niemand anders zuhören durfte. Es war zu Cindys Schutz und auch zum Schutz ihrer Freunde.

Kat wurde das Gefühl nicht los, beobachtet zu werden. Sie spähte durch die Verandatür, konnte aber nur Cindy sehen, die Kat beim Telefonieren den Rücken zuwandte.

Sie nahm die Zwiebelsuppe von der Abkühlplatte und stellte sie auf den Tisch. Als sie das Baguette in Scheiben schnitt, nahm sie im Augenwinkel eine Bewegung wahr. Cindy war noch draußen, und sie erwartete Jace frühestens in ein paar Stunden zurück, wenn überhaupt.

Es war Detective Platt. Er stand in der Tür zum Esszimmer und sah ihr zu. Wie war er hereingekommen? Sie hätte schwören können, dass die Haustür abgeschlossen war. Die Hintertür war durch Cindy versperrt, die sich immer noch dagegen lehnte, genau wie einen Augenblick zuvor. Wenn sie nicht wach wäre, würde sie das als einen schlechten Traum einordnen. Sie beschloss, alle Höflichkeit fahren zu lassen. Dieser Kerl war mehr als unverschämt.

„Platzen Sie immer so herein, ohne anzuklopfen? Was wollen Sie?"

„Katerina, es gibt keinen Grund, unhöflich zu sein."

Kat starrte ihn an. Sie konnte kaum noch die Fassung bewahren. Hatte er gehört, wie sie über die Diamanten sprachen? „Sagen Sie mir, was Sie wollen. Fragen Sie mich alles. Entweder Sie beschuldigen mich irgendeiner Straftat oder Sie lassen mich in Ruhe. Ich habe nichts verbrochen, und ich bin es müde, wie eine Verbrecherin behandelt zu werden."

„Ich möchte, dass Sie mir die Wahrheit sagen. Warum sind Sie zu Takahashis Haus zurückgegangen?"

„Wovon reden Sie überhaupt? Warum sollte ich wieder dorthin zurückkehren?"

„Sagen Sie es mir, Katerina. Sie waren am Montagabend da. Wir haben Sie gesehen."

„Sie haben mich gesehen? Verfolgen Sie mich jetzt auch noch? Was gibt Ihnen das Recht, mich so zu belästigen?"

In diesem Augenblick beschloss sie, dass sie Platt nicht nur nicht leiden konnte. Sie hasste ihn.

Cindy war auf die lauten Stimmen aufmerksam geworden und fing Kats Blick von der anderen Seite der Tür her auf. Kat nickte ihr zu, hereinzukommen.

„Beantworten Sie die Frage, Katerina. Warum waren Sie dort?" Platts harte blaue Augen bohrten sich in ihre. Er verschränkte die Arme. Offenbar würde er nicht weggehen, bis Kat ihm eine Antwort gab.

Cindy trat ein, sagte aber nichts. Platt nahm sie nicht zur Kenntnis. Stattdessen hielt er die Augen auf Kat gerichtet und wartete auf ihre Antwort.

„Diese ganze Fragerei nach Takahashi grenzt an Belästigung."

„Ich gehe nicht, ohne dass ich eine Antwort bekomme." Er starrte sie weiter an. Seine Augen verrieten nichts.

„Ich musste hingehen. Ich musste etwas nachsehen."

Die Diamanten. Der durchsichtige Umschlag lag immer noch auf der Arbeitsplatte, wo Cindy ihn abgelegt hatte. Kat versuchte, nicht hinzusehen, und hoffte, Platt würde ihn nicht bemerken.

„Ich habe gesehen, wie Sie etwas eingesteckt haben, als Sie gegangen sind. Unbefugtes Eindringen und unerlaubtes Entfernen von Eigentum ist eine Straftat. Ich sollte Sie gleich jetzt festnehmen."

„Sie können mich nicht festnehmen. Ich habe nichts mitgenommen. Ich habe nur ein leeres Bonbonpapier in die Tasche gesteckt."

„Detective Platt, ist Kat eine Verdächtige?" fragte Cindy.

„Sagen wir einfach, sie ist für uns von Interesse. Wenn sie nicht kooperiert, kann ich sie weder ausschließen noch einschließen."

„Also ist sie eine."

Platt antwortete nicht und starrte Kat weiter an. Sie fühlte sich wie ein Frosch, der in der Biologiestunde unter dem Mikroskop seziert wurde.

„Detective Platt, unschuldige Leute werden umgebracht. Und am Sonntag hat jemand versucht, mich umzubringen. Aber wenn Sie mir gefolgt sind, wissen Sie das ja schon. Ich habe auch ein paar Fragen.

Wenn Sie mich beschattet haben, warum zum Teufel haben Sie nichts unternommen, als der Truck mich gerammt und in den Fluss geschoben hat?“

„Wir haben Sie nicht verfolgt. Wir haben Takahashis Haus unter Beobachtung gestellt, und wir haben Sie kommen und gehen sehen. Sie haben meine Frage immer noch nicht beantwortet. Warum waren Sie dort?“

„Ich habe mich nur umgesehen. Nach Beweisstücken, die Sie übersehen haben. Der arme Kerl wurde umgebracht, und Sie sind völlig auf dem Holzweg unterwegs. Ich weiß, dass ich nicht der Mörder bin, aber Sie anscheinend nicht. Wenn Sie Ihren Job nicht ordentlich machen und den Mörder finden, dann muss ich es tun. Das bin ich Ken schuldig. Es wird schon zu viel Zeit verschwendet.“

„Mal ganz davon abgesehen, dass Sie unbefugt auf ein Privatgrundstück vorgedrungen sind, haben Sie auch kein Recht, sich an einem Tatort aufzuhalten.“

Kat sah einen Sekundenbruchteil lang Zorn in Platts kalten blauen Augen aufblitzen. Sie hatte ihn in Wut versetzt. Gut. Dieses Spielchen konnten auch zwei spielen.

„Ich hoffe, dass Sie die Wahrheit sagen, Katerina. Wenn Sie etwas aus diesem Haus mitgenommen haben, dann werde ich es herausfinden.“

Cindy klappte der Unterkiefer herunter. Ihr wurde klar, woher die Diamanten kamen. Sie klappte den Mund ebenso schnell wieder zu und setzte eine unbeteiligte Miene auf. Innerlich war sie wieder aufgebracht. Aber sie verhielt sich ruhig und trug nichts weiter zum Gespräch bei.

„Und was, wenn ich beweisen könnte, dass Takahashi umgebracht wurde, um etwas bei Liberty zu vertuschen?“

„Ich höre.“

„Ich arbeite noch an den Einzelheiten. Wenn ich alles beisammenhabe, erfahren Sie es schon.“

„Warten Sie damit nicht zu lange. Ich gebe Ihnen noch eine letzte Chance: Haben Sie etwas aus dem Haus mitgenommen?“ Platts coole

Maske war verschwunden. Sein Gesicht war rot angelaufen. Sie beschloss das auszunutzen.

„Und wenn schon? Was wollen Sie dagegen unternehmen?“

Cindy warf Kat einen warnenden Blick zu.

„Manipulieren von Beweisstücken wird streng verfolgt. Ganz davon abgesehen, dass Sie unbefugt eingedrungen sind, dürfen Sie nichts von einem Tatort mitnehmen.“

„Das schien Ihnen vorher nicht sehr wichtig zu sein.“

„Damit das ganz klar ist, es ist eine Straftat, und wenn ich es herausfinde, werden Sie dafür belangt.“

„Von mir aus. Aber Sie sollten lieber Nachforschungen über all die Leute anstellen, die einen Grund hatten, Takahashi umzubringen. Er wurde getötet, weil er zu viele Fragen gestellt hat.“

„Er ist schon vor langer Zeit bei Liberty herausgeflogen. Wenn es etwas damit zu tun hätte, dann hätte man ihn schon damals umgebracht. Versuchen Sie nicht abzulenken. Sie sind immer noch meine Hauptverdächtige.“

„Vor ein paar Monaten war Liberty noch fünf Milliarden Dollar reicher, stand noch nicht vor dem Bankrott und hatte noch keinen Skandal mit seinem Finanzvorstand. Sie sind auf dem falschen Dampfer, und die Zeit, die Sie damit verschwenden, mich zu beobachten, gibt dem Mörder Gelegenheit, noch weiterzumorden. Er hat schon Takahashi, Braithwaite und wahrscheinlich auch Bryant getötet. Wer ist der Nächste?“

„Immer langsam. Wir haben keine Indizien dafür, dass die Morde miteinander in Verbindung stehen. Und Bryant wird vermisst, er wurde nicht umgebracht.“

„Ach kommen Sie, Detective Platt. Braithwaite wurde umgebracht, weil er den Mund aufgerissen hat und weil zwischen ihm und Nick Racine ein Machtkampf tobte. Takahashi wurde umgebracht, weil jemand befürchtet hat, dass er mit mir über die gefälschte Produktion bei Mystic Lake redet. Wieder ein Konflikt mit jemandem bei Liberty. Er wurde aus seinem Job herausgedrängt. Und ich wurde fast umgebracht, als ich an dem Liberty-Schwindel gearbeitet habe. Das sind ziemlich eindeutige Hinweise darauf, dass das alles mit Liberty zu tun hat. Bryant muss als Sündenbock für das verschwundene Geld herhalten. Er hat das Geld nicht genommen. Es war die Bezahlung für die Diamanten. Liberty wird benutzt, um schmutzige Diamanten zu schleusen."

Kat erwartet nicht von ihm, das zu glauben, und das tat er auch nicht.

„Ich sollte nicht unter Verdacht stehen. Ich bin in Gefahr. Jemand schickt mich in den Fluss, und vorher bekomme ich einen Drohbrief, der an meiner toten Katze befestigt ist? Was soll mir als nächstes passieren?"

„Passen Sie einfach auf, was Sie tun. Sie überschreiten Ihre Grenzen." Platt drehte sich um und marschierte zur Verandatür hinaus. Vom Ofen her roch es verbrannt.

Kat öffnete die Backofenklappe und fluchte. Ihr Soufflé war angebrannt und zusammengefallen. Aber das war nichts gegen Cindys Wutausbruch.

„Kat! Wie konntest du nur? Jetzt bin ich Komplizin bei deiner Straftat geworden. Das war doch kein Bonbonpapier. Du hast die Diamanten aus Takahashis Haus gestohlen. Ich fasse es einfach nicht, dass du das getan hast." Cindy spießte wutentbrannt einen Champignon auf einen Zahnstocher und zerbrach diesen dabei.

„Tut mir leid. Du weißt aber auch, dass ich dich nicht in diesen Schlamassel hineinziehen würde, wenn es irgendwie anders ginge. Wenn die Diamanten erst analysiert sind, habe ich meinen Beweis."

„Das könnte mich meinen Job kosten. Wenn Platt mitbekommt, dass ich etwas damit zu tun hatte, arbeite ich nie wieder bei der Polizei."

„Keine Angst, du wirst gerechtfertigt dastehen. Du wirst schon sehen. Warte einfach, bis die Ergebnisse da sind. Ich verspreche dir, sie werden zeigen, dass hier Diamanten gewaschen werden. Das schafft mir auch Platt vom Hals, und hoffentlich kümmert er sich dann um den wahren Mörder Takahashis."

Kat schob die kalt gewordene französische Zwiebelsuppe in die

Mikrowelle. Wahrscheinlich unverzeihlich für jeden echten Franzosen, aber es funktionierte.

„Platt ist berüchtigt dafür, niemals lockerzulassen."

„Das glaube ich gern."

„Ich meine es ernst. Meine Karriere ist im Eimer, wenn diese Mordermittlung schiefgeht."

Cindy nahm zwei Weingläser aus dem Küchenschrank und schenkte ihnen Pinot Gris ein. Die schöne, leichtlebige Pariser Stimmung von vorhin war verflogen.

„Aber er ist nicht besonders gut in seinem Job, Cindy. Er hat diese Diamanten nicht mitgenommen. Warum bin erst ich diejenige, die die Verbindungen herstellt? Wenn er etwas auf dem Kasten hätte, würde er sich auf die Leute konzentrieren, die ein Motiv für den Mord an Takahashi haben. Ich habe kein Motiv."

„Diebstahl."

„Wie bitte?"

„Diebstahl. Du hast die Diamanten aus seinem Haus gestohlen. Das ist Diebstahl."

„Aber sobald du diese Diamanten erst hast testen lassen …"

„Kat, du bringst mich in eine unmögliche Lage. Erst kontaminierst du einen Tatort, dann gibst du mir die potenziellen Beweisstücke von diesem Tatort – die du gestohlen hast – ohne mir zu sagen, woher sie stammen. Du ziehst mich mit hinein. Warum sollte ich dir helfen?"

„Ich dachte, ich tue dir einen Gefallen."

„Das nennst du einen Gefallen? Ich tue dir einen Gefallen, indem ich dir deinen traurigen Arsch rette. Und dabei meinen eigenen riskiere, darf ich wohl hinzufügen."

„Okay. Du hast wohl recht. Ich hätte es dir sagen sollen. Aber ich bin sicher, die Analyse wird zeigen, dass das hier schmutzige Diamanten sind. Sollte das nicht reichen, um auch den Verdacht gegen mich auszuräumen?"

„Ich weiß nicht, ob das dafür reichen würde. Ich meine, deine DNA ist bei Takahashi über das ganze Haus verteilt. Aber es würde zumindest zu einem weiteren Motiv führen, und damit auch zu weiteren Verdächtigen. Aber es gibt noch eine Sache, die Platt anscheinend überhaupt nicht bedacht hat."

„Und das wäre?"

„Es kommt mir komisch vor, dass er glaubt, du könntest Takahashi überwältigen."

„Weil ich eine Frau bin?"

„Ja. Selbst wenn du größer bist als Takahashi mit seinen ein Meter siebzig, du hast nicht die Kraft im Oberkörper, die die meisten Männer haben. Wenn er um sein Leben kämpfen müsste, glaube ich nicht, dass er nicht gegen dich ankäme."

„Immerhin stemme ich Gewichte. Ich bin stärker, als du denkst."

„Ich kritisiere dich ja gar nicht, ich stelle nur etwas fest. In einem Messerkampf auf Leben und Tod hättest zu allermindestens auch ein paar Kratzer abbekommen. Es wundert mich, dass sich Platt das nicht auch gefragt hat. Oder vielleicht hat er das, aber er hat im Augenblick einfach keine anderen Spuren."

„Das sage ich doch. Und er sucht auch gar nicht nach anderen."

„Kat, ich bin auf deiner Seite. Es gefällt mir nur manchmal nicht, wie du vorgehst. Ich weiß, dass du niemanden umbringst. Reden wir nicht mehr davon. Ich lasse die Diamanten untersuchen."

„Bist du sicher? Du kannst jederzeit einen Rückzieher machen."

„Nein, kann ich nicht. Nicht mehr. Nur durch die Untersuchung der Diamanten kann ich selbst auch sauber aus der Sache herauskommen. Wenn Platt herausfindet, dass ich diese Diamanten hatte und nichts unternommen habe, bin ich Geschichte."

Kat zerlegte das Soufflé auf der Suche nach essbaren Anteilen. Es gab keine. Selbst Tina würde das verschmähen. Sie warf es in den Müll und setzte Wasser zum Kochen auf. Sie würden sich mit einem Fertiggericht behelfen müssen.

„Oh, das hätte ich fast vergessen", sagte Cindy und gab Kat ein zusammengefaltetes Stück Papier. „Das lag hinten auf der Veranda."

Kat entfaltete es. Es war mit derselben zittrigen Handschrift geschrieben wie der Zettel, den Jace ihr gestern gegeben hatte. Allerdings gab es einen wichtigen Unterschied. Dieser Zettel war unterschrieben.

. . .

Liebe Hausverwalter,

meine Reise dauert noch etwas länger. Bitte bleiben Sie noch. Der Garten sieht gut aus, aber der Rhododendron könnte etwas Dünger gebrauchen.

Herzliche Grüße, Verna

KAPITEL 27

Kat wurde allmählich ungeduldig. Audrey Braithwaite hätte schon vor fünfundvierzig Minuten hier sein müssen. Der Kellner schlich vorbei und füllte ihr Wasserglas mit übertriebener Geste nach.

„Warten Sie immer noch auf Ihre Freunde?"

Mit dem Nachfüllen von Leitungswasser würde er sich nicht gerade viel Trinkgeld verdienen. Es war kurz vor elf und das Carlisle's füllte sich mit Business-Lunch-Gästen. Der Kellner hätte an ihrem Tisch lieber lukrativere Kundschaft gesehen. Entweder ging sie bald oder sie bestellte etwas aus der unverschämt teuren Speisekarte.

Sie beschloss, Audrey noch fünf Minuten zu geben. Sie warf einen Blick auf die Speisen auf den Nachbartischen. Es war nicht der Rede wert. Die Vorspeisen waren mikroskopisch. Auch wenn sie kunstvoll angerichtet waren, die Schnecken auf dem Nachbartisch erinnerten sie an das Tierleben von heute Morgen auf dem Bürgersteig. Eine solche Ausgabe war nur dann gerechtfertigt, wenn sich der ganze Termin lohnte.

Kat dachte noch einmal an die gestrige Notiz für den Hausverwalter. War sie wirklich von Verna, oder nur ein dummer Streich? Die

Handschrift sah aus wie von einer alten Frau, das konnte aber auch vorgetäuscht sein. Konnte Verna diejenige gewesen sein, die sie vorher im Garten gesehen hatte?

Wenn sie denjenigen abfangen konnte, der die Nachrichten hinterließ, dann hatte sie vielleicht ihre Antwort. Vielleicht würde sie dann etwas mehr über Verna herausfinden und erfahren, warum sie das Haus in die Zwangsversteigerung hatte gehen lassen.

„Sie sitzt dort drüben."

Die Stimme des Kellners erregte Kats Aufmerksamkeit. Sie blickte von der Speisekarte auf und sah, wie der unverschämte Kellner Audrey zu ihr führte. Jede Spur von Arroganz war aus seinen Zügen gewichen, und er lächelte breit, während er sie zu Kats Tisch im rückwärtigen Bereich des Restaurants lotste. Danach zu urteilen, wie sie miteinander plauderten, kannten sie sich, was nicht sehr überraschend war, denn Audrey hatte das Restaurant ausgewählt.

Audrey musste mindestens sechzig sein, hatte sich aber gut gehalten. Kat konnte sich eine ganze Armee von Personal Trainern, Schönheitschirurgen und welche Menschen auch immer vorstellen, die reiche Leute noch beschäftigten, um sich Jugend zu erkaufen. Sie bedachte Kat mit einem künstlichen Lächeln, während sie sich setzte.

„Was darf es sein, Ms. Braithwaite? Das Übliche? Und Sie, Miss? Noch ein Wasser?"

Audrey bestellte zwei doppelte Gin Tonic für sie beide, bevor Kat protestieren konnte. Sie spürte immer noch den Pinot Gris von gestern Abend. Alkohol machte sie benommen, also musste sie jetzt schnell arbeiten, bevor der Alkohol an ihr arbeitete. Es ging jetzt ums Ganze.

Außerdem war sie jetzt vorsichtig optimistisch. Vielleicht würden sie sich bei einem gemeinsamen Drink ja einander annähern. Wenn das gelang, konnte sie vielleicht das nächste Verbrechen verhindern.

Sie nippte vorsichtig an ihrem Gin Tonic und musste fast würgen. Es war purer Alkohol und das erste Mal, dass Kat Gin trank. Nicht gerade ihr Geschmack, aber sie war entschlossen, bei Audrey gut dazustehen, koste es, was es wolle. Wenn das bedeutete, auf nüchternen Magen harte Spirituosen zu trinken, dann würde sie es tun.

Audrey stürzte ihren in zwei schnellen Zügen herunter.

„Sie sind also das Mädel, das an dem Bryant-Fall arbeitet. Ich habe schon jede Menge über Sie gehört."

So viel offensichtlich nicht, sonst müsste sie wissen, dass Kat gefeuert worden war. Und ein Mädel war sie auch nicht mehr, aber sie beschloss, sich an Audreys Kommentar nicht zu stören. Ältere Leute unterschätzen das Alter ihres Gegenübers oft. Das war eine Art Selbstbetrug.

„Und jetzt reden Sie schon – worum geht es überhaupt?"

Kat erläuterte Audrey das Porter-Angebot in allen Einzelheiten, während der Kellner bereits mit einem frischen Drink für Audrey anrückte.

„Sie glauben also, dass es eine schlechte Idee ist, an Porter zu verkaufen?"

„Ganz genau. Ich glaube, man will Sie übervorteilen. Irgendjemand hat Liberty in gewaltigem Umfang leer verkauft, um den Aktienkurs zu drücken. Das waren vermutlich dieselben Leute, die versuchen, Liberty zum Ramschpreis zu kaufen."

„Porter? Aber das ist unsere letzte Chance, unser Geld noch herauszuziehen. Entweder wir nehmen das Angebot an oder wir gehen bankrott. Durch Bryants Diebstahl sind die Schulden so gewaltig, dass wir keine andere Möglichkeit haben. Die Aktien sind jetzt schon fast wertlos. Was können wir sonst tun?"

„Lehnen Sie das Angebot ab. Wenn Sie ihre Aktien verkaufen, spielen Sie Porter in die Hände. Verstehen Sie nicht? Erst manipulieren sie den Aktienkurs durch die Leerverkäufe, und jetzt versuchen sie, Ihnen die ganze Firma wegzunehmen. Außerdem wurden Libertys Schulden kurzfristig refinanziert, sodass die Gefahr einer Pleite in den nächsten Monaten nicht besteht. Wir brauchen nur noch ein bisschen mehr Zeit, um die fünf Milliarden zurückzuholen."

Der Kellner brachte zwei weitere Gin Tonic, für jede einen. Kats erster war immer noch zu drei Vierteln voll. Weder der Kellner noch Audrey schienen es mit dem Bestellen des Essens eilig zu haben. Wenigstens etwas Brot, um den Alkohol in ihrem Magen aufzusaugen, wäre nett gewesen. Audrey nahm einen kräftigen Zug, lehnte sich vor und flüsterte ihr verschwörerisch zu, „Mögen Sie den Gin nicht? Ich kann ihn zurückschicken, wenn er nicht nach Ihrem Geschmack ist."

„Äh, nein. Er ist ganz weich, sehr gut. Ich habe nur den Geschmack genossen."

„Tja, es ist genug da. Nur keine Scheu."

Wie machte Audrey das nur? Sie hatte nur einen Bruchteil von Kats Statur, sie konnte kaum mehr als hundert Pfund wiegen. Sie war der Stereotyp einer anorektischen Society-Matrone und hatte bestimmt acht Kleidergrößen weniger als Kat. Kat sprach ein stilles Gebet für ihre Leber und trank kräftig weiter. Über die Konsequenzen würde sie sich später Sorgen machen. Das Wichtigste war jetzt, Audrey davon zu überzeugen, die Aktien der Braithwaite-Familienstiftung aus dem Angebot herauszuhalten. Und Gin war jetzt ihre gemeinsame Basis dafür.

Audrey nahm Kats Alkohol-Dilemma nicht zur Kenntnis und fuhr fort.

„Ich muss zugeben, dass mich diese ganze Unternehmenspolitik langweilt. Alex hat sich immer um alles gekümmert. Jetzt ist er nicht mehr da. Aber Nick hat mir sehr geholfen. Das war durchaus überraschend, wenn man bedenkt, wie sehr er meinen Bruder gehasst hat."

„Wirklich? Hat Nick Ihnen irgendwelche Ratschläge gegeben?"

„Er hat gesagt, dass es in Wahrheit gar nicht darauf ankommt, was wir tun. Er sagte, seine Aktien würden den Ausschlag über das Schicksal des Unternehmens geben. Und da hat er recht. Nick bekommt immer, was er will. Alex ist oft mit ihm aneinandergeraten. Sie waren niemals der gleichen Meinung."

„Warum, glauben Sie, wurde Alex ermordet?"

„Ich weiß es nicht. Mein Bruder war ein bisschen hitzköpfig. Und deshalb hatte er Feinde. Viele Leute wollten ihn aus dem Weg haben. Aber dass er ermordet wurde? Ich hätte niemals erwartet, dass jemand so weit geht, ihn zu töten."

„Würde Nick so weit gehen? Sie sagten, Nick hasste Alex." Kat bewegte sich auf einem schmalen Grat. Sie war mit dem Gedanken einfach so herausgeplatzt. Es musste der Alkohol sein, der aus ihr sprach.

„Nick? Er hat ein paar schlechte Charakterzüge, aber er ist kein Mörder. Männer wie Nick mögen es nicht, sich die Hände schmutzig zu machen. Er würde es nicht tun. Vielleicht würde er jemand anderen dazu bringen, mag sein. Kann man Mord delegieren?"

„Man kann alles kaufen, wenn der Preis stimmt."

Audrey warf Kat einen langen Blick zu. „Sie glauben doch nicht, dass der Mord an Alex irgendetwas mit dieser Übernahme zu tun hat, oder?"

Sogar in ihrem alkoholbenebelten Zustand konnte Kat erkennen, dass sie allmählich zu Audrey durchdrang.

„Nun ja, das Timing ist jedenfalls interessant. Ich würde es nicht ausschließen." Kat war sicher, dass beides zusammenhing. Sie hatte nur noch nicht die richtigen Verbindungen hergestellt.

„Jetzt, da Alex nicht mehr da ist, steht Nick nichts mehr im Weg."

„So scheint es. Es sei denn, Sie und Ihre Familienstiftung beschließen, ihn aufzuhalten."

„Was können wir denn tun? Die anderen Aktionäre sind überzeugt, dass sie keinen Cent bekommen, wenn sie ihre Aktien nicht verkaufen."

„Nick versucht nur, Ihnen Angst einzujagen, Audrey. Er kann den Ausgang der Abstimmung nicht allein bestimmen. Aber da gibt es noch etwas, das er Ihnen geflissentlich nicht gesagt hat. Auch wenn Ihre Familienstiftung nicht genug Aktien hat, um die Übernahme zu erzwingen, so sind es doch genug Aktien, um die Übernahme zu stoppen. Für die Übernahme ist eine Zwei-Drittel-Mehrheit notwendig. Die Stiftung hat fünfunddreißig Prozent. Hundert Prozent minus fünfunddreißig macht fünfundsechzig – das reicht nicht für die Zwei-Drittel-Mehrheit."

„Genug, um die Übernahme zu unterbinden und Nick aufzuhalten."

„Genau." Jetzt ging es in die richtige Richtung. Kat nahm noch einen Schluck Gin. Audrey leerte ihr Glas, als der Kellner plötzlich wiedererschien und zwei weitere Gin Tonics abstellte.

„Audrey, wie hätte Alex über den Verkauf gedacht?"

„Er hätte es niemals in Erwägung gezogen. Er hat immer gesagt, dass dies für Liberty erst der Anfang und er langfristig engagiert wäre. Er hat gespürt, dass der Norden Kanadas immer noch so viel ungenutztes Potenzial zu bieten hat, und dass Liberty hervorragend aufgestellt wäre, dieses Potenzial zu nutzen. Und Daddy hat immer das gleiche gesagt." Audrey wirkte einen Augenblick lang wehmütig.

Genau wie Bryant, dachte Kat.

„Denken Sie daran, Audrey. Sie haben eine Wahl. Selbst wenn Liberty momentan ein paar finanzielle Schwierigkeiten hat, bedeutet das nicht, dass alles verloren wäre. Jetzt gerade arbeitet eine Anwaltsfirma daran, das fehlende Geld zurückzuholen."

„Nun, Nick hat gesagt, dass hier sei unsere letzte Chance. Und der Aufsichtsrat hat auch empfohlen, das Angebot von Porter anzunehmen. Das würden sie nicht tun, wenn das Angebot unter den gegebenen Umständen nicht vernünftig wäre. Ich will Daddys Firma nicht verkaufen, aber ich möchte auch nicht, dass die Aktien wertlos werden."

Kat wusste, dass Audrey Braithwaite nicht einen Tag ihres Lebens hatte arbeiten müssen. Ihr Vermögen fiel ihr ohne Mühe zu. Alex hatte alle Entscheidungen getroffen und angestellte Profis sich mit den Details auseinandergesetzt. Das hier war wahrscheinlich das erste Mal, dass Audrey eine schwierigere Entscheidung treffen musste, als über die Farbe ihres Nagellacks. Es musste ihr beängstigend vorkommen.

„Sie können das Ganze aufhalten, Audrey. Ihr Bruder hätte es getan. Sie müssen nicht an Porter verkaufen."

„Ich wünschte, Alex wäre hier. Er würde wissen, was zu tun ist. Er hat immer das Richtige getan, auch wenn er dabei vielleicht etwas ruppig war."

„Audrey, jetzt liegt alles bei Ihnen. Ohne Ihre Nein-Stimme sind die anderen Aktionäre machtlos. Lassen Sie nicht zu, dass Porter einen vorübergehenden Moment der Schwäche ausnutzt."

„Ja, ich weiß nicht. Vielleicht haben Sie recht. Geben Sie mir einen Tag Zeit, darüber nachzudenken."

Die Abstimmung der Aktionäre war in zwei Tagen angesetzt.

Audrey erhob sich vom Tisch und ging, ohne dass erkennbar wäre, dass ihr vier doppelte Gin Tonic irgendwie zugesetzt hätten. Und auch ihrer Geldbörse nicht, wie Kat entsetzt feststellte. Audrey hatte sie gerade auf der Rechnung sitzen lassen.

KAPITEL 28

Kat ging beim ersten Klingeln ans Telefon. Es war für Harry, nicht für sie. Das war keine Überraschung; Harry bekam heutzutage mehr Anrufe im Büro als sie selbst. Es war deprimierend. Sie spitzte die Ohren, als sie hörte, wer in der Leitung war.

„Moment mal. Bancroft Richardson?“ Kat sprang vom Stuhl auf und verschüttete Kaffee über ihre Tastatur. Es war ihr in diesem Augenblick egal. Wahrscheinlich würde sowieso alles gepfändet werden, und das hier konnte genau der Durchbruch sein, den sie gerade brauchte.

„Ja. Bitte richten Sie Mr. Denton aus, dass er wegen seines Kontos anrufen soll.“

Kat nahm einen leicht herablassenden Ton in der Stimme der Frau wahr. Wahrscheinlich hielt sie Kat für eine Empfangsdame.

„Hat die Angelegenheit irgendetwas mit Opal Holdings, Frank Moretti oder Liberty zu tun?“ Harry musste ihnen die Büronummer gegeben haben, damit Elsie nichts mitbekam.

In der Leitung herrschte einen Augenblick lang Stille.

„Ich fürchte, ja. Ich muss mit Mr. Denton sprechen und ihm unsere

Zusicherung geben, dass wir alles unternehmen, um das Problem zu lösen."

„Vielleicht sollten Sie auch mit mir sprechen. Ich arbeite an dem Betrugsfall, in den Liberty verwickelt ist. Wir könnten unsere Erkenntnisse austauschen." Kat fand eine kleine Lüge hier nicht schädlich. Nur weil man sie gefeuert hatte, hieß das nicht, dass sie nicht weiter auf eigene Faust an dem Fall arbeiten konnte. Sie war dann eben die erste ehrenamtliche Wirtschaftsermittlerin der Welt.

Kaum zwei Stunden später saß Kat Rashida Devane in ihrem großzügig möblierten Büro bei Bancroft Richardson gegenüber. Dies befand sich in einem Hochhaus gegenüber der Liberty-Zentrale, und Kat hätte von dort aus direkt in Susans Büro blicken können, wenn das Liberty-Gebäude keine getönten Scheiben gehabt hätte.

„Liberty hat Sie also beauftragt, den Betrug zu untersuchen?"

„Richtig." Das stimmte ja schließlich. Rashida hatte nicht gefragt, ob Liberty sie gefeuert hatte, also sagte sie auch nichts dazu. „Und wie ich schon am Telefon erwähnt habe, habe ich den Verdacht, dass der Aktienkurs manipuliert wird."

„Und da kommen Frank Moretti und Opal ins Spiel?"

Kat nickte und blickte sich in dem Raum um. Das Büro sagte viel über einen Menschen aus. Rashidas Büro war opulent, es war in dunklen Rottönen und dunklem Holz gehalten. Der antike Mahagonischreibtisch, der zwischen ihnen stand, nahm die Mitte des Raums ein, die Fenster reichten vom Boden bis zur Decke und waren von schweren Damastvorhängen eingerahmt. Zwei Tiffany-Stehlampen verbreiteten goldenes Licht. Wenn sie echt waren, dann war hier groß in Beleuchtung investiert worden. Das Mädchen hatte auf jeden Fall einen luxuriösen Geschmack. Dieser passte definitiv nicht zu der Standardeinrichtung, die Kat beim Betreten der Bancroft-Richardson-Büroräume zu sehen bekommen hatte. Kat schlüpfte aus einem ihrer Schuhe und spürte die weiche Wolle des Kaschanteppichs unter ihrem Fuß.

„So ist es. Erzählen Sie mir von den Geschäften."

„Nun, ich kann mit Ihnen nicht über eines unserer Kundenkonten sprechen. Das ist vertraulich. Ich schätze, wir könnten uns aber über die öffentlichen Aspekte dieses Falls unterhalten."

Rashida informierte Kat über den großen Umfang der Liberty-Käufe, die Frank für die drei von ihm gemanagten Fonds vorgenommen hatte, und über die Käufe durch Opal-Transaktionen. Die jüngsten Transaktionen für die Fonds waren Käufe gewesen. Für Opal gab es seit dem Leerverkauf vor Bryants Verschwinden weder Käufe noch Verkäufe mehr. Davor waren die Handelsvorgänge für Opal und die Fonds identisch gewesen. Beide hatten unmittelbar vor der Mystic-Lake-Entdeckung erhebliche Posten von Liberty-Aktien gekauft, und kurz vor Bryants Verschwinden Leerverkäufe durchgeführt. Das Timing konnte Kats Ansicht nach kein Zufall sein. „Haben Sie seine Offshore-Konten schon gefunden?"

„Welche Offshore-Konten?"

„Der einzige Grund, das Risiko einzugehen und so einen Verlierer für die Fonds zu kaufen, ist der, den Aktienkurs hochzutreiben. Warum? Damit er seine eigenen Aktien verkaufen kann." Kat setzte kalkuliert darauf, dass es diese Offshore-Konten gab, aber sie musste gegenüber Rashida überzeugend wirken. „Ich wette darauf, dass er eine Menge Geld in Form von Liberty-Aktien gebunden hat, und er muss den Sturz des Aktienkurses aufhalten. Er verwendet ein Offshore-Konto, um das zu verdecken, wahrscheinlich eine Holding, so dass es nicht auf seinen Namen läuft. Wenn man den Firmenschleier lüftet, werden die Verbindungen zu Frank Moretti sichtbar werden."

„Aber er muss all seine Investitionen offenlegen. Das gehört zu den Compliance-Vorschriften bei Bancroft Richardson. Es waren keine Offshore-Konten aufgeführt."

„Er ist nicht gerade eine ehrliche Haut, wie Sie schon festgestellt haben." Kat fragte sich, ob Rashidas Unwissenheit echt oder nur gespielt war.

„Stimmt", sagte Rashida. „Nehmen wir an, er besaß ein größeres Liberty-Aktienpaket, dann würde er auf eigene Rechnung Aktien verkaufen, während er gleichzeitig große Mengen für die Fonds kauft, richtig?"

„Ich glaube, ja. Kann man das überprüfen?“

„Die Wertpapierkommission untersucht alle Transaktionen. Selbst wenn seine persönlichen Geschäfte durch Offshore-Firmen gemacht wurden, mussten sie immer noch über die Börse laufen. Wir müssten umfangreiche Transaktionen zurückverfolgen können, wenn wir die Handelsaufzeichnungen überprüfen. Dafür brauchen wir aber wahrscheinlich einen Gerichtsbeschluss.“

„Das sollte kein Problem sein. Die Untersuchung ist schon im Gang. Das wäre nur eine weitere Sache, die überprüft werden muss.“ Kat beobachtete, wie Rashida einen dicken Aktenordner aus ihrer Schreibtischschublade zog.

Als Rashida die Akte öffnete, fiel ein Foto heraus und landete vor Kat auf dem Schreibtisch. Ihr fiel die Kinnlade herunter. Sie kannte dieses Gesicht, auch wenn die Frisur und die Haarfarbe andere waren. Kat hob es auf und reichte es Rashida zurück.

„Bewahren Sie normalerweise Fotos der Vorstandsmitglieder von Firmen auf, in die Sie investieren?“

„Das ist Clara de la Cruz, Geschäftsführerin von Opal Holdings. Wir sind gesetzlich verpflichtet, von unseren Kontoinhabern ein Foto bei unseren Akten zu haben.“

Kat hatte gerade ein großes Stück für ihr Puzzle gefunden. Es war ein Foto von Susan Sullivan.

KAPITEL 29

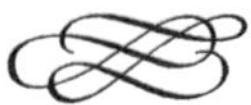

Leichter Nieselregen fiel, während Kat die Denman Street entlang zum Supermarkt ging. Der Regen war stark genug, ihre Haut nass zu machen, rechtfertigte aber noch keinen Schirm. Es war vier Uhr nachmittags und sie brauchte Kohlehydrate, um den mittäglichen Gin-Marathon mit Audrey zu bewältigen. Nudeln, oder vielleicht ein französisches Baguette mit viel Butter, das wäre jetzt das Richtige für ihre Konzentration.

Sie hatte einen vergessenen Termin vorgeschützt und Rashida versprochen, sie morgen anzurufen. Ein schlechtes Gewissen plagte sie etwas, weil sie ihre Entdeckung für sich behalten hatte, aber sie konnte nicht riskieren, dass Rashida jetzt schon Clara enttarnte, bevor sie selbst einen Plan hatte. Die Verbindung Susan/Clara machte einiges klar. Jetzt brauchte sie einen Plan, wie sie Clara enttarnen konnte, ohne zu riskieren, dass diese gleich das Weite suchte. Und sie musste einen Weg finden, Platt loszuwerden und auf Claras Fährte zu setzen.

Sie zog ihr Mobiltelefon hervor und rief Jace an. Beim Gehen tippte sie die Nummer ein, betrachtete gleichzeitig die Schaufensterpuppen in den Modegeschäften und grübelte über Susans geheime Identität nach.

„Vorsicht!"

Kat hatte den alten Mann nicht bemerkt. Sein grauer Regenmantel machte ihn vor der Betonwand fast unsichtbar. Als sie zusammenprallten, rutschte sein Gehstock zur Seite und er fiel an die Wand, direkt unter eine tropfende Regenrinne.

„Was zum Teufel ist denn los mit Ihnen?" Er stützte sich an der Wand ab. Sein Glatzkopf war nass vom Tropfwasser. Er richtete seinen Gehstock auf sie. „Machen Sie mal langsam!"

Kat murmelte eine Entschuldigung. Im gleichen Moment nahm Jace ab. Sie berichtete Jace von der Entdeckung mit Susan bzw. Clara und betrat den Supermarkt.

„Wow! Was hast du gesagt, wie war ihr Name?"

„Clara – Clara de la Cruz."

Kat hielt inne, um einen Einkaufskorb zu nehmen. Sie würde wenigstens so tun, als würde sie einkaufen, während sie in den Gängen nach kostenlosen Proben Ausschau hielt. Ein gesparter Cent war ein Cent, der keine Überziehungszinsen auf ihrem Visa-Konto anhäufte. Mit der richtigen Einstellung konnte sogar Pfennigfuchsen Spaß machen.

Kat hörte, wie Jace am anderen Ende auf seiner Tastatur herumtippte.

„Interessant … Es gibt hier eine Clara de la Cruz in Argentinien, gegen die wegen Geldwäsche ermittelt wurde. Hier ist auch ein Link zu einem Artikel. Da steht, dass keine Anklage gegen sie erhoben wurde."

„Geldwäsche? Das passt auf jeden Fall."

„Es gibt noch mehr. Sie ist mit einem wichtigen Waffenhändler aus Argentinien verwandt. Der Kerl heißt Emilio Ortega Ruiz. Er ist ihr Vater."

„Clara hat wirklich gute Verbindungen. Aber nicht ganz so, wie ich dachte", sagte Kat, während sie auf die Bäckereiabteilung zumarschierte.

„Ortega kontrolliert das Geschäft in der Triple Frontera fast vollständig. Dort vermittelt er mehr Waffen- und Munitionsgeschäfte als irgendjemand sonst."

„Triple Frontera?"

„Das ist in Südamerika", sagte Jace. „Das Dreiländereck von Brasilien, Paraguay und Argentinien. Hier wird alles umgeschlagen, von gefälschten Elektronikartikeln bis zu gestohlenen Autos, meist durch Paraguay. Brasilianer und Argentinier gehen gern in Ciudad del Este auf Schnäppchenjagd, besonders am Wochenende, aber das meiste, was sie finden, ist gestohlen oder gefälscht."

„Jetzt erinnere ich mich. Ich habe schon mal davon gehört. Es ist auch eines der größten Zentren der Welt für internationale Spione, Terroristen und Verbrecher." Kat lächelte der Frau am Tresen zu und pickte mit einem Zahnstocher ein Stück Bananenbrot auf.

„Kat, das ist eine ganz dicke Geschichte. Ich wusste, dass es etwas Großes ist, aber dass es so groß ist …"

„Es wird noch besser. Clara hat durch Opal Holdings Liberty-Aktien leerverkauft. Die fünf Milliarden wurden benutzt, um Liberty-Aktien leerzuverkaufen, kurz bevor Bryants Verschwinden bekannt wurde. Als Bryants Diebstahl öffentlich wurde, fielen die Liberty-Aktien fast auf Null. Die Leerverkäufe wurden daraufhin mit einem Riesengewinn geschlossen." Kat berichtete Jace, was sie von Rashida über die Opal-Geschäfte erfahren hatte.

„Ein CEO, der Aktien der eigenen Firma leerverkauft?"

„Ich weiß", sagte Kat. „Opal ist nur Fassade. Ich glaube, dass Clara und ihr Vater hinter Bryants Verschwinden und den gestohlenen fünf Milliarden stecken. Natürlich wurden Opals Leerverkäufe kurz vor Bryants Verschwinden durchgeführt. Warum sonst sollte sie den Aktienkurs nach unten treiben und ihren eigenen Bonus sausen lassen?"

„Guter Punkt. Sie verliert Millionen an Boni, aber dafür macht sie Milliardengewinne aus den Leerverkäufen."

„Stimmt genau. Sie hat die Leerverkäufe zeitlich so abgestimmt, dass sie genau vor der Bekanntgabe des Betrugs durch Bryant stattfanden, weil sie wusste, dass die Nachricht die Aktien praktisch wertlos machen würde. Opal hat die Liberty-Aktien vor der Bekanntgabe für fast hundert Dollar pro Aktie verkauft. Dann haben sie sie für ein paar Cent pro Aktie zurückgekauft und ihre Position geschlossen."

„Was schätzt du, wieviel Gewinn sie gemacht haben?"

„Rashida hat mir nur wenig von der Akte gezeigt, aber ich vermute, dass es in die Milliarden geht. Wir wissen, dass fünf Milliarden von dem Konto im Libanon überwiesen wurden. Rashida wollte nur so viel sagen, dass Opal einen fetten Profit eingesackt hat. Was ist ein fetter Profit auf fünf Milliarden?"

„Kein Wunder, dass Susan bereit war, zwei Jahre lang am Ball zu bleiben", sagte Jace.

Kat blieb am Ende des Suppenganges stehen. Hier waren kleine Pappbecher mit Suppe aus Butternusskürbis und rotem Paprika auf einem silbernen Tablett angerichtet. In der Mitte jedes Bechers gab es sogar einen kleinen Crouton. Sie schnappte sich einen Becher und löffelte sich etwas davon mit dem winzigen Plastiklöffel in den Mund, dabei versuchte sie, nicht zu schlürfen.

„Was ist das denn für ein Geräusch?"

„Äh, gar nichts. Es gibt noch ein weiteres abschließendes Puzzleteil."

„Und das wäre?"

„Porter. Unternehmen wie Liberty, die fast pleite sind, locken normalerweise keine Übernahmeangebote an. Warum will Porter Liberty?"

„Tja, der Preis stimmt jedenfalls", sagte Jace.

„Billiger Preis, ja, aber worin liegt der Wert? Liberty hat kein Bargeld mehr, dafür viele Schulden, und die Aktien sind fast wertlos."

„Es muss eine Erklärung dafür geben."

„Gibt es auch. Ich glaube, Porter steht in irgendeiner Verbindung zu Opal. Opal Holdings saß auf den Cayman-Inseln. In den Dokumenten zu Porters Angebot steht, dass sie auch auf den Caymans sitzen. Vielleicht haben sie noch mehr Gemeinsamkeiten."

„Du glaubst, dass Porter von Clara oder ihrem Vater kontrolliert wird? Warum sollten sie Liberty noch wollen, nachdem sie den Laden ausgeräumt haben?"

„Um Konfliktdiamanten zu waschen. Denk an die Produktionsdaten. Ich wusste, dass die Zahlen aufgebläht waren, aber ich konnte mir nicht denken, warum. Diamanten, die durch Liberty geschmuggelt werden, können als legal durchgehen. Natürlich war es für Clara und ihren Vater schwierig, an die Bezahlung für die Diamanten heranzukommen. Die fünf Milliarden haben wohl für eine Menge bezahlt, aber das hat so gut funktioniert, dass sie weitermachen wollen. Wenn sie die Firma kaufen, gehen alle Profite an sie."

Kat hörte, wie am anderen Ende der Leitung wieder schnell getippt wurde.

„Jace, bitte sag mir, dass du noch nichts darüber schreibst."

„Es ist nur ein Entwurf. Nur, um das Ganze später leichter zusammenzubekommen. Keine Angst, es geht jetzt noch nicht an die Zeitung."

„Ich hoffe nicht. Ich möchte Clara nicht verscheuchen, bevor sie geschnappt und angeklagt werden kann. Jetzt muss man alles in einem ganz neuen Licht betrachten."

„Und es bestärkt auch das, was du schon die ganze Zeit gesagt hast: Bryant muss reingelegt worden sein. Hast du dich nicht gefragt, warum sie dich für so einen dicken Fall angeheuert hat? Ich glaube, sie hat sich darauf verlassen, dass du es nicht schaffen würdest, das verschwundene Geld aufzustöbern."

„Schönen Dank, Jace, da sieht man gleich, was du mir zutraust."

„Tja, du hast selbst gesagt, dass Nick sich an eine der großen Wirtschaftsprüfungsfirmen wenden wollte, aber Susan – ich meine Clara – nicht. Ich versuche, aus ihr schlau zu werden. Erst beauftragt sie dich, und sobald es so aussieht, als wärst du an etwas dran, wirft sie dich raus."

„Nun, so leicht wird sie mich nicht los. Ich werde ihr das Gegenteil beweisen."

KAPITEL 30

Kat schlich aus dem Haus, sorgfältig darauf bedacht, jedes Geräusch zu vermeiden, das Jace wecken könnte. Nach seinem Schnarchen zu urteilen schlief er allerdings fest, immer noch erschöpft von der Samstag- und Sonntagnacht, die er auf dem Berg verbracht hatte. Sie hatten den vermissten Skifahrer erst am frühen Montagmorgen gefunden, also war er zur Arbeit gegangen, ohne überhaupt zu schlafen.

Jace wäre definitiv gegen das, was sie vorhatte. Harry ebenso, besonders wenn er wüsste, dass sein Auto für ein Verbrechen verwendet werden würde. Aber sie hatte nicht viele Alternativen. Sie drehte den Zündschlüssel und machte sich auf den Weg zum Highway 99.

In Harrys überlebensgroßem Lincoln schwebte Kat den Highway entlang. Das Auto war doppelt so groß wie ihr unglücklicher Celica, aber es beschleunigte ruckelfrei und effizient. Die Sitzbank vorn war größer als ihre Couch und ebenso gemütlich. Harry hatte das Town Car vor ein paar Jahren gekauft, es stammte aus den späten Neunzigern, und er hatte geprahlt, dass die Mädels auf so ein Auto stehen würden. Kat hatte da ihre Zweifel. Es gab keine Sexbomben in Harrys Alter, die mit ihren

Rollatoren hinter seinem Auto herjagten. In White Rock aber, wo die Senioren zu Hause waren, würde der Lincoln gar nicht auffallen, falls zu dieser Stunde überhaupt noch jemand wach war.

Sie sang „Beyond the Sea“ von Bobby Darin mit, das auf einem Oldie-Sender lief, und vergaß für einen Moment die ernsthafte Aufgabe, die sie sich vorgenommen hatte. Regen tropfte auf die Windschutzscheibe, während sie Richtung Süden fuhr, immer dem kalten, gelben Schein der Natriumlampen vom Highway nach.

Ein paar Minuten später kehrten ihre Gedanken zu Liberty zurück. So viele Fragen gingen ihr durch den Kopf. Wer war Clara de la Cruz, und was wollte sie? Eine andere, fiktive Person namens Susan Sullivan zu spielen und damit zwei Jahre lang durchzukommen war mehr als erstaunlich. Kat schwelgte genüsslich in der Entdeckung, die sie beim Treffen mit Rashida gemacht hatte. Es war genau der Durchbruch, den sie gebraucht hatte, und keinen Augenblick zu früh. Der Lincoln glitt die Ausfahrt herunter, während sie immer noch versuchte, die Puzzleteile zusammenzusetzen.

Clara vertrat Opal Holdings, das Unternehmen, dem das unterschlagene Geld zugeflossen war, aber in ihrer Rolle als Susan Sullivan arbeitete sie auch für Liberty. Konnte das bedeuten, dass sie irgendwie auch in die Morde verwickelt war? Eins war sicher: die Spur des Geldes bewies, dass sie auf jeden Fall mit Paul Bryants Verschwinden zu tun hatte.

Kat parkte ein paar Blocks vom Beachgrove Drive entfernt am Ende einer Sackgasse. Harry hatte ihr seinen Wagen geliehen und keine Fragen gestellt. Das war sehr treuherzig von ihm, wenn man bedachte, dass der letzte Wagen, den sie gelenkt hatte, inzwischen am Grund des Fraser River ruhte. In Harrys Augen gab es keine Verschwörung, sie war einfach nur eine lausig schlechte Fahrerin.

Kat trabte zum Beachgrove Drive herunter. In ihrem schwarzen Trainingsanzug fühlte sie sich wie ein Ninja. Sie konnte hören, wie die Gummisohlen ihrer Laufschuhe sich bei jedem Schritt quietschend vom Asphalt lösten, so leise war es in dieser Umgebung. Sie schaute auf die Uhr. Es war fast drei Uhr morgens. Sie fühlte sich etwas unwohl dabei, sich allein in einer fremden Gegend aufzuhalten, aber noch früher wäre noch riskanter gewesen.

Ihr Plan war einfach. Sie wollte Claras Müll stibitzen und nach Hinweisen durchsuchen. Da ihre geniale Buchhaltungsgabe gerade nichts hergab, musste sie es auf die praktische Art versuchen. Sie konnte es sich nicht leisten, herumzusitzen und abzuwarten, dass etwas passierte.

Sie erreichte die Straßenecke und suchte die Hausnummern ab. Die Adresse gehörte zu einem marineblauen Haus im Nostalgiestil, vier Häuser von der Ecke entfernt. Ein rundes Rauchglasfenster mit einem Muschelmotiv zierte etwas, das wohl den Eingang zur Treppe darstellte. Das Haus war rundum von einer Veranda umgeben, und zwei Adirondack-Stühle standen darauf. Kat vermutete, dass diese nur Zierde waren. Sie konnte sich Clara unmöglich vorstellen, wie sie vor dem Haus saß und einen Plausch mit Passanten hielt.

Die Rückseite des Hauses ging zum Wasser hin. Kat ging den Fußweg zum Strand herunter und hielt dabei Ausschau nach beleuchteten Fenstern in den Häusern. Sie konnte keine sehen. Eine Minute später erreichte sie einen Sandstrand und wandte sich um die Ecke. Sie zählte vier Häuser ab, vom Fußweg aus gerechnet. In der Küche brannte Licht. Sie konnte von ihrem Beobachtungsposten am Strand aus aber niemanden sehen. Sie musste schnell arbeiten, um nicht entdeckt zu werden.

Das Metalltor stand offen, und Kat schob es langsam ganz auf, wobei sie auf jedes Geräusch achtete, das ihre Gegenwart verraten konnte. Vorsichtig schlich sie über das Gras aufs Haus zu. Ihre Befürchtung, Hunde könnten anschlagen und ihre Mission scheitern lassen, erwies sich als unbegründet. So weit, so gut. Hoffentlich stand Susans Mülltonne hinter dem Haus.

Plötzlich war der Hinterhof in Licht getaucht. Sie tauchte zur Seite weg und versuchte, in den Schatten der Zedernhecke unsichtbar zu werden. Sie hielt den Atem an und wartete darauf, entdeckt zu werden. Sekunden verrannen, aber niemand kam heraus, um nachzusehen. Sie musste einen Bewegungsmelder ausgelöst haben.

Neben dem Haus erspähte sie zwei metallene Mülleimer. Leider hatte eine Familie aus drei Waschbären diese ebenfalls entdeckt und versuchte eifrig, den Deckel des einen zu öffnen. Sie wagte sich näher heran. Jetzt waren es nur noch drei Meter.

Der größte der Waschbären sprang vor und fauchte sie mit entblößten Zähnen an. Tollwut oder nicht, sie brauchte diesen Müll. Sie machte einen Schritt vorwärts und betete, nicht gebissen zu werden. Sie war größer als der kleine Räuber und baute sich entschlossen vor ihm auf. Kat fauchte zurück und schwenkte die Arme. Der Waschbär zuckte nicht einmal. Er hielt ihrem Blick stand und spuckte sie herausfordernd an.

Plötzlich krachte ein Metalldeckel scheppernd auf den Boden. Die anderen beiden Waschbären hatten den Mülleimer aufbekommen. Erfinderische kleine Viecher. Kein Wunder, dass es keine mageren Waschbären gab.

Eine weibliche Stimme drang vom Balkon aus durch die Dunkelheit.

„Wer ist da?"

Kat war still. Die Waschbären ebenso. Es war wie eine Pause im Kino. Nur dass es kein Popcorn gab. Eine Frauenstimme unterbrach die Pause.

„Liebling? Da draußen ist jemand."

Liebling? Clara hatte, in ihrer Rolle als Susan, nie einen Lebensgefährten erwähnt. Kat war einfach davon ausgegangen, dass ein Workaholic wie sie selbst allein lebte. Sie hatte keinen Freund, keine Kinder, nicht einmal nennenswerte Freunde.

Die Tür öffnete sich und Kat hörte von oben schwere Schritte. Sie musste schnell sein. Der Waschbär hielt seinen Blick immer noch fest auf sie gerichtet. Er und sein Clan bewachten die Mülleimer, obwohl sie ihn bedrohlich überragte. Kat warf einen Blick nach oben. Ein Mann blickte über den Rand des Balkons. Sein Gesicht war in der Dunkelheit nicht erkennbar.

„Hey! Was ist da unten los?"

Sie hatte keine Zeit zu verlieren. Sie ging auf die Waschbären los und packte den Beutel, der im offenen Mülleimer lag. Die Waschbären stoben auseinander, aber nicht ohne dass der größere ihr noch seine Klaue ins Bein grub. Die Klaue drang durch ihre Trainingshose. Sie zuckte vor Schmerz zusammen. Dieser Müll war hoffentlich eine Tetanusspritze wert.

Sie wandte sich um und begann zu laufen, gerade als der Mann die Treppe herunterkam. Halb trug, halb schleifte sie den Müllbeutel über den Rasen. Der Mann rannte diagonal auf sie zu und versuchte, ihr den Weg zum Gartentor abzuschneiden.

„Stehenbleiben! Was zum Teufel machen Sie da?"

Kat drehte sich um. Im Licht des Bewegungsmelders sah sie einen großen, untersetzten Mann, der auf sie zusprang. Er war vielleicht noch sechs Meter entfernt. Sie hätte sich nicht gewundert, wenn die angriffslustigen Waschbären ebenfalls hinter ihr her gewesen wären.

„Was zum …? Hey! Lassen Sie das liegen!"

Kats Herz raste, als sie das Gartentor erreichte. Sie hätte schwören können, dass sie es offengelassen hatte, aber jetzt war es geschlossen. Sie fluchte, während sie mit der Klinke herumfummelte. Sie klemmte. Das Keuchen des Mannes hinter ihr wurde lauter. Sie drehte sich um und sah ihn herannahen, kaum noch drei Meter entfernt.

Panisch schlug sie auf die Klinke, und endlich gab diese nach. Das Tor ging auf, gleichzeitig packte der Mann sie an ihrem Jackenkragen. Sie schrie auf und riss sich die Jacke herunter, während sie durch das Tor hetzte.

Draußen landete sie auf Sand und versuchte zu laufen, aber ihre Füße sanken bei jedem Schritt tief ein. Ihre Finger spürten einen Riss in dem Plastikbeutel. Sie spürte, dass etwas Spitzes herausragte und bei jedem Schritt gegen ihren rechten Schenkel drückte. Der Müllbeutel war für diese Art Behandlung nicht gemacht. Sie rannte durch den Sand, so schnell sie konnte, und hoffte, dass der Müllbeutel bis zum Auto noch halten würde.

Kat erreichte die Ecke und horchte nach dem Mann hinter ihr. Keine Schritte, kein Keuchen. Sie wagte noch nicht, langsamer zu werden. Noch zwanzig Meter, dann würde sie den Pfad erreichen, der zur Straße zurückführte. Sie rannte so schnell, wie sie es mit dem Müllbeutel wagte, den sie gleichzeitig an sich drückte, um ihn möglichst wenig zu belasten. Als sie um die Ecke bog, war endlich der

Lincoln zu sehen. Zumindest hatte ihr Marathontraining ausgereicht, den geheimnisvollen Mann abzuhängen.

Sie warf den Beutel in den Kofferraum und ließ den Motor an. Die Straße war immer noch leer. Niemand war ihr gefolgt. Doch erst, als sie die Auffahrt zum Highway erreichte, genehmigte sie sich ein erleichtertes Aufatmen. Frank Sinatra wurde im Radio gespielt, sie beschleunigte und fädelte sich auf dem Highway ein.

Aus dem hinteren Teil des Wagens drang ein modriger Geruch. Überreifes Obst. Sie war unentschlossen, ob sie die Fenster öffnen sollte. Draußen war es kalt. Aber der Gestank war überwältigend, also ließ sie die Fenster herunter und drehte die Heizung auf. Harry würde durchdrehen, wenn er erfuhr, dass sein Auto zum Transport illegal erworbenen, stinkigen Mülls benutzt worden war. Vielleicht hatten die Waschbären noch Glück gehabt, dass ihnen diese Ladung entgangen war.

Wieder dachte sie an den Mann in Claras Haus. Er kam ihr merkwürdig bekannt vor, selbst im Dunkeln. Wo hatte sie ihn schon einmal gesehen?

KAPITEL 31

Kat saß im Schneidersitz in einem Kreis voller Müll. Die Haufen waren ordentlich nach Sorten geordnet. Sie fühlte sich wie eine obdachlose Martha Stewart auf Tauchstation in einem Müllcontainer. Der Haufen rechts bestand aus organischen Materialien, links auf neun Uhr lag das Plastik, hinter ihr die Metalle. Vor ihr lag jede Menge Papier, das sie nun vorsichtig auseinanderzog. Es würde noch Stunden dauern, bis das Papier trocken genug war, um es zu entfalten und weiter durchzugehen. Vor dem Empfangstresen hatte sie eine improvisierte Wäscheleine aus Bindfaden aufgespannt. Es sah aus wie die Weihnachtsdekoration eines Landstreichers, obwohl Leute ohne festen Wohnsitz wahrscheinlich keine Weihnachtskarten bekamen.

Dann kam Harry herein. Er blieb abrupt stehen, und die Kinnlade fiel ihm herunter. Ein paar Sekunden lang war er sprachlos, dann fasste er sich wieder.

„Was zum Kuckuck ist denn hier los?"

„Nicht viel, Onkel Harry. Nur ein bisschen Recycling."

„Seit wann interessierst du dich für die Umwelt?"

„Seit wann kommst du schon um sechs Uhr morgens ins Büro?"

„Versuch nicht, das Thema zu wechseln, Kat. Was soll das mit diesem ganzen Müll?"

„Ich war schon immer eine Grüne. Aber jetzt komme ich erst richtig in Fahrt."

Harry hob eine leere Plastikflasche auf und drehte sie um, um das Etikett zu lesen. Er musterte Kat verwirrt.

„Moment mal. Das hier ist Weichspüler. Du benutzt den gar nicht, weil du dagegen allergisch bist. Was geht hier vor?"

„Ich habe vielleicht ein paar Sachen aufgelesen, die irgendwo rumlagen. Ich versuche nur, meinen Teil für die Umwelt zu tun."

„Bist du übergeschnappt?" Harry blickte sich im Raum um. „Du bist so pleite, dass du jetzt schon containern musst? Warum hast du nicht einfach etwas gesagt?"

„Onkel Harry, es ist nicht so, wie es aussieht."

„Du musst dich nicht so demütigen, Kat. Warum bittest du nicht einfach um Hilfe? Du bist jederzeit gern zum Essen willkommen, und wenn es um Geld geht, nun ja, ich kann dir aushelfen, bis es wieder besser läuft."

„Du verstehst nicht. Das hier ist der Müll von Susan Sullivan. Ich gehe ihn durch, weil ich etwas finden muss."

Harry warf ihr einen skeptischen Blick zu.

„Mir egal, wessen Müll das ist. Ich hätte es nie für möglich gehalten, dass meine Nichte im Müll wühlen muss. Der Herrgott weiß, dass wir dir alles gegeben haben, was wir konnten. Was ist bloß mit dir passiert?"

„Entspann dich, Onkel Harry. Die Leute hinterlassen eine Menge interessante Hinweise in ihrem Müll. Und ich bin verzweifelt genug, um zu extremen Maßnahmen zu greifen. Ich muss etwas Dreck über Susan finden. Wortwörtlich."

„Das ist doch lächerlich. Gib mir diesen Beutel da, sofort. Ich werfe ihn weg. Wir gehen zu Safeway und kaufen ein paar Sachen für dich ein. Du bist an einem neuen Tiefpunkt angelangt, Kat. Ich kann es nicht fassen."

„Beruhige dich. Wie gesagt, das hier ist der Müll von Susan Sullivan. Nur dass sie gar nicht Susan Sullivan ist. Sie gibt sich als Susan aus, in Wirklichkeit ist sie Clara de la Cruz." Kat informierte ihren Onkel über Susans zweifache Identität.

„Ist mir vollkommen egal, ob sie nun Susan, Clara oder der Papst ist. Müll bleibt Müll."

„Verstehst du nicht? Susan, Clara, oder wer immer sie auch ist, ist in das Fiasko mit Liberty und Opal verwickelt, und ich werde herausfinden, wie."

„Indem du ihren Müll durchwühlst? Das ist widerlich."

„Etwas anderes habe ich nicht. Ich hoffe, dass sie etwas weggeworfen hat, das mir einen Hinweis gibt. Etwas, das uns dabei hilft, denjenigen zu schnappen, der das Geld gestohlen hat."

Harry schien das zu durchdenken. So ekelhaft es auch war, wenn es den Fall lösen half, dann würden die Liberty-Aktien vielleicht wieder steigen.

„Na schön. Hast du noch ein Paar Handschuhe?"

„Hier. Ich habe ein System, Onkel Harry. Organische Stoffe kommen hierher. Papiere werden vorsichtig auseinandergezogen und zum Trocknen ausgelegt." Kat machte eine raumgreifende Geste mit ihrem Arm. „Alles, was nicht auf diese Haufen gehört, kommt da drüben in die Ecke. Um dieses Zeug kümmern wir uns später."

Kat drehte sich zur Glaswand um, als sie hörte, wie die Fahrstuhltür aufging.

Es war der Innenausstatter von der anderen Seite des Flurs. Er trat aus dem Fahrstuhl und bedachte Kat mit einem kaum verhohlenen spöttischen Grinsen, dann griff er nach seinem Mobiltelefon und tippte wie verrückt darauf herum. Zweifellos sagte er seine Vormittagstermine ab, damit seine Kunden die Irren von gegenüber mit den Latexhandschuhen nicht zu sehen bekamen. Oder er rief zum zweiten Mal in dieser Woche den Hausverwalter an. Nicht, dass es noch darauf ankam. Wegen ihrer Mietrückstände waren ihre Tage in diesem Gebäude ohnehin gezählt.

Kat wusste, dass es kein schöner Anblick war. Müll in unterschiedlichen Stadien der Verwesung bedeckte den Fußboden und jede ebene Fläche im Empfangsbereich. Sie wandte ihre Aufmerksamkeit wieder

Harry zu, der ein Cordhemd aufgehoben hatte und es interessiert betrachtete.

„Sieh dir das an! So eine Verschwendung! Das Hemd ist völlig in Ordnung und landet im Müll." Er sah sich das Etikett am Kragen an.

„Hey, teuer ist es auch noch. Sie hätten es wenigstens in die Altkleidersammlung geben können."

„Igitt. Das ist eklig. Leg es zurück."

„Einmal waschen, dann ist es wie neu. Und es ist sogar in meiner Größe." Harry hielt sich das abstoßende Hemd vor die Brust.

„Gerade hast du dich noch beschwert, dass ich in Müllcontainern wühle. Und was tust du jetzt?"

„Ja, schon gut, ich lege es zurück. Aber auf der Müllkippe nimmt es nur Platz weg."

Plötzlich durchfuhr es sie.

„Warte – nicht wegwerfen!"

„Aber eben sollte ich noch."

Blitzartig wurde ihr klar, wem das Hemd gehörte. Es gehörte dem Mann, der sie von Susans Haus aus verfolgt hatte. Sie erinnerte sich jetzt, wo sie ihn schon einmal gesehen hatte.

Der Mann war Paul Bryant.

KAPITEL 32

„Widersprich mir nicht. Verschwinde jetzt von da."

Claras Kehle zog sich zusammen. Wut wallte in ihr auf. Ihr Vater traute ihr nie etwas zu, ganz gleich, wie viel Geld sie schon für ihn gemacht hatte.

Seine Stimme dröhnte durch den Hörer. „Ich hätte dich nie zum CEO von Liberty machen dürfen. Es ist zu riskant."

„Warum? Weil ich eine Frau bin?" Clara packte den Hörer des drahtlosen Telefons fester, während die Stimme ihres Vaters aus tausenden von Kilometern Entfernung zu ihr drang.

„Weil du meine Tochter bist, deshalb. Widersprich mir nicht."

Dadurch, dass sie die Konfliktdiamanten durch Liberty durchschleusten, konnten sie sie wie legale Diamanten zum vollen Marktpreis verkaufen. Aber ihr genialster Schachzug bisher war es gewesen, die Bezahlung als Diebstahl zu tarnen. So konnte die Zahlung an das Ortega-Imperium unentdeckt bleiben und den vorgeschriebenen Meldungen entsprechend der Geldwäschegesetze entgehen. Sie war auf die Idee gekommen, nachdem sie etwas über die Diamantenbranche in Nordkanada gelesen hatte, die noch in den Kinderschuhen steckte. Erst seit weniger als zehn Jahren wurden Diamanten in Kanada geschürft, deshalb gab es noch nicht viele Vergleichsmöglichkeiten, die Verdacht wecken konnten. Alles hatte so gut funktioniert, bis Kat damit angefangen hatte, die falschen Fragen zu stellen.

„Vater, die Abstimmung der Aktionäre ist schon in zwei Tagen. Die ganze Übernahme könnte aus dem Ruder laufen, wenn ich nicht dabei bin."

Clara betrachtete sich im Flurspiegel. Ihr blond gefärbtes Haar war zu einem Knoten hochgebunden, passend zu ihrem formellen, grauen Wollanzug. Für die Rolle als Susan war es perfekt. Sie konnte es kaum erwarten, dieses geschäftliche Outfit loszuwerden und wieder in etwas Attraktiveres zu schlüpfen. Etwas, das sexy aussah, so dass sie sich wieder lebendig fühlen konnte.

Sie ging zum Fenster hinüber und zog den Vorhang zurück. Es war frühmorgens und immer noch dunkel, das Wasser war bewegt und ein Unwetter braute sich draußen zusammen. In Buenos Aires musste es schon Mittag sein, hell und sonnig. Ihr Vater rief sie wahrscheinlich vom Ecktisch seines geliebten Recoleta-Restaurants an, wo immer ein Tisch für ihn reserviert war.

Ursprünglich war vorgesehen gewesen, dass Vicente CEO von Liberty werden sollte, um Nick im Auge zu behalten und dafür zu sorgen, dass er sein Versprechen hielt. Dann fand ihr Vater heraus, dass Vicente einen Geheimfonds hatte, und brachte die große Liebe ihres Lebens um. Sie selbst war nur eine Zweitbesetzung, einfach weil er sonst niemandem trauen konnte.

„Ich habe die Abstimmung in der Tasche, Clara. Es ist für alles gesorgt."

„Aber was, wenn Nick –"

„Ich kümmere mich um Nick. Pack einfach deine Sachen und steig in den nächsten Flug."

„Woher weißt du, dass er nicht seine eigene Suppe kocht?" Clara wusste, dass es besser war, ihrem Vater nicht zu widersprechen, aber Nicks Stimmen wurden gebraucht, damit das Geschäft zustande kam.

„Ich erledige das mit ihm."

Sie wusste, was das bedeutete.

„Na schön. Aber gib mir noch ein paar Tage." Sie brauchte mehr Zeit, um ihre Gewinne aus den Leerverkäufen zu verschieben und für die Zukunft ausgesorgt zu haben. Eine Zukunft, in der ihr Vater nicht mehr vorkam.

„Gut. Aber ich möchte dich gleich nach der Abstimmung hier in Buenos Aires haben."

„Wie soll ich meine plötzliche Abwesenheit erklären?" fragte Clara, während sie in die Küche zurückging.

„Keine Ahnung – erzähl ihnen, du hättest Krebs. Oder Frauenprobleme, und du müsstest dich operieren lassen. Denk dir was aus."

Ihr Vater kontrollierte Regierungen, Kriege, den weltweiten Waffenhandel, aber wenn es um Menschen ging, war er ein Idiot. Wenn sie nicht kooperierten, brachte er sie um. Clara wusste, dass einige Menschen lebendig viel nützlicher waren. Sie konnte die menschliche Natur immer zu ihrem Vorteil ausnutzen.

„Und wo bleibe ich dabei? Gehe ich zu Liberty zurück, wenn die Übernahme abgeschlossen ist?"

„Über deine Zukunft reden wir, wenn es vorbei ist."

Was so viel bedeutete wie, dass sie keine Zukunft hatte. Jedenfalls nicht im Ortega-Imperium.

Clara beendete das Gespräch. Sie schäumte. Sie warf das Telefon quer durch die Küche und sah zu, wie es gegen die Kaffeekanne knallte. Die Glaskanne brach in Stücke, aber das Telefon blieb ganz und fiel zu Boden. Über den Küchentresen und den Boden verteilten sich Glassplitter.

Sie warf einen Blick auf die Lalique-Vase aus den vierziger Jahren, ein Geschenk, das sie von ihm zum Abschluss bekommen hatte. Sie hatte sie ganz von Argentinien hierhergebracht, aber jetzt erinnerte sie sie nur daran, wie sehr er sie kontrollierte. Sie hob sie auf und schleuderte sie gegen die Mikrowelle. Auf der Mikrowellentür erschien ein langer Riss, und die Vase zerbrach ebenfalls in ein Dutzend Stücke.

Immer unter der Fuchtel ihres Vaters. Gouvernanten, Internate, und immer ein wachsames Auge von irgendjemandem, der als Babysitter für sie eingeteilt war. Bei Liberty hatte sie erstmals relative Freiheit kosten dürfen, und das in ihren Dreißigern. Sie wollte nicht mehr zurück.

An ihre Mutter hatte sie nur verschwommene Erinnerungen, denn diese war auf einem der zahlreichen Ortega-Anwesen von einem Balkon gefallen. Clara war damals erst vier gewesen, aber eines wusste sie bereits ganz sicher. Die offizielle Version solcher Ereignisse war stets eine Lüge. Ihr Vater war für den Tod der einzigen beiden Menschen verantwortlich, die ihr je im Leben etwas bedeutet hatten.

„Was soll der Lärm?" Paul schlurfte in die Küche und blieb stehen, als er die Scherben auf dem Boden bemerkte.

Clara war so wütend auf ihren Vater gewesen, dass sie ganz vergessen hatte, dass er im Nebenzimmer war.

„Nichts. Ein Unfall."

„Du bist sauer." Er nahm sie in die Arme und strich ihr über die Wange. „Was hat er zu dir gesagt?"

„Er möchte, dass ich vor der Abstimmung verschwinde. Er behandelt mich wie ein Kind."

„Du hast ihn hingehalten?"

Sie nickte und ließ ihren Kopf auf seine Brust fallen. Clara hatte die fünf Milliarden eine Zeit lang selbst verwendet, bevor sie sich auf den Weg zu Ortegas Organisationen machten. Vor der Überweisung hatte sie sie durch die Leerverkäufe von Liberty-Aktien verzehnfacht. Sie war reicher als jeder Mann oder jede Frau auf der Forbes-Liste, aber das würde nie jemand erfahren, besonders ihr Vater nicht.

„Gut. Wenn du jetzt verschwindest, wird das nur Verdacht erregen."

Clara seufzte, während sie auf das Chaos blickte, das sie vor wenigen Augenblicken selbst angerichtet hatte. Aufräumen konnte sie später. Jetzt brauchte sie einen frühen Start bei Liberty. Es wurde Zeit für ihre Exit-Strategie.

Clara war drauf und dran, sich dem mächtigsten Mann von Buenos Aires zu widersetzen. Niemand tat das und überlebte, nicht einmal seine Tochter. Doch sie erinnerte sich daran, dass sie hier kein neues Leben mit Vicente anfing, sondern nur die Reste ihres eigenen Lebens zusammenkehrte. Ihr Vater würde den Tag bereuen, an dem er ihren Ehemann getötet hatte.

KAPITEL 33

Ein weißer Fleck auf dem Eichenboden fiel Kat ins Auge, als sie ihre Bürotür öffnete. Ein persönlich eingeworfener Brief bedeutete nie etwas Gutes. Vielleicht war es ein Fehler gewesen, zum Mittagessen zu gehen. Nein, sie musste etwas essen, und sie hatte auch eine Belohnung verdient, nachdem sie den ganzen Morgen in Claras Müll gewühlt hatte. Sie hatte sich ein Essen im Athena gegönnt, dem neuen griechischen Restaurant am Ende des Blocks. Egal, was der Umschlag zu bedeuten hatte, zumindest eine Stunde heute war gut gewesen.

Kat beugte sich herunter und hob ihn auf. Er war mit der Maschine beschriftet und an Carter & Associates adressiert, ohne Absender. Sie strich mit dem Daumen über den Umschlag, um festzustellen, ob sie den Inhalt erraten konnte, aber das Papier war zu dick. Je länger sie mit dem Öffnen wartete, desto länger konnte sie den Inhalt ignorieren, die letzte Mahnung, die überfällige Rechnung oder irgendein anderer Aspekt ihres finanziellen Zusammenbruchs. Es war verlockend, aber früher oder später würde sie ihn öffnen müssen.

Sie atmete tief durch und riss den Umschlag auf. Es war noch schlimmer, als sie befürchtet hat: Carter & Associates wurden die

Räume offiziell gekündigt. Sie hatte ihre Mietzahlung einmal zu oft versäumt.

Kat ließ geschlagen die Schultern sinken, schlurfte zur Couch und setzte sich. Wie hatte sie es fertiggebracht, in weniger als einem Jahr von einem sechsstelligen Gehalt und üppigen Boni zu sechsstelligen Schulden zu kommen? Entlassen zu werden war das eine, aber ein eigenes Büro aufmachen? Ein neuer Job mit weniger Gehalt bei einer weniger bedeutenden Firma hätte wenigstens für weniger Schulden gesorgt. Auf der Liste aller Dummheiten, die sie im Leben gemacht hatte, stand die Eröffnung ihres eigenen Wirtschaftsermittlungsbüros ganz oben.

Nun, da sie von Liberty gefeuert worden war, würde es noch schwieriger werden, neue Klienten anzulocken, und ohne Büro würde sie wie eine Amateurin wirken. Sie hätte in diesem Moment alles gegeben, um das letzte Jahr ihres Lebens einfach zu streichen und in ihren alten Job zurückkehren zu können, auch wenn dieser langweilig war. Immerhin hätte sie dann etwas auf dem Konto und gewisse Zukunftsaussichten. Nick hatte recht, was sie betraf: Sie war nur ein kleiner Krauter. Sie musste erst aus ihren Büroräumen fliegen, um das zu begreifen.

Als das Telefon plötzlich klingelte, schreckte sie auf. Das war schon länger nicht mehr passiert. Es war Cindy.

„Kat, ich habe die Ergebnisse von den Diamanten. Rate mal!"

„Ich will nicht raten. Sag's mir einfach."

„Okay, du Trauerkloß. Die Diamanten sind nicht aus Mystic Lake."

Kat lehnte sich auf der Couch nach vorn. Es würde ihre gegenwärtige Situation nicht verbessern, aber zumindest durfte sie sich im Recht fühlen.

„Ich wusste es. Und, hättest du mir nicht gleich glauben sollen?"

„Schon gut, Kat. Ich geb's zu. Du hattest recht. Aber da ist noch etwas, auf das du nicht gekommen bist. Die getesteten Diamanten sind tatsächlich aus drei verschiedenen Minen. Zwei davon sind in der Demokratischen Republik Kongo, die dritte in der Elfenbeinküste. Beide Länder sind Hotspots für Konfliktdiamanten."

„Drei verschiedene Minen, das stützt meine Theorie nur noch

mehr. Wer auch immer dahinter steckt, er geht in großem Stil vor. Und er hat leichten Zugang zu Diamanten aus mehreren Minen."

„Hast du irgendeine Vorstellung davon, wer das sein könnte?" fragte Cindy. „Nicht viele Leute könnten so ein Ding drehen. Man braucht auf jeden Fall hervorragende Verbindungen zum Schwarzmarkt."

„Ich habe ein paar Anhaltspunkte, aber bisher nichts Definitives." Kat konnte ihre Erkenntnisse über Clara, die Mafiaprinzessin, noch nicht weitergeben. Wenn sie es tat, würde Cindy es für zu gefährlich halten, dass Kat sich mit dem organisierten Verbrechen befasste, und darauf bestehen, dass sie aufhörte. Aber es gab etwas, bei dem Cindy helfen konnte. Kat musste vorher nur sichergehen, dass sie ihren Teil erledigt hatte, bevor Cindy ihre Antwort bekam und über die Clara-Verbindung aufgeklärt wurde.

„Es gibt da etwas, bei dem du mir helfen könntest: du könntest herausfinden, wo diese Minen ihre Erzeugnisse verkaufen. Da wir sie bei Liberty gefunden haben, nehme ich an, dass sie illegal gehandelt werden."

„Das kann ich machen. Ich telefoniere ein bisschen herum. Wann brauchst du das?"

„Gestern – oder so bald wie möglich." Cindy wusste noch nicht, dass Kat von Liberty gefeuert worden war. Sie würde es ihr schon noch sagen, aber jetzt war nicht der richtige Zeitpunkt dafür.

„Das wird schwierig. Da gibt es viele Spuren zu verfolgen. Viele der Diamanten aus Afrika kommen von kleinen Anbietern, individuellen Schürfern. Sie verdienen sich mühsam ihren Lebensunterhalt damit, indem sie ihre Funde an Mittelsmänner verkaufen, die ihnen nur einen Bruchteil des Wertes zahlen. Und diese Produkte kommen zur Tagesproduktion der Minen dazu."

„Du meinst, es sind nicht nur die Minen selbst, die ihre Fördermengen verkaufen, sondern auch Einzelpersonen?"

„Ganz recht. Einige dieser Schürfer bezahlen die Mine für das Recht, dort nachts graben zu dürfen. Andere brechen einfach ein. Und die Mittelsmänner können die Steine von praktisch jedem gekauft haben."

Wieder eine Sackgasse. Warum konnte nichts im Liberty-Fall einmal einfach sein?

„Was wir wissen müssen ist, an wen diese Mittelsmänner verkaufen. An die Leute wollen wir heran“, sagte Kat.

„Ich weiß, aber um sie zu finden, müssen wir an der Quelle anfangen. Die sollte uns zu den Käufern führen. Normalerweise sind das Drogenschmuggler, organisiertes Verbrechen oder andere, die nach einer Möglichkeit suchen, ihr Geld zu waschen.“

„Hat die RCMP keine Liste dieser Leute?“

„So einfach ist das nicht, Kat. Wenn sie nie geschnappt wurden, kennen wir sie auch nicht. Und Kriminelle ändern gern ihre Vorgehensweise. Aber auf der anderen Seite geht es hier ums ganz große Geld, und wahrscheinlich gibt es dafür viel zu organisieren. Deshalb ist es unwahrscheinlich, dass sie eine einmal funktionierende Arbeitsweise schnell ändern.“

„Ich nehme an, dass die Diamanten bei dieser ganzen Heimlichtuerei nicht nach dem Kimberly-Verfahren zertifiziert werden. Wie können sie sie aber ohne Kimberly-Zertifikat verkaufen?“ Ohne die richtigen Papiere sollten Diamanten eigentlich nicht den Besitzer wechseln können. Die Idee war es ja zu verhindern, dass Rebellen mit den Gewinnen aus Diamantengeschäften Regierungen stürzen konnten. Zumindest theoretisch.

„Am richtigen Ort geht das. Wenn du in Dubai die richtigen Leute kennst, zum Beispiel. Wenn der Preis stimmt, wird irgendjemand sie nehmen, ob zertifiziert oder nicht. Eine große Nummer im Drogengeschäft, die Milliarden von Dollars zu waschen hat, würde sie nehmen. Und bei manchen Terroristengruppen im Nahen Osten sind Diamanten ein beliebtes Zahlungsmittel.“

Cindy hielt inne.

„Kat, ich verstehe immer noch nicht, wie die Diamanten zu Liberty kommen. Wäre es nicht schwierig, so große Mengen regelmäßig in die Mine zu schmuggeln? Die Straßen in der Arktis sind im Winter doch zu.“

„Ja, aber man muss sie gar nicht in die Mine bringen. Sie können sie einfach direkt zu den Schleifern bringen, genau wie die echten.

Die Transportpapiere werden gefälscht, so dass es aussieht, als wären sie aus der Mystic-Lake-Mine von Liberty. In Wirklichkeit können sie von überall her stammen."

„Na schön, das kann ich mir vorstellen. Aber Liberty muss diese Diamanten doch irgendwoher kaufen, stimmt's? Würden die Kosten für die Diamanten die zusätzlichen Gewinne nicht zunichtemachen?"

„Du hast recht. Jemand muss sie gekauft haben. Und das hat mich anfangs auch verwirrt. Die Produktion wurde definitiv manipuliert. Das kann ich beweisen. Aber ich konnte keine Zahlungstransaktion finden. Und ich bin auch überzeugt, dass niemand die Diamanten kostenlos an Liberty abgeben würde."

„Über wie viele Diamanten reden wir hier, Kat?"

„Tja, da wird es interessant. Das Ganze läuft schon mindestens ein paar Jahre. Ich bin sicher, dass Bryants fünf Milliarden als Zahlung dafür gedacht waren, jedenfalls zum Teil."

Cindy stieß einen leisen Pfiff aus.

„Damit kann man eine Menge Diamanten kaufen. Wann hat es aufgehört?"

„Es läuft immer noch, Cindy."

„Glaubst du, dass Bryant reingelegt wurde?"

„Kann sein, aber ich bin nicht sicher." Kat konnte Cindy nicht sagen, dass Bryant gestern Nacht bei Clara gewesen war.

„Gut, wenn er reingelegt wurde, dann ändert das alles. Bryant ist möglicherweise ein Vermisstenfall und kein Dieb. Was hat der Liberty-Vorstand gesagt, als du deine Befürchtungen genannt hast?"

Keine Antwort.

„Kat? Du hast ihnen nichts davon gesagt?"

„Ich kann nicht. Nicht, solange ich nicht mehr Beweise habe. Es ist zu riskant. Momentan könnte jeder, dem ich etwas sage, selbst mit dem Schwindel zu tun haben. Wie soll ich wissen, wem ich vertrauen kann? Ich brauche die Informationen über die Mittelsmänner."

„Ich werde ein bisschen herumwühlen. Es hört sich nach einer internationalen kriminellen Verbindung an, was du da hast. Bist du sicher, dass du sonst keine Hinweise mehr hast? Wenn ich mehr Material hätte, könnte ich vielleicht ein paar Namen ausgraben."

Kat erwog, Claras Identität zu verraten, entschied sich dann aber dagegen. Es würde die Sache zwar beschleunigen. Aber sie hatte das Geld noch nicht, und wenn die Polizei zu schnell zuschlug, konnten die Chancen, es je zurückzuholen, ernsthaft darunter leiden. Ein paar Tastendrücke, ein Telefongespräch, und es konnte für immer verloren sein. Sie nahm sich die Zahlen auf dem soßenverschmierten Papier aus Susans Müll vor. Wenn sie das Geld erst hatte, dann würde sie kooperieren.

KAPITEL 34

ie Zahlen auf dem Zettel aus Claras Müll waren in drei Gruppen angeordnet. In der ersten stand:

$23.4B
13434589TQ
41445
119846768
784119888718
642389

DIE ANDEREN ZAHLENGRUPPEN WAREN ÄHNLICH, nur ohne Buchstaben. Waren es Nummern von Bankkonten? Stand das „B“ für „Milliarde“? Eine astronomische Summe. Kat rechnete kurz nach. Wenn man die drei Zahlengruppen zusammenzählte, kam man auf fünfzig Milliarden. Sie konnte die Original-Bankkontonummer mit den fehlenden fünf Milliarden in Verbindung bringen. Fünfzig Milliarden, das war ein zehnfacher Gewinn und passte zu Rashidas Bemerkungen. Konnte das hier eine Liste von Claras geplanten Überweisungen sein?

Unfassbar. Aber so gesehen war auch schon der Diebstahl von fünf Milliarden ziemlich ungeheuerlich. Wenn das „B“ tatsächlich für „billion“, also Milliarde, stand, dann waren die 50 Milliarden mehr als das Bruttoinlandsprodukt der meisten Länder der Erde. Wie konnte Clara fünf Milliarden zu fünfzig machen? So viel Geld hatte selbst Liberty nicht.

Jace war vor ein paar Stunden direkt von der Arbeit gekommen und hatte Pizza mitgebracht. Jetzt war es nach neun, und Kat war beim Entziffern der Zahlen noch nicht weitergekommen.

„Wo bist du denn heute Morgen hin?" fragte er. „Ich bin um vier aufgewacht, da warst du schon weg."

„Ich konnte nicht schlafen, deshalb bin ich hierhergekommen." Das war genaugenommen nicht gelogen, schließlich war sie ja irgendwann hergekommen.

„Wo kommt dieses ganze Zeug her? Sieht aus wie Hausmüll."

„Es ist auch Müll. Es stammt aus Susans Papierkorb bei Liberty. Ich habe es abgefangen, bevor sie mich gefeuert haben." Es war zu offensichtlich, dass es sich um Müll handelte. Zumindest klang ein Büropapierkorb besser als eine Hausmülltonne voller Küchenabfälle. Und sie musste nichts von Bryant und den Waschbären erzählen.

„Warum hast du mich nicht geweckt? Oder mir einen Zettel geschrieben? Ich habe dich vermisst."

„Ich wollte dich nicht im Schlaf stören." Sie gewöhnte sich allmählich daran, mit Jace Bett und Körperwärme zu teilen. Aber das brachte alle möglichen weiteren Komplikationen mit sich. Sie musste hinsichtlich der Schlafarrangements etwas unternehmen.

„Ich bin überrascht, dass ich nicht gemerkt habe, dass du weg warst. Zum ersten Mal in einer Woche hatte ich genug Bettdecken." Jace hielt die leere Pizzaschachtel mit einer Hand hoch und studierte die Müllhaufen. „Auf welchen Haufen kommt das hier?"

„Das ist nicht lustig, Jace. Wenn ich den Müll nicht gestohlen hätte, hätte ich diesen Zettel nie gefunden. Bist du für mich oder gegen mich?"

„Ich bin natürlich für dich", sagte Jace und deutete auf einen der Haufen. „Clara isst offensichtlich viel aus der Dose."

Kat ging zu ihrem Laptop am Empfangstresen. In der Hand hielt sie den Zettel mit den Kaffeeflecken.

„Wenn das hier Claras Banküberweisungen sind, beweist es, dass sie kriminell ist. Wenn ich es knacken kann, kann ich die Porter-Übernahme aufhalten und vielleicht sogar das Geld zurückholen."

„Aber die Abstimmung ist schon morgen Vormittag um elf", sagte Jace. „Und alle Banken haben zu."

„Ich weiß. Wenn ich nur wüsste, welche hiervon für das Opal-Konto bei Bancroft Richardson ist."

„Kannst du nicht einfach morgen früh Rashida anrufen und sie fragen?"

„Nein, das wird sie mir nicht sagen. Sie meinte, sie hätte mir sowieso schon zu viele vertrauliche Informationen gegeben." Aber Kat fiel etwas ein.

„Harry hat doch ein Konto bei Bancroft Richardson. Wenn ich seine Kontonummer hätte, könnte ich sie vergleichen und feststellen, ob der Aufbau ähnlich ist. Wahrscheinlich hat sie die gleiche Ziffernkombination wie Claras." Onkel Harry war an diesem Nachmittag nach Saskatoon gefahren, um an einem Curling-Turnier teilzunehmen.

„Macht Harry seine Bankgeschäfte nicht online hier vom Büro aus? Hast du vielleicht seine Kontonummer aufgeschrieben, als du mit Rashida gesprochen hast?" Jace verzog die Stirn in Grübelfalten.

„Nein, aber wenn Harry seine Kontoauszüge vor Elsie versteckt, heftet er sie vielleicht hier irgendwo ab." Kat durchsuchte die Schubladen des Empfangstresens. Nichts.

„Wo würde er so etwas aufbewahren?"

„Vielleicht im Aktenschrank?" Kat zog die oberste Schublade auf und suchte unter „B" wie Bancroft Richardson. Nichts. Unter „I" wie Investitionen wurde sie auch nicht fündig. Kat zog abschnittsweise Akten aus dem Schrank heraus und versuchte, sich an Harrys Ablageregeln zu erinnern.

„Wie wäre es mit M für Money?" schlug Jace vor.

„Einen Versuch ist es wert." Kat schob die obere Schublade zu und nahm sich die darunter vor. Sie zog einen Aktenordner mit dem Titel „M-BR" hervor. Ein halbes Dutzend Bancroft-Richardson-Kontoauszüge fielen heraus. Als sie sie aufhob, fiel ihr die Kontonummer ins Auge: 15782631RQ.

„Das passt zu der Buchstaben-Zahlenkombination in der ersten Zahlengruppe von Claras Zettel."

„Also ist es anscheinend ein Bancroft-Richardson-Konto. Jetzt müssen wir nur noch Claras Kennwort ausknobeln."

„Vielleicht steht das Kennwort ja auch auf dem Zettel."

„Das bezweifle ich. So unvorsichtig ist sie nicht. Aber wenn ich aus Harrys Konto den Aufbau des Kennworts dafür herausfinden kann, kann ich vielleicht erraten, was Clara benutzt. Wenn ich mich in das Opal-Konto einhacken kann, kann ich die Transaktionen auf dem Konto mit Claras Zettel abgleichen." Das würde beweisen, dass Clara plante, das Guthaben auf ihre eigenen Konten zu verschieben.

„Harry würde sein Kennwort doch nicht hier aufheben. Er würde es sich einprägen."

„Da kennst du meinen Onkel Harry schlecht, Jace. Er kann sich nichts merken, was er sich nicht aufgeschrieben hat. Es muss hier irgendwo sein." Kat versuchte es unter „P". „Ich glaube, ich hab's."

Sie zog einen Aktenordner mit der Beschriftung „PWD" heraus. Darin befand sich nur ein Blatt Papier. Darauf stand HURRYHARD. Ein Begriff aus dem Curling. Welche Überraschung.

„Probieren wir's" schlug Jace vor.

„Ich weiß nicht. Ich habe ein komisches Gefühl dabei, mich in sein Konto einzuhacken."

„Du hast recht. Am besten, wir warten, bis er wieder da ist."

Aber die Aktionärsversammlung, auf der abgestimmt wurde, war schon morgen. Wenn sie Claras Kennwort knacken konnte …

„Ich mach's. Onkel Harry versteht das schon. Ich bitte ihn später um Verzeihung."

Sie ging zu ihrem Schreibtisch zurück und öffnete die Website von Bancroft Richardson. Dann tippte sie die Kontonummer und HURRYHARD ein und wartete.

„Ich bin drin!" Sie beschloss, Harrys Kennwort zu ändern, um zu sehen, welche möglichen Buchstaben- und Zahlenkombinationen erlaubt waren. Sie gab ein neues Kennwort mit ein paar Zahlen ein. Eine Fehlermeldung erschien.

„Da steht, es müssen 6 bis 12 Buchstaben sein. Damit wissen wir, dass das Kennwort nur aus Buchstaben besteht – keine Ziffern. Aber auch damit sind es immer noch sehr viele Möglichkeiten."

„Welches Wort oder welche Wörter würden Clara etwas bedeuten?" Jace setzte sich auf die Kante des Empfangstresens und kaute auf dem letzten Rest der kalten Pizza herum.

„Keine Ahnung. Aber das müssen wir herausfinden, denn wir haben höchstens drei Versuche, danach wird die Anmeldung bestimmt gesperrt. Wir müssen uns sicher sein, bevor wir etwas eingeben."

Sie setzte sich wieder auf den Boden, neben den Papierstapel, und begann den Inhalt zu durchstöbern.

Da war eine Mobiltelefonrechnung, ein paar gekritzelte Notizen, Seiten aus einem Kalender, und ein leerer Briefumschlag mit unentzifferbarer Handschrift auf der Rückseite.

Jace kam dazu, fischte einen schmutzigen Umschlag aus dem Haufen und öffnete ihn.

„He, lass mal sehen."

Jace reichte ihr den Inhalt. Es war eine Glückwunschkarte, an Clara und Vicente adressiert, auf der ihnen *Feliz Aniversário* gewünscht wurde.

„Clara ist verheiratet?" fragte Kat.

Aber Jace saß bereits an Kats Laptop. Er googelte nach Clara de la Cruz und Vicente.

„Vicente ist ihr Mann. Vicente Sastre. Oder er war es. Er wurde vor zwei Jahren umgebracht. Es ist nie jemand dafür angeklagt worden."

„Vicente, das sind sieben Buchstaben", sagte Kat. „Vielleicht sollten wir das mal probieren."

„Und wenn es nicht stimmt? Warum warten wir nicht ab und sehen, was wir noch finden?"

„Wir können es uns nicht leisten, zu warten. Morgen findet die Abstimmung statt. Außerdem haben wir ein oder zwei Versuche.

Wenn es nicht funktioniert, kein Problem. Nach vierundzwanzig Stunden setzt sich die Sperre zurück." Kat wusste allerdings, dass es für Clara keinen Grund mehr gab zu bleiben, wenn die Abstimmung der Aktionäre in ihrem Sinne verlief.

Sie tippte die Kontonummer oben auf der Seite ein, und als Kennwort „VICENTE".

Falsche Anmeldedaten.

„Probier es nochmal, diesmal nicht nur in Großbuchstaben."

„Aber wie? Alles in Kleinbuchstaben, oder mit einem großen V?"

Sie hatte eigentlich nur noch eine Chance, denn wenn es zum dritten Mal schiefging, würde sich die Anmeldeseite komplett sperren.

„Hmmm. Korrekt wäre es mit einem großen V. Aber das machen die meisten Leute nicht. Ich würde es nur mit Kleinbuchstaben probieren."

Das nahm Kat auch an. Sie tippte „vicente" ein und starrte eine Minute darauf.

„Ach, was soll's." Sie drückte die Eingabetaste und hielt den Atem an. Nichts passierte.

Dann erschien die Begrüßungsseite. Sie war drin.

Konto 1343589TQ gehörte Opal Holdings.

KAPITEL 35

„Mensch, bist du gut. Schlau *und* sexy."

Kat lächelte zu Jace zurück.

„Du hast auch geholfen. Mal sehen, was wir da haben." Kat klickte auf „Kontoumsätze" und studierte die Datensätze.

„Sieh dir das an." Sie wies auf die erste Zeile. Es war eine Einzahlung von fünf Milliarden Dollar, vor zwei Wochen durchgeführt. Allein ihre schiere Größe würde Aufmerksamkeit erregen: Rashida und überhaupt jeder bei Bancroft Richardson hätten darüber reden müssen.

„Warum war sie nicht sofort verdächtig? Jemand zahlt fünf Milliarden auf ein Wertpapierkonto bei deiner Firma ein, macht Riesengewinne mit einer Aktie, und du unternimmst gar nichts deswegen?" Jace trat zum Fenster.

„Vielleicht hat sie das nicht. Fragen könnten zu Antworten führen, die sie nicht hätte hören wollen. Antworten, die die Einzahlung gefährden könnten. Eine Einzahlung von fünf Milliarden Dollar bringt Bancroft Richardson eine Menge Gebühren. Besser den Kopf in den Sand stecken und an der Provision und den Transaktionsgebühren verdienen. Außerdem war Rashida nicht für das Konto zuständig. Dieser schmierige Broker Moretti war es. Aber andere hätten es sehen oder mitbekommen müssen. Die Buchhalter und die Banker zum Beispiel."

„Die Einzahlung war nur ein paar Tage nach Bryants Verschwinden mit den fünf Milliarden. Ganz schöner Zufall, findest du nicht?"

„Das kann kein Zufall sein." Kat blätterte weiter nach unten. Das Konto war mit der Überweisung der fünf Milliarden aus dem Libanon eröffnet worden. Anschließend gab es noch eine Reihe weiterer Transaktionen, Geldabgänge und Leerverkäufe von Liberty. Jede einzelne war profitabel. Der Kontostand lag bis vor drei Tagen knapp unter fünfzig Milliarden.

Dann war das Konto durch eine Reihe von Überweisungen wieder auf etwas über fünf Milliarden reduziert worden.

„Gib mir mal diese Liste."

Jace gab sie ihr, und sie verglich die überwiesenen Beträge mit den Zahlen unter der Kontonummer bei Bancroft Richardson.

„Siehst du das hier?" Kat zeigte auf eine Zeile in der Mitte des Bildschirms. „Es passt zu Claras Liste. Es ist eine Überweisung auf eine andere Bank. Sie hat wandernde Konten eingerichtet, um immer einen Schritt voraus zu sein."

„Wandernde Konten? Was ist das denn?"

„Wenn du dein Geld herumschieben willst, so dass dich niemand erwischen kann, richtest du eine Reihe von Konten bei verschiedenen Banken in aller Welt ein. Wenn das Geld das erste Konto erreicht, überweist du es sofort auf ein zweites. Wenn es das zweite erreicht, arrangiert du es so, dass es sofort auf ein drittes Konto geht, und so weiter."

„Du bleibst also jedem, der versucht, dir zu folgen, immer einen Schritt voraus?"

„Ganz genau", sagte Kat. „Sie verwischt ihre Spuren, damit niemand dem Geld folgen kann."

„Verstehe. Wenn du endlich dahintergekommen bist, ist sie schon lange weg."

„Stimmt. Die anderen Zahlen auf der Liste sind andere Wertpapier- oder Bankkonten."

„Wenn wir also annehmen, dass sie dasselbe Kennwort benutzt, wie es die meisten Leute tun, können wir dem Geld folgen, indem wir uns bei ihren anderen Konten anmelden?“

„Hoffentlich. Da gibt es nur ein Problem. Es gibt keine Beschreibung bei den Ausgangsüberweisungen – nur Kontonummern. Damit wird es schwierig herauszufinden, auf welche Bank das Geld gewandert ist. Es gibt Tausende von Möglichkeiten. Es könnte auf den Caymans, Guernsey oder Malta sein, wer weiß?“

Wie konnte sie das eingrenzen? Würde Clara eine argentinische Bank nutzen? Wahrscheinlich nicht, dachte Kat. Sie würde sich eine Steueroase mit einem strengen Bankgeheimnis suchen. Damit blieben immer noch Hunderte von Banken. Sie sah auf die Uhr und stellte überrascht fest, dass es schon halb vier Uhr morgens war. Die Aktionärsversammlung fand in weniger als sechs Stunden statt.

KAPITEL 36

Der Kristallsaal im Waterfront Hotel war üppig ausgestattet, mit schweren Brokatvorhängen und Fenstern mit Panoramablick auf den Hafen. Ein großer Kristallkronleuchter hing von der Deckenkuppel herab und strahlte in alle Richtungen. Für ein Unternehmen, das am Rande des Bankrotts stand, war das ziemlich extravagant, dachte Kat.

Sie ließ den Blick durch den Raum voller Menschen schweifen und hielt Ausschau nach bekannten Gesichtern. Überall waren Aktionäre, die begierig darauf waren, über das Übernahmeangebot von Porter abzustimmen. Einige saßen bereits, andere standen in kleinen Gruppen zusammen und unterhielten sich an den Enden der Stuhlreihen, während sie darauf warteten, dass die außerordentliche Liberty-Aktionärsversammlung eröffnet wurde.

Kat hatte sich Mühe gegeben, sich für diese entscheidende Veranstaltung perfekt zurechtzumachen. Sie hatte sich für einen smaragdgrünen Elie-Tahari-Anzug entschieden, der noch aus Zeiten stammte, als sie gut verdient hatte. Er schmeichelte ihren Augen und betonte ihr braunes Haar, das zu einem Knoten hochgesteckt war. Es war ein gutes Gefühl, sich wieder schick anzuziehen. Gefeuert zu werden, hatte sie in ein modisches Tief gestürzt, und sie war in zerrissenen

Jeans und alten T-Shirts herumgelaufen. Mit Make-up und Lippenstift fühlte sie sich wieder wie eine Erwachsene. Ein Adrenalinstoß durchfuhr sie. Sie fühlte sich, als könnte sie es mit der ganzen Welt aufnehmen. Und das war gut so, denn genau das hatte sie vor.

Nick Racine war vor dem Podium in ein Gespräch mit einer zierlichen, silberhaarigen Frau in einem cremefarbenen Geschäftsanzug vertieft. Sie stand mit dem Rücken zu Kat. Plötzlich blieben Nicks Augen an Kat hängen und er brach das Gespräch ab und ging zur Tür herüber, ohne sie aus den Augen zu lassen.

„Entschuldigen Sie, Kat. Diese Veranstaltung ist nur für Aktionäre bestimmt. Wenn Sie jetzt bitte einfach gehen würden ..."

„Wie bitte, Nick? Ich bin Aktionärin. Wenn Sie mich jetzt entschuldigen würden, ich möchte mir einen Platz weiter vorn sichern. Ich rechne damit, dass dies eine sehr lebhafte Veranstaltung wird." Kat kämpfte gegen ein schadenfrohes Grinsen an. Sie hatte erst in der letzten Woche hundert Aktien gekauft, nur zu dem Zweck, an dieser Veranstaltung teilzunehmen. Eigentlich konnte sie sich diese nicht leisten. Andererseits konnte sie es sich auch nicht leisten, sie nicht zu kaufen. Kat schob sich an Nick vorbei und blickte in den Raum hinein. Er würde sie nicht einschüchtern.

Harry war hier, er war von seinem Curling-Turnier zurück und winkte ihr von seinem Platz in der zweiten Reihe aus zu. Auch er hatte sich schick gemacht. Sein Anzug war wahrscheinlich vor zwanzig Jahren in Mode gewesen, aber die Nadelstreifen ließen ihn aussehen wie einen alten Gangster.

„Ist das nicht spannend? Ich erfahre jetzt alles über meine Firma. Und das alles hier ..." Harry machte eine ausladende Geste mit seinem Arm. „Das gehört alles mir. Jedenfalls zum Teil. Meine Stimme könnte die entscheidende sein."

Das würde sie nicht, aber Kat brachte es nicht übers Herz, ihm das zu sagen. Sie blickte sich im Raum um, während weitere Menschen hineindrängten. Die Veranstaltung würde in fünf Minuten beginnen, doch die eine Person, von der Kat hoffte, dass sie den Unterschied machen würde, war nicht da. Das musste nicht notwendigerweise etwas bedeuten. Audrey Braithwaite musste nicht persönlich kommen. Die Stimmrechte der Aktien der Braithwaite-Familienstiftung würden vermutlich von einem Vertreter wahrgenommen werden, oder sie konnte durch einen Bevollmächtigten abstimmen. Ob sie kam oder nicht, Kat hoffte, dass Audrey gegen die Porter-Übernahme stimmen würde.

„Kat? Du wirkst abgelenkt."

„Tut mir leid, Onkel Harry. Ich versuche jemanden zu finden."

„Ha! Wäre es nicht lustig, wenn dieser Bryant auftauchen würde?"

Aber Kat hört nicht zu. Sie packte ihre Tasche und sprintete fast zur Tür herüber, an der Audrey gerade erschienen war. Jetzt traten ihre schnellen Muskeln in Aktion, ohne Zweifel ein Verdienst ihrer ganzen Trainingsläufe.

„Audrey!" Kat versuchte, ihren Atem zu beruhigen, damit sie nicht keuchte. Als sie näherkam, wurde sie von einer Duftwolke aus Chanel No. 5 umweht.

„Audrey – da ist etwas, was Sie wissen müssen. Liberty wäscht Diamanten für das organisierte Verbrechen. Die Mine bei Mystic Lake? Manipuliert. Alles nur, um den Aktienkurs hochzutreiben."

„Was? Das ist lächerlich! Außerdem sollte ich gar nicht mit Ihnen reden. Als ich Nick von unserem Treffen erzählt habe, sagte er mir, dass Sie gefeuert seien. Sie denken sich das nur aus, um es uns heimzuzahlen. Lügner mag ich gar nicht."

„Ich habe nie gesagt, dass ich noch für Liberty arbeite. Und ich denke mir das nicht aus. Hier in diesem Raum gibt es eine Menge Leute, die schlimmer sind als ich, glauben Sie mir. Kann ich nur eine Minute ihrer Zeit haben? Bitte?"

Audrey blickte sich unsicher im Raum um, ohne Zweifel hielt sie Ausschau nach Nick.

„Na schön, okay. Machen Sie schnell."

Das Feedback vom Mikrofon heulte durch den Raum, als jemand hineinsprach, um den Ton zu testen.

Kat gab Audrey in einer Minute eine Zusammenfassung der manipulierten Produktion, der Manipulation des Aktienkurses durch Opal, der Verbindung zu argentinischen Mafia und wie das alles mit dem Porter-Übernahmeangebot zusammenhing.

„Die Mafia? Sie machen wohl Witze." Audrey wirkte ungläubig. „Kein Wunder, dass Nick Sie gefeuert hat. Jetzt mit verrückten Geschichten anzukommen wird gar nichts ändern."

„Audrey, bitte. Sie müssen mir glauben. Sie benutzen Liberty als Diamantenwaschanlage. Diese Leute sind gefährlich. Sie hatten wahrscheinlich auch etwas mit dem Mord an Ihrem Bruder zu tun."

„Jetzt versuchen Sie nicht wieder, die Alex-Karte zu spielen. Das ist ein ganz plumper Versuch, meinen Bruder in das hier zu verwickeln. Haben Sie keinen Respekt? Ich rede nicht mehr mit Ihnen." Sie setzte zum Gehen an.

„Warten Sie! Es ist die Wahrheit, Audrey." Hatte sie den Mut, es zu sagen? „Ein Insider steckt mit drin."

Audrey sah sich nach jemandem um, der sie retten würde.

„Audrey, Susan Sullivan ist nicht die, für die sie sich ausgibt. Sie ist die Tochter eines argentinischen Mafiabosses. Und sie ist hier, um Sie und Ihre Familie um Ihre Firma zu betrügen."

„Das ist absurd. Hat Ihnen jemand etwas in den Drink getan? Jetzt lassen Sie mich in Ruhe."

Audrey drehte sich auf dem Absatz um.

Kat packte sie an der Schulter.

Audrey starrte Kat in einer Mischung aus Schock und Angst an. Als Kat ihren Griff auf Audrey lockerte, fühlte sie sich wie eine Unberührbare in einer Art verbotener Auseinandersetzung verschiedener Kasten.

„Audrey, Sie dürfen das Angebot nicht annehmen. Susan Sullivan ist eine Hochstaplerin. Ihr echter Name ist Clara de la Cruz Ortega, und sie wird in Südamerika wegen Unterschlagung, Drogenschmuggel und Geldwäsche gesucht. Sie arbeitet für eines der größten organisierten Verbrechersyndikate der Welt. Und Sie sind dabei, ihnen Liberty zu geben."

Kat nahm einen Funken Zögern in Audreys Augen wahr.

„Sie wollen wissen, was mit Alex passiert ist? Ich wette, dass Susan, oder vielmehr Clara, es weiß. Warum fragen Sie sie nicht?"

„Das ist nicht Ihr Ernst."

„Das ist mein voller Ernst. Ihr Vater ist der skrupelloseste Boss des organisierten Verbrechens in Südamerika. Er macht vor nichts Halt. Ihren Bruder und Ken Takahashi zu ermorden, ist für ihn nur ein geschäftlicher Kostenfaktor. Und jetzt stiehlt er Ihnen Liberty. Ist Ihnen das egal?"

„Ich-ich muss gehen." Audrey drehte sich um und marschierte aus dem Raum, während der Sprecher den Beginn der Veranstaltung ankündigte. Kat seufzte enttäuscht auf. Sie hatte nicht erwartet, Audrey auf der Stelle überzeugen zu können, aber zumindest gehofft, die Informationen würden sie zum Nachdenken bringen, ob sie die Aktien der Braithwaite-Familienstiftung einbringen würde. Es wurde Zeit für Plan B.

KAPITEL 37

Kat stand auf und schrie mit der lautesten Stimme, zu der sie fähig war, um die Rede Susan Sullivans an die Aktionäre zu übertönen. Jeder im Raum drehte sich im Sitz um und starrte Kat entgeistert an, während sie sich an das Publikum wandte.

„Betrügerin! Susan Sullivan ist eine Kriminelle. Susan und ihr Mafia-Vater versuchen, Ihnen Liberty vor Ihren Augen wegzunehmen."

Es gab ein Gemurmel in der Menge und jeder versuchte, die Störerin zu erkennen. Ein paar kräftige Wachleute hatten sich bereits vom anderen Ende des Raums auf den Weg gemacht und kamen durch den Gang auf sie zu. Kat machte einen Satz auf das Podium, packte das Mikrofon vor Susan und riss es aus der Halterung. Susan stand sprachlos da und starrte Kat ungläubig mit offenem Mund an.

„Susans wirklicher Name lautet Clara de la Cruz Ortega. Ihr Vater führt die argentinische Mafia an. Er handelt mit Drogen, Waffen und Landminen. Er tötet Menschen. Und er möchte sich unbedingt Liberty unter den Nagel reißen. Das ist der Grund, warum seine Tochter Susan in den letzten zwei Jahren CEO war."

„Schluss jetzt!" Nick Racine marschierte auf das Podium und riss Kat das Mikrofon aus der Hand. „Sie lügt. Was wir hier vor uns haben, ist nur eine frustrierte Beraterin. Sie hat es nicht geschafft, Bryant und das fehlende Geld aufzuspüren, und jetzt zieht sie diese lächerlichen Lügen aus dem Ärmel, um ihre Inkompetenz zu verbergen."

Nick wies mit dem Finger auf die beiden Wachleute, die jetzt an der Seite des Podiums warteten. „Verdammt noch mal, Security! Was ist los mit euch? Schmeißt sie raus, SOFORT!"

Sie kamen auf Kat zu. Einer der Wachleute packte ihren linken Arm und versuchte, sie auf den Gang zu schieben. Nick starrte Kat vom Podium aus zornig an, Susan zappelte neben ihm nervös herum, mied Kats Blick und sagte nichts.

Kat stieß dem Wachmann einen Ellenbogen in die Rippen und wand sich aus seinem Griff. Sie drehte sich zu Nick um.

„Pfeifen Sie diesen Gorilla zurück! Sie wollen der Wahrheit nicht ins Auge sehen, Nick. Warum nicht? Stecken Sie in dieser Verschwörung auch mit drin?"

Nick bedeutete dem Wachmann erneut, Kat wegzubringen. Kat spürte einen Zug am rechten Arm. Es war Harry, und am linken Arm hing wieder der Wachmann. Sie fühlte sich wie eine Stoffpuppe, die kurz davor war, beim Tauziehen zerrissen zu werden.

„Lassen Sie sie los! Sie hat das Recht, hier zu sein. Sie ist Aktionärin. Sie können sie nicht einfach so rauswerfen!"

Nick widersprach. „Sie randaliert. Ordnungswidriges Verhalten ist Grund genug, sie zu entfernen."

„Es gibt einen guten Grund, warum sie so einen Aufstand macht. Man erlaubt ihr nicht zu sprechen. Es geht um etwas, das uns Aktionäre alle angeht. Ich bin Aktionär und ich möchte wissen, was sie zu sagen hat."

Mehrere andere im Publikum standen nun ebenfalls auf und zeigten damit ihre Unterstützung. Das Gemurmel im Raum wurde lauter.

„Hört, hört, lasst die Frau reden."

Bevor Kat noch etwas sagen konnte, erhob sich Audrey in der ersten Reihe und ging auf Nick und das Mikrofon zu.

„Warten Sie mal, Nick. Ich möchte sie auch anhören. Lassen Sie sie wenigstens sagen, was sie zu sagen hat."

Nick wurde rot im Gesicht, sagte aber kein Wort. Er bedachte erst Audrey und dann Kat mit einem zornigen Blick und kehrte dann auf seinen Platz zurück. Die Wachleute lockerten ihren Griff. Audrey ermunterte Kat, wieder nach vorn zu gehen.

„Susan Sullivan ist eine Betrügerin, und das kann ich beweisen." Kat hielt das Bild von Clara hoch. „Hier ist sie. Sie ist auch als Clara de la Cruz Ortega bekannt. Sie und ihr Vater Emilio Ortega Ruiz hoffen darauf, dass Sie dem Übernahmeangebot von Porter Holdings zustimmen.

Und warum? Weil sie Porter Holdings kontrollieren. Sobald Sie mit Ja gestimmt haben, werden diese beiden eine nette kleine Diamantenfirma besitzen, durch die sie alle ihre schmutzigen Diamanten waschen können." Kat bluffte. Sie besaß keine belastbaren Beweise dafür, dass Porter Holdings mit Opal zu tun hatte, aber es war nur eine Frage der Zeit, diese zu bekommen.

Es gab wieder leises Murmeln in der Menge. Ein dünner grauhaariger Mann in einer der hinteren Reihen stand auf.

„Ist das wahr, Ms. Sullivan? Warum sagen Sie nichts dazu?"

„Es ist eine Lüge!" Susan drehte sich zu Kat um. „Ms. Carter, Sie werden von meinen Anwälten hören. Wenn Sie weiter diese haltlosen Behauptungen aufstellen, werde ich Sie wegen Verleumdung verklagen."

Kat zog den Kontoauszug von Opal Holdings hervor, den sie ausgedruckt hatte.

„Sehen Sie das hier? Ihr CEO hat Liberty-Aktien leer verkauft. Ein schöner Vertrauensbeweis, wie? Und sie hat auch ganz schön daran verdient." Kat hielt den Kontoauszug hoch, um das wirken zu lassen. „Hier sind die Beweise."

„Susan? Ist das wahr?" fragte Audrey. „Wenn das stimmt, haben Sie kein Recht, CEO zu sein. Sie sollten sofort zurücktreten."

„Clara, warum reden Sie nicht?" sagte Kat und wandte sich demonstrativ Susan zu. „Haben Sie nichts zu Ihrer Verteidigung zu sagen?"

Susan saß teilnahmslos da und zeigte keine Regung. Sie musterte

Nick und wartete darauf, dass er sie rettete. Kat wandte ihre Aufmerksamkeit ihm zu.

„Und was ist mit Nick Racine? Er hat sie eingestellt. Er ist kein Dummkopf. Sie sollten keinen Moment lang glauben, dass er nicht weiß, wer sie wirklich ist. Clara de la Cruz Ortega. Libertys ganz persönliche Mafiaprinzessin."

In der Menge raunte es, jeder wandte sich zu seinem Nachbarn und sprach drauflos. Kat wartete darauf, dass sich die Dinge etwas beruhigten, bevor sie fortfuhr. Doch bevor sie noch etwas sagen konnte, ergriff Audrey das Mikrofon.

„Ich stelle den Antrag, die Abstimmung über die Porter-Übernahme um zwei Werktage zu verschieben."

„Ich unterstütze den Antrag!" rief Harry und riss den Arm nach oben.

„Ich stelle den Antrag, den CEO zu suspendieren, bis weitere Untersuchungen stattgefunden haben."

„Ich unterstütze den Antrag!" Harry konnte sich kaum noch einkriegen. Aktionärs-Aktivismus war seine neue Berufung.

Kat seufzte vor Erleichterung. Zwei Werktage waren nicht wirklich viel Zeit, aber zumindest hatte sie den ganz großen Diebstahl von Liberty aufschieben können.

Aber jetzt war es ein Rennen gegen die Zeit. Claras Bluff aufzudecken führte zu Fluchtgefahr, und Kat erwartete, dass sie jeden Moment ausriss. Es gab keine Zeit zu verlieren. Kat hatte vielleicht dafür gesorgt, dass die Porter-Übernahme sich verzögerte, aber dafür hatte sie etwas viel Schlimmeres entfesselt. Sie hatte Ortega provoziert, persönlich einzugreifen und sie sich zu schnappen.

KAPITEL 38

„Sie klingen anders als sonst, Ms. de la Cruz."

„Tue ich das? Das ist diese schlimme Erkältung. Ich bin schlecht bei Stimme. Entschuldigen Sie", sagte Kat und räusperte sich.

„Sie sollten nicht reden. Das macht es nur schlimmer", sagte die freundliche Frau von der Bank of Cayman.

Kat hatte gepokert und den Anruf auf kurz vor Feierabend gelegt. Es hatte funktioniert. Statt des persönlichen Bankers von Opal Holdings hatte sie eine jüngere Mitarbeiterin erreicht, jemanden, der ihre Stimme nicht erkennen oder ihre Routineanfrage nach einer kleinen Überweisung auf das Konto infrage stellen würde. Es gab keine solche Überweisung, das war nur eine Ausrede, um die Bank anzurufen und sicherzugehen, dass das Geld noch da war.

„Ja, ich kann bestätigen, dass Ihr Kontostand immer noch der gleiche ist wie gestern. Ist das alles, Ms. de la Cruz?"

„Keine ausstehenden ein- oder ausgehenden Überweisungen, richtig?"

„Das ist richtig."

„Gut. Sie haben mir sehr geholfen."

„Vielen Dank, Ms. de la Cruz. Und kümmern Sie sich um Ihre Erkältung."

Kat dankte ihr und trennte die Verbindung, enttäuscht darüber, dass ihr Anruf nicht ergiebiger gewesen war. Sie hatte gehofft, es gäbe eine ausstehende Überweisung, die sie dann hätte stornieren können. Durch die Stornierung hätte sie Zeit gewonnen, und die versuchte Überweisung hätte eine nachvollziehbare Spur von Claras Absichten geliefert. Trotzdem war sie erleichtert, dass das Geld nach wie vor auf dem Konto der Opal Holdings auf den Caymans lag. Das würde sich bald ändern – das Geld würde schon sehr bald in Bewegung kommen.

Sie musste die Behörden einschalten. Aber wen? Die Wertpapieraufsicht? Die Polizei? Das war das Problem mit den Zuständigkeiten. Am Ende war überhaupt niemand verantwortlich.

Sie beschloss, Platt anzurufen. Sie hatte sich überlegt, dass dies ein offensichtliches Mordmotiv lieferte, und vielleicht konnte sie ihn so überzeugen, sie von seiner Verdächtigenliste zu streichen. Außerdem hoffte sie, dass es bei der Polizei weniger Papierkram gab als bei der Wertpapieraufsicht. Das waren ihre Gedanken, während sie das Freizeichen hörte. Als er abhob, klang es, als wäre er in Eile.

„Wollen Sie sie nicht festnehmen?"

„Das liegt kaum in meiner Zuständigkeit. Ich bin in der Mordkommission."

„Aber Detective Platt – es hat auf jeden Fall mit den Morden zu tun. Da bin ich ganz sicher."

„Ganz sicher zu sein, ist nicht dasselbe, wie Beweise zu haben, Katerina."

„Ich kann Ihnen Beweise anbieten. Es besteht das Risiko, sowohl Clara als auch das Geld zu verlieren. Ich weiß, dass sie hinter den Morden steckt. Warum ignorieren Sie eine offensichtliche Spur?"

„Katerina, ich kann mit Ihnen nicht darüber sprechen, welchen Spuren ich folge und welchen nicht."

„Sagen Sie mir nur eins, Detective – folgen Sie der Clara-Spur oder nicht?"

Schweigen.

„Ich bin also immer noch verdächtig?"

Nur an seinen Atemzügen erkannte Kat, dass Platt immer noch in der Leitung war. Sie spürte Zorn in sich aufsteigen. Clara würde nicht nur mit Mord davonkommen, sie würde dabei auch noch sehr reich werden.

„Katerina, ich –"

„Detective, wie kann es sein, dass eine Person mit den stärksten möglichen Motiven für die Morde an Takahashi und Braithwaite Sie überhaupt nicht kümmert? Clara de la Cruz operiert unter falschem Namen und hat Verbindungen zum organisierten Verbrechen. Sie hat mit dem größten Betrug aller Zeiten zu tun, und sie ist kurz davor, mit Milliarden an gestohlenem Geld das Land zu verlassen. Welches stärkere Motiv könnte es geben?"

„Na schön. Ich werde sie überprüfen."

„Ich schicke Ihnen meine Notizen."

„Das wird nicht nötig sein."

„Werden Sie mich informieren?"

„Katerina, ich kann mit Ihnen nicht über Einzelheiten einer Ermittlung sprechen."

„Was ich meinte, war – werden Sie mich informieren, ob ich noch verdächtig bin oder nicht?"

„Schön."

Klick. Platt hatte aufgelegt.

Kat war wütend.

Offensichtlich hatte Platt nicht die Absicht, sie zu informieren. Konnte sie wenigstens darauf vertrauen, dass er dem Hinweis auf Clara nachging? Sie nahm es nicht an. Sie brauchte einen Alternativplan. Aber was? Die Wertpapierkommission würde mindestens ein oder zwei Tage brauchen, um einen Gerichtsbeschluss zu erwirken und die Gelder einzufrieren. Aber das galt nur bei kanadischen Banken. Das Geld war jetzt außerhalb Kanadas. Es gab keine wirkungsvolle rechtliche Möglichkeit außer einem Gerichtsverfahren, das Jahre dauern würde, während Clara schon lange mit dem Geld verschwunden war.

Kat warf einen Blick auf die kitschige deutsche Kuckucksuhr über Vernas Küchentisch. Es war zwanzig nach eins und wieder mal ein sonniger Nachmittag, für Vancouver im Winter eine Seltenheit. Es passte zu ihrer Stimmung.

Sie hatte sowohl über Nick als auch Clara triumphiert. Sie konnten sie beschimpfen und ihre Fähigkeiten infrage stellen, aber das änderte nichts daran, dass sie ihnen im Nacken saß.

Sie blickte aus dem Küchenfenster und dachte über ihre nächsten Schritte nach. Ein Eichhörnchen sprang von Baum zu Baum und entging nur knapp einer Katastrophe, als der Ast unter seinem Gewicht herunterschwang. Es kletterte kurz auf die Unterseite des Zweigs, richtete sich dann wieder auf und huschte am Stamm entlang zum Boden herunter. Es kam über den Hof und erstarrte dann plötzlich.

Kat traute ihren Augen nicht. Über den Gemüsegarten gebeugt, direkt vor dem Eichhörnchen, stand eine Frau in einem rotkarierten Regenmantel. Langsam richtete sie sich auf und hielt dabei einige Blätter in der behandschuhten rechten Hand.

Kat sprang aus dem Sitz hoch und rannte in Socken auf ihre rückseitige Veranda.

„Verna?“

Die Frau antwortete nicht. Kat rannte die Stufen hinunter und auf den Rasen. Das nasse Gras drang ihr durch die Socken. Ihre Füße quietschten, während sie auf die Frau zuging.

„Verna Beechy?“

Die Frau drehte sich um und lächelte Kat an. Die Knöpfe an ihrem Regenmantel steckten in den falschen Knopflöchern, und statt Schuhen trug sie offene Sandalen.

„Das bin ich. Und wer sind Sie?“

„Mein Name ist Kat.“

„Wer?“

„Kat. Die, äh, Hausverwalterin.“ Wie hätte sie sich sonst bezeichnen sollen, nachdem sie aus Vernas Haus gekommen war?

„Haben Sie meine Notizen bekommen?“

„Habe ich. Ich würde Sie dazu gerne etwas fragen.“

Es war, als hätte Verna sie nicht gehört.

„Sie bleiben noch, während ich weg bin?“

„Natürlich. Wann glauben Sie, werden Sie zurück sein?“

„Oh, ich weiß nicht. Sie haben die Reise gerade verlängert. Ich muss wieder in den Bus zurück, sonst fahren sie ohne mich. Diese Woche sind wir in Italien."

„Ich werde Sie nicht lange aufhalten", sagte Kat. „Verna, haben Sie vergessen, ihre Steuern zu bezahlen?"

„Natürlich nicht. Ich habe in all den Jahren genug Steuern bezahlt. Ich habe beschlossen, keine mehr zu bezahlen. Außerdem bin ich im Urlaub. Warum sollte ich Steuern zahlen, wenn ich nicht da bin?"

Verna war offensichtlich ein wenig verwirrt.

„Sie kümmern sich um alles, nicht wahr?" fragte Verna.

„Natürlich tue ich das. Wo steigen Sie wieder in den Bus ein?"

„Bei den Golden Arches gleich unten an der Straße."

Golden Arches? Lebte Verna im Golden Oaks? Das Langzeitpflegeheim war weniger als zwei Blocks entfernt. Das könnte erklären, warum sie ihr Haus so gelassen hatte, wie es war. Aber hatte sie weder Familie noch Freunde? Wie konnte irgendjemand zulassen, dass sie ihr Haus in einer Zwangsversteigerung verlor?

„Ich könnte Sie ja begleiten. Ich gehe nur kurz rein und hole meine Schuhe."

„Ja, warum nicht. Aber beeilen Sie sich."

Kat eilte die Stufen hoch und rannte in den vorderen Flur. Sie schnürte ihre Adidas zu und schnappte sich eine Jacke. Dann rannte sie nach draußen, aber Verna war weg.

KAPITEL 39

Kat begann schon im Dunkeln zu laufen. Fünf Uhr morgens war früh, aber sie brauchte einen kurzen Lauf, um den Kopf klar zu bekommen. Wann würde jemand wie Clara das Geld verschieben? Es war mühsam, die Überweisungen von Opals Konto bei Bancroft Richardson zu verfolgen. Sie hatte letzte Nacht schon Hunderte von Banken auf der ganzen Welt überprüft und ausgeschlossen, es blieben aber noch Dutzende zu prüfen. Wenn Clara das Geld wieder bewegte, konnte es endgültig verschwunden sein.

Sie lief den Fußweg in völliger Finsternis entlang und setzte vorsichtig einen Fuß vor den anderen, um nicht über Zweige und lose Steine zu stolpern. Es war, als liefe sie durch Schnee, sie musste jedes Mal mit dem Fuß auftreten, ohne genau zu wissen, was sie erwartete. Ein Fehltritt und sie konnte sich leicht den Knöchel verrenken, oder Schlimmeres.

Auf dem Pfad zum Fluss gab es keine Straßenbeleuchtung, sie musste also ihre Stirnlampe nutzen, bis sie den Bootsanleger und den Parkplatz südlich des Parks am Fluss erreichte. Nur das Geräusch ihre Schritte durchbrach die völlige Stille, bis ein Zug einen Kilometer weiter einen Pfiff ausstieß, irgendwo weiter landeinwärts.

Ihre Stirnlampe beleuchtete eine Lichtung rechts vom Pfad, auf der mehrere Müllhaufen und Einkaufswagen lagen. Unter drei Haufen von Decken und Pappkartons lagen Obdachlose, die unter den Bäumen kampierten, um dem Regen zu entgehen. Sie war nicht völlig allein. Sie beschleunigte ihre Schritte und erreichte die Lichtung.

Allmählich begann es zu dämmern, graues Morgenlicht ließ die Umrisse der Port Mann Bridge über ihr erkennen. Den Maquabeak Park unter der Brücke kannten nur wenige, meist Boots- und Hundebesitzer, oder eben Jogger. Es war Kats Lieblingsort, um ihre Gedanken zu sortieren.

Auch heute enttäuschte er sie nicht. Vom Fluss her kam eine leichte Brise, und das Gebüsch glänzte im Morgentau. Die Aktionärsversammlung lastete immer noch schwer auf Kats Gemüt. Ihre Ansprache hatte die Aufmerksamkeit der Versammlungsteilnehmer geweckt, aber Nick und die Braithwaite-Familienstiftung kontrollierten die Aktien. Hatte sie Audrey überzeugen können? Oder hielt Audrey Kat immer noch für eine Verrückte, die nur Aufmerksamkeit wollte? Das war schwer zu sagen. Morgen würde die Abstimmung stattfinden, so oder so.

Liberty würde den Aktionären durch den Verkauf weggenommen, und es schien, als wäre sie die einzige, die das kümmerte. Wenn sie das Geld nicht zu Porter verfolgen konnte, würde ihr niemand glauben. Es war einfach zu unfassbar zu glauben, Liberty würde vom organisierten Verbrechen zum Diamantenwaschen missbraucht.

Es war gut, Clara zu entlarven, aber ohne eine Verbindung zu dem Geld gab es nichts, mit dem man sie belangen konnte. Die Suspendierung würde vermutlich auch nicht von Dauer sein. Nick hatte eine Presseerklärung verfasst, um die Wogen zu glätten, und darin behauptet, der Name Susan Sullivan sei nur der Versuch Claras, einen englisch klingenden Namen anzunehmen und sich von ihrem berüchtigten Vater zu distanzieren. Kat rechnete damit, dass Clara sich nun davonmachen und damit jede Chance einer Anklage oder Verurteilung zunichtemachen würde. Kat war jetzt sicher, dass sie hinter allem steckte, selbst den Morden an Braithwaite und Takahashi.

Wenn sie nur ausknobeln könnte, zu welchen Banken die Kontonummern auf dem Zettel aus Claras Müll gehörten. Wie konnte sie das unter den vielen tausenden Banken auf der Welt eingrenzen?

Sie lief über den Parkplatz auf die Gleise zu. Er war leer, abgesehen von einem dunklen Van am anderen Ende. Wahrscheinlich jemand, der am frühen Morgen seinen Hund ausführte, dachte sie, auch wenn sie noch niemandem begegnet war. Heute führte ihr Weg an der Colony Farm Nature Reserve entlang, die an den Park angrenzte. Von der Schnellstraße vor ihr drang das Brummen des einsetzenden Berufsverkehrs herüber und wurde lauter, während sie neben den Gleisen darauf zulief.

Ein anderer Läufer näherte sich. Er wirkte untersetzt, nicht der typische drahtige Langstreckenläufer, dem Kat auf diesen Wegen üblicherweise begegnete. Kat versuchte, seine Gesichtszüge zu erkennen, während er näherkam, aber es war noch zu dunkel und er hatte sich eine Kapuze über den Kopf gezogen. Das beunruhigte sie. Es war zu warm, um mit einer Kapuze zu laufen, und es regnete auch nicht mehr.

Er mied ihren Blick, während sie ihn passierte, und sein schwerer Atem ließ sie zweifeln, dass er mehr als hundert Meter bewältigen würde, ohne zu verschnaufen. Sie war an einem isolierten Platz, mindestens einen Kilometer von der Straße entfernt, und sie fragte sich, warum ein Läufer, der so offensichtlich nicht fit war, zu so einer frühen Stunde hier war.

Es muss sein Van sein, der auf dem Parkplatz stand, dachte sie.

Sie erwog umzukehren, aber dann überlegte sie es sich anders. Der Parkplatz war ebenso einsam. Wenn sie ständig ihre Meinung änderte, bekam sie ihren Lauf nie zu Ende. Sie würde weiter am Bahndamm entlanglaufen, am Eingang des Gemeinschaftsgartens kehrtmachen und auf dem Eagle Trail zurücklaufen, wie sie es ursprünglich geplant hatte.

Plötzlich wurde sie von hinten gepackt. Mit einem Arm hielt man sie im Würgegriff, der andere umschlang ihre Taille. Sie würgte und kämpfte um Luft. Heißer Atem war in ihrem Nacken zu spüren.

Dann wehrte sie sich. Sie trat mit dem Fuß nach hinten aus und versuchte, etwas zu treffen. Der andere griff fester zu und hielt ihre

Arme wie in einem Schraubstock, so dass sie keine Bewegung mehr machen konnte.

Wie dumm. Was für eine dumme Idee, allein im Dunkeln zu laufen. Wie lange würde es dauern, bis man ihre Leiche fand? Sie würde so etwas Idiotisches nie wieder tun, schwor sie sich. Wenn sie jemals hier herauskam.

„Sag kein Wort, Schlampe, oder du bist tot!"

Er drehte sie um. Es war der Kerl, der ihr auf dem Weg entgegengekommen war.

„Wollen Sie Geld? Ich habe nichts bei mir, aber ich kann –"

„Halt die Schnauze. Bist du taub oder so?"

Kat öffnete den Mund und versuchte zu schreien. Sie bekam nicht mehr als ein Krächzen zustande. Es konnte sie ohnehin niemand hören, nicht einmal die Obdachlosen. Er rammte ihr seine Hand unter das Kinn und traf ihre Halsschlagader. Sie kämpfte um Atem. Dabei starrte sie ihn an und prägte sich sein Gesicht ein, für den Fall, dass sie lebend davonkam. Er grinste sie mit fauligen, verfärbten Zähnen an, die aussahen wie bunte Maiskörner in krummer Reihe. Ihr Peiniger hatte offenbar Spaß an der Sache.

„Bitte lassen Sie mich gehen. Ich verspreche, keine –"

Er schlug ihr seitlich an den Kopf, und alles wurde dunkel. Ihre Beine sackten unter ihr weg, und sie rutschte zu Boden. Mit der Hand fing er sie am Hals ab und hinderte sie durch einen Kehlengriff daran, weiter zu fallen. Sie würgte. Mühsam versuchte sie, sich auf den Beinen zu halten und den Druck um ihren Hals loszuwerden. Das ließ ihn nur noch fester zudrücken.

Ihre einzige Chance war, wegzulaufen. Wenn sie sich aus seinem Griff lösen und ein paar Meter Abstand gewinnen konnte. Vielleicht konnte sie ihn im Sprint abhängen, wenn sie erst einen guten Start bekam. Sie musterte ihn. Er war groß und stämmig, wie ein aufgeblasener Linebacker, mindestens zweihundertfünfzig Pfund schwer und zehn Zentimeter größer als sie. Sie musste ihn überraschen, bevor er reagieren konnte.

Seine Kapuze war heruntergerutscht, und sie konnte sein Gesicht besser sehen. Es war der Kerl, der in ihr Büro eingebrochen war, der

Meth-Junkie. Nur, dass er jetzt besser angezogen war, in einem Reebok-Trainingsanzug. Seine grünen Augen starrten sie wild an und schätzten sie ab. Sie hatte den Eindruck, dass er nicht den Auftrag hatte, sie unversehrt zu lassen.

Der Einbruch in das Büro war also kein Zufall gewesen. Dies hatte eindeutig mit Liberty zu tun. Aber das Gefühl, recht gehabt zu haben, war nichts gegen das Grauen, das sie jetzt empfand. War es so auch bei Takahashi und Braithwaite gewesen? Was würde er jetzt tun?

Der Meth-Junkie löste seinen Griff etwas und fischte in seiner Tasche herum. Er zog einen Kabelbinder hervor und fesselte ihr damit die Handgelenke vor dem Körper.

„Egal, was Sie wollen, ich bezahle Sie. Lassen Sie mich nur gehen. Ich gebe Ihnen mehr als die, die Sie angeheuert haben. Und ich sage niemandem etwas. Versprochen. Bitte, lassen Sie mich nur –"

„Was habe ich dir gerade gesagt?"

„Dass ich nichts sagen soll?"

„Genau. Jetzt halt die Schnauze oder du wirst es bereuen."

Kat täuschte rechts an und brach aus, an ihm vorbei. Sie ruderte mit den Armen, um aus seiner Reichweite zu gelangen. Seine Fingerspitzen glitten an ihrer Seite entlang und griffen nach ihrem T-Shirt. Sie machte einen Sprung nach vorn und befreite sich aus seinem Griff. Dann grätschte er seitlich in sie hinein, packte sie, zog sie nach unten und drückte ihr Gesicht in den schlammigen Boden.

Das letzte, was sie spürte, war ein Schlag auf den Hinterkopf. Dann nichts mehr.

KAPITEL 40

Kat erwachte mit fürchterlichen Kopfschmerzen. Ihr tat der Rücken weh, weil sie auf einem harten Fliesenboden lag, und sie fror. Sie versuchte, die Arme zu bewegen, aber der Kabelbinder schnitt ihr in die Handgelenke. Jetzt erinnerte sie sich: der Meth-Junkie und der Weg im Park. Sie schwor sich, nie wieder allein zu laufen.

Sie befand sich in einem Gebäude, das feucht und ungeheizt war. Es war dunkel, und sie zitterte in ihrer Laufkleidung, die immer noch nass war. Sie blieb still liegen und lauschte nach Anzeichen von Menschen, aber da war nichts. Sie schien allein zu sein.

Nach ein paar Versuchen gelang es Kat, ihre Arme so vor sich zu bewegen, dass sie sich in eine Sitzhaltung hochschieben konnte. Sie machte eine kurze Bestandsaufnahme. Abgesehen von ihren gefesselten Handgelenken konnte sie sich frei bewegen. Sie drückte sich mit den Knien nach oben, bis sie stand. Gerade, als sie sich aufgerichtet hatte, kam es ihr vor, als ob sich der Boden unter ihr bewegte. Sie hielt kurz inne, aber es geschah nicht wieder. Vielleicht war sie noch benommen, nachdem sie einen Schlag auf den Kopf bekommen hatte. Sie spürte die Beule noch.

Kat versuchte, ruhig zu bleiben. Langsam bewegte sie ihre Arme in einem Bogen um sich herum und tastete. Auf Hüfthöhe fand sie so etwas wie einen Tresen vor. Sie tastete sich auf der Oberfläche entlang und fand zwei Waschbecken. Auf der anderen Seite berührte ihr Arm eine Art Schwingtür. Sie war in einem Waschraum.

Sie tastete sich an dem Tresen entlang bis zu einer Wand. Dort fand sie einen Lichtschalter und drückte darauf, aber es blieb dunkel. Sie versuchte, mit ihrem Finger um die andere Hand herum auf ihre Uhr zu drücken, damit diese aufleuchtete. Der Kabelbinder schnitt ihr unangenehm ins Handgelenk. Nach ein paar Versuchen leuchtete die Uhr auf, und sie konnte im schwachen Licht die Tür erkennen. Sie schob die Tür einen Spalt weit auf und spähte hinaus.

Draußen sah sie Tische und Stühle wie in einem Fastfood-Restaurant. Sie waren am Boden festgeschraubt. Diffuses Tageslicht drang durch schmutzige, schmierige Fenster. Der Ort sah verlassen aus.

Langsam schob sie sich weiter in das Restaurant vor, immer bedacht, kein Geräusch zu machen. Als sie um eine Ecke herumsehen konnte, blieb ihr das Herz stehen. Direkt vor ihr stand ein Mann, der ihr den Rücken zuwandte, völlig regungslos. Sie erstarrte. Sie konnte in den Waschraum zurückrennen, aber er würde sie wahrscheinlich hören. Stattdessen schlich sie sich auf Zehenspitzen näher, um besser sehen zu können.

Es war ein überlebensgroßer Ronald McDonald, ebenfalls am Boden festgeschraubt. Sie verwünschte sich dafür, dass sie das scheußliche gelb-rote Kostüm nicht gleich erkannt hatte, selbst von hinten. Vorsichtig spähte sie um Ronald herum und suchte nach Anzeichen von Leben in dem Restaurant. Es gab keine, nur noch mehr staubige Tische und Stühle. Sie kroch um die Ecke herum und achtete darauf, ob sich etwas bewegte.

Den niedrigen Preisen auf der Anzeigetafel zufolge waren hier schon sehr lange keine Big Macs mehr serviert worden. Auf dem Schild hieß es, ein Lächeln sei kostenlos, aber hinter der Theke gab es niemanden, der eines hätte anbieten können. Wieder hatte sie das seltsame Gefühl, dass der Boden sich unter ihr bewegte, doch nur für einen Moment.

Sie zuckte zusammen, als sie einen Mann husten hörte. Der Meth-

Junkie musste hier sein. Vorsichtig näherte sie sich dem Geräusch. Sie machte so leise Schritte, wie es mit feuchten Laufschuhen möglich war. Dann blickte sie um die Ecke und sah eine dunkle Gestalt an einem Tisch am anderen Ende des Raumes sitzen.

Es war so ziemlich die letzte Person, die sie an einem Ort wie diesem erwartet hätte.

KAPITEL 41

„Kat? Sind Sie das?“ fragte die Gestalt, in einem viel versöhnlicheren Ton, als Kat es bisher von diesem Menschen gewohnt war. Warum traf sie immer wieder Leute unter seltsamen Umständen wieder? Erst den Meth-Junkie und jetzt Nick Racine. Als sie sich näherte, konnte sie sehen, dass seine Arme hinter seinem Rücken an die Stuhllehne gefesselt waren. Seine Beine waren auf ähnliche Weise an die Stuhlbeine gebunden. Sie selbst hatte offenbar Glück, dass sie sich zumindest frei bewegen konnte.

Nicks Anzug war zerknittert und sein Gesicht wirkte unrasiert.

„Nick? Was machen Sie hier? Was zum Teufel ist überhaupt los?“

„Ich weiß es nicht. Irgendetwas muss es mit Susan zu tun haben.“

„Sie meinen Clara.“

„Sicher, Susan, Clara, was Sie wollen. Hören Sie, Sie hatten recht, okay?“

„Tun Sie nicht so unschuldig. Sie stecken da auch mit drin. Ich habe noch nicht genau herausgefunden wie, aber Clara hat Sie offensichtlich in der Tasche.“

„Kat, denken Sie doch mal nach. Würde ich jetzt hier festsitzen, wenn das so wäre?“ Nick rutschte etwas auf dem unbequemen, harten

Plastiksitz herum. Kat fragte sich, ob er vorher schon jemals den Fuß in einen McDonald's gesetzt hatte.

„Ohne Sie wäre Clara überhaupt nicht bei Liberty. Haben Sie sie nicht einmal überprüft, bevor Sie sie eingestellt haben?"

„Sparen wir uns diese Diskussion für später und konzentrieren wir uns lieber darauf, wie wir hier rauskommen. Sie werden wiederkommen. Schon bald." Nick verwandelte sich wieder in sein autoritäres, arrogantes Ich. „Gehen Sie in die Küche und suchen Sie ein Messer, mit dem Sie meine Fesseln durchschneiden können …"

„Ich glaube kaum. Erst, wenn Sie auspacken."

Selbst in dem diffusen Licht, das durch die dreckigen Fenster drang, war zu erkennen, wie Nick vor Zorn rot im Gesicht wurde. Sie würde nicht zurückstecken. In einer weniger brenzligen Situation würde Nick nicht annähernd so kooperativ sein wie jetzt. Sie drehte sich um und setzte zum Gehen an.

„Na schön! Wie Sie wollen. Ich hoffe nur, dass wir wegen Ihnen nicht beide umgebracht werden."

„Also, warum sind Sie hier, Nick? Haben Sie versucht, Clara aus Liberty herauszudrängen? Wollten Sie die ganze Beute für sich behalten?" Kat wühlte im Gewürzschrank herum, fand aber nichts als Strohhalme und ein paar Ketchuptüten.

„Ich habe das Porter-Übernahmeangebot in Frage gestellt. Das Gebot war zu niedrig. Ich wollte nur einen fairen Preis für die Aktionäre herausholen. Normalerweise sucht man dazu nach weiteren Bietern." Das hörte sich bei Nick nicht sehr menschenfreundlich an, denn er war selbst Mehrheitsaktionär. „Clara gefiel das nicht. Das war der Punkt, an dem ich herausgefunden habe, wer sie wirklich ist."

„Kommen Sie schon, Nick. Sie wussten von Anfang an, wer sie war. So dumm bin ich nicht. Etwas ist nicht so gelaufen, wie Sie wollten, und Sie wollten einen Rückzieher machen. Habe ich recht? Worum geht es?" Kat suchte die Theke nach etwas ab, das scharf genug war, ihre Handgelenkfesseln durchzuschneiden. Gab es an diesem Ort irgendetwas, das nicht aus Plastik war?

„Ja, gut. Ich hatte Schulden. Spielschulden, und ein paar Knochenbrecher waren hinter mir her. Claras Vater hat mir das Geld vorgestreckt, und als Gegenleistung wollte er, dass einer seiner Mitarbeiter zu Liberty geholt wurde, um etwas über das Diamantengeschäft zu lernen."

Kat unterdrückte ein Lachen. Meinte Nick das ernst? Eine Art Mentorenprogramm unter Verbrechern? Er war noch inkompetenter, als sie anfangs gedacht hatte. Nicks Vater hatte ihm ein Vermögen hinterlassen, das hatten Jaces Nachforschungen ergeben. Warum sollte er bei seinem Liberty-Gehalt und seiner Erbschaft überhaupt ein Darlehen brauchen?

„Nur, damit ich das richtig verstehe. Sie haben sich etwas von einem Kredithai geliehen, und als das Ihnen zu haarig wurde, haben Sie sich von einer Mafiagröße retten lassen? Über wieviel Geld reden wir hier, Nick?"

„Nur ein paar Millionen. Und die Bedingung war, dass sein Mitarbeiter bleiben kann, bis ich sie zurückgezahlt habe." Nick rutschte wieder im Stuhl herum, offenbar war ihm unbehaglich. Kat fragte sich, wie lange er schon hier war.

„Lassen sie mich raten. Sie haben es nicht zurückgezahlt."

„Nein. Ich wollte ja, aber er hat noch etwas draufgelegt. Ich habe mit dem restlichen Geld dann noch ein paar weitere Aktien auf Pump gekauft. Der Aktienkurs war im Keller, und es war eine Chance auf einen schnellen Verdoppler. Dachte ich jedenfalls. Aber der Kurs fiel noch weiter. Ich konnte nicht genug Geld auftreiben, um nachzuschießen. Mein ganzes Geld steckte fest."

„Sie spekulieren mit den Aktien Ihrer eigenen Firma?" Das war ein neuer Tiefpunkt. Der Liberty-Vorsitzende manipulierte den Aktienkurs.

„He, nennen Sie das nicht Spekulation. Mein Plan war, die Aktien ein paar Monate zu behalten. Es war eine Chance, meine Verluste auszugleichen und mein Leben wieder in den Griff zu bekommen. Wenn der Aktienkurs zurückkam, wollte ich verkaufen und das Geld zurückzahlen. Das Problem ist nur, der Aktienkurs kam nicht zurück. Als ich zum Nachschießen aufgefordert wurde, musste ich entweder nachschießen oder verkaufen. Ich hatte kein Geld mehr zum Nachschießen, also habe ich verkauft. Damit habe ich meine

Verluste realisiert und hatte kein Geld mehr, um das Darlehen zurückzuzahlen."

„Sieht aus, als hätte Ihr Schützling Sie übers Ohr gehauen." Gab es irgendjemanden, der nicht in Liberty-Kursmanipulationen verwickelt war?

„Klar, ich schätze, wenn Ihre Theorie stimmt, dann hat Clara Liberty-Aktien leerverkauft."

„Das ist keine Theorie mehr, Nick. Das ist eine Tatsache." Würde er nie etwas anerkennen, was von ihr kam?

„Jedenfalls dachte ich, eine gute Übernahmestory würde den Aktienkurs vielleicht aufblähen, also bin ich mit der Idee zu Ortega gegangen. Nur, dass er das dann durchgezogen hat. Ich wollte gar nicht verkaufen. Es war nur eine Möglichkeit, den Kurs hochzutreiben."

„Ist das nicht illegal?" Nick, ein Insider, betätigte sich als Pump-and-Dump-Betrüger.

„Sie haben mich reingelegt. Sie haben den Kurs manipuliert, so dass ich mein Geld verlieren musste. Und meine Aktien sind das Pfand für das Darlehen. Wenn ich es nicht zurückzahlen kann, sind sie weg." Nick ließ geschlagen die Schultern hängen.

„Wer sind ‚sie'? Clara?"

„Nein, nicht direkt. Ihr Vater. Er meinte, das Pfand wäre nur eine Formalität. Zu diesem Zeitpunkt wusste ich nicht, dass er die ganze Firma mit einem Ramsch-Übernahmeangebot stehlen wollte."

„Was haben Sie denn erwartet, Nick? Sie haben sich hier mit harten Kriminellen eingelassen."

War er wirklich so dumm? Oder tat er nur so? Er musste die ganze Zeit über Clara Bescheid gewusst haben.

„Verstehen Sie nicht, Kat? Morgen findet die Aktionärsversammlung statt. Wenn ich nicht da bin, kann ich nicht abstimmen. Und wenn ich keinen Bevollmächtigten hinschicke, kann Clara als Vorstand für meine Aktien mit abstimmen, wie es ihr passt."

„Stimmt. Aber Sie haben Clara geholt. Irgendetwas an Ihrer Geschichte hört sich noch nicht richtig an. Was verschweigen Sie mir?"

„Können wir nicht später darüber reden? Wir sollten uns darauf konzentrieren, hier rauszukommen. Wir können uns gegenseitig helfen. Wir müssen nur etwas finden, um die Fesseln durchzuschneiden."

„Wir? Sie meinen wohl mich, denn ich bin die einzige, die hier gerade frei herumläuft. Ich werde gar nichts tun, bis Sie mir sagen, was vorgeht. Warum sollte ich Ihnen helfen?"

Nicks Antwort wurde von einem Motorgeräusch übertönt, das von draußen kam. Kat drehte sich um und rannte zum Waschraum zurück. Sie schaffte es bis zur Theke, dann hörte sie, wie eine Kette gegen die verrammelte Vordertür krachte. Dann wurde die Tür aufgerissen.

KAPITEL 42

Der Meth-Junkie stürmte herein. Diesmal war er nicht allein. Ihm folgte ein weiterer Schlägertyp, kleiner und stämmiger, mit Halbglatze und dafür einem Pferdeschwanz. Beide trugen schwarze Lederjacken, Lederwesten und dreckige Jeans. Kalter Zigarettenrauch wehte zu Kat hinüber, die sich vor der Theke auf den Boden gesetzt hatte.

„Wo ist er, Gus?"

„Oh verdammt, Mitch! Was habe ich dir gerade gesagt? Du sollst meinen Namen nicht benutzen."

„Okay, Boss. Aber du hast meinen auch gerade benutzt. Wir sind quitt, schätze ich."

Der Meth-Junkie war also Gus. Und offenbar hatte er noch Untergebene.

„Schon gut. Halt einfach dein blödes Maul." Gus starrte Mitch wütend an. Beide ignorierten Kat völlig und gingen an der vorderen Theke vorbei. Stattdessen gingen sie auf die Ecke zu, in der Nick gefesselt saß. Das Licht des Nachmittags wurde schnell schwächer, Mitch schaltete eine Taschenlampe ein und leuchtete damit in Nicks Richtung. Im Licht blitzte etwas anderes auf. Kat sah Stahl in Gus' Hand schimmern.

„Ich darf trotzdem diesen Typen erledigen, oder, Boss?"

„Klar. Aber mach es einfach, okay? Nicht wie letztes Mal. Keinen komplizierten Kram."

Sprach Gus von Takahashi? Wollten sie Nick töten? Für wen arbeiteten sie? Fragen rasten durch Kats Kopf. Angestrengt lauschte sie dem Gespräch um die Ecke.

„Von mir aus."

„Gott sei Dank. Sie sind zur Vernunft gekommen. Schneiden Sie zuerst meine Handfesseln durch. Ich muss –"

„Arschloch! Ich sagte – halt die Schnauze, verdammt."

„Au! He, das tut weh!"

Kat drückte sich weiter zu Boden, rutschte aber näher heran, um um die Ecke sehen zu können. Gus stand vor Nick und versperrte Kat die Sicht. Er hatte eine Waffe in der rechten Hand, die auf Nick gerichtet war. Was Mitch auch gerade mit Nick anstellte, es musste wehtun, nach Nicks Geschrei zu urteilen.

Plötzlich krachte es an der Vordertür. Kats Herz schlug ihr bis zum Hals. Sie warf einen verstohlenen Blick hinter sich. Dann atmete sie auf. Cindy erschien in der Tür, wie ein Wunder, einfach aus dem Nichts.

„Ein Glück! Du hast ja keine Ahnung –"

Cindy unterbrach Kat mit einem harten Tritt in den Hintern. Kat jaulte und rollte sich auf dem Boden zusammen. Schmerzen durchzuckten ihren Rücken.

„Schnauze, du Schlampe!"

Wellen von Schmerz liefen Kat durch das Kreuz, während sie versuchte, still zu bleiben. Tränen rannen ihre Wangen herunter, und sie schnappte nach Luft. Cindys Tritt fühlte sich an, als hätte sie ihren Rücken in zwei Teile gebrochen. Sie stöhnte unwillkürlich auf und versuchte, sich wegzuschieben.

„Ich sagte SCHNAUZE!"

Kat blieb der Mund offenstehen. Sie lag auf dem Boden und Cindy stand über ihr. Sie war ganz in Leder gekleidet, von ihrer Jacke bis zu ihren Stiletto-Stiefeln, die so schmerzhaft sein konnten. Sie zog an ihrer Zigarette und atmete tief ein, dann knurrte sie Kat an.

„Du hörst nicht gerade gut zu. Möchtest du enden wie Nick hier?"

Cindy wartete Kats Antwort nicht ab. Sie tippte auf ihre Zigarette und ließ die Asche auf Kats Gesicht herunterrieseln.

Kat nieste, als sie Asche in die Nase bekam.

„Keinen Ton, Schlampe. Verstanden?"

„J-ja." Cindy würde sie nicht retten. Stattdessen hatte sie vor, Kat umzubringen. Cindy war eine von ihnen, ein korrupter Cop. Hatte Clara sie gekauft? Jetzt ergab alles einen Sinn. Es erklärte, warum sie ihr immer einen Schritt voraus waren, und wie Gus wissen konnte, wo sie an diesem Tag laufen würde. Alles, selbst, dass Platt sie des Mordes an Takahashi verdächtigte.

„Gehen wir, Jungs."

Cindy ließ ihre Zigarette auf Kats Oberschenkel fallen. Kat spürte, wie sie ihre Trainingshose versengte und sich zu ihrem Bein durchbrannte. Cindy trat den Stummel mit ihrem Stiefel aus.

Mitch schob einen stolpernden Nick vor sich her und stieß ihn in den Rücken. Nicks Hände waren ihm nun auf den Rücken gefesselt, aber seine Beine waren frei. Gus folgte hinter Mitch. Beide hörten offenbar auf Cindys Kommando.

„Gut. Jetzt halt die Schnauze und bleib in der Ecke, wie man es dir sagt. Wir heben dich für später auf." Cindy stampfte in ihren Stiefeln davon, Gus und Mitch folgten ihr und schlugen die Tür hinter sich zu. Kat hörte undeutliche Stimmen von draußen. Die Kette vor der Tür wurde wieder abgeschlossen.

Innerhalb einer Minute hörte sie von draußen zwei Schüsse. Dann wurde der Motor wieder gestartet. Es kam ihr fast wie eine halbe Stunde vor, dass der Motor noch im Leerlauf weiterlief, bevor er endlich wegfuhr. Sie lag auf dem Boden, wo Cindy sie zurückgelassen hatte, immer noch zu ängstlich, um sich zu rühren. Sie lauschte nach irgendeinem Geräusch, einem Schrei oder Ruf. Aber sie nahm nur Stille wahr.

Kats Panik von vorher verwandelte sich nun in Grauen über das Unausweichliche. Sie hatten Nick erschossen. Es war nur eine Frage der Zeit, bis sie zurückkamen und sie auch töteten.

KAPITEL 43

Das Morgenlicht drang endlich durch die schmutzigen Fenster und reichte Kat, um etwas sehen zu können. Sie wühlte erneut die Küche durch, öffnete Schränke und Schubladen in der Hoffnung, gestern etwas übersehen zu haben. Hatte sie aber nicht. Die Schränke waren immer noch leer. Es gab nichts, um die Fesseln an ihren Handgelenken zu durchtrennen, nicht einmal ein Plastikmesser.

Die Aktionäre würden heute abstimmen. Ihr zweitägiger Aufschub hatte daran nichts geändert. Dafür hatte Cindy gesorgt, als sie sie hier eingesperrt hatte. Die Abstimmung würde stattfinden, mit dem einzigen Unterschied, dass der Vorstand das Stimmrecht für Nicks Aktien ausüben würde. Also Clara, denn ihre Suspendierung würde aufgehoben, wenn Kat keine Beweise für ihren Schwindel vorlegen konnte.

Untergangsstimmung machte sich in ihrer Magengegend breit, als sie auf die Uhr sah. Es war schon acht Uhr morgens. Cindy und ihr Verein würden bald zurück sein. Sie ließ sich niedergeschlagen gegen den Kühlschrank fallen. Wieder blickte sie sich im Raum um und blieb mit den Augen an der Theke gegenüber hängen. Dort lag eine Schachtel Frischhaltefolie, die ihr vorher nicht aufgefallen war. Die gezackte Abreißkante war vielleicht scharf genug, den Kabelbinder durchzuschneiden.

Sie drückte die Schachtel gegen ihren Bauch, um sie festzuhalten, und schob ihre Handgelenke dann an der Schneidkante auf und ab. Nach einer Minute gleichmäßiger Sägebewegungen wurde sie für ihre Mühen belohnt. Die Kante erzeugte eine kleine Kerbe in dem Kabelbinder und feilte das Plastik allmählich in groben Körnern ab.

Sie beschleunigte ihre Bewegungen und die Kerbe vertiefte sich. In Ihrer Eile, den Kabelbinder durchzufeilen, rutschte sie ab. Die Metallkante schnitt in das Armband ihrer Uhr und dann in ihre Haut.

„Autsch!" Sie jaulte vor Schmerz auf, als die gezackte Kante in ihren Arm drang. Es fühlte sich an wie der Schnitt einer Papierkante, nur tausendmal heftiger. Sie sprang auf, und ihre Uhr fiel zu Boden. Der Kabelbinder mit der Kerbe färbte sich schnell rot vom Blut. Ihr Aufschrei hallte noch durch die leere Küche. Aber der Kunststoff des Kabelbinders war jetzt fast durchgesägt und hing nur noch an einem dünnen Fetzen.

Sie atmete tief durch und kämpfte gegen die aufsteigende Übelkeit an. Sie drehte ihre Handgelenke gegeneinander und riss sie dann in einer schnellen Bewegung auseinander. Der Kabelbinder zerriss, und eine Welle von Erleichterung durchflutete sie.

Blut rann an ihrem Arm entlang und tropfte herunter. Hatte sie irgendetwas durchtrennt? Panik wallte in ihr auf. Warum hatte sie im Erste-Hilfe-Kurs nicht besser aufgepasst? Irgendwie musste sie sich verbinden, aber womit?

Kat fand einen Stapel Servietten in einem Schrank und griff nach einer Handvoll davon, die sie sich gegen den Arm drückte, um die Blutung zu stoppen. Die Servietten wurden schnell rot, das Blut sickerte durch sie hindurch, während sie in morbider Faszination zusah. Sie warf die durchweichten Servietten zu Boden und drückte einen weiteren Stapel gegen die Wunde. Diesmal ließ die Blutung nach. Sie suchte die Küche nach etwas ab, mit dem sie die Servietten befestigen konnte, etwas, um ihr Handgelenk zu fesseln. Was für eine Ironie. Sie warf einen Blick auf die Frischhaltefolie. Das würde gehen.

Sie riss einen halben Meter ab, wickelte ihn sorgfältig um ihr Handgelenk und die Servietten und verknotete das Ganze.

Sie rannte aus der Küche und drückte dabei immer noch gegen ihren Arm, um die Blutung zu stillen. Jede Minute, die sie noch länger im Restaurant blieb, bedeutete weniger Zeit bis zur Rückkehr von Cindy und ihren Schlägern, die sie umbringen würden.

Sie schob die Küchentür auf und ging auf den Eingangsbereich des Restaurants zu. Als sie an der Vordertür zog, stellte sie fest, dass Cindy die Kette letzte Nacht wieder angebracht und verschlossen haben musste. Sie musste einen anderen Weg nach draußen finden. Rechts neben der Tür war ein Fenster. Sie sah sich nach etwas um, mit dem sie es einschlagen konnte, und entdeckte auf einem der Tische einen metallenen Serviettenspender. Sie warf ihn so kräftig gegen das Fenster, wie sie konnte. Er prallte ab und landete auf dem Boden, hinterließ aber einen ganz kleinen Riss. Wieder und wieder warf sie den Behälter dagegen.

Nach einem halben Dutzend Versuche zerbrach das Glas schließlich. Sie konnte hindurchklettern, musste aber zuerst die Glassplitter entfernen. Wie konnte es in einem Restaurant, das fast nur aus Plastik bestand, so viele Gefahrenquellen geben? Sie brauchte irgendeine Bürste, konnte sich aber nicht erinnern, in der Küche so etwas oder irgendein anderes Werkzeug gesehen zu haben. Aber es fiel ihr etwas ein. Sie zog ihren Laufschuh aus.

Sie benutzte ihren Schuh wie einen Handschuh und fegte damit die restlichen Scherben und Splitter vom Fensterrahmen weg. Dann blickte sie nach draußen.

Auch wenn sie nichts Bestimmtes erwartet hatte, war es doch ein Schock.

Ein kräftiger Wind schlug ihrem Gesicht entgegen, wirbelte ihr Haar vor ihr Gesicht und nahm ihr den Atem. Sie hielt sich am Fensterrahmen fest und lehnte sich so weit hinaus, wie sie es wagte. Statt Asphalt und Beton sah sie Wasser. Es bildete kleine Schaumkronen unter ihr. Dieses Restaurant befand sich auf einem Kahn und schwamm in einem Gewässer, wohl dem Burrard Inlet, wenn man nach der Nähe der North Shore Mountains ging, die etwas zu ihrer

Linken zu sehen waren. Das erklärte das seltsame Gefühl, dass der Boden unter ihren Füßen schwankte.

Rechts von ihr war das Land am nächsten, ein felsiger Küstenvorsprung, bewaldet, ohne Anzeichen irgendwelcher Aktivitäten. Bis dort war es mindestens eine halbe Meile, zu weit zum Schwimmen. Direkt vor sich sah sie nur Wasser, und sie schätzte, dass sie sich mindestens fünf Meilen östlich von Vancouver befand. Was zum Henker machte ein schwimmendes Restaurant im Burrard Inlet?

Unter der Tür links von ihr befand sich ein schmales Deck, das von einer hüfthohen Reling begrenzt wurde, aber es reichte nicht bis unter ihr Fenster. Um zu entkommen, musste sie hinausklettern, die Reling packen und sich von dort auf die Plattform ziehen. Sie hatte ein ungutes Gefühl. Wenn sie nun danebengriff?

Angestrengt lauschte sie nach Schiffsverkehr, während sie ihren Schuh wieder anzog. Um sie herum war nur das Geräusch des Wassers, das am Schiff leckte. Es gab zwar Fenster in alle Richtungen, aber diese waren viel zu schmutzig, um hindurchsehen zu können. Sie überlegte, ob sie ein Fenster an der anderen Seite zerschlagen sollte. Vielleicht gab es dort auch ein Deck, von dem aus man sie sehen und retten konnte. Aber ein zweites offenes Fenster würde es in dem Kahn noch windiger und kälter machen.

Sie brauchte nur eine Sekunde, um diesen Gedanken zu verwerfen. Frieren war immer noch besser als darauf zu warten, umgebracht zu werden. Cindy und ihre Gang würden zu ihr zurückkommen, wenn sie Nicks Leiche losgeworden waren. Diese Wahrheit lag ihr wie ein Stein im Magen. Wie konnte ihre beste Freundin sie so verraten?

Aber jetzt war nicht die Zeit für Selbstmitleid. Sie ging auf die andere Seite und setzte den Serviettenspender erneut ein, um ein weiteres Fenster einzuschlagen. Diesmal gelang es ihr schon beim ersten Versuch, ein Loch in die Scheibe zu schlagen, das sie mit dem Behälter dann wie mit einem Hammer vergrößerte. Plötzlich hörte sie schwache Stimmen. Sie lehnte sich aus dem Fenster und sah in der Ferne zwei Kajakpaddler auf den Wellen schwanken.

„Hey!“

Die Kajakfahrer unterhielten sich weiter und bemerkten ihre Rufe nicht.

„Hilfe!"

Die beiden Kajaks schrumpften zu kleinen Punkten. Sie lagen tief im Wasser. Bald würden sie verschwunden sein. Sie konnte sie schon nicht mehr hören. Sie rief noch zehn Minuten lang weiter, in der Hoffnung, jemand anderes wäre in der Nähe. Keine Antwort.

Solange sie sich in dem Kahn befand, würde sie niemand sehen. Sie musste nach draußen gelangen. Auch unter diesem Fenster gab es kein Deck, und sie konnte von hier auch keines sehen.

Damit blieb ihre einzige Hoffnung, es auf die Plattform vor der Tür zu schaffen. Sie ging wieder an das erste Fenster und blickte hinaus. Erinnerungen an ihre Turnstunde drängten sich ihr auf. Sie war noch nie gut in Liegestützen, Klimmzügen oder Klettern irgendwelcher Art gewesen. Das Risiko war hoch, es nicht zu schaffen, und wenn sie im Wasser landete, dann hatte sie ein großes Problem. Auf der anderen Seite, was konnte schon schlimmer sein als die Situation, in der sie sich jetzt befand? So oder so war sie tot. Auf dem Deck würde sie vielleicht wenigstens jemand sehen.

Über ihr wurde der Himmel allmählich dunkler, der Wind nahm zu und pfiff durch das offene Fenster. Draußen auf der Plattform würde es noch kälter sein. Sie hatte vielleicht eine Stunde, dann würde die Unterkühlung beginnen. Ein Fehlgriff, und sie fiel ins Wasser, niemand würde sie retten oder sehen, wie sie ertrank.

Trotz der Kälte waren ihre Handflächen schweißnass. Sie wischte sie an ihrer Strumpfhose ab und holte tief Luft. Dann kletterte sie auf die Fensterbank und versuchte, sich an das gleichmäßige Schwanken des Boots anzupassen. Sie streckte ihren Arm aus, um die Entfernung abzuschätzen. Die Reling war etwa dreißig Zentimeter von ihrer ausgestreckten Hand entfernt. Ihre einzige Möglichkeit war, sie im Sprung zu packen. Sie musste die Hand in Richtung der Reling ausstrecken, sich vom Fenster abstoßen, nach der Reling greifen und sich daran auf die Plattform ziehen. Wenn sie danebengriff, fiel sie ins Wasser. Aber es waren doch nur etwa dreißig Zentimeter. Das müsste sie doch schaffen.

Ob sie genug Kraft hatte, sich hochzuziehen?

Sie zitterte und machte sich bereit. Noch einmal tief Luft holen, dann stieß sie sich von der Fensterbank ab und versuchte, so viel Sprungkraft wie möglich zu entwickeln, auf die Reling zu. Sie streckte ihre Finger weit nach der Reling aus.

Aber ihre Hände griffen ins Leere. Statt der Reling erwischte sie nur Luft. Verzweifelt ruderte sie mit den Armen in der Luft herum, während sie nach unten fiel.

KAPITEL 44

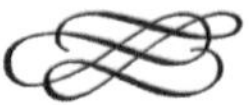

Dann schlossen sich ihre Finger um das kalte, nasse Metall, spürten seine Oberfläche, rostig von der Seeluft. Ihre Arme wurden ihr fast ausgerissen, als ihr ganzes Körpergewicht plötzlich abgebremst wurde und sie an der Reling hing. Erleichterung durchzuckte sie, als sie Atem holte. Sie hatte die oberste Sprosse der Reling verfehlt und auch die beiden darunter, aber die unterste Querstange gerade noch erwischt. Mit den Augen war sie genau auf Höhe des Decks, und sie hielt sich eisern fest.

Ihre Knöchel wurden nass, als das Boot im unruhigen Wasser auf und ab rollte. Sie musste sich hochziehen. Mit dem rechten Bein versuchte sie hochzukommen und drückte die Schuhsohle gegen die Bootswand. Dabei erinnerte sie sich an ihren einzigen Kletterversuch vor zwei Jahren. Man musste die Kraft in den Beinen nutzen, nicht die Arme.

Sie streckte eine Hand nach der nächsthöheren Sprosse aus und stieß sich mit dem Fuß ab, dann wiederholte sie das Ganze auf der anderen Seite. Jetzt war sie wenigstens aus dem Wasser heraus und hatte die Reling besser zu fassen bekommen.

Ihr Selbstvertrauen kehrte zurück und sie kletterte weiter, bis sie mit beiden Händen die oberste Sprosse erreicht hatte. Zwischen dieser Sprosse und der darunter war genug Platz, um ihre Füße und anschließend ihren ganzen Körper hindurchzuschieben. Auf der Plattform sackte sie erschöpft zusammen, empfand aber auch Stolz auf ihre Leistung.

Als sie zum Fenster zurückblickte, wurde ihr klar, dass es kein Zurück mehr ins Schiffsinnere gab. An der Außenseite des Kahns gab es keine Griffe oder andere Möglichkeiten, sich festzuhalten. Sie saß auf der Plattform fest und konnte nicht mehr in den Schutz des Restaurants zurückkehren. Mit ihren nassen Füßen blieb ihr vielleicht noch eine halbe Stunde, bevor die Unterkühlung einsetzte.

Sie suchte den Horizont ab. Unverändert. Kein Bootsverkehr und auch am Ufer nichts. Sie lehnte sich mit dem Rücken an die Tür und versuchte, ihren Körper so gut wie möglich vor der Kälte abzuschirmen. Ihre Zähne begannen schon zu klappern. Und Hunger hatte sie auch.

Ein Motorgeräusch riss sie aus ihren Gedanken. Als sie sich aufrichtete, schlug ihr Herz wie rasend. Was, wenn es Cindy und ihre Schläger waren? Aber sie waren es nicht, oder jedenfalls hörte es sich nicht so an. Es war ein Schlepper, der Motor war viel lauter als der, den sie letzte Nacht gehört hatte. Dieseldunst wehte zu ihr herüber. Sie stand auf und schrie.

„Hilfe!“

Der Schlepper fuhr weiter, nur dass er jetzt langsam Richtung Ufer abdrehte.

Sie winkte mit den Armen und schrie weiter.

„Hey – hier drüben! Hilfe!“

Der Schlepper wurde langsamer und drehte dann in ihre Richtung. Ihr Herz setzte einen Schlag aus, als sie sicher war, dass man sie bemerkt hatte. Das Boot drehte bei und kam längsseits. Ein rotgesichtiger Mann in Warnkleidung kam aus der Steuerkajüte und musterte sie misstrauisch.

„Lady? Was zum Teufel machen Sie denn hier?“

„Ich bin gekidnappt worden. Können Sie mich hier runterholen?“

„Gekidnappt?“ Er beäugte sie skeptisch. „Ich rufe die Cops an. Die können Sie holen kommen.“

Er griff in seine Tasche und zog ein Handy hervor.

„Nein! Sie dürfen sie nicht anrufen. Jedenfalls noch nicht. Dann wissen sie, wo ich bin."

„Wollen Sie das denn nicht, wo Sie doch gekidnappt wurden?" Er hielt inne und bekam einen Anfall von Raucherhusten. „Ist da noch jemand drin?"

In ihm steckte mehr Argwohn als Mitgefühl.

Kat wurde klar, wie sie in seinen Augen wirken musste – schmutzig, zerzaust und mit Strumpfhosen voller Brandlöcher.

„Nein. Sie haben einen Mann umgebracht und gesagt, sie kämen später zurück, um mich zu holen. Können wir jetzt einfach hier wegfahren?"

„Nur, wenn ich zuerst die Cops rufen kann. Dann sind die wenigstens unterwegs, wenn Ihre Kidnapper wiederkommen." Er sprach das Wort Kidnapper besonders betont aus, als ob er ihr immer noch nicht glaubte.

„Das werden sie nicht. Bringen Sie mich einfach schnell von diesem Boot weg. Bitte!"

Er warf ihr einen zweifelnden Blick zu.

„Ich kapier Sie nicht. Wenn Sie die Wahrheit sagen würden, würden Sie doch wollen, dass ich sie anrufe."

„Ich weiß, dass es komisch klingt, aber ich habe einen guten Grund. Je mehr Zeit wir mit Reden verbringen, desto gefährlicher wird es. Ich erkläre Ihnen alles, wenn ich von diesem Ding herunter bin. Fällt das denn nicht unter Seemanns-Ehrenkodex oder so? Müssen Sie mich nicht retten?"

Seine Augen glitten an ihr herauf und herunter, anscheinend versuchte er einzuschätzen, wieviel Ärger sie ihm machen würde. Schließlich beschloss er, dass sie wohl harmlos war.

„Na schön. Ich nehm Sie mit. Aber Sie müssen hier runterspringen." Der Schlepper lag ungefähr drei Meter tiefer als der Kahn. Aber das war nicht das Schlimmste. Es gab eine Lücke von etwa einem Meter zwischen dem Schlepper und Kats schwimmendem Gefängnis. Normalerweise kein schwieriger Sprung. Aber die kalte Luft und der Nahrungsmangel hatten sie geschwächt. Wenn sie danebensprang, fiel sie in das eisige Wasser zwischen dem Schlepper und dem Kahn.

„Bereit? Hier, greifen Sie sich das hier." Es war ein Seil.

„Warum brauche ich ein Seil?"

„Falls es danebengeht. Dann kann ich Sie rüberziehen."

Aber sie verfehlte den Schlepper nicht. Sie landete auf dem Deck. Ihre Knie fingen den Aufprall größtenteils ab. Ihre Knorpel heulten auf, aber nach einer Minute ließ der Schmerz nach. Sie rollte auf die Seite und blieb völlig erschöpft liegen. Endlich war sie von dem verdammten Kahn herunter.

Die dicken Hände des Schlepperkapitäns griffen nach ihren und zogen sie hoch. Er deutete auf die Steuerkajüte.

„Ich heiß Rory. Jetzt rein da mit Ihnen. Da drin ist eine Decke. Ich komm gleich nach."

Kat tat, wie ihr geheißen, ließ sich in der warmen Kajüte nieder und wickelte sich in eine muffige Wolldecke. Als sie auf das schwimmende Restaurant zurückblickte, schlotterte sie. Es war ein Klotz aus Glas und Stahl aus den Achtzigern, der auf einer erhöhten Plattform etwa fünf Meter über dem Wasser schwamm. Die einst weißen Stahlwände waren vom Rost übel zugerichtet, und der Kahn krängte im Wasser.

Rory kehrte in die Kajüte zurück und hantierte mit der Steuerung. Der Schlepper nahm wieder Fahrt auf.

„Ich bring Sie zur Marina. Aber erstmal müssen Sie mir das jetzt erklären. Was machen Sie denn bloß in der McBarge?"

„McBarge?"

Er runzelte die Stirn und musterte ihr Gesicht.

„Kennen Sie die nicht?"

„Was kennen?"

„Das ist ein alter McDonald's. Sind Sie von hier?"

Kat nickte.

„Na also. Dann erinnern Sie sich doch bestimmt. Expo '86?"

Die Erinnerung an die Weltausstellung in Vancouver kam schlagartig zurück. Harry und Elsie hatten Kat im Sommer 1986 bei jeder Gelegenheit hierher mitgenommen. Sie hatte viele Male in dem schwimmenden McDonald's gegessen. Damals hatte sie sich nur für das Essen interessiert, nicht für das Dekor, deshalb hatte sie es nicht wiedererkannt. Sie starrte auf den rostigen Kasten, der da im Wasser trieb, verblüfft, dass dieser die ganze Zeit dort gewesen war.

„Ich glaube, ich erinnere mich ein bisschen. Ich hatte keine Ahnung, dass das Ding die ganzen Jahre hier war."

„Sollte es auch nicht. McDonald's wollte es behalten, aber die Stadt ließ das nicht zu. Jedes Mal, wenn sie mit einem neuen Standort ankamen, wurde das von den Stadtplanern abgelehnt."

„Also haben sie die McBarge hierhergeschleppt?"

„Das sollte nur vorübergehend sein. Aber aus Monaten sind Jahre geworden, und als McDonald's keine Genehmigung bekam, hatten sie die Nase voll und haben das Ding liegengelassen. Seitdem schwimmt es hier, wie ein halb aufgegessenes Happy Meal. Aber Sie haben mir immer noch nicht gesagt, was los ist – warum rufen wir die Cops nicht an?"

Kat gab Rory einen groben Überblick über die Geschehnisse, angefangen bei ihrem Lauf gestern Morgen. Sie ließ die Einzelheiten über Liberty weg und sagte nur, sie sei Zeugin eines Verbrechens geworden. Jemand hatte einen üblen Cop bezahlt, der bereits das andere Entführungsopfer getötet hatte.

Nun schien Rory Mitgefühl zu entwickeln.

„Jetzt kapier ich. Korrupte Cops sind die Schlimmsten. Ihr Wort steht gegen deins. Aber es muss doch jemanden geben, dem Sie trauen können. Oder?"

Kat schüttelte den Kopf. Nach Cindys Verrat würde sie sich jetzt nur noch auf eine Person verlassen: auf sich selbst.

KAPITEL 45

„Was ist denn mit Ihnen los? Sie sind ja völlig hinüber!" Platts eisblaue Augen studierten sie, während er über den abgewetzten Teppich des Ganges auf ihren Tisch zukam, den letzten ganz hinten am Fenster. Vom Restaurant an der Marina konnte man über das Wasser sehen, aber die Fenster waren beschlagen und der Sonnenschein von draußen erzeugte drinnen nur ein mattes Leuchten.

Platts dunkelblauer Anzug und seine Ziegenlederschuhe wirkten in Maggie's Surf'n'Turf ebenso deplatziert wie Kats abgerissener Punk-Look. Die Stammgäste des Restaurants hatten sie schon seit fast einer Stunde mit Seitenblicken bedacht und sich flüsternd über die Brandlöcher in ihrer Strumpfhose und den Handgelenkverband aus Frischhaltefolie das Maul zerrissen. Sie hatten nicht viele andere Gesprächsthemen gehabt, seit Rory sie abgesetzt und Maggie gebeten hatte, ihr Essen auf seine Rechnung zu setzen. Kat schluckte einen Bissen Omelett herunter und legte ihre Gabel weg.

Maggie erschien gleichzeitig mit Platt und stellte einen dampfenden Kaffeebecher vor ihm ab, bevor er sich auch nur dem Sitz genähert hatte.

„Das gehört zu dem, was ich Ihnen erzählen muss. Es hat einen weiteren Mord gegeben." Sie schluckte den letzten Rest bitteren Kaffee herunter und stand auf. „Wo steht Ihr Wagen?"

„Nicht so schnell. Sie haben mir einen Tipp zu Takahashi versprochen. Was ist damit?" Platt leerte beide Päckchen Kaffeesahne in seine Tasse und nahm dann einen Schluck, ohne vorher umzurühren.

Kat setzte sich wieder.

„Das kann ich Ihnen hier nicht sagen. Jemand könnte zuhören." Das war eine Untertreibung. Das Leben im Diner war völlig zum Stillstand gekommen. Als sie anfing zu reden, erstarben sämtliche Gespräche und das Klappern von Besteck und Geschirr hörte plötzlich auf. „Ich erzähle es Ihnen im Auto."

„Na schön. Aber geben Sie mir eine Minute, ja?" Platt wirkte gereizt. „Das war heute das zweite Mal, dass ich mich durch den Berufsverkehr quälen musste. Ich hätte gern ein paar Minuten, bevor ich es zum dritten Mal tue."

Das Verkehrschaos von Vancouver nahm mit jedem Tag zu. Der Berufsverkehr hielt morgens mindestens bis halb elf vormittags an und machte dann nur kurz Pause, um mittags wieder einzusetzen.

„Okay, aber jede Minute, die wir verschwenden, könnte weniger Beweise bedeuten."

Platt lehnte sich in seinem Sitz zurück, nippte an seinem Kaffee, schwenkte ihn in seinem Mund herum und schluckte erst anschließend. Kat versuchte, ihren Widerwillen zu verbergen. Alles an ihm irritierte sie. Aber er war der einzige Cop, dem sie noch vertrauen konnte. Da er nichts für Cindy übrig hatte, konnte sie ziemlich sicher sein, dass er mit der Entführung nichts zu tun hatte.

„Ich hoffe sehr, dass sich der Weg wenigstens gelohnt hat. Ich bin kein Taxiservice."

Fünfzehn Minuten später ließ Platt sich von Kat ins Bild setzen, während sie in seinem Zivilwagen, der durch seine riesige Antenne deutlich als Polizeifahrzeug erkennbar war, in Richtung Stadtzentrum fuhren. Sie erzählte ihm von der Entführung, der McBarge und Nicks Ende, sagte aber für den Augenblick nichts von Cindys Verwicklung darin.

„Wenn das stimmt, sollten wir zur McBarge unterwegs sein, nicht in die genau gegensätzliche Richtung." Platt packte das Lenkrad fester, seine Fingerknöchel waren von dem Druck weiß. „Warum haben Sie mir das nicht schon an der Marina erzählt? Ich hätte jetzt schon jemanden draußen am Boot haben können."

Er löste seinen Griff am Lenkrad für einen Augenblick und tippte ungelenk ein paar Nummern in sein Mobiltelefon ein.

„Wir müssen erst zur Liberty-Aktionärsversammlung, bevor die Abstimmung stattfindet."

„Abstimmung für was?" fragte er.

Platt war entweder begriffsstutzig oder unternahm alles, um ihr auf die Nerven zu gehen. Wie konnte er den Mord an Takahashi untersuchen und dabei nichts über das Übernahmeangebot wissen?

Er brüllte etwas verschlüsselten Cop-Jargon über die McBarge in sein Mobiltelefon. Er schickte jemanden hin, um den Tatort zu sichern.

„Die Aktionäre stimmen heute über das Porter-Übernahmeangebot ab. Porter Holdings ist in Wirklichkeit eine Fassade für das organisierte Verbrechen." Sie wartete auf eine Reaktion Platts, sein Gesicht blieb aber ausdruckslos.

„Sie wollen Liberty kontrollieren, um damit Diamanten vom Schwarzmarkt zu waschen."

„Sie müssen eine Firma dafür kaufen?"

„Sie werden schon sehen, wenn wir auf der Versammlung sind. Nick ist der größte Anteilseigner. Wenn Nick nicht da ist, um sein Stimmrecht auszuüben, wird er automatisch von jemandem aus dem Vorstand vertreten."

Irgendwo in Platts Schädel ging ein Licht an.

„Ah. Ein Motiv. Jemand anders könnte für die Übernahme stimmen."

Genial. Der Mann brauchte einfach nur etwas Orientierungshilfe.

„Genau. Dann wird Liberty Porter gehören. Als Nick zu viele Fragen über die Übernahme gestellt hat, wurde er entführt." Sie waren nur wenige Blocks von dem Hotel entfernt, aber die Autos standen Stoßstange an Stoßstange.

„Warum hat Nicks Stimmverhalten so viel zu bedeuten? Warum nicht andere Aktionäre entführen?“

Kat holte tief Luft. Hatte er die Verbindung zu den Morden an Braithwaite oder Takahashi noch nicht hergestellt? Liberty war der gemeinsame Nenner.

„Nick ist nicht der erste. Ich bin überrascht, dass Sie das noch nicht wussten.“ Es war eine kaum verhohlene Spitze gegen seine Gründlichkeit. „Braithwaite war der andere Hauptaktionär. Er wurde zuerst ermordet. Beide zusammen kontrollierten genug Aktien, um den Ausgang der Abstimmung zu bestimmen. Und auch Ken Takahashi hat für Liberty gearbeitet. Alex Braithwaite, Ken Takahashi und jetzt Nick Racine.“

„Da könnte es eine Verbindung geben“, gab Platt widerwillig zu. „Aber warum sollte jemand sie töten wollen?“

Kat unterdrückte den Drang, auf ihn einzuschlagen. Hatte er die Informationen, die sie ihm bei der Befragung zu Takahashi gegeben hatte, völlig ignoriert? Sie atmete tief durch und erklärte es erneut.

„Wer auch immer Liberty haben will, wollte sie aus dem Weg schaffen. Alex Braithwaite und Nick Racine waren die zwei größten Aktionäre. Braithwaite war gegen die Übernahme. Nick war gezwungen, dafür zu stimmen, weil er Schulden gemacht hatte, um seine Spielschulden zu bezahlen. Takahashi, der Chefgeologe, musste beseitigt werden, als er die manipulierten Diamantenfunde in Frage stellte.“

„Welche neuen Informationen haben Sie zu Takahashi?“

„Das habe ich ihn gerade gesagt. Nick *ist* die neue Information.“

„Katerina, warum konnten Sie mir das nicht schon an der Marina sagen? Oder am Telefon? Sie haben mich den ganzen Weg kommen lassen, weil Sie mir neue Beweise zum Fall Takahashi versprochen hatten.“

Sie standen an einer Kreuzung, die noch einen halben Block von dem Hotel entfernt war. Die Ampel war grün, aber der Weg war von einem Taxi blockiert, das vor ihnen unbedingt noch über die rote Ampel hatte fahren wollen. Platt warf einem Jugendlichen mit Dreadlocks, der sich anschickte, die Windschutzscheibe zu waschen, einen so bösen Blick zu, dass dieser von seinem Vorhaben abließ. Er freute sich nicht gerade auf die Aussicht, nach der Aktionärsversammlung ein viertes Mal durch den Berufsverkehr zu müssen, um zur McBarge zurückzufahren.

„Detective, wenn ich Ihnen das auf andere Weise erzielt hätte, dann wären Sie nicht gekommen. Aber es geht wirklich um Takahashi. Das werden Sie auf der Aktionärsversammlung auch sehen." Sie erzählte ihm von Clara, ihrer Tarnung als Susan, und von Ortega. Jeder, der im Weg stand, wurde ermordet.

Platt schwieg einen Augenblick lang. Die Kreuzung wurde frei und sie konnten weiterfahren.

„Wie kommen Sie ins Spiel? Sie arbeiten doch gar nicht für Liberty."

„Habe ich aber, bis ungefähr vor einer Woche. Sie haben mich beauftragt, die Bryant-Unterschlagung zu untersuchen. Als ich tiefer gegraben habe, habe ich die Sache mit den gewaschenen Diamanten entdeckt. Und da wurde Takahashi ermordet."

„Und warum wurden Sie entführt? Warum hat man Sie nicht einfach auch umgebracht?"

„Sie hatten schon versucht, mich umzubringen, als ich von der Straße abgedrängt wurde. Dann haben sie mich gefeuert. Aber ich schätze, dass ich mich mit einem Nein nicht abfinde. Als ich Clara entlarvt habe, haben sie mich gekidnappt. Sie wollten mich von der Aktionärsversammlung fernhalten, damit die Abstimmung durchgeht."

„Und warum wurden Sie nicht gleichzeitig mit Nick umgebracht?"

„Ich weiß nicht. Es gibt bestimmt einen Grund." Der Mann brachte sie zur Verzweiflung. „Fragen Sie Cindy Wong."

KAPITEL 46

Kat raste durch die Lobby, an dem verblüfften Concierge vorbei, und hätte fast eine ältere Dame umgerissen, die ihren Weg kreuzte. Sie duckte sich nach links weg und konnte gerade noch den Zusammenprall mit einem Beistelltischchen vermeiden, auf dem eine teuer aussehende Vase stand.

„Sorry!" rief sie über die Schulter zu der Frau zurück, die ihren Schirm gegen sie schwenkte.

„Immer langsam, Kleine!" Die Frau streckte ihr den Schirm vorwurfsvoll entgegen. „Ein bisschen Respekt bitte, und schauen Sie hin, wo Sie gehen!"

Die Stimme der alten Frau verlor sich hinter ihr, als Kat die Stufen zum Kristall-Ballsaal heraufeilte. Platt folgte ihr in höflicher Distanz.

Die Kronleuchter glitzerten und wurden von den verspiegelten Wänden vervielfacht, und Kat brauchte einen Augenblick, um zu bemerken, dass die meisten Sitze leer waren. War sie zu früh? Sie sah auf ihre Uhr, aber ihr Handgelenk war in Folie gewickelt. Ihre Uhr war immer noch auf der McBarge, wo sie sie nach dem Durchschneiden des Kabelbinders zurückgelassen hatte.

Nach Audrey musste sie nicht lange suchen. Schon bevor diese in ihr Gesichtsfeld trat, war sie von Chanel No. 5 eingehüllt.

„Du meine Güte! Sehen Sie sich nur an.“ Audrey musterte Kat von oben bis unten. „Ist alles andere in der Wäsche?“

„Ich kann alles erklären, Audrey. Ich wurde gekidnappt und erst vor einer Stunde gerettet. Ich wurde auf der McBarge gefangen gehalten und –“

„Die McWas? Lassen Sie mich raten. Diesmal ist die McMafia schuld?“

„Audrey, ich bin nicht verrückt. Aber wie dem auch sei. Wann fängt die Aktionärsversammlung an?“ Kat drehte sich verwirrt um. Wo waren denn alle? Weniger als ein Dutzend Leute waren im Raum verteilt.

„Anfangen? Sie ist seit zwanzig Minuten zu Ende.“

Kat sank das Herz. Die Versammlung war für zehn Uhr angesetzt gewesen. Ihr war nicht klar gewesen, dass es schon so spät war.

„Und wer hat für Nicks Aktien abgestimmt?“

„Das war ich.“

„Sie haben dagegen gestimmt, hoffe ich?“

„Wir haben dafür gestimmt.“

Kat fühlte sich, als habe man sie in den Magen geschlagen. Wie konnte Audrey Liberty kampflos aufgeben? Sie war zu betäuben, um etwas zu sagen.

Detective Platt erschien endlich, sein Gesicht war rot und schweißüberströmt. Platt war zwar schlank, aber nicht besonders gut in Form, stellte Kat mit einem Anflug von Zufriedenheit fest. Er holte tief Luft und atmete durch den Mund wieder aus, um seinen Atem zu beruhigen.

„Audrey Braithwaite, dies ist Detective –“

„Wir kennen uns bereits“, sagte Audrey knapp und drehte sich dann zu Platt um. „Nicht, dass ich in letzter Zeit allzu viel von Ihnen gehört hätte.“

Platt ermittelte offenbar auch im Mordfall Alex Braithwaite. Offensichtlich gehörte Audrey ebenfalls nicht zu seinem Fanclub.

Audrey schlang sich einen Kaschmirschal um den Hals und marschierte an ihm vorbei, ohne seine ausgestreckte Hand zu beachten. Sie ging schnurstracks auf die Doppeltüren an der Hinterseite des

Baums zu. Kat folgte ihr, wild entschlossen, Audreys Aufmerksamkeit zu erringen.

„Audrey, Nick ist ermordet worden." Kat sagte das einzige, was ihr einfiel, um Audrey vom Gehen abzuhalten.

„Nein!" Audreys Gesicht wurde blass und sie blieb im Flur einen Augenblick regungslos stehen, dann sackte sie in einem Ohrensessel zusammen. Der Sessel verschluckte sie regelrecht, sie wirkte noch winziger als je zuvor. „Erst Alex und jetzt Nick? Das erklärt, warum er nicht bei der Versammlung war." Sie packte die Armlehnen und wappnete sich für weitere schlechte Nachrichten. „Was ist passiert?"

Kat gab ihr eine kurze Zusammenfassung der Entführung, die darin kulminierte, dass Nick weggebracht und erschossen wurde.

„Sie glauben, dass dahinter auch Susan steckt, oder?" fragte Audrey.

Kat konnte nicht sagen, ob Audrey ihr glaubte oder nicht. Aber es kam nicht mehr darauf an. Nach der Abstimmung war Liberty fest in Ortegas Händen. So ziemlich jeder, der ihm im Weg gestanden hatte, war zum Schweigen gebracht worden.

„Vielleicht nicht direkt. Aber den Mehrheitsaktionär loszuwerden kann nicht schaden, vor allem, wenn er nicht kooperiert." Sie erzählte Audrey von Nicks Spielsuchtproblem und Ortegas versuchter Erpressung.

„Was soll ich nur machen?" Audrey erhob sich aus dem Sessel, und ihre Augen huschten durch den Flur. „Bin ich die nächste?"

„Darüber würde ich mir keine Sorgen machen." Aber Audrey hörte nicht mehr zu. Sie drückte den Fahrstuhlknopf und drehte sich zu Platt um. Ihre Augen verengten sich, als sie ihn anstarrte.

„Sie waren bisher keine große Hilfe. Arbeiten Sie überhaupt am Fall meines Bruders?"

„Ms. Braithwaite, wir arbeiten sehr hart. Aber wenn Leute Informationen zurückhalten, verzögert das die Ermittlungen", sagte er mit einem deutlichen Blick in Kats Richtung. „Wenn man uns nicht alles sagt, können wir auch nicht reagieren."

Kat unterbrach ihn. Sie kochte vor Zorn.

„Ich habe Ihnen alles gesagt, Detective. Aber Sie haben mich ignoriert. Ich habe Ihnen gesagt, dass der Mord an Alex Braithwaite mit dem an Takahashi zusammenhängt, und nun das. Sie hätten den Mord an Nick verhindern können, und meine Entführung auch. Warum hören Sie mir nicht zu? Sie haben zu lange auf Ihrem Arsch gesessen."

Die Aufzugtür öffnete sich und Audrey trat hinein.

„Jeder Tag, an dem Sie nichts finden, ist für Alex' Mörder ein weiterer Tag Zeit davonzukommen, Detective Platt."

Die Tür schloss sich, bevor Kat folgen konnte.

Ein weiterer Tag Zeit, mit Mord davonzukommen.

KAPITEL 47

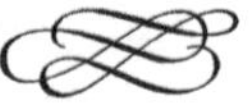

„Audrey, warten Sie!“ Kat eilte die Treppe zur Lobby herunter, immer der Duftspur von Chanel hinterher. Sie brauchte nicht lange, um Audrey einzuholen, die vor ihr einherstöckelte. Es war zu spät, noch etwas zu ändern, aber sie musste es wissen. „Warum haben Sie mit Ja gestimmt?“

„Was ist los mit Ihnen? Haben Sie es sich schon wieder anders überlegt?“ Audrey blieb stehen, um sich ein Paar Handschuhe über ihre manikürten Finger zu streifen.

„Wovon reden Sie? Sie haben Liberty gerade einer Bande von Verbrechern überlassen.“

„Nein, haben wir nicht. Wir haben dafür gestimmt, die Übernahme zu stoppen. Der Aufsichtsrat hat einen neuen Beschlussvorschlag gemacht, die Übernahme abzulehnen. Ich habe im Namen der Stiftung abgestimmt, und auch in Vertretung von Nick. Das wollten Sie doch?“

Die Zeit blieb kurz stehen, dann begriff sie.

„Ja! O Audrey, danke!“ Kat zog Audrey an sich und umarmte sie. Liberty würde Ortega nicht in die Hände fallen. Ein Problem weniger. „Ich habe Sie also überzeugt?“

Audrey befreite sich aus ihrer Umarmung und strich ihren Pelzmantel glatt. Offenbar hielt sie nicht viel von Körperkontakt.

„Als Sie sagten, Susans richtiger Name sei Clara, habe ich ein bisschen nachgeforscht. Und Sie hatten recht, ich habe einen Zeitungsartikel über die Ortegas gefunden. Susan – ich meine, Clara – war auf einem Foto mit ihrem Vater zusammen abgebildet. Der Bericht war nicht sehr schmeichelhaft. Es sind Gangster, so einfach ist das. Dann habe ich die Referenzen in Susan Sullivans Lebenslauf angerufen. Niemand hatte je von ihr gehört. Ich war meiner Sache schon ziemlich sicher, aber als sie dann auch bei der Versammlung heute nicht aufgetaucht ist …"

„Wie? Sie war nicht da?" Kats Gedanken rasten. Warum würde Clara in so einem entscheidenden Moment Reißaus nehmen? Das Geld war noch eingefroren. Ohne das Geld würde sie sich nie davonmachen. Was ging hier noch vor? Sie musste ins Büro und an ihren Laptop, um sicherzugehen, dass das Geld noch da war.

„Sie brauchen eine Dusche. Rufen Sie mich heute Nachmittag an. Wir haben viel zu besprechen." Ohne sich weiter um sie zu kümmern, glitt Audrey in den Fond des schwarzen Cadillacs, der am Straßenrand wartete.

KAPITEL 48

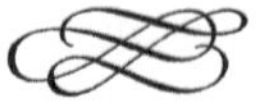

„Bryant?“ Ortega schnappte nach Luft, fing sich aber schnell wieder. Der Kerl sollte inzwischen doch tot sein.

„Bryant wer?“ fragte Ortega in gespieltem Unwissen. Er bedeckte die Sprechmuschel mit der Hand und wedelte mit der anderen Hand seine neueste Sekretärin davon, eine venezolanische Schönheit, deren Talente sich nicht auf Telefonieren oder Tippen erstreckten. Er wurde ihrer allmählich müde, und die Schönheitsoperationen allmählich teuer.

„Sie wissen genau, wer, Mr. Ortega“, antwortete die Stimme am anderen Ende der Leitung. „Und jetzt hören Sie genau zu. Ich habe etwas, das Sie wollen.“

„Kein Interesse. Ich muss jetzt zu einem Meeting.“ Warum zum Teufel lebte er noch? Hatte Clara ihren Job nicht erledigt und ihn beseitigt?

„Vergessen Sie das Meeting. Was wir zu besprechen haben, ist viel wichtiger.“

Ortega versuchte, nach den Hintergrundgeräuschen zu lauschen. Bryant rief ihn von einem öffentlichen Ort aus an. Im Hintergrund waren Durchsagen zu hören, wie an einem Flughafen oder Bahnhof.

Er musste herausfinden, wo Bryant sich aufhielt. Jedenfalls, wenn dieser unverschämte Bastard tatsächlich Bryant war.

„Was sollte ich mit Ihnen schon zu bereden haben?“ Bryant war als Sündenbock für das gestohlene Geld eingeplant gewesen, darüber hinaus hatte er keine Verwendung für ihn.

„Ich kann mir fünf Milliarden Gründe dafür vorstellen, dass Sie mit mir reden.“

Ortega hielt inne, bevor er antwortete. Bryant stocherte nur nach Informationen. Natürlich wusste er von dem Geld. Schließlich war er deshalb hereingelegt worden. Aber woher hatte Bryant seine Telefonnummer?

„Tatsächlich? Nennen Sie mir einen.“ Claras Bild stand auf seinem Schreibtisch. Ihr Gesicht lächelte ihn an. Er legte es mit der Bildseite nach unten hin. Sie war nicht mehr seine Tochter.

„Ich habe das Geld.“

Unmöglich. Das Konto von Opal Holdings bei Bancroft Richardson war immer noch von der Regulierungsbehörde eingefroren. Das allein machte Ortega keine Sorgen. Jeder ließ sich kaufen, wenn der Preis stimmte.

„Welches Geld?“ Ortega sprach ohne erkennbare Regung, fest entschlossen, seine Wut nicht zu erkennen zu geben. Es pochte in seinem Kopf, und er spürte, wie sein Gesicht rot wurde.

„Die fünf Milliarden, Arschloch. Tun Sie nicht so. Sie wissen genau, wovon ich rede.“

Ortega meldete sich auf der Website von Bancroft Richardson an und keuchte. Das Geld war weg, was Bryants Behauptung bestätigte. Es war am Tag zuvor in drei getrennten Überweisungen abgehoben worden. Die gesamte Summe. Aber das musste ein Irrtum sein. Er zwang sich, ungerührt weiterzusprechen, während sich in seiner Magengegend Panik breitmachte.

„Sagen Sie mir, was Sie wollen.“

„Fünfzig Prozent. Die Hälfte der fünf Milliarden.“

„Die Hälfte?“ Ortega war wie vom Donner gerührt. Jemanden wie ihn beraubte man nicht. War Bryant nicht klar, mit wem er es zu tun hatte? „Keine Chance.“

„Überlegen Sie sich Ihre Antwort gut. Denken Sie darüber nach. Wenn Sie sich weigern, bleibt Ihnen am Ende gar nichts."

„Warum sollte mir gar nichts bleiben? Das Geld gehört mir. Außerdem ist das Konto momentan eingefroren." Es musste ein Fehler vorliegen, eine Kontoverwechslung oder so etwas. Aber wie groß war die Wahrscheinlichkeit einer Verwechslung mit einem anderen Milliarden-Dollar-Konto?

„Es ist nicht eingefroren, Mr. Ortega. Im Gegenteil, das Geld ist gerade jetzt angenehm flüssig."

Ortega konnte das süffisante Grinsen bei diesen Worten fast spüren.

„Warum sollte ich Ihnen glauben?"

„Das müssen Sie nicht. Sehen Sie selbst nach. Ich warte so lange."

Ortega schaltete das Telefon stumm.

„Luis! Hierher!" Die mit Schnitzereien verzierten Holztüren seines Büros öffneten sich und Luis erschien. Er strich sich mit einer Hand das schüttere Haar quer über seine fortgeschrittene Glatze.

„Lass diesen Anruf verfolgen. Finde heraus, von wo er anruft."

Er würde sein Geld wiederbekommen, so oder so. Bryant würde ihn vielleicht auch zu Clara führen.

Luis nickte und verschwand wieder hinter der Tür. Er würde jemanden bei der Telefongesellschaft anrufen, den sie gekauft hatten.

Ortega hob die Stummschaltung wieder auf.

„Woher weiß ich, dass Sie wirklich der sind, für den Sie sich ausgeben?"

„Erstens: ich weiß von dem Geld. Zweitens: ich weiß von Ihnen. Diese Verbindung hat noch niemand hergestellt. Noch nicht. Das sollte etwas wert sein."

„Drohen Sie mir, Mr. Bryant?"

„Ich bedrohe überhaupt niemanden, Mr. Ortega. Ich dachte nur, wir könnten teilen."

„Ich teile nichts, was mir gehört."

„Das ist Interpretationssache. Meines Wissens gehört dieses Geld genaugenommen den Liberty-Diamantenminen."

„Vielleicht bin ich bereit, Ihnen etwas zu geben. Aber nicht fünfzig Prozent. Das kommt nicht in Frage."

„Sie hören nicht besonders gut zu, Mr. Ortega. Ich habe Ihnen gesagt, was ich verlange. Fünfzig Prozent. Das ist nicht verhandelbar."

Ortega hielt inne. Er hatte schon vor langer Zeit gelernt, keine voreiligen Schlüsse zu ziehen. Warum sollte Bryant einen Anteil verlangen, wenn er das Geld schon hatte? Dafür gab es keinen Grund. Es konnte nur bedeuten, dass er noch etwas brauchte, um an das Geld heranzukommen. Was fehlte Bryant noch. Clara? Geld für eine notwendige Bestechung? Ein Kennwort?

„Ich brauche mehr Zeit."

„Die beste Zeit ist immer jetzt, Mr. Ortega."

„Mr. Bryant, Sie haben mir noch keinen Beweis geliefert. Wenn das Geld tatsächlich nicht mehr auf dem Konto ist, was heißt das schon? Es beweist nicht, dass Sie es haben oder wissen, wo es ist."

„Ich dachte mir, dass Sie so etwas sagen würden. Deshalb habe ich Ihnen als Zeichen meines guten Willens einen Vorschuss überwiesen." Bryant lachte. „Sehen Sie auf Ihrem Treuhandkonto im Libanon nach. Sehen Sie die eine Million Dollar?"

„Welche Million Dollar?" Ortega tippte wild drauflos, um sich bei seinem anderen Konto anzumelden. Seine Hände zitterten, während er auf die Anmeldung wartete. Da war es. Eine Einzahlung von genau einer Million Dollar, mit dem Datum von gestern.

„Sehen Sie? Das ist ein kleines Geschenk von mir. Nennen Sie es ein Zeichen des guten Willens."

„Wie haben Sie das gemacht?" Ortega brauste auf. Wo hatte Bryant seine Kontodaten her? Nur Clara und sein Buchhalter wussten von diesem Konto. Welcher der beiden trieb ein doppeltes Spiel mit ihm? Wie viele weitere seiner Konten waren geknackt worden? Welche weiteren Informationen über seine Organisation waren aufgedeckt worden? Er zog sein weißes Taschentuch hervor und tupfte sich die Schweißperlen von der Stirn.

„Ist das von Bedeutung?"

Ortega antwortete nicht. Er brauchte Zeit zum Nachdenken.

„Wissen Sie, Mr. Ortega, die meisten Leute zeigen mehr Dankbarkeit, wenn ihnen jemand eine Million Dollar gibt. Sie könnten wenigstens Danke sagen."

Ortega ging in die Luft.

„Du Bastard! Das ist mein Geld! Du hast es gestohlen. Es gehört dir nicht."

„Interpretationssache. Offiziell bin ich tatsächlich derjenige, der es gestohlen hat. Aber wir wissen beide, dass Sie es waren."

Ortega glaubte, ein Lächeln in Bryants Stimme zu spüren. Offenbar genoss er jede Minute der Szene und sprach betont langsam, um die Folter so lang wie möglich auszudehnen.

„Mr. Ortega? Sie wissen ja, von einem Dieb zu stehlen, ist kein Verbrechen, sagt man. Das passt doch auf uns beide, bis aufs I-Tüpfelchen, meinen Sie nicht?"

Ortega antwortete nicht. In ihm kochte es, und er stand kurz vor der Explosion.

Er nahm einen weiteren Namen in seine Liste auf. Geld oder kein Geld, Bryant würde die Woche nicht überleben.

KAPITEL 49

„Bleib weg von mir!“ schrie Kat und rannte in ihr Büro. Cindy folgte ihr auf dem Fuß. „Ich rufe die Cops!“

Sie griff nach ihrem Mobiltelefon auf dem Schreibtisch und wählte 911. Cindys lederbekleideter Arm packte ihren und drückte ihn auf die Schreibtischplatte herunter. Kats Knöchel krachten auf das Holz, als sie versuchte, ihr Telefon fester zu greifen. Sie verfluchte sich für ihre Dummheit. Natürlich musste Cindy inzwischen erfahren haben, dass sie entkommen war. Warum hatte sie nicht einfach ihren Laptop eingepackt und war wieder gegangen, anstatt darauf zu warten, dass Cindy herkam und sie erledigte?

„Au! Du tust mir weh!“ Kats Größenvorteil war gegen Cindys Kampfkünste nutzlos.

„Kat! Hör auf, um dich zu schlagen, dann lasse ich dich auch los. Was zum Teufel ist denn los mit dir?“

Cindy hielt ihren Arm still und drückte Kat wie ein Preisringer auf den Schreibtisch herunter. Sie hörte aus der Ferne die Stimme aus der Notrufzentrale, während sie versuchte, ihren Arm freizukämpfen. Zumindest hielt sie das Mobiltelefon noch in der Hand und versuchte, die Verbindung nicht zu trennen.

„Hier spricht die Notrufzentrale. Polizei, Feuerwehr oder Rettungswagen?“

„Polizei! Hilfe!“ schrie Kat ungefähr in Richtung Telefon. Cindy versuchte, ihre Finger zu erreichen und ihr das Telefon mit der freien Hand zu entwinden. Kat schloss ihren Griff fester um das Telefon, um zu verhindern, dass Cindy die Verbindung trennte. Die Stimme war nur schwach zu hören, da sie das Telefon am ausgestreckten Arm hielt.

„…fen Sie von einem Mobiltelefon an? Von welcher Adresse aus rufen Sie a…?“

„Au!“ Kat schrie vor Schmerz auf, weil Cindy ihr fest in die Handfläche drückte. Ihr Griff löste sich gegen ihren Willen, Cindy schnappte nach dem Telefon und drückte auf ABBRECHEN. Die Verbindung war getrennt.

„Kat, Schluss jetzt mit dem Theater! Kannst du nicht mal eine Minute Ruhe geben, damit ich dir alles erklären kann?“

Kat rieb sich die Hand. Der furchtbare Schmerz, den sie eben noch gespürt hatte, war verschwunden, als hätte es ihn nie gegeben. Wie konnte Cindy ihr solche Schmerzen bereiten, ohne bleibende Schäden zu hinterlassen? Kat riss sich in die Gegenwart zurück. Ihr Arm war frei, aber sie saß immer noch mit einer Mörderin in einem Zimmer.

„Bringst du mich jetzt um?“

„Natürlich nicht! Du handelst dir selbst schon genug Ärger ein, ohne dass ich etwas damit zu tun habe. Du rennst durch dunkle, einsame Parks, pfuschst an Tatorten herum und legst dich mit Gangstertöchtern an. Ich habe dir den Arsch gerettet. Gus wollte dich umbringen!“

„Du mich gerettet? Du hast mich getreten und mich halbtot auf der McBarge zurückgelassen!“ Kat verschränkte die Arme und starrte Cindy böse an. „Ich hätte erfrieren können.“

„Na, so viel scheinst du mir ja nicht abgekriegt zu haben. Du brauchst allerdings eine Dusche – du stinkst nach Seetang.“ Cindy verzog die Nase. „Wenn ich nicht auf die McBarge mitgegangen wäre, dann hätten sie dir sofort den Rest gegeben. Ich habe Gus überzeugt, dass du lebendig wertvoller bis als tot. Es war meine Idee, Nick und dich dorthin zu bringen, um euch außer Gefahr zu bringen und etwas Zeit zu gewinnen, bis wir sie festnehmen können."

„Du hast Nick nicht beschützt, du hast ihn umbringen lassen."

„Entspann dich. Er ist in Sicherheit."

„Aber ich habe doch den Schuss gehört."

„Das war nur gespielt. Nick hat sich totgestellt, bis wir wieder am Ufer waren."

Es klang plausibel. Vielleicht sagte Cindy wirklich die Wahrheit.

„Was ist mit Gus und Mitch?" fragte Kat und beobachtete Cindy genau, um ein Zeichen von Täuschung wahrzunehmen. Sie hatte es nicht eilig, den beiden wieder zu begegnen. Sie setzte sich vorn auf die Stuhlkante und ließ ihren Puls langsam wieder in den zweistelligen Bereich sinken.

„Festgenommen. Und mindestens bis morgen eingesperrt." Cindy rückte von der Tür weg und ließ sich in den vollgestopften Sessel herunter, der an Kats Schreibtisch stand. Sie sah wie eine modisch gekleidete Bikerin aus und wirkte kein bisschen mitgenommen. „Kat, ich bin ein Cop. Es musste echt wirken. Oder ich wäre aufgeflogen. Dann wären wir beide wirklich in Gefahr gewesen."

„Na, diese Tritte waren mehr als echt. Davon wird mein Rücken sich nicht erholen." Als sie es sagte, schoss ihr der Schmerz wieder ins Kreuz.

„Ich verpasse dir lieber ein paar blaue Flecken, als dass ich dich sterben lasse."

„Wie selbstlos von dir." Kat mied Cindys Blick. „Musstest du wirklich dein ganzes Gewicht hineinlegen?"

„Kat, sie hatten den Befehl, dich zu töten. Es musste authentisch sein. Ich habe sie überredet abzuwarten. Die Black Scorpions könnten dich noch als Tauschmittel bei Ortega brauchen."

Vielleicht war es die Wahrheit.

„Nehmen wir an, ich glaube dir – was dann?" Kat lehnte sich zurück. Sie fühlte sich plötzlich sehr müde. Sie ließ ihre Schultern sinken und atmete lange aus.

„Du sagst mir, was du weißt, und ich mache dasselbe. Das versuche ich schon seit zehn Minuten zu tun."

„Okay. Aber keine Kampfsport-Folter mehr.“ Kat musterte ihre Handfläche. Von Cindys Druckpunkthexerei war keine Spur mehr zu sehen.

„Abgemacht. Und du hattest recht mit Clara. Ortega hat sie mit hineingebracht, um Nick im Auge zu behalten. Und dein Verdacht wegen der Diamantenwäsche hat sich auch erhärtet.“

„Ich wusste es. Und jetzt, da Ortega mitbekommen hat, wie lukrativ das Ganze ist, hat er beschlossen, die Firma zu übernehmen.“ Kat informierte Cindy über die Porter-Übernahme und Claras Abwesenheit bei der Aktionärsversammlung heute Morgen.

„Glaubst du, sie hat sich verdrückt?“

„Ich glaube nicht, dass sie ohne das Geld gehen würde. Und das ist eingefroren, oder?“ Kat erkannte voller Schrecken, dass sie immer noch auf der Website von Bancroft Richardson eingeloggt war. Cindy musste nichts weiter tun als auf ihre Seite des Schreibtischs herüberkommen, dann würde sie sehen, dass Kat sich in das Konto von Opal Holdings eingehackt hatte. Seit sie das Kennwort geknackt hatte, hatte sie sich immer wieder angemeldet, um sicherzugehen, dass das Geld noch da war. Nur diesmal war es nicht mehr da. Jemand hatte es woanders hin überwiesen. Eine Fünf-Milliarden-Dollar-Überweisung. Das war eine der drei Zahlen auf Claras Liste mit den Kaffeeflecken. Und es war genau die Summe, die von Liberty gestohlen worden war.

„Klar. Kat, warum siehst du mich so an?“

„Wie denn?“

„Als ob du etwas getan hättest, von dem ich nichts wissen soll. Ich kenne diesen Blick.“

„Ich weiß nicht, wovon du redest.“ Mit einem Mausklick meldete Kat sich von dem Konto ab. Aber der Bildschirm war eingefroren, das Konto von Opal Holdings immer noch auf ihrem Bildschirm sichtbar. Sie sog scharf die Luft ein. Cindy der Cop würde sich sehr darüber aufregen, dass sie das Gesetz gebrochen hatte. Und Cindy die Gangsterbraut würde sie umbringen. So oder so, sie durfte es nicht zu sehen bekommen.

„Warum sollte sie ohne das Geld verschwinden? Sie musste doch wissen, dass der Übernahmevorschlag scheitern würde." Cindy bemerkte nichts von der Panik, die in Kat aufstieg. Sie grübelte weiter. „Vielleicht hat Ortega sie selbst abgezogen. In der letzten Zeit ist die Sache mit den Black Scorpions ziemlich heiß gelaufen. Ortega hat beim letzten Mal nicht gezahlt. Mit Absicht. Das hat den Black Scorpions nicht gefallen."

Die Black Scorpions hatten den örtlichen Drogenhandel unter Kontrolle. Sie waren auch in illegale Waffengeschäfte verwickelt und wurden für einige nicht aufgeklärte Schießereien in der Unterwelt verantwortlich gemacht.

„Woher weißt du das alles?" Kat drückte auf jede Taste, aber das Bild auf dem Bildschirm blieb unverändert. Sie versuchte, keine Panik zu zeigen. War Cindy käuflich? „Arbeitest du auch für Ortega?"

„Naja, offiziell nicht."

„Was zum Henker soll das jetzt heißen?" Kats Herz schlug wieder schneller. Sie blickte aus dem Augenwinkel zu ihrem Mobiltelefon, das Cindy gerade wieder auf den Schreibtisch gelegt hatte. Selbst wenn sie herankam, gegen Cindy hatte sie keine Chance. Und ihr Bildschirm war immer noch eingefroren.

„Kat, ich bin jetzt seit mehr als zwei Jahren bei den Black Scorpions. Ich bin für die Logistik zuständig, einschließlich Ein- und Ausfuhr der Ware, ohne erwischt zu werden. So habe ich Ortega kennengelernt. Er liefert Waffen für unser – ich meine *ihr* – Heroin."

„Und er kontrolliert sie?" Kat drehte ihren Laptop um. Sie zog die Abdeckung ab und riss den Akku heraus. Sie musste diese Bildschirmanzeige löschen.

„Nein. Sie sind Geschäftspartner. Aber Ortega ist clever. Er versucht ständig, seine Gewinne zu maximieren. Deshalb zahlt er mir nebenbei etwas. Ich gebe ihm etwas mehr Ware, und er schiebt mir etwas mehr Geld herüber. Und einen Bonus, wenn alles klappt. Warum nimmst du eigentlich deinen Laptop auseinander?"

„Er nervt mich – ständig stürzt er ab. Wenn alles klappt, was heißt das? Du entführst Leute? Und bringst sie um?"

„Entspann dich. Das gehört alles zum Undercover-Einsatz. Wir machen dem Dingen ein Ende, wenn es zu weit geht. Ich habe die

Black Scorpions infiltriert, damit wir ihren Heroinhandel unterbinden können. Als wir festgestellt haben, dass Ortega mit ihnen zu tun hat, hat die Operation eine ganz neue Dimension angenommen, denn er ist mit dem internationalen Terrorismus und dem organisierten Verbrechen vernetzt. Er rüstet nicht nur die Black Scorpions aus, sondern beliefert die größten Terrororganisationen der Welt mit Waffen. Wir arbeiten mit der Polizei in Argentinien und im Libanon zusammen, um sein Imperium zu Fall zu bringen."

„Waren die Black Scorpions nicht in diese ganzen Bandenmorde verwickelt? Wollten sie die anderen in einem Bandenkrieg auslöschen?"

Wenigstens konnte Cindy jetzt nicht mehr sehen, was auf ihrem Bildschirm gewesen war. Sie setzte den Akku wieder ein und startete den Laptop erneut. Während sie wartete, fragte sie sich, ob noch etwas von dem Geld da war.

„Ja. Und sie beherrschen den Heroinhandel hier ziemlich vollständig. Ortega hat seit etwa zwei Jahren mit ihnen zu tun."

„Hättest du mir das alles nicht schon früher sagen können?"

„Nein. Selbst wenn ich es gewusst hätte – und das habe ich nicht – wäre meine Tarnung dadurch aufgeflogen. Ich sehe immer noch nicht ganz, wie Liberty in dieses Bild passt."

„Hmmm. Vor zwei Jahren? Clara ist etwa vor zwei Jahren bei Liberty aufgetaucht, ungefähr zur gleichen Zeit, als deine Gang angefangen hat, mit Ortega Geschäfte zu machen." In Kats Gehirn ratterte es. „Damals bekam Nick anonyme Morddrohungen. Da hat er seine ganzen Aktienoptionen eingelöst und damit für Panik bei den Aktionären gesorgt. Warum er das getan hat, hat er nie erzählt. Damals war es groß in der Presse."

„Er muss das Geld für irgendetwas gebraucht haben. Hast du nicht gesagt, Nick wäre ein gewohnheitsmäßiger Glücksspieler?"

„Es gab Gerüchte, er hätte sich im Kasino übernommen." Mehr als nur Gerüchte, dachte Kat. Jeder wusste, dass er Probleme hatte.

„Er muss das Geld aus den Aktienoptionen gebraucht haben, um seine Spielschulden zu bezahlen. Aber es hat nicht gereicht. Also hat er einen Kredithai mit Hilfe eines anderen bezahlt?"

„Nicht ganz", sagte Kat. „Ortega muss seine Schulden beglichen haben. Aber Leute wie Ortega sind keine barmherzigen Samariter. Und Ortega ist auch eine zu große Nummer, um sich als kleiner Kredithai zu betätigen. Wenn er Nick freigekauft hat, dann war das mit Bedingungen verbunden. Nick muss ihm als Gegenleistung etwas anderes gegeben haben."

„Und was? Du meintest doch, er war pleite."

„Selbst ohne Geld hat er noch etwas von Wert. Er kontrolliert Liberty. Das stellt auch einen Wert dar."

„Und wie würde das Ortega weiterhelfen?"

„Zugang. Plötzlich hat auch Ortega Zugang, besonders mit Clara als CEO. Liberty schürft Diamanten. Ortega wäscht Diamanten. Die Diamanten, die du hast testen lassen, waren aus dem Kongo und Sierra Leone, weißt du noch?" Kat musterte ihren Computerbildschirm. Sie musste wieder an das Konto von Opal Holdings bei Bancroft Richardson herangehen. Derjenige, der die ersten beiden Überweisungen gemacht hatte, konnte inzwischen den Rest fortgeschafft haben. Aber solange Cindy hier war, konnte sie nicht riskieren, wieder hineinzugehen.

„Kat, du bist genial. Also müssen auch die fünf Milliarden mit den Diamanten zu tun haben?"

Kat antwortete nicht. Sie sah sich Claras kaffeefleckige Liste mit Banküberweisungen an. Es würde nur wenige Minuten dauern, den Rest des Geldes zu überweisen.

„Kat?"

„Hm-hmm?" Kat blickte wie gebannt auf Claras Liste. Die Beträge der anderen beiden Überweisungen waren 23,4 und 21,6 Milliarden Dollar. Wenn das Geld weg war, war es für immer verloren.

„Kat, bist du noch bei der Sache?"

Kat beschloss, es zu riskieren. Sie meldete sich wieder an und hörte Cindy inzwischen weiter mit halbem Ohr zu, die über die Diamantenwäsche sprach. Diesmal verglich sie die Zahlen auf der Liste mit denen auf dem Bildschirm. Die erste Transaktion entsprach den Kontodaten, die sie aus Claras Müll gefischt hatte, aber es gab einen Unterschied. Dieses Mal war der Name der Bank angegeben, ein Detail, das nicht auf Claras kryptischer Liste gestanden hatte. Die fünf Milliarden waren heute Morgen zur Bank of Cayman überwiesen worden, ungefähr zur gleichen Zeit, als die Aktionärsversammlung stattgefunden hatte. Sie musste Cindy loswerden.

Die nächsten beiden Überweisungen waren an Banken auf den Kanalinseln und in Liechtenstein gegangen. Insgesamt waren es Überweisungen in Höhe von 49,9 Milliarden Dollar, fast das gesamte Geld auf dem Konto bei Bancroft Richardson.

KAPITEL 50

„Wie konnte das passieren? Sag mir, dass das ein Irrtum ist. Bitte."

Kat konnte nur Cindys Anteil am Gespräch verfolgen, und Cindy war offenbar wenig erfreut über das, was der Anrufer ihr mitteilte. Das kümmerte Kat nicht. Solange Cindy mit ihrem Mobiltelefon beschäftigt war, hatte Kat Zeit für andere Dinge. Sie schaltete einen Gang höher.

Das Geld mochte zwar vom Opal-Holdings-Konto bei Bancroft Richardson verschwunden sein, doch zumindest hatte sie eine Vorstellung davon, wo es sich nun befand. Sie schrieb die Kontonummer bei der Bank of Cayman aus den Transaktionsdaten auf dem Bildschirm ab und verglich sie mit dem kaffeefleckigen Zettel, den sie beim Kampf mit den Waschbären vor Claras Haus erobert hatte. Die Kontonummern stimmten überein. Jetzt musste sie sich nur noch in das Opal-Holdings-Konto bei der Bank of Cayman einhacken. Das hörte sich doch einfach an.

Cindys Stimme verklang im Flur. Gut. In den nächsten dreißig Sekunden musste Kat nicht mit Unterbrechungen rechnen.

Während sie mit einem Ohr nach Cindy lauschte, tippte sie sorgfältig die Kontonummer ein und behielt den Bildschirm im Auge. Sie konnte es sich nicht leisten, auch nur einen Anmeldeversuch durch schlampiges Tippen zu verpatzen, denn sie würde nur wenige Rateversuche für das Kennwort bekommen.

Cindys Stimme kam wieder näher.

„Okay, ruf mich zurück, wenn du es weißt. Was?“

Die Stimme entfernte sich wieder im Flur.

Jetzt musste sie schnell sein. Sie konnte nicht riskieren, dass Cindy entdeckte, wie sie sich in die Bankkonten anderer Leute hackte.

Als nächstes kam das Kennwort. Ob Cindy wieder Vicentes Namen benutzt hatte? Wahrscheinlich. Die meisten Leute benutzen überall das gleiche Kennwort und änderten es nur dann, wenn es nicht anders ging, weil das Computersystem oder die Webseite es erforderte, zum Beispiel eine Ziffer oder einen Großbuchstaben anzuhängen. Dadurch waren sie anfällig für Hacker – Hacker, wie auch Kat jetzt genaugenommen einer war. Sie tippte „vicente“ ein und sah zu, wie das Kennwortfeld sich mit sieben Sternchen füllte.

Cindys Stimme und Schritte wurden wieder lauter. Sie näherte sich Kats Büro. Kats Hände schwebten über der Tastatur, sie waren kurzzeitig wie gelähmt, während Kat zuhörte, wie Cindy mit dem unbekannten Anrufer diskutierte.

„Was soll das heißen, sie sind weg? Wer hat genehmigt, dass sie entlassen werden?“

Cindy stand direkt hinter der Tür.

Kats Finger hingen in der Luft, bereit, weiterzumachen oder abzubrechen, je nachdem, was Cindy als nächstes tat.

„Ach ja? Dann möchte ich mit ihm mal ein Wörtchen reden.“ Cindy drehte sich auf dem Absatz um und marschierte wieder den Flur herunter in Richtung Empfang. Ihre Stimme wurde leiser.

Kat tippte auf die Enter-Taste und biss sich auf die Lippen.

Die Seite der Bank of Cayman baute sich neu auf und sie war drin. Die Kontodaten von Opal Holdings starrten ihr auf dem Bildschirm entgegen.

„Nein, ich werde nicht warten. Mach es sofort.“

Cindys Stimme wurde lauter und ungehaltener. Kat hielt inne und lauschte, wie ihre Absätze in schneller Folge auf dem Fußboden klapperten, während sie in Richtung von Kats Büro zurückmarschierte. Erst kurz vor der Tür blieb sie stehen.

Kat wandte ihre Aufmerksamkeit wieder dem Bildschirm zu. Die letzte Transaktion war eine Einzahlung in Höhe von fünf Milliarden. Es war das Gegenstück zu der Abhebung, die sie sich wenige Augenblicke zuvor auf der Website von Bancroft Richardson angesehen hatte. Sie atmete erleichtert durch und lehnte sich in ihrem Schreibtischstuhl zurück. Jetzt musste sie nur noch verhindern, dass es weiterüberwiesen wurde.

Das einfachste Mittel dazu bestand darin, das Kennwort zu ändern.

„Mir ist egal, welches Meeting du dafür unterbrechen musst. Es ist wichtig!"

Kat hörte zu, wie Cindy denjenigen, der in der Leitung war, herunterputzte, weil er sie nicht früher angerufen hatte. Welches neue Kennwort sollte sie benutzen? Sie tippte *hurryhard* und drückte auf die Enter-Taste.

Ihr Kennwort wurde geändert.

Mit einem Mausklick kehrte sie auf die Seite mit den Kontotransaktionen zurück und erstarrte vor Schreck. Jetzt betrug der Kontostand fast Null. Während sie das Kennwort geändert hatte, waren die fünf Milliarden weiterbefördert worden, diesmal zur Bank von Liechtenstein. Jemand anders griff im gleichen Moment auf das Konto zu wie sie selbst. Clara.

„Du verstehst nicht. Gus und Mitch sind der Schlüssel zu dieser Sache. Wenn sie frei herumlaufen, kann man für nichts garantieren. Und ohne sie haben wir keinen Fall."

Wie bitte? Blitzartig erinnerte sich Kat an den Tag, als Gus in ihr Büro eingebrochen war. Und dann der Angriff auf dem Pfad. Plötzlich fühlte sie sich sehr verletzlich. Was würde Gus davon abhalten wiederzukommen? Er hatte sie auch schon auf der McBarge töten wollen, und er wusste, wo er sie finden konnte.

„Ich will, dass ihr sie euch sofort schnappt." Cindy kehrte in das Büro zurück und ließ sich in den überdimensionierten Sessel fallen. „Ruf mich bloß nicht wieder an, solange ihr sie nicht wieder hinter

Schloss und Riegel habt."

„Gus und Mitch sind abgehauen?"

„Nicht ganz." Cindy vergrub ihren Kopf in den Händen und rieb sich die Augen. „Sie wurden versehentlich entlassen. Irrtum beim Papierkram."

„Na toll. Werden sie wieder hinter mir her sein?" Kat googelte die Bank von Liechtenstein und öffnete deren Webseite. In ihrem Kopf drehte sich alles.

„Vielleicht. Sie haben es Ortega versprochen."

Sie tippte die Kontonummer und das Kennwort ein und drückte auf die Enter-Taste.

Ungültige Anmeldedaten. Bitte noch einmal versuchen.

Sie verfluchte sich für ihre Eile. Jetzt hatte sie einen wertvollen Anmeldeversuch verschwendet.

„Sie haben ihm was versprochen?"

Cindy zögerte.

„Dass sie dich umbringen würden."

„Aber hast du sie nicht davon überzeugt, dass ich lebendig wertvoller wäre als tot?"

„Habe ich. Aber zu jemandem wie Ortega sagt man nicht nein."

„Cindy! Beschützt du mich oder nicht?"

„Entspann dich. Ich werde dafür sorgen, dass du nicht in Gefahr bist. Aber zieh nicht wieder alleine los und mach irgendwelche Dummheiten."

Kat las noch etwas genauer auf den Bildschirm nach.

Bitte beim Kennwort Groß-/Kleinschreibung beachten.

Vicente. Der erste Buchstabe wurde wahrscheinlich großgeschrieben.

Sie tippte es erneut ein, diesmal mit einem großen V, und drückte wieder die Enter-Taste.

Es funktionierte. Die Bank von Liechtenstein hatte jetzt die fünf Milliarden. Sofort änderte sie das Kennwort. Dann ging sie zurück auf die Seite mit den Transaktionsdaten und lud den Bildschirm neu. Diesmal war der Kontostand unverändert. Das verschaffte ihr etwas Zeit. Jetzt musste sie das gleiche nur noch bei ungefähr einem Dutzend weiterer Banken auf Claras Liste tun.

„Hast du nicht irgendwo irgendwas zu tun?" Es war schwer, sich auf die Aufgabe zu konzentrieren, die anderen Überweisungen aufzuhalten, solange Cindy ihr gegenübersaß.

„Nein. Im Augenblick nicht." Sie legte ihre Füße auf Kats Schreibtisch. „Hast du einen Kaffee?"

„Kaffee ist alle. Denk dran, du musst los und Gus und Mitch schnappen, oder?"

„Stimmt. Aber ich kann dich hier nicht allein lassen."

„Doch, kannst du. Ich komme schon klar." Jede Sekunde, die sie hier noch länger mit Cindy sprach, verschaffte Clara weitere Zeit, den Rest des Geldes zu verschieben. Sie musste Cindy loswerden.

„Ich weiß nicht, Kat. Kannst du Jace anrufen?"

„Klar." Jace war wieder auf einer Such- und Rettungsaktion unterwegs, diesmal wegen eines japanischen Austauschstudenten, der sich mit Schneeschuhen irgendwo verirrt hatte. Aber das musste Cindy nicht wissen. Sie tat so, als würde sie seine Nummer wählen, und spielte ihr ein Gespräch vor.

„So – alles klar. Er wird in fünfzehn Minuten hier sein. Du kannst jetzt gehen."

„Ich warte lieber." Cindy lehnte sich im Sessel zurück und starrte aus dem Fenster. „Allerdings ist mir nicht wohl dabei, Platt die Sache zu überlassen. Er hat den Papierkram verpfuscht, durch den sie freigelassen wurden."

„Geh schon, Cindy. Bitte."

„Warum versuchst du mich loszuwerden?"

„Tue ich gar nicht. Ich möchte nur nicht, dass Gus mich wieder in die Finger bekommt."

„Wäre es dann nicht besser, wenn ich hier bei dir bleibe?"

„Cindy – Jace wird in ein paar Minuten hier sein. Du hast noch viel Arbeit vor dir. Ich möchte keine Fragen mehr beantworten und auch keinem deiner Gespräche mehr zuhören, in denen es darum geht, dass Gus und Mitch abgehauen sind. Auf dem verlassenen Kahn mit Nick dachte ich, mein letztes Stündlein hätte geschlagen, und dann hast du mir fast das Kreuz gebrochen, mir reicht's. Würdest du jetzt bitte einfach gehen?“

Cindy streckte abwehrend die Hände aus.

„Schon gut, Kat. Schon kapiert. Das war zu viel für einen Tag. Sag das doch einfach.“

Cindy wartete ihre Antwort nicht ab.

„Ruf mich an, wenn du von hier weggehst“, sagte sie beim Aufstehen. „Und sobald du zu Hause bist.“

„Mache ich.“

Kat hörte, wie Cindys Stiefelabsätze den Flur hinunterklapperten.

„Ich schließe die Tür ab. Vergiss nicht mich anzurufen.“

Der Schlosszylinder klickte, als Cindy die Tür hinter sich verriegelte.

Endlich. Jetzt konnte sie sich darauf konzentrieren, Clara zu schnappen.

Wenn Clara aus ihrem Konto ausgesperrt war, würde sie als erstes die Bank anrufen. Leute mit so viel Geld wie Clara kannten ihren Privatbankier beim Vornamen. Sie sah auf die Uhr ihres Computers. Fünf nach eins. Die Banken auf den Cayman-Inseln und im Rest der Karibik hatten schon geschlossen, aber in Liechtenstein war es schon Morgen. Die Änderung der Kennworte verschaffte ihr etwas Zeit, aber es war bestenfalls nur eine Zwischenlösung.

Das Geld musste zurück zu Bancroft Richardson. Aber wenn sie es wieder auf das gleiche Konto überwies, gab sie Clara nur eine weitere Gelegenheit, es zu stehlen. Es gab nur eine andere Lösung. Sie tippte das Kennwort ein. Wenn ihr etwas passierte, würde Harry wissen, was zu tun war.

KAPITEL 51

Harry fuhr die gewundene Auffahrt zu dem weitläufigen Haus im Tudor-Stil hinauf und parkte vor dem Eingang. Kat wusste von ihrem letzten Treffen, dass Audrey nie geheiratet hatte. Sie hatte sich Audrey in einem Penthouse in der Innenstadt vorgestellt, nicht auf einem großen Besitz am Stadtrand von Vancouver. Bei einem so großen Anwesen bräuchte Audrey Hilfe. Kat fragte sich, ob die Bediensteten so früh am Morgen da sein würden.

Sie stieg aus dem Lincoln Town Car aus, ging über die halbkreisförmige Zufahrt zur Vordertür und hielt inne, um das Anwesen zu mustern. Links von ihr befanden sich eine Reitkoppel und Stallungen vor einer großen Wiese. Pferde sah sie nicht, aber es war auch noch früh am Morgen und so dunkel, dass man Scheinwerfer brauchte.

Der süße Duft von Winterjasmin wehte von der niedrigen Hecke am Eingang zu ihr herüber. Sie ließ den Messingtürklopfer gegen die Tür fallen und sah Harry an. Er hatte schon auf dem Fahrersitz des Lincoln kaum stillsitzen können. Wie lange würde er im Auto sitzen bleiben und sich aus Schwierigkeiten heraushalten? Er fing ihren Blick auf.

„Du willst doch bestimmt, dass ich mitkomme?“ fragte Harry und hoffte auf eine Begnadigung in letzter Minute.

Kat winkte abwehrend mit der Hand. Sie konnte darauf verzichten, dass er alles mit Audrey noch komplizierter machte.

Harry hatte angeboten, sie zu fahren, da ihr Celica immer noch auf dem Grund des Fraser River lag und sie sich kein anderes Auto leisten konnte. Nach Claras stinkendem Müll hatte er nicht mehr genug Vertrauen zu ihr, um ihr die Schlüssel wieder zu überlassen. Sie fühlte sich wie ein Kind, das zum Spielen bei einem anderen Kind abgesetzt wurde.

Sie wartete auf der Türschwelle und ignorierte Harry, der immer noch versuchte, ihre Aufmerksamkeit zu erregen. Nach einer Minute überraschte Audrey sie damit, dass sie die schwere Eichentür selbst öffnete. Sie musste gerade aus der Dusche gekommen sein, ihr Haar war in ein Handtuch gewickelt, das genau zu ihrem tiefblauen Satin-Morgenmantel passte. Sie war barfuß und hielt ein Glas Orangensaft in der Hand, das Fruchtfleisch zeichnete sich auf dem Glas ab. Diese bodenständige Audrey stand in krassem Gegensatz zu der Pelz- und Perlenversion, die Kat auf der Aktionärsversammlung gesehen hatte.

Audrey forderte sie nicht zum Eintreten auf. Das war schlecht, denn es bedeutete, dass Harry das Gespräch im Eingang möglicherweise mithören konnte. Kat zitterte trotz ihrer Fleecejacke und spürte die morgendliche Kälte. Sie sah zu, wie ihr Atem in der Luft stehenblieb, während sie ausatmete.

„Mussten Sie wirklich um halb sieben am Morgen hier auftauchen? Sie sagten, Sie hätten das Geld. Das ist alles, worauf es ankommt. Was gäbe es sonst noch zu besprechen?“ Audreys Hand zitterte, und die Flüssigkeit schwappte fast über den Rand. Kat trat einen Schritt zurück, um nichts abzubekommen.

„Ich habe das Geld, sozusagen. Ich weiß nur nicht, was ich damit anfangen soll.“

„Es zurückgeben. Was sonst?“

„Ich wünschte, es wäre so einfach.“ Kat schaute zu Harry zurück, dem die Tatsache entgangen war, dass sich sein Vermögen um fast fünfzig Milliarden Dollar erhöht hatte. Ihre blitzschnelle Entscheidung, das Geld von Claras Konten auf seins zu transferieren, hatte vielleicht ein großes Problem gelöst, aber auch ein paar neue aufgeworfen.

Audreys halbgeschlossene Augen öffneten sich plötzlich.

„Audrey, ich kann es nicht einfach wieder auf das Konto von Opal Holdings bei Bancroft Richardson zurückverfrachten. Clara konnte es direkt unter der Nase der Wertpapieraufsicht stehlen, obwohl das Konto eingefroren war. Wenn sie es einmal geschafft hat, dann wird sie es auch wieder hinkriegen. Also musste ich es woanders parken." Kat sprach leise, damit Harry nichts hören konnte. Warum ließ Audrey sie nicht herein?

„Irgendwo? Was soll das heißen?" Audrey trank die Hälfte des Orangensafts und schloss kurzzeitig ihre Augen. Ein zufriedener Seufzer folgte.

Es musste sehr starker Orangensaft sein.

„Ich hatte keine Zeit zum Überlegen. Deshalb habe ich es auf Harrys Konto überwiesen."

„Harry?" Audreys Augen verengten sich.

Kat zuckte zusammen.

„Ja, das bin ich." Bei der Erwähnung seines Namens war Harry praktisch mit einem Satz aus dem Lincoln heraus. Schneller als ein gedopter Hundertmeterläufer war er an der Tür. „Freut mich, Sie kennenzulernen, Ms. –?"

„Braithwaite. Audrey Braithwaite." Audrey legte den Kopf zurück und leerte das Glas in einem Zug. Was immer sie trank, es munterte sie auf wie ein Schuss Koffein. Sie warf Kat einen kritischen Blick zu. „Sie haben mir nicht gesagt, dass Sie einen Gast mitbringen."

„Das war nicht geplant. Tut mir leid." Kats Augen verengten sich, und sie warf Onkel Harry einen bedrohlichen Blick zu. Er wusste genau, wer Audrey war. Er stellte sich einfach nur dumm, um sich in das Gespräch einzumischen, genau das, was er versprochen hatte nicht zu tun.

Onkel Harry mied angestrengt ihren Blick.

„Sie sind also der Kerl mit dem ganzen Geld." Audrey bedachte Harry mit einem Lächeln. Kats Magen zog sich zusammen. Machte

Audrey sich über ihn lustig, oder war sie nur froh zu wissen, wo das Geld geblieben war? Vielleicht war es nur der aufgepeppte Orangensaft. Jedenfalls war es besser, das Gespräch schnell in eine andere Richtung zu lenken.

„Wie? Ich denke schon. Ich war schon immer ein Sparer. Hat deine Pennies zusammen, dann kommen die Dollars von ganz allein." Harry lächelte vor sich hin, Komplimente schmeichelten ihm, auch wenn er den Grund nicht kannte.

„Onkel Harry, wolltest du nicht gerade telefonieren?"

„Ah ja, das hätte ich fast vergessen. Nett, Sie kennengelernt zu haben, Audrey. Wenn Sie jemals –"

„Onkel Harry?"

„Ja doch." Harry seufzte und drehte sich um.

Kat blickte ihm nach, während er wieder zum Lincoln ging. Als er im Auto saß und außer Hörweite war, wandte sie sich wieder Audrey zu.

„Er weiß nichts davon?"

„Noch nicht. Audrey, ich musste das Geld irgendwohin überweisen, um es außer Reichweite von Clara zu bekommen."

„Also haben Sie Harry das Geld gegeben, der zufällig Ihr Onkel ist. Ist das nicht ein bisschen ungewöhnlich?"

„Es ist nicht so, wie es aussieht. Ich hatte nur Sekundenbruchteile, dann wäre das Geld für immer weg gewesen. Also musste ich es verschieben. Da Harrys Konto ebenfalls bei Bancroft Richardson geführt wird, dachte ich, ich könnte es wenigstens zum gleichen Institut bringen, aus dem es gestohlen worden war."

„Sie haben mich schon mal angelogen, Kat. Warum sollte ich Ihnen glauben? Sie haben gesagt, Sie würden für Liberty arbeiten, dabei waren Sie schon längst gefeuert."

„Ich habe nie gesagt, dass ich zu diesem Zeitpunkt noch für Liberty arbeiten würde. Ich sagte nur, dass Liberty mich beauftragt hatte, –"

„Spitzfindigkeiten. Sie haben mich irregeführt, weil Sie wussten, dass ich sonst überhaupt nicht mit Ihnen reden würde. Geben Sie es zu." Audrey warf einen Blick auf ihr leeres Glas und dann hinter sich, als ob sie daran dachte, sich nachzuschenken.

„Audrey, warum spielt das noch eine Rolle? Ich habe das Geld zurückgeholt. Ich hätte es mir einfach nehmen und aus dem Land verschwinden können, genau wie Clara. Dann würde ich jetzt nicht hier stehen. Ist das nicht Beweis genug, dass ich es ehrlich meine?" Was musste sie noch tun, um Audreys Vertrauen zu gewinnen?

„Ich schätze schon."

Kat spürte Wut in sich aufsteigen.

„Und ja, Liberty hat mich gefeuert. Claras Schläger haben auch versucht, mich zu töten, mein Auto zu Schrott gefahren, meine Katze umgebracht, und trotzdem habe ich immer weiter an dem Fall gearbeitet. Und für meine ganze Mühe bekomme ich keinen Nickel bezahlt. Ich werde aus meiner Wohnung geworfen, weil ich die Miete nicht bezahlen kann. Vielleicht sollte ich einfach mit dem Geld abhauen."

„Sie haben ja recht", sagte Audrey widerstrebend. „Tut mir leid. Wahrscheinlich sind Sie gerade der einzige ehrliche Mensch, den ich kenne."

„Das ist verdammt richtig. Ich habe verhindert, dass Clara mit dem ganzen Geld davonkommt, und ich habe bewiesen, dass die Morde an Ihrem Bruder und Ken Takahashi mit den bei Liberty gewaschenen Diamanten zusammenhängen. Und jetzt habe ich Liberty auch noch vor dem Bankrott gerettet – jedenfalls fast. Ich muss das Geld nur noch zu Liberty zurückbefördern."

„Können Sie es nicht einfach wieder auf das Liberty-Bankkonto überweisen?"

„So einfach ist das nicht. Man wird Fragen stellen, wie ich zu diesem Geld gekommen bin. Die Leute werden annehmen, dass ich mit dem Diebstahl zu tun hätte."

„Wie haben Sie es denn genau aufgetrieben?"

Kat fasste zusammen, wie Clara die fünf Milliarden benutzt hatte, um Liberty-Aktien leer zu verkaufen und damit weitere fünfundvierzig Milliarden Profit zu machen. Sie berichtete von der Liste, die sie in Claras Müll gefunden hatte, und von den erratenen Kennwörtern, mit denen sie sich in die Konten gehackt hatte.

„Sie sind wirklich ein zielstrebiges Mädel, oder?“ Audrey senkte ihre Stimme. „Ist das nicht illegal?“

„Ethisch ist mir wichtiger als legal. Das Geld muss zu seinen rechtmäßigen Besitzern zurück. Wenn man stur nach dem Gesetz gegangen wäre, hätte es ewig gedauert und Clara wäre schon lange mit dem Geld verschwunden gewesen.“

„Und was soll ich Ihrer Meinung nach tun?“

„Reden Sie für mich mit den Behörden. Spielen Sie die Vermittlerin für mich. Die Anwälte und die Wertpapieraufsicht sehen alles nur schwarz-weiß. Ich möchte ihnen die ganze Geschichte präsentieren können, bevor ich ihnen gegenübertrete. Nur dann werden sie mir zuhören.“

„Aber wie soll ich das machen? Ich habe keine Erfahrung mit so etwas.“

„Ich werde Ihnen erzählen, was Sie sagen müssen. Werden Sie mir helfen?“

„Und Sie können nicht einfach nur das Geld überweisen?“

„Nicht ohne eine Erklärung. Sie müssen die Spur des Geldes verstehen und sich darüber im Klaren sein, wie man alles rückgängig macht. Andernfalls wird das Geld für Jahre eingefroren. In der Zwischenzeit macht Liberty Bankrott und sie denken vielleicht, ich hätte etwas damit zu tun.“

„Warum haben Sie nicht einfach jemanden angerufen und gesagt, wo das Geld ist? Die Polizei sollte sich darum kümmern.“

„Ich musste schnell handeln. Es war nach Feierabend und ich musste Clara aufhalten, bevor das Geld für immer verloren war. Bis die Polizei einen Gerichtsbeschluss besorgt hätte, wäre das Geld längst verschwunden gewesen.“

Die Sonne war aufgegangen und stand am Horizont. Die Mitarbeiter bei Bancroft Richardson waren wahrscheinlich gerade dabei, ihre Computer hochzufahren, und würden die ganzen Geldtransfers entdecken, die während der Nacht stattgefunden hatten.

„Sie sprechen von fünfzig Milliarden Dollar! Und jetzt wollen Sie mich in Ihre Betrügereien hineinziehen?“ Audreys Blick fiel auf ihr leeres Glas. „Rufen Sie einfach die Polizei an. Ich höre mir das nicht mehr an.“

„Audrey, Sie müssen mir helfen. Möchten Sie, dass Clara und ihr Vater damit durchkommen? Wir müssen das durchziehen. Das Geld führt zu ihnen, und damit kann ich beweisen, dass sie in die Morde verwickelt waren.“

„In den Mord an Alex?“ Audrey sprach mit belegter Stimme, der Verlust ihres Bruders wirkte noch nach.

„Ja, Audrey“, sagte Kat. „Warum wurde er wohl ermordet? Er wollte Liberty nicht kampflos aufgeben. Bei Takahashi war es dasselbe. Er starb bei dem Versuch, die Diamantenwäsche aufzudecken. Kann ich mich auf Sie verlassen?“

Audrey starrte Kat an, Tränen in den Augen tränen und mit zitternder Unterlippe.

„Was muss ich tun?“

Kat sagte es ihr.

KAPITEL 52

„Es reicht!“ – Ortega ließ die Faust auf den schweren Holzschreibtisch heruntersausen. Die leere Wedgwood-Teetasse flog samt Untertasse auf den Parkettboden. Wieder einmal kam Luis ihm mit einer lahmen Ausrede, warum er Clara und dem Geld nicht auf die Spur kam. Die Liste seiner Ausreden war inzwischen lang, und Ortega hatte keine Lust mehr, sie sich anzuhören. Musste er denn alles selbst erledigen?

„Ich habe es überprüft, Boss, wie Sie sagten. Das Geld …“

Luis trat nervös von einem Bein aufs andere, als müsse er sich gleich in die Hosen machen.

„Warum zum Henker hast du mir nicht gesagt, dass der Kontostand anders war?“ Plötzlich fiel Ortega auf, dass er selbst den höheren Betrag auch nicht bemerkt hatte. Als er gestern während des Gesprächs mit Bryant nachgesehen hatte, hatte er sich nur für die letzten drei Überweisungen interessiert. Nicht für die gut neunundvierzig Milliarden, die direkt zuvor überwiesen worden waren. Aber das würde er vor Luis natürlich nicht zugeben.

„Aber Boss, ich sollte doch nur nachprüfen, ob das ganze Geld verschoben worden war. Genau das habe ich gemacht. Das ganze

Geld auf dem Konto war weiterüberwiesen worden. Wie viel, haben Sie nicht gesagt." Luis wartete verunsichert auf die Antwort.

Ortega warf die Hände in die Luft.

„Idiot! Du wusstest doch, dass es fünf Milliarden waren. Hast du dich gar nicht gewundert, dass es plötzlich fünfzig Milliarden sein sollten?"

„Ich – ich dachte, Sie wüssten das. Ist das denn nicht gut? Ich meine, mehr Geld?"

„Nein, du Trottel. Es bedeutet, dass jemand sich nicht an den Plan hält." Und zwar Clara. Was hatte sie vor? „Da stimmt etwas nicht. Und wenn etwas nicht stimmt, dann musst du es mir sagen."

Ortega wählte noch einmal Claras Nummer, zum dritten Mal innerhalb einer Stunde. Immer noch keine Antwort.

Luis stand immer noch vor Ortega und fühlte sich sichtlich unwohl.

„Was ist los mit dir? Ruf die Bank an! Stöbere das Geld auf, bevor es endgültig weg ist!"

„Sofort, Boss." Luis wirkte erleichtert, als er sich umdrehte und im Laufschritt das Büro verließ.

Vielleicht lag sie schon irgendwo am Strand, schwelgte ihn ihrem sagenhaften neuen Kontostand und grinste nur, wenn sie auf ihrem Display seine verzweifelten Versuche erkannte, sie zu erreichen. Alle möglichen Gedanken gingen ihm durch den Kopf. Was, wenn das ganze Geld schon weg war? Nein, das ergab keinen Sinn. Clara war keine Zockerin. Besonders nicht mit dem Geld anderer Leute. Aber trotzdem musste er sich das Geld zurückholen.

Jetzt hatte er das Konto von Opal Holdings auf dem Bildschirm. Die anderen Überweisungen waren alle an die gleiche Bank auf den Caymans gegangen. Er atmete erleichtert auf.

„Luis?"

„Ich rufe gerade an."

„Luis, komm wieder her, sofort!"

Luis erschien wieder vor ihm, atemlos, und sein Haar hing ihm in Strähnen über die verschwitzte Stirn.

„Ich hab's gefunden. Es ist auf das Cayman-Konto gegangen."

Luis‘ Miene hellte sich sichtlich auf. Offenbar hatte er noch etwas länger zu leben.

„Geh zurück an deinen Schreibtisch und hol unseren Bankier ans Telefon.“ Diesmal würde er sich selbst darum kümmern und das Geld auf ein Konto überweisen, das nur er kannte. Vielleicht würde das auch Clara das Fürchten lehren und ihr eine Lektion erteilen. Es dauerte keine Minute, da war Luis zurück.

„Boss?“

„Was denn jetzt? Du solltest doch bei der Bank anrufen.“

„Hab-habe ich auch. Mrs. Covington sagt, es ist kein Geld auf dem Konto.“ Luis blickte starr auf den Teppich vor Ortegas Schreibtisch und mied sorgfältig jeden Augenkontakt.

„Was soll das heißen, kein Geld? Es wurde heute Morgen überwiesen.“

„Ja, aber es wurde sofort weiterüberwiesen.“ Luis setzte sich.

„Das kann nicht sein!“ Oder doch? Erst der Anruf von Bryant, und jetzt wurde Clara vermisst. Hing beides zusammen? Bryant musste das Geld von irgendwoher bekommen haben, aber Ortega konnte keine Überweisung in Höhe von einer Million Dollar erkennen.

Er besaß immer noch eine Aufnahme von Bryants gestrigem Anruf. Er zeichnete alle seine Gespräche auf. Man wusste nie, wann man das brauchen konnte, entweder als Beweismittel oder zu Erpressungszwecken. Er spielte sie ab und hörte sie sich an. Bei Bryants arrogantem Tonfall kam Wut in ihm hoch.

Er rang die Hände und ging die Möglichkeiten durch. Clara war weg. Das Geld war weg. Und Bryant sagte, er hätte es. Hatte er auch Clara? Angenommen, er war es wirklich, warum hatte Clara ihn nicht eliminiert, wie vorgesehen?

Clara hätte an der Aktionärsversammlung teilnehmen und anschließend verschwinden sollen. Das war der Plan gewesen. War sie überhaupt hingegangen?

Plötzlich merkte er, dass er nicht allein war.

„Luis? Warum stehst du noch hier herum und siehst mich so dämlich an? Ruf die Bank zurück, und zwar sofort!“ Er nahm sich vor,

Luis durch jemanden zu ersetzen, dem man nicht jeden Schritt einzeln vorbeten musste.

„Mach ich, Boss." Luis wandte sich zur Tür.

„Oh, noch etwas, Luis." Ortega sprach ruhig und gefasst.

„Boss?"

„Du holst das Geld zurück. Und du findest Clara. Noch heute. Klar? Sonst …" Ortegas Stimme wurde zu einem Flüstern, und er fuhr sich mit einem Finger über die Kehle. Der Satz hing unvollendet in der Luft. Als er sicher war, dass Luis verstanden hatte, entließ er ihn mit einem Wink.

Luis duckte sich weg und schloss die Tür von außen.

Ortega wandte sich wieder der Aufnahme zu.

Natürlich. Warum war ihm das nicht gleich aufgefallen? Er spielte das Band noch einmal ab und lauschte konzentriert auf Hintergrundgeräusche. Dann hatte er es. Die Durchsage im Hintergrund war spanisch. Das bedeutete zumindest, dass Bryant nicht aus Kanada anrief. Aber von wo dann? Er spulte zurück und hörte sich das Ganze noch einmal in voller Lautstärke an.

„… nach Rosario."

Er kannte nur einen Ort namens Rosario, und der lag in Argentinien. Also hielt sich Bryant dort auf. Vielleicht hatte er sogar vom Flughafen Buenos Aires angerufen. Jetzt hatte er keinen Zweifel mehr daran, dass Bryant mit Clara gemeinsame Sache machte. Wie sonst wäre er an seine Privatnummer und Kontodaten herangekommen?

KAPITEL 53

Claras Zeigefinger lag auf dem Entsicherungshebel. Sie hatte es nicht eilig, die Sache zu dem Ende zu bringen, das sie sich schon so oft ausgemalt hatte. Sie wollte den Moment auskosten, den Moment der Rache für Vicente, für ihre Mutter, und für die zahllosen anderen Grausamkeiten, die ihr Vater ihr im Lauf der Jahre angetan hatte.

Damals, als ihr Vater Bingo erschossen hatte, hatte er ihr zum ersten Mal seine ganze Brutalität vor Augen geführt. Er hatte den Kadaver auf der Weide vor dem Haus liegen gelassen, so dass sie ihn von ihrem Schlafzimmerfenster aus sehen konnte. Wochenlang lag er da, jeden Tag schien er etwas kleiner zu werden, wenn sich die Aasfresser nachts wieder daran gütlich getan hatten.

War es ihre Schuld, dass das Pferd den Sprung verweigert hatte? Sie wusste es nicht. Er hatte sich nicht die Mühe gemacht, einer Achtjährigen gegenüber eine Erklärung abzugeben. Schon gar nicht einem Mädchen. Sie erinnerte sich, wie er sie von dem Springpferd fortgezogen hatte, das ihr Geburtstagsgeschenk gewesen war, und sie einem seiner Männer übergeben hatte, die immer wie Schatten um sie herumgeisterten. Doch zuvor hatte sie zusehen und lernen müssen, dass man sich nur auf sich selbst verlassen und keine Bindung zu irgendetwas oder irgendjemandem zulassen durfte. Diese Lektion war bei ihr angekommen.

Trotzdem hatte sie versucht, seine Zuneigung zu gewinnen, immer in der Hoffnung, die Enttäuschung darüber, dass sie als Mädchen geboren war, eines Tages zu überwinden. Aber das einzig Gute, das von ihrem Vater ausging, war Vicente gewesen, den sie durch ihn kennengelernt hatte. Er war einer der Wachleute auf Ortegas Anwesen gewesen. Jeder dieser Männer hatte sich für Clara interessiert, aber nur, weil sie Ortegas Tochter war. Nur Vicente hatte sie als Mensch wahrgenommen.

Als sie achtzehn wurde, hatten sie geheiratet. Clara sah Vicente auch als Ausweg, als Möglichkeit, dem Griff ihres Vaters zu entkommen. Stattdessen verstärkte sich dieser Griff noch, denn er hatte ebenso viel Kontrolle über Vicente wie über sie selbst. Und dann hatte er ihn getötet, als Vergeltung dafür, dass er sich bei dem Diamantengeschäft einen Anteil sichern wollte. So sah ihr Vater die Dinge eben: schwarz oder weiß, Leben oder Tod.

Jetzt war sie diejenige, die diese Wahl traf. Sie löste den Sicherungshebel, immer mit dem Auge für die Männer unten auf dem Asphalt. Sie befand sich zwischen den Bäumen auf einer Anhöhe mit Blick auf die Rollbahn, am anderen Ende des Flugfelds.

Vom Terminal am Flughafen war sie direkt hierhergegangen. Sie wusste, dass ihr Vater hier auftauchen würde, um sich davonzumachen. Die Spur des Geldes führte zu ihm. Lange musste sie nicht warten. Seine schwarze Limousine stand jetzt direkt auf der Rollbahn, keine siebzig Meter von ihr entfernt.

Claras Mund verzog sich zu einer Grimasse, als sie ihren Vater über den Asphalt zu der Cessna herüberlaufen sah, der einzigen Maschine, die auf dem Flugfeld stand. Östlich von ihr befand sich der eigentliche Flughafen, von dem sie gerade gekommen war. In der Ferne konnte sie kleine Gestalten und Fahrzeuge mit Gepäckanhängern um die großen Passagiermaschinen herumhuschen sehen. Doch auf dieser Rollbahn war es ruhig, dieser Teil des Flughafens wurde nur von den kleinen Cessnas und Pipers der reichen *Porteños* genutzt.

Als sie sicher war, dass niemand sie beobachtete, wandte sie ihre

Aufmerksamkeit wieder ihrem Vater und seiner Entourage zu. Aus seinem dicklichen Körper ragten die dünnen Gliedmaßen wie Äste aus einem Schneemann. Trotz seiner Körperfülle war er den anderen vier oder fünf Männern einige Schritte voraus. Immer in Eile. Immer musste er der Erste sein, um sich den besten Tisch im Restaurant zu sichern, den besten Anteil bei einem Waffengeschäft, oder die Kontrolle über die wichtigsten Leute in der Regierung. Sie sah zu, wie er es wieder einmal eilig hatte davonzukommen, und empfand nur Hass und Abscheu. Diesmal würde er mit leeren Händen gehen. Sie hatte das ganze Geld.

Luis war der Nächste, seine Haarsträhnen flatterten ihm wie ein Fähnchen über den kahlen Skalp. Er schleppte einen schweren Koffer in jeder Hand, wahrscheinlich voller Bargeld, das ihr Vater immer mitnahm. Es würde nicht lange reichen.

Gleich dahinter kam Rodriguez. Sie hasste ihn. Dafür, dass er Vicente verraten und sich selbst dadurch als Ersatz für Vicente bei ihrem Vater angebiedert hatte. Rodriguez würde über jede Leiche gehen, auch die ihres Vaters, um selbst ganz nach oben zu kommen. Warum erkannte ausgerechnet ihr Vater nicht, dass jeder käuflich war? Aber wenn es um ihn selbst ging, war ihr Vater erstaunlich blind.

Zwei stämmige Burschen in dunklen Anzügen bildeten die Nachhut. Clara kannte sie nicht, aber sie wusste, dass es die neuesten Leibwächter ihres Vaters waren, jederzeit bereit, jeden niederzuschießen, der zu nahe kam und eine echte oder vermeintliche Bedrohung darstellte.

Mit einem falschen Pass nach Argentinien zu gelangen, war leicht gewesen. Dem Überwachungsnetzwerk ihres Vaters zu entgehen, war schwieriger gewesen, jedenfalls etwas. Seine Leute waren überall in Buenos Aires, aber sie wusste, woran man sie erkannte. Momentan wirkten sie abgelenkt, als ob sie nach etwas anderem Ausschau hielten.

Mit ruhiger Hand verfolgte sie, wie er ungeduldig weiterging. Sie wartete, bis er die Stufen zur Maschine erreichte und sich zu seinen Leuten umdrehte. Sein Mund öffnete sich, aber was er sagte, wurde vom Wind verweht. Zweifellos beschimpfte er sie wegen ihrer Langsamkeit und gab wie immer üble Beleidigungen von sich. Erstaunlich, was Leute sich für ein dickes Gehalt und eine gesetzlose Existenz gefallen ließen.

Als sie sich bereit machte, hielt ihr Vater plötzlich inne und blickte an den Männern vorbei, als könne er sie sehen. Aber das war ausgeschlossen. Hinter dem Blattwerk war sie perfekt getarnt. Ihr Zeigefinger lag schussbereit am Abzug.

Sie zielte. Sie wollte sein Gesicht sehen, wenn es passierte.

Sie drückte ab.

Den Schuss konnten sie nicht hören, denn sie benutzte einen Schalldämpfer. Er ging daneben, traf aber auch nichts anderes, das hätte Aufmerksamkeit erregen können. Sie machte sich keine Sorgen darüber. Es war noch Zeit genug, ihr Ziel zu treffen. Mit dem Fehlschuss kam die Gefahr, entdeckt zu werden, aber auch ein Adrenalinstoß, denn sie wusste, sie konnte dies so lange fortsetzen wie sie wollte. Es war ein Spiel, das sie endlos weiterspielen wollte. Aber auf der anderen Seite ließ sie sich Chancen nicht gern entgehen. Sie lud nach und schoss erneut.

Die zweite Kugel traf. Sie beobachtete, wie er zu Boden sank wie ein aufblasbares Spielzeug, das ein Loch bekommen hatte. Sie empfand seltsam wenig dabei, als sie zusah, wie das Leben aus ihm wich.

Luis ließ die Koffer fallen und rannte auf ihren Vater zu. Auf dem weißen Hemd ihres Vaters erschien direkt unter der Schulter ein dunkler Fleck. Sie beobachtete, wie er ihren Vater aufrichtete und hektisch versuchte, den Blutverlust einzudämmen. Der dunkle Fleck auf dem Hemd ihres Vaters wurde schnell größer.

Sollte sie auch Luis erschießen? Er wusste von dem Geld, er kannte alle Geheimnisse ihres Vaters. Nein. Ohne ihren Vater war Luis hilflos. Sie würde ihn verschonen, ihn langsam zugrunde gehen lassen. Fast spürte sie Bedauern darüber, dass noch ein Leben im Umfeld ihres Vaters vergeudet wurde. Und die anderen? Besser, man ließ sie am Leben, damit sie es weitererzählen konnten.

Sie atmete tief durch und spürte, wie eine Last von ihr wich. Der mächtigste Mann Argentiniens, erledigt von einer Frau. Was würde man davon halten?

Sie hatte ganz allein aus fünf Milliarden fast das Zehnfache gemacht. Es war ihre Idee gewesen, Liberty-Aktien leer zu verkaufen, in dem Wissen, dass der Bryant-Skandal den Kurs würde abstürzen lassen. Sie hatte es vor ihm geheim gehalten, denn sie wusste, er würde jede ihrer Ideen abtun. Als das zusätzliche Geld auf dem Konto von Opal Holdings auftauchte, tat er gegenüber seinen Leuten so, als wäre es seine eigene Idee gewesen. Nicht ein einziges Mal hatte er ihre Genialität anerkannt. Selbst die feindliche Übernahme von Liberty war ihre Idee gewesen. Auch das hielt er ihr nicht zugute. Es war idiotensicher: er konnte Liberty mit riesigem Gewinn weiterverkaufen, oder behalten, um damit weiter seine schmutzigen Diamanten zu waschen.

Alles wäre perfekt gewesen, wenn nur dieser Schwachkopf von Broker nicht auf die Idee gekommen wäre, ihre Geschäfte nachzuahmen. Dadurch hatte er Aufmerksamkeit auf Opal gelenkt. Ihr Vater hätte womöglich nie von dem zusätzlichen Geld erfahren, wenn das Konto bei Bancroft Richardson nicht eingefroren worden wäre. Aber als er entdeckte, dass Opal Holdings fünfzig Milliarden besaß, hatte er sie da beglückwünscht? Kein Gedanke. Er hatte ihr nur Vorwürfe gemacht, weil sie Aufmerksamkeit erregt hatte. Dann hatte er versucht, sich das Geld selbst anzueignen. Aber sie hatte ihn überlistet, genauso wie die Kontrollbehörden und alle anderen. Sie war auf dem Weg in ein neues Leben, in ein anderes Land, wo niemand sie kannte, niemand sie beobachten würde, und ihr Reichtum keine Aufmerksamkeit auf sich ziehen würde. Sie würde frei sein, und mehr Geld haben, als sie im Leben ausgeben konnte.

Der Einschlag der Kugel ließ ihren Hals nach vorn knicken, und sie fiel zu Boden. Sie versuchte, das Gleichgewicht zu halten, aber sie konnte ihre Beine nicht mehr spüren. Ihr Arm zuckte, das Gewehr entglitt ihr und fiel nutzlos zwischen den Steinen herunter auf den Asphalt. Sie lag im Dreck und spürte ihren Körper nicht mehr. Um sie herum war alles schwarz. Aber es war nicht der Schatten der hereinbrechenden Nacht, es war die Finsternis völliger Blindheit.

Nur hören konnte sie noch. Sie horchte darauf, dass der Schütze sich näherte, auf das Rascheln der trockenen Blätter unter seinen Schritten.

Dann verstand sie. Das ganze Geld hatte nichts verändert. Sie war immer noch die Gefangene der Leute, die für ihren Vater die Augen offenhielten. Sie waren überall, aufdringliche, opportunistische Parasiten, die dafür bezahlt wurden, sie überall zu beobachten, selbst bei Liberty. In diesem Augenblick wusste sie es. Der Sündenbock hatte sich geweigert, die Rolle des Sündenbocks zu spielen.

KAPITEL 54

„Paul, Gott sei Dank, du bist da. Bring mich ins Krankenhaus.“ Clara sprach im Flüsterton. Das Atmen machte ihr Mühe. „Bitte hilf mir.“

„Warum? Du hattest doch vor, das ganze Geld allein zu behalten, oder?“

Clara hätte das Geld auf das neue Konto überweisen sollen, das sie gemeinsam in Guernsey eröffnet hatten. Stattdessen hatte sie es auf ihr eigenes Konto auf den Caymans überwiesen, so dass er leer ausging. Bryant wusste es, denn er besaß ihre Bankdaten und hatte außerdem ein Spionageprogramm auf ihrem Computer installiert, das alle Tastendrücke aufzeichnete. Er war kein besonders vertrauensseliger Mensch.

„Das stimmt nicht. Ich wollte dich anrufen.“ Dann schwieg sie. Das Lügen war zu anstrengend.

„Und wann, Clara? In einem Jahr? Wenn ich schon im Gefängnis sitze, wegen Unterschlagung des Geldes?“

Eine Antwort erwartete er nicht, und er bekam auch keine. Claras blasse Haut färbte sich allmählich blau, und ihr langes Haar verklebte von ihrem geronnenen Blut auf dem Boden. War es wirklich erst wenige Wochen her, dass sie gemeinsam den Diebstahl geplant hatten? Nur dass sie ihn nie in den ganzen Plan eingeweiht hatte: die gewaschenen Diamanten, die leer verkauften Aktien, und den Plan, ihn zu töten, sobald sie das Geld hatte.

Er fühlte sich seltsam distanziert, als sei dies nicht die Frau, die er liebte. Nicht die Frau, mit der er die Flucht geplant und für die er seine Karriere geopfert hatte. Jetzt war ihm alles klar. Er konnte nie zurück, er war praktisch schon für den Diebstahl verurteilt, ob zu Recht oder zu Unrecht. Dafür hatte sie gesorgt, sie hatte ihn als Sündenbock ausersehen, an dem alles hängenblieb, ganz gleich, wie es ausging.

Die ganze Zeit des Wartens und Grübelns in Brüssel, umsonst. Aus einem Tag wurden mehrere, und dann eine Woche. Sie brauchte noch ein paar Tage, hatte sie gesagt, bevor sie an das Geld herankäme. Dann entdeckten die Behörden das Konto von Opal Holdings, und sie musste sich ohne das Geld aus dem Staub machen. Zumindest hatte sie das behauptet.

Etwa um diese Zeit waren die beiden Männer in seinem Hotel aufgetaucht. Vierschrötige Männer in Anzügen und mit Sonnenbrillen, wie Leibwächter einer bedeutenden Persönlichkeit. Nur dass es hier niemanden zu beschützen gab. Plötzlich war ihm eingefallen, warum sie ihm so bekannt vorkamen. Es waren dieselben Männer, mit denen er Clara in Vancouver hatte reden sehen. Ein Anruf brachte ihm Gewissheit: Clara war verschwunden. Nicht nach Brüssel, wie es abgemacht war, sondern nach Argentinien.

Er begab sich sofort zum Flughafen, ohne noch einmal in sein Zimmer zurückzukehren, um seine Sachen zu holen oder ihr nächstes Opfer zu werden. Er gelangte gerade rechtzeitig nach Buenos Aires, um mitzuerleben, wie Clara ihren Vater erschoss. Sie hatte nie vorgehabt, ihm nachzureisen.

Nicht, dass es jetzt noch darauf ankam. Er wusste ganz genau, wo das Geld war, sicher in der Bank of Cayman deponiert. Er hatte sich davon überzeugt, bevor er sie niederschoss. Er würde es im Laufe des Tages auf sein neues Konto auf Guernsey verschieben. Aber vorher musste er sichergehen, dass sie ihm nicht mehr im Weg stand.

Zu seinem Erstaunen empfand er gar nichts. Die zwei gemeinsamen Jahre mit ihr waren bedeutungslos, von dem Hass ausgelöscht, der ihn nach Buenos Aires geführt hatte. Er sah zu, wie sie um Atem rang. Wie hatte er ihr je glauben können?

„Hilf mir", flüsterte sie. Es war mehr ein Flehen als eine Aufforderung.

Er sagte nichts. Er stand über ihr und begnügte sich damit, sie leiden zu sehen.

Die Nachmittagssonne sank dem Horizont entgegen und wärmte sie nicht länger.

„Du kannst das Geld haben. Ich sage dir, wo es ist."

„Ich weiß schon, wo es ist."

„Paul, hilf mir einfach. Ich gebe dir alles, was du willst." Clara stieß ein Röcheln aus, als sie versuchte weiterzusprechen.

Ihr Gesicht, das alle Schönheit verloren hatte, starrte ihn mit blicklosen Augen an. Er konnte nicht anders.

„Ich habe schon alles, was ich mir je wünschen könnte. Ich habe das Geld." Er zog das letzte Wort in die Länge, damit es wirkte. „Und du hast das, was du verdienst."

Dann war es vorbei. Ihr Körper erzitterte noch einmal und blieb dann reglos liegen.

Bryant steckte die Waffe wieder in seinen Hosenbund. Er drehte sich um, ging auf die Straße zu und stieß einen zufriedenen Seufzer aus. Es war ein produktiver Tag gewesen. Noch nie zuvor hatte er etwas getötet.

KAPITEL 55

„Beeil dich, Kat!"

„Ich versuch's ja", rief Kat zurück. Sie rannte durch das Flughafengebäude, immer hinter Cindy her. Sie kamen am Jadekanu der Haida Gwai vorbei, dessen mythische Wesen im Takt paddelten, im Gegensatz zu Kat, deren Gedanken aus dem Takt waren.

Zumindest war Bryant auf frischer Tat ertappt worden. Cindys Quellen bei der Polizei hatten dies vor einer Stunde bestätigt, und die Geschichte ging schon durchs Internet. Die argentinische Polizei überwachte Ortega, und als dieser von Claras Kugel getroffen wurde, verfolgte man die Schussbahn zurück und fand dort Bryant. Waren sie wirklich zu spät gekommen, um Bryant am Schießen zu hindern? Oder war es so nur einfacher gewesen, als die Verhandlung gegen die Tochter eines Kartellbarons? Das würde sie nie erfahren.

Cindys ungeplanter Umweg hätte zu keinem unpassenderen Zeitpunkt kommen können. Platts Anruf war gekommen, als sie nur Minuten von Liberty entfernt waren. Er hatte darauf bestanden, dass sie zu ihm zum Flughafen kämen, und Cindy misstraute ihm so weit, dass sie sich darauf einließ. Audrey wartete bei Liberty auf Kat, wo sie gemeinsam Nick zur Rede stellen wollten, und das in weniger als einer Viertelstunde. Selbst wenn sie jetzt umkehrten, würde es mindestens eine halbe Stunde dauern, bis sie wieder in der Innenstadt waren. Da die Neuigkeiten über Clara, Ortega und Bryant jetzt bekannt waren, war Kat sicher, dass Nick einen Fluchtversuch unternehmen würde.

Cindy war schon fast an der Sicherheitskontrolle und rannte immer noch, als sie sich halb umdrehte und Kat etwas zurief, das Kat im Getöse des Flughafenbetriebs nicht verstand.

„Was?" Aber Cindy schaute sie schon nicht mehr an. Sie stöberte in ihren Taschen und zeigte den beiden Wachleuten an der Tür etwas. Der Kräftigere der beiden sah aus, als hätte er zu viele Baseball-Steaks gegessen. Er nickte und winkte Cindy durch. Als Kat näherkam, baute Baseball-Steak sich vor ihr auf, und sie konnte hören, wie seine Hosenbeine beim Gehen gegeneinander rutschten. Er sah aus wie ein Seelöwe, der sich gerade aufrichtete.

Kat wies auf Cindy, aber ein dicker Arm versperrte ihr den Weg.

„Halt mal, immer langsam, Lady. Zeigen Sie mir Ihre Bordkarte."

Kats Blick blieb an seinem Doppelkinn hängen. Während er diese Worte in schleppendem Ton von sich gab, wackelte es auf und ab.

„Was?"

„Sie haben mich doch verstanden. Ihre Bordkarte. Ohne Bordkarte läuft hier nichts, auch Sie nicht." Er nahm sich etwas Zeit für diesen geistreichen Kalauer. „Also, was ist jetzt?"

„Ich habe keine Bordkarte. Ich gehöre zur Polizei, ich meine, zu der Frau, die Sie gerade durchgelassen haben." Hätte Cindy nicht noch ein paar Sekunden warten können?

Baseball-Steak verdrehte die Augen und blickte seinen Partner vielsagend an. Dieser war hager und wirkte so, als lebte er nur von Kaffee und Nikotin.

„Ausweis?" Der Hagere, der offenbar mehr zu sagen hatte als der andere, streckte ihr seine Hand entgegen.

„Habe ich nicht. Ich bin keine Polizistin. Ich ermittle in der Sache …"

„Ihre Sorte kenne ich. Sie *glauben*, Sie seien wichtiger als jeder andere. Sind Sie aber nicht. Seien sie nächstes Mal rechtzeitig hier, wie jeder andere auch." Er griff nach seinem Kaffeebecher und musterte Kat über den Becherrand hinweg.

„Aber ich gehöre zu der Polizistin. Sie müssen mich durchlassen."

Warum konnte Cindy nur nicht warten?

„Ich habe nein gesagt. Keine Bordkarte, kein Ausweis, Sie haben hier nichts verloren." Der Hagere blickte Kat geringschätzig an und genoss offenbar seine Position. „Leute wie Sie aufzuhalten ist genau mein Job."

„Sie verstehen nicht. Ich bin Wirtschaftsprüferin. Sie müssen mich durchlassen, es ist ein Notfall." Es hörte sich dämlich an, aber Kat fiel nichts anderes ein.

Der Hagere wandte sich Baseball-Steak zu.

„Hör dir das an, George. Ein lebensbedrohlicher Buchungsfehler! Wie klingt das: Lastschrift oder Leben?"

„Nein, ach, hören Sie doch. Ich will keine Schwierigkeiten machen, aber ich muss zu ihr."

„Machen Sie Platz und lassen Sie diese Leute durch."

Baseball-Steak nickte dem älteren Ehepaar freundlich zu. Beide hielten ihre Bordkarten bereit. So hatte er es gern. Kat war in Gedanken wieder bei Audrey. Sie würde inzwischen bei Liberty auf Kat warten. Nick allein gegenüberzutreten konnte gefährlich sein. Cindys Umweg brachte ihren ganzen Plan in Gefahr.

Sie schlüpfte an Baseball-Steak vorbei, als dieser dem Ehepaar gerade die Bordkarten zurückgab.

„He! Hiergeblieben!"

Aber Kat war durchgebrochen und den Wachleuten entwischt. Sie rannte Cindy, die ihr inzwischen zweihundert Meter voraus war, durch das Abflugterminal nach.

„Cindy – warte! Wohin wollen wir denn?"

Cindy drehte den Kopf, ohne langsamer zu werden, und winkte Kat wortlos zu, nachzukommen. Kat wich mit einem Sprung einem Transportwagen aus.

„He, passen Sie doch auf!" raunzte der dicke Fahrer sie an und machte einen Schlenker. Die beiden älteren Frauen, die auf dem Passagierwagen saßen, warfen ihr tadelnde Blicke zu.

„Sie werden noch einen Zusammenstoß auslösen, junge Dame. Immer vorsichtig!“

Sie beobachtete, wie Cindy in einen Korridor einschwenkte, da vibrierte ihr Handy. Sie wurde langsamer und nahm ab.

„Hallo?“ Niemand antwortete, aber sie konnte am anderen Ende Geräusche hören, als ob das Telefon heruntergefallen war.

„Wer ist da?“ Kat bemühte sich angestrengt, über den Flughafenlärm hinweg etwas zu hören. Sie erkannte zwei Stimmen, eine männliche und eine weibliche, die miteinander stritten.

„Was war das?“ fragte die männliche Stimme.

Kat erreichte schließlich den Korridor und ging hinein. Von Cindy war nichts zu sehen.

„Hallo?“ Kat schrie lauter, in der Hoffnung, am anderen Ende Aufmerksamkeit zu erregen.

„Da war es wieder – eine Stimme“, sagte der Mann.

„Ich höre nichts.“

Das war Audrey. Dem Geräusch nach zu urteilen, musste Audreys Mobiltelefon in ihrer Tasche gegen etwas anderes gerutscht sein, und dadurch den Anruf ausgelöst haben. Oder vielleicht hatte Audrey sie absichtlich angerufen, weil sie Nick allein zur Rede stellen wollte?

„Das Geld ist weg, Nick. Die ganzen fünf Milliarden.“

„Wovon reden Sie überhaupt? Es ist eingefroren, bei Bancroft Richardson.“

„Seit gestern Abend nicht mehr. Es ist weg. Alles. Sehen Sie sich das an. Clara ist als reiche Frau gestorben.“

„Geben Sie her!“

Kat hörte das Rascheln von Papier.

„Woher haben Sie das? Das muss ein Irrtum sein.“

Kat konnte alle Transaktionen auf dem Konto bei Bancroft Richardson vor sich sehen. Nick würde die fünfzig Milliarden sehen, die woanders hin überwiesen worden waren. Genau wie Kat es gestern Nacht gesehen hatte. Gemeinsam mit Audrey hatte sie Nick verunsichern wollen, damit er gestand. Aber dass Audrey Nick allein gegenübertrat, war nicht vorgesehen gewesen.

„Kein Irrtum, Nick. Ich habe mich heute Morgen bei Bancroft Richardson erkundigt. Das ganze Geld ist weg."

„Was ist denn passiert, zum Teufel?"

„Sagen Sie es mir. Sie wussten, was Clara vorhatte. Wie konnten Sie das zulassen?"

Schweigen. Dann ein lautes Krachen, ein Grunzen und Fluchen.

„Es ist doch kindisch, gegen die Wand zu schlagen, Nick. Hat es sich gelohnt?"

„Hat sich was gelohnt? Ich habe das Geld doch nicht!"

„Sie sind darin verwickelt. Sie haben meinen Bruder umgebracht. Und wofür? Für einen Anteil?"

Kat keuchte unwillkürlich. Audrey war jetzt wirklich in Gefahr.

„Ich habe Alex nicht umgebracht. Damit hatte ich nichts zu tun."

„Sie waren bei ihm. Man hat Sie an dem Abend, als er starb, zusammen gesehen."

„Das ist gelogen. Ich habe ihn den ganzen Tag nicht gesehen. Wer behauptet das? Los, sagen Sie schon!"

„Hören Sie auf, Nick! Sie tun mir weh!"

In diesem Moment erreichte Kat das Ende des Flurs und stand vor einer fensterlosen Tür mit der Aufschrift „Polizei". Sie riss sie auf und stürmte hinein, nur mit dem Gedanken, Cindy herauszuholen und zu Liberty zu bringen, bevor es für Audrey zu spät war. Und rechtzeitig genug, um Nick am Verschwinden zu hindern.

Dann blieb sie wie angewurzelt stehen und wusste nicht mehr weiter. Es war schon wieder wie in der Nacht auf der McBarge.

KAPITEL 56

„Wir haben sie!“ Cindy stand am Eingang und lächelte Kat zu. Das äußere Büro war leer, aber das Büro direkt hinter Cindy nicht. Durch ein mit Drahtgitter verstärktes Fenster starrte Gus sie an. Kat konnte nur hoffen, dass das Zimmer, in dem er saß, eine verriegelte Tür hatte. Platt ging vor dem Fenster auf und ab und sagte etwas zu ihm. Dann sah er Kat, kam aus dem Büro und warf die Tür hinter sich zu.

„Katerina, Sie sind vom Haken. Wir haben Gustav Eriksen und Michael Jamieson wegen Mordes an Ken Takahashi festgenommen.“

„Gratuliere, dass Sie darauf gekommen sind. Was war der entscheidende Hinweis?“

„Wir haben Haarspuren von beiden im Haus von Takahashi gefunden. Die Spurensicherung hat das Haus noch einmal unter die Lupe genommen und Fingerabdrücke gefunden. Sie konnten sie nicht zuord- …“ Platt brach mitten im Satz ab, als ihm die Ironie in Kats Tonfall auffiel.

Eigentlich wäre eine Entschuldigung fällig gewesen, aber er bot keine an. Kat hatte ohnehin keine Zeit dafür. Sie wandte sich Cindy zu.

„Cindy, wir müssen los. Audrey ist mit Nick alleine. Er könnte ihr etwas antun."

„Stimmt", unterbrach Cindy. „Platt, kommen Sie diesmal wirklich alleine zurecht?"

„Ja. Wird nicht wieder vorkommen."

„Gut. Wir sehen uns später."

Cindy und Kat wandten sich zur Tür.

„Ich habe ihn nicht umgebracht!"

Alle Augen richteten sich auf Kats Mobiltelefon, das sie an der Hüfte befestigt hatte.

„Wo kommt denn diese Stimme her?" fragte Cindy.

Kat signalisierte ihr mit dem Finger auf den Lippen, still zu sein.

„Da ist es wieder – eine Stimme. Was zum – hey, das kommt aus Ihrer Handtasche! Geben Sie her!"

„Loslassen", rief Audrey. „Was fällt Ihnen ein! Sie tun mir weh!"

Cindy lehnte sich näher zu Kat und lauschte, wie Audrey und Nick stritten.

„Geben Sie mir die Handtasche, sofort!"

Die Hintergrundgeräusche wurden lauter, und Kat konnte sich das Gezerre zwischen Audrey und Nick vorstellen.

„Cindy!" flüsterte Kat eindringlich. „Los jetzt!"

Platt konnte sich um Gus und Mitch kümmern.

„Nehmen Sie Ihre Hände von mir, Nick! Wollen Sie mich auch umbringen?"

„Machen Sie sich nicht lächerlich. Ich habe Alex nicht getötet, und auch sonst niemanden."

„Lügner. Vielleicht haben Sie nicht selbst abgedrückt, aber ermordet haben Sie ihn. Sie haben ihn zum Fluss gelockt und ihm etwas über ein geheimes Treffen mit Takahashi vorgelogen. Sie haben nur nicht damit gerechnet, dass er mir von Ihrem Treffen erzählen würde, stimmt's? Alex hat Ihnen nie vertraut. Jetzt weiß ich auch, warum."

Gus verzog das Gesicht und zeigte Kat den Mittelfinger. Er wollte aufstehen, zuckte dann aber zurück. Ein uniformierter Polizist rannte den Flur herunter, öffnete die Tür und ging hinein.

„Keine Sorge wegen Gus", sagte Platt. „Er ist mit Handschellen an den Tisch gefesselt. Mitch ist schon auf dem Weg ins Revier."

„Wir müssen los", signalisierte Kat tonlos.

Cindy nickte und öffnete die Bürotür. Kat hielt kurz inne, um Gus eine Kusshand zuzuwerfen, und folgte ihr dann. Gus knurrte nur.

Auf halbem Wege durch den Korridor hörten sie wieder Audreys Stimme.

„Antworten Sie, Nick! Sie waren da, geben Sie es doch zu."

„Dafür haben Sie keine Beweise."

„Da irren Sie sich. Es gibt einen Zeugen. Jemand hat Sie mit Alex gesehen, kurz bevor er ermordet wurde."

„Das kann nicht sein, denn ich war nicht da. Wer denn?"

„Kat Carter hat Sie gesehen, als Sie Liberty gemeinsam verlassen haben."

Kat zuckte zusammen. Sie hatte beide zusammen früher am fraglichen Tag gesehen, aber mehr auch nicht. Sie hoffte, Audreys Bluff würde funktionieren. Endlich hatten sie das Flughafenterminal verlassen und sprinteten über den Parkplatz zu Cindys Wagen.

„Die schon wieder?" Nick schnaubte verächtlich. „Die sollte man sich wirklich mal vornehmen. Sie ist nichts weiter als ein inkompetentes Ärgernis."

Kat konnte Audreys Antwort nicht verstehen.

„He, was machen Sie denn hier?"

Audrey schrie auf.

Es musste noch jemand bei Audrey und Nick im Büro sein. Dann war die Leitung plötzlich tot.

KAPITEL 57

Cindy bog in die Einfahrt zur Liberty-Tiefgarage ein und überfuhr dabei krachend eine hohe Fahrbahnschwelle. Kats Magen machte einen Salto, aber sie sprang aus dem Wagen und rannte in Richtung Fahrstuhl. Vielleicht hätte sie nicht davon ausgehen sollen, dass Audrey und Nick bei Liberty waren. Das war zwar so geplant gewesen, aber Audreys Mobiltelefon konnte jetzt überall sein.

Kat hämmerte auf den Fahrstuhlknopf ein, als Cindy sie erreichte. Dann kam er endlich. Sie war zwar froh, dass Gus und Mitch hinter Schloss und Riegel saßen, aber sie fragte sich, ob der Umweg wirklich wichtiger gewesen war als Audreys Sicherheit.

Sie drückte auf die Taste für die einundzwanzigste Etage. Nichts passierte, also drückte sie noch einmal. Dann dämmerte es ihr – nach Büroschluss wurde der Aufzug gesperrt, und sie hatte keine Möglichkeit hineinzugelangen.

„Cindy, der Aufzug ist an Wochenenden gesperrt. Wir müssen zum Haupteingang und hoffen, dass der Wachmann da ist."

Sie verließen den Fahrstuhl wieder und rannten über den Parkplatz, die Rampe hoch und die Fahrspur entlang. Wie schon am Flughafen kam Kat sich vor, als sei sie in einen Langstreckenlauf geraten.

Sie umrundeten das Gebäude und rannten auf die verglaste Empfangshalle zu.

Verschlossen. Kat spähte durch das Glas, sah aber niemanden. Der Wachmann musste irgendwo auf seiner Runde sein. Wie konnte sie ihn hierherbekommen? Vielleicht einfach Alarm auslösen? Sie blickte sich bei den Pflanzenkübeln aus Beton um und hielt Ausschau nach einem Stein, mit dem sie die Glastür einwerfen konnte. Cindy zog inzwischen ihr Telefon hervor.

Eine Minute darauf erschien ein Wachmann in einem der Fahrstühle. Er wirkte, als stehe er kurz vor der Rente; auf dem hageren Leib trug er eine Uniform in Warnfarben. Er eilte zur Tür und öffnete sie. Cindy zückte ihren Ausweis.

„Wir müssen sofort in den einundzwanzigsten Stock!"

Es dauerte weniger als eine Minute, dann erreichten sie den Empfang von Liberty. Dort hörten sie erneut Geschrei, diesmal aber von Nick.

Der Wachmann blickte Cindy unsicher an, aber sie ignorierte ihn. Er blieb am Empfangstresen stehen und zog sein Telefon hervor, während Kat und Cindy den Flur hinunterrannten.

„Nehmen Sie Ihre Hände von mir!" donnerte Nicks Stimme durch den Korridor.

„Schnappen Sie ihn sich!" rief Audrey.

Mit wem redete Audrey da?

Sie eilten in das Eckbüro, und dort fanden sie zwei Männer vor, die am Boden miteinander rangen.

Audrey stand an der Tür und sah in ihrem Kaschmirpullover und den schwarzen Hosen stilvoll verletzlich aus. Ohne Pelz wirkte sie noch zierlicher.

„Gott sei Dank, dass Sie da sind!" Audrey winkte Kat und Cindy herein. „Dieser junge Mann ist plötzlich aus dem Nichts aufgetaucht und hat mir das Leben gerettet!"

Kat brauchte einen Augenblick, um ihn zu erkennen. Er wandte ihr den Rücken zu und hielt Nick fest wie ein Schraubstock. Es war Jace.

„Aus dem Nichts stimmt nicht ganz. Ich habe draußen gewartet, aber als ihr nicht aufgekreuzt seid, dachte ich mir, ich gehe lieber mit Audrey und sorge dafür, dass ihr nichts passiert." Jace grinste sie an, während er Nick im Schwitzkasten hielt. „Ich habe mich in einem der Büros versteckt, bis Audrey mir das Zeichen gegeben hat."

„Aber woher wusstest du ...?"

„Audrey hat bei uns zu Hause angerufen und nach dir gefragt. Als mir klar wurde, dass du bei Cindy warst, wusste ich, dass du es nicht rechtzeitig schaffen würdest", sagte Jace und beobachtete dabei Cindys Reaktion.

„Was soll das denn jetzt heißen?" fragte Cindy Jace.

„Nur, dass du oft erst in letzter Sekunde auftauchst."

Touché, dachte Kat. Eines Tages würde Cindy mit ihren Abstechern in letzter Minute auf die Nase fallen. Kat war froh und erleichtert, dass es diesmal nicht so war.

„Ich hätte wissen müssen, dass Sie etwas damit zu tun haben", sagte Nick mit rot angelaufenem Gesicht. „Dafür werden Sie noch zahlen. Mich als Mörder zu beschimpfen und wie einen gewöhnlichen Verbrecher zu behandeln!"

„Sie sind ein Verbrecher, Nick" sagte Kat. „Sie haben zugelassen, dass Ortega Liberty um fünf Milliarden erleichtert hat. Hat er Ihnen dafür einen Anteil versprochen?"

„Sie sind so dämlich. Deshalb hat Clara Sie ja überhaupt erst beauftragt. Sie waren zu dumm, um herauszufinden, was sie getan hat. Sie wollte, dass es so aussieht, als hätte Bryant das Geld genommen, aber sie hat ihn nur benutzt" sagte Nick, während Cindy ihm Handschellen anlegte. Er saß mit angezogenen Knien auf dem Boden, lehnte sich gegen die Ziegenledercouch und trug immer noch denselben arroganten Ausdruck im Gesicht. „Nehmen Sie mir diese Dinger ab!"

Anscheinend wusste Nick noch nicht, wie Bryant sich schließlich an Clara gerächt hatte.

„Keine Chance, Nick. Clara mag zwar am Ende das Geld gehabt haben, aber von ihr ist die Tat nicht ausgegangen. Sondern von Ihnen. Sie haben einen Deal mit ihrem Vater gemacht und vereinbart, dessen schmutzige Diamanten zu waschen. Ortega hat Clara eingeschleust, um Sie im Auge zu behalten, und das hat Ihnen nicht gepasst. Dachten Sie, er will keine Bezahlung für die Diamanten, die er zu Liberty gebracht hat? Die Sache ist nicht ganz so gelaufen, wie Sie erwartet haben, oder?“

„Ich weiß nicht, wovon Sie reden.“

„Spielen Sie hier nicht den Trottel. Ortega hat festgestellt, dass er für seine Diamanten Spitzenpreise bekommt, wenn er ihnen irgendwie einen rechtmäßigen Anstrich verschaffen kann. Und das hat er erreicht, indem er sie durch Liberty geschleust hat. Sie haben mitgemacht, weil man auf diese Art mühelos die Gewinne und den Aktienkurs von Liberty steigern konnte. Ein höherer Kurs macht Sie reicher. Das Problem war nur, dass Ortega Liberty als perfektes Instrument zum Waschen seiner Diamanten erkannt hat, und dabei waren Sie ihm im Weg. Durch die Aktien-Leerverkäufe kurz vor dem Verschwinden des Geldes konnte er noch mehr Geld verdienen. Die Übernahme durch Porter sollte der letzte Schritt sein, mit dem Ortega die Kontrolle über Liberty bekommen und die Firma endgültig für seine eigenen Zwecke einspannen konnte. Und dabei habe ich ihm einen Strich durch die Rechnung gemacht, weil ich Susan als Clara enttarnt habe. Wer ist jetzt dämlich?“

Nick starrte auf den Boden und fand nicht gleich eine Antwort darauf. Anscheinend wog er seine Möglichkeiten ab. Dann sprach er weiter.

„Das ist doch irre. Warum sollte ich schmutzige Diamanten annehmen und so tun, als wären sie bei Liberty abgebaut worden?“

„Um eine stillgelegte Mine als produktive Mine darstellen zu können und die Liberty-Gewinne anzukurbeln“, sagte Cindy. „Wir haben einige der Diamanten untersucht, die nach Ihren Angaben von Mystic Lake stammen. Sie hatten die gleichen Erkennungsmerkmale wie Diamanten aus den Minen an der Elfenbeinküste und in der Demokratischen Republik Kongo. Seltsamerweise passen sie auch zu den Diamanten, die nach Takahashis Ermordung in dessen Haus gefunden wurden.“

„Damit habe ich nichts zu tun. Den haben Claras Schläger umgebracht.“

„Außerdem haben wir Telefongespräche aufgezeichnet, Nick", sagte Cindy. „Sie haben mit Ortega darüber gesprochen, Kat loszuwerden."

„Das war seine Idee, nicht meine. Damit war ich nie einverstanden."

„Sie geben also zu, ihn zu kennen", stellte Kat fest. „Sie haben nicht damit gerechnet, dass Ortega den Aktienkurs drücken würde, indem er das Geld stiehlt und die Aktien leer verkauft, oder? Als er dann noch versucht hat, die Firma an sich zu reißen, war es zu spät."

„Clara ist diejenige, die die fünf Milliarden gestohlen hat." Nicks Stimme hatte an Schärfe verloren und dafür einen verzweifelten Unterton angenommen.

„Das war die Bezahlung für die Diamanten", sagte Kat. „Hatten Sie gedacht, das Ganze hätte keinen Haken? Das Geld sollte durch Opal Holdings wieder zu Ortega fließen. Aber für Clara war es zu verlockend, und sie hat versucht, es ihrem Vater zu stehlen."

„Ich will einen Anwalt. Mit Ihnen rede ich nicht mehr."

„Ganz wie Sie wollen", sagte Kat.

Der Wachmann erschien wieder und hatte zwei uniformierte Polizisten im Schlepptau. Diese zogen Nick auf die Füße und brachten ihn hinaus.

Als Nick an Kat vorbeikam, grinste er höhnisch, und Kat roch Pfefferminz in seinem Atem.

„Ich halte Sie immer noch für dämlich. Das spielt alles keine Rolle, denn Sie kommen nicht wieder an das Geld heran", sagte er. „Sie sind schuld, dass Liberty bankrott ist."

Kat wollte Nick alles sagen und damit prahlen, dass sie jeden Penny von dem Geld wiederbeschafft hatte, und Claras unrechtmäßig erlangte Profite noch dazu. Aber sie musste sich die Antwort verkneifen. Sie wollte ihm zwar beweisen, dass er falsch lag, aber Cindy wusste noch nicht, dass sie das Geld gefunden hatte.

Pfefferminz. Sie fragte sich, ob Nick im Gefängnis wohl weiter an so viel Pfefferminz herankommen würde, wie er wollte.

Plötzlich ergab auch Vernas Zettel einen Sinn. Es war keine Minzepflanze, sondern Pfefferminz. Nick Racine hatte Buddy getötet.

KAPITEL 58

Cindy und Kat saßen in Kats Büro. Es war fast nicht zu glauben, dass das erste Meeting bei Liberty erst eine Woche her war. Draußen war es dunkel, und es fiel etwas Schnee, ungewöhnlich spät im März. Kat blickte den in Zeitlupe wirbelnden Schneeflocken nach und fühlte sich so entspannt wie schon lange nicht mehr. Audrey war in Sicherheit, Nick saß im Gefängnis, und sie hatte Aussicht darauf, wieder etwas Geld auf ihr Konto zu bekommen. Audrey hatte darauf bestanden, ihr einen netten Bonus zukommen zu lassen. Sie nannte es eine Gefahrenzulage. Und Cindy war wieder die echte Cindy.

„Du hast es geschafft, Kat. Auch wenn du das Geld nicht aufgetrieben hast, du hast mir dabei geholfen, Ortegas Organisation zu unterwandern, und Gus und Mitch für den Mord an Takahashi zu verhaften. Und Nicks Geständnis bedeutet, dass wir die Akten über den Mord an Braithwaite auch schließen können."

Kat wollte gerade dazu ansetzen, ihr von dem Geld zu erzählen, da platzte Harry herein.

„Kat, kann ich meinen Kontoauszug noch mal sehen? Elsie glaubt mir nicht. Ich habe ihr gesagt, dass ich jetzt Milliardär bin."

„Jetzt nicht, Onkel Harry." Kat scheuchte ihn mit der Hand fort.

„Aber morgen ist es weg. Ich möchte es mir gern ausdrucken. So viel Geld sehe ich doch im Leben nicht wieder."

„Harry, wovon redest du überhaupt?" fragte Cindy.

„Hat Kat nichts gesagt? Sie hat das ganze Geld von Clara wiederbeschafft. Das ganze! Ist das nicht toll? Und sie hat es mir zur Aufbewahrung gegeben."

Cindy wandte sich Kat zu. „Sag mir, dass das nicht wahr ist." Sie sprang aus ihrem Stuhl auf.

„Ich bin Milliardär, Cindy. Und da geht noch mehr. Kat hat sich in Claras Konten eingehackt und alles an mich überwiesen."

„Du hast WAS?" Cindy lief rot an. "Das ist ungesetzlich."

„Cindy, ich musste es tun. Das Geld wäre sonst endgültig weg gewesen."

„Vielleicht auch nicht. Clara ist tot. Und die argentinische Polizei hat Bryant hinter Gittern."

„Stimmt, aber das wusste ich zu dem Zeitpunkt noch nicht. Ich wusste nur, dass sie verschwunden war, und das Geld auch. Als ich es aufgespürt hatte, war Clara schon seit Stunden verschwunden. Ich musste es in Sicherheit bringen. Ist das so verkehrt?"

„Es geht nicht darum, was du getan hast, sondern wie du es getan hast." Cindy verschränkte die Arme und die Röte stieg ihr ins Gesicht.

„Cindy, selbst wenn Bryant, Clara und ihr Vater aus dem Verkehr gezogen wurden, wäre das Geld monatelang eingefroren gewesen, oder sogar jahrelang, während das juristische Tauziehen dauert. In der Zwischenzeit wäre Liberty pleite gegangen."

„Stimmt schon, aber es sieht einfach nicht gut aus, Kat. Es wird ziemlich schwer, das zu erklären."

„Mach dir keine Sorgen. Das ist alles schon geklärt." Audrey hatte mit der Aufsichtsbehörde und der Bank gesprochen. Harrys Konto war vorübergehend eingefroren worden, bis Montag, wenn sie anfangen würden, die Liberty-Transaktionen rückgängig zu machen. Was übrig blieb, würde in einen Entschädigungsfonds für Liberty-Investoren wandern.

„Wie denn? Niemand wird dir die Chance geben, das zu erklären.

Du stehst da wie eine Verbrecherin. Wie willst du da nur wieder herauskommen?"

„Jace?"

Jace kam ins Büro und brachte eine Zeitung mit. Er ließ sie vor Cindy auf den Schreibtisch fallen. Harry grinste ihnen süffisant von der Titelseite entgegen.

„Die Morgenausgabe. In ein paar Stunden geht sie raus. Die Story wird Kat eine Menge neue Klienten verschaffen. Und Harry wird eine richtige Berühmtheit", sagte Jace. „Aus dieser Sache hole ich noch ein halbes Dutzend Storys heraus. Die Ortega-Organisation, die Diamantenwäsche und die Liberty-Übernahme, für den Anfang. Das wird eine richtige Serie. Und eine schöne menschliche Story über unseren frischgebackenen Milliardär hier."

Kat beobachtete Cindy, um deren Mundwinkel es zuckte. Das war immer ein Zeichen dafür, dass sie unter Stress stand.

„Cindy, heute Morgen habe ich mit Bancroft Richardson gesprochen. Sie haben das Geld schon von Harrys Konto auf ein Treuhandkonto verschoben. Du musst die ganze Sache nur etwas glätten, damit Harry keine Anklage droht. Das Geld ist praktisch wieder am Ausgangspunkt angekommen. Es muss nur noch an Liberty zurücküberwiesen werden."

„Warum musst du immer so unkonventionell vorgehen, Kat? Du hättest einfach nur jemanden anrufen müssen, damit das Geld eingefroren wird."

„Um zwei Uhr morgens? Selbst wenn ich wüsste, wen ich da anrufen sollte, man hätte mir doch nie geglaubt. Ich konnte das Geld nicht dort lassen und einfach nur darauf hoffen, dass es später noch da ist."

„Du hast dich selbst da hereingeritten. Warum sollte ich dich heraushauen?"

„Du schuldest mir etwas, Cindy. Denk an diese ganzen Tritte. Denk daran, wie du mich mit Nick auf der McBarge zurückgelassen hast. Das ist das Mindeste, was du tun kannst."

„Ich schätze, du hast mir geholfen, in Ortegas Organisation einzudringen. Als ich erst von der Diamantenwäsche erfahren hatte, konnte ich Ortega überzeugen, dass ich mehr für ihn tun und auch die Steine transportieren könnte. Dann haben Gus und Mitch sich selbst belastet, indem sie mit den Morden an Takahashi und Braithwaite angegeben haben. Und Nick hat uns am Ende auch genug Beweismaterial geliefert, das ihn als Mittäter belastet. Clara war vielleicht die Drahtzieherin, aber er hat bei der Umsetzung mitgewirkt. Ich würde mir nur wünschen, du würdest die Dinge etwas … normaler angehen."

„Da fällt mir ein", sagte Jace, „dass Verna noch eine Nachricht hinterlassen hat."

Er reichte Kat einen Umschlag. Sie schob den Finger unter die Lasche und öffnete ihn.

Liebe Hausverwalter,

ich habe beschlossen, noch ein wenig länger zu reisen. Prag ist um diese Jahreszeit sehr schön. Bitte kümmern Sie sich um den Garten. Der Flieder sollte dieses Jahr stark zurückgeschnitten werden. Im Frühjahr könnten wir Calla pflanzen.

Verna

* * *

Hat Ihnen Exit-strategie gefallen? Freuen Sie sich auf das bald erscheinende nächste Buch in der Serie,
Spelltheorie

Zu Neuigkeiten über Colleens Bücher, besuchen Sie ihre Website: http://www.colleencross.com

Einfach für den Neuerscheinungen Newsletter anmelden, um immer direkt über die Neuerscheinungen informiert zu werden!

ANMERKUNG DER AUTORIN

Die Schauplätze von *Exit-Strategie* sind real, auch wenn ich einige Details geändert oder ausgeschmückt habe, um das Ganze etwas interessanter zu machen. Das gilt zum Beispiel für den Blick aus Kats Büro. Die Schauplätze sind zwar echt, die Figuren aber nicht. Sie haben ihren Ausgangspunkt in meiner Fantasie, dann allerdings ein Eigenleben angefangen und meine Geschichte manchmal in Richtungen gelenkt, die ich nicht geplant hatte.

Konfliktdiamanten, Geldwäsche und Betrügereien betreffen uns alle. Wenn man ein wenig gräbt, stellt man fest, dass sie sich zumindest auf die Preise auswirken, die wir bezahlen müssen, und damit auf unseren Lebensstandard. Im Extremfall werden durch solche Machenschaften ganze Länder ausgebeutet und ruiniert, nur um einige wenige zu bereichern. Wirtschaftsverbrechen wie diese fordern also durchaus ihre Opfer, auch wenn man es nicht auf den ersten Blick sieht.

Besuchen Sie meine Website http://www.colleencross.com (in englischer Sprache), dort finden Sie Hintergrundinformationen zu *Exit-Strategie*, Konfliktdiamanten und Betrug im Allgemeinen.

Wenn Ihnen *Exit-Strategie* gefallen hat und Sie neue Bücher nicht verpassen möchten, können Sie sich auf meiner Website unter http://

www.colleencross.com auch für meinen Newsletter zu neuen Büchern anmelden (dieser erscheint ein- bis zweimal jährlich).

Für weitere Übersetzungen dieses und anderer englischsprachiger Independent-Autoren besuchen Sie auch die Seite des deutschen Übersetzers: http://www.buchfantasie.de

AUSSERDEM VON COLLEEN CROSS

Verhexte Westwick-Krimis

Verhext und zugebaut
Verhext und ausgespielt
Verhext und abgedreht
Die Weihnachtswunschliste der Hexen
Hexenstunde mit Todesfolge

Wirtschafts-Thriller mit Katerina Carter

Exit Strategie: Ein Wirtschafts-Thriller
Spelltheorie
Der Kult des Todes
Greenwash
Auf frischer Tat
Blaues Wunder

Zu Neuigkeiten über Colleens Bücher, besuchen Sie ihre Website: http://www.colleencross.com

Einfach für den Neuerscheinungen Newsletter anmelden, um immer direkt über die Neuerscheinungen informiert zu werden!

ÜBER DEN AUTOR

Über den Autor

Colleen Cross war zunächst Grafikdesignerin, dann Wirtschaftsprüferin und ist heute Autorin von Thrillern und Sachbüchern im Bereich Finanzschwindel und Betrug. Ihre beliebten Krimi- und Thrillerserien drehen sich um die Figur Katerina Carter, eine Wirtschaftsprüferin und Betrugsermittlerin mit Köpfchen, die immer das Richtige tut, deren unorthodoxe Methoden aber manchmal haarsträubend und nervenaufreibend sind.

Außerdem schreibt sie Sachbücher, zum Beispiel über die größten Schneeballsysteme aller Zeiten und wie deren Initiatoren mit ihren Taten davonkamen. Sie sagt sogar voraus, wann und wo genau das größte Schneeballsystem aller Zeiten aufgedeckt werden wird.

Als Wirtschaftsprüferin weiß sie, dass die Welt sich tatsächlich nur um eines dreht, nämlich Geld. Fast jedes Verbrechen, ob Betrug, Diebstahl oder Mord, ist auf Geld zurückzuführen. Colleen war schon immer fasziniert davon, welche Beweggründe Menschen zum Betrügen, Stehlen, Lügen und Morden veranlassen. Und Wirtschaftsprüfer wie Colleen tragen ihren Teil dazu bei, dass diese Täter früher oder später gefasst werden.

Zu Neuigkeiten über Colleens Bücher, besuchen Sie ihre Website: http://www.colleencross.com

Einfach für den Neuerscheinungen Newsletter anmelden, um immer direkt über die Neuerscheinungen informiert zu werden!

Colleen Cross auf Social Media:

Facebook: www.facebook.com/colleenxcross

Twitter: @colleenxcross
oder als Autorin auf Goodreads
Website: www.colleencross.com

www.ingramcontent.com/pod-product-compliance
Lightning Source LLC
Chambersburg PA
CBHW020606310726
48979CB00008B/1371/J

* 9 7 8 1 7 7 8 6 6 0 0 3 0 *